文学欣赏

主编　刘晓鑫　陈冬根

江西人民出版社
Jiangxi People's Publishing House
全国百佳出版社

图书在版编目（CIP）数据

文学欣赏 / 刘晓鑫，陈冬根主编 .-- 南昌：江西
人民出版社，2024.4
ISBN 978-7-210-14977-4

Ⅰ.①文… Ⅱ.①刘… ②陈… Ⅲ.①文学欣赏－高
等学校－教材 Ⅳ.① I06

中国国家版本馆 CIP 数据核字（2023）第 236046 号

文 学 欣 赏
WENXUE XINSHANG

刘晓鑫　　陈冬根　　主编

责 任 编 辑：蒲　浩
装 帧 设 计：世纪宏图

江西人民出版社
Jiangxi People's Publishing House
全国百佳出版社　出版发行

地　　　　址	江西省南昌市三经路 47 号附 1 号（330006）
网　　　　址	www.jxpph.com
电 子 信 箱	jxpph@tom.com
编辑部电话	0791-86898965
发行部电话	0791-86898815
承 　印　 厂	北京荣玉印刷有限公司
经　　　 销	各地新华书店

开　　　　本	787 毫米 ×1092 毫米　1/16
印　　　　张	13.5
字　　　　数	334 千字
版　　　　次	2024 年 4 月第 1 版
印　　　　次	2024 年 4 月第 1 次印刷
书　　　　号	ISBN 978-7-210-14977-4
定　　　　价	45.00 元

赣版权登字 -01-2024-121

本书编委会

主　编　刘晓鑫　陈冬根

副主编　龚奎林　康梅钧　赵永君　刘云兰

编　委　朱中方　李剑风　马玉红　尹文化

　　　　郑乃勇　黄　梅

前言

党的二十大报告指出，要"办好人民满意的教育""全面贯彻党的教育方针，落实立德树人根本任务，培养德智体美劳全面发展的社会主义建设者和接班人"。本教材根据国家对人才培养的要求，落实立德树人的根本任务，以《关于全面加强和改进新时代学校美育工作的意见》和《教育部关于切实加强新时代高等学校美育工作的意见》文件为指导，立足科学性、实用性、鲜活性和针对性，去揭示文学作品的丰富内涵，让学生领略文学作品的艺术魅力，获取审美的愉悦感，进而提升学生的审美能力。

本教材坚持科学性、实用性、鲜活性和针对性相结合的原则，力求做到以理论知识的"必需、够用"为度，以讲清概念、强化实用为重点，集中体现以下特色。

第一，理论知识与范文赏析结合。上篇介绍与文学赏析有关的各种知识，下篇选编经典名家名作进行赏析，注重新颖性、审美性、多样性等特点，突破传统教材的选篇范围限制。

第二，守正出新，学训结合。本教材加强文学经典、拓展阅读与实用训练的结合，注重知识性、审美性与实用性的融通。

第三，兼顾广度深度，点面结合。本教材所选篇目涵盖古今中外，有韵文体、散文体、叙事文学体等，包含了中国文学的主要类别，以使学生系统、深入地理解文学经典和母语文化精髓，并进行鉴赏写作训练；注重点的深入和面的拓展，并将此原则贯穿于编写的全过程；先进行"作品赏析"，再列思考练习题，后列拓展阅读，由课内向课外延伸，提供学习线索，培养学生的研究学习能力。

本教材编写体例是上篇理论部分主要为"正文＋思考与练习"，其中穿插"拓展阅读"模块；下篇作品赏析部分为"作者简介＋经典原文（长文需节选，古文需注释）＋作品主题＋作品赏析＋思考与练习＋拓展阅读"。

理论和作品案例的相互补充，为学生在学习文学理论、欣赏文学作品、模仿撰写作品等方面提供了相关借鉴，进而让学生树立正确的审美观念，培养高雅的审美品位，提高人文素养；了解、吸纳中外优秀文学成果，拓宽阅读视野，培养辩证思维和实践能力，提高感受美、表现美、鉴赏美、创造美的能力，促进德智体美劳全面和谐发展，达到以美育人、以美化人、以美培元的目的。

本教材适用于高校的人文素养和通识教育课程，也可作为高校公共美育课的教材，并可供广大文学爱好者学习参考。

此外，本教材还为广大一线教师提供了服务于此教材的教学资源库，有需要者可致电 13810412048，或发邮件至 2393867076@qq.com 索取。

编委会

目 录

上篇　文学理论

第一章　认识文学　/3

第一节　什么是文学　/4

一、文学再现说——镜子说与模仿说　/4

二、文学表现说——发光体说与表现说　/5

三、语言艺术说——文学与语言　/7

四、科学界定——意识形态与审美　/8

第二节　文学的起源与发展　/10

一、文学的起源　/10

二、文学的发展　/13

第三节　文学作品的分类　/20

一、诗歌　/20

二、散文　/22

三、小说　/24

四、戏剧　/26

第二章　欣赏文学　/29

第一节　文学欣赏的概念与对象　/30

一、文学欣赏的概念　/30

二、文学欣赏对象的范围　/31

第二节　文学欣赏的特点　/32

一、审美愉悦性　/32

二、心理共鸣性　/32

三、再创造性　/33

第三节　文学欣赏的角度　/35

一、文学语言　/35

二、文学形象　/42

三、文学意蕴　/51

第四节　文学欣赏的方法　/56

一、了解背景，知人论世　/56

二、艺术审视，保持距离　/56

三、联想比较，深入理解　/57

四、披文入情，以意逆志　/58

五、由表入里，层层拓展　/60

下篇　作品欣赏

第三章　诗歌欣赏 /65

　　第一节　中国诗歌欣赏 /66
　　关雎 /66
　　离骚（节选） /70
　　将进酒 /75
　　过零丁洋 /79
　　偶然 /82
　　西江月·井冈山 /84
　　你是人间的四月天 /86
　　金黄的稻束 /88
　　第二节　外国诗歌欣赏 /91
　　假如生活欺骗了你 /91
　　我愿意是急流 /93
　　我孤独地漫游，像一朵云 /97

第四章　小说欣赏 /101

　　第一节　中国小说欣赏 /102
　　三国演义（节选） /102
　　阿Q正传（节选） /106
　　平凡的世界（节选） /112
　　第二节　外国小说欣赏 /119
　　悲惨世界（节选） /119
　　老人与海（节选） /124
　　白夜行（节选） /130

第五章　戏剧欣赏 /133

　　第一节　中国戏曲欣赏 /134
　　窦娥冤（节选） /134
　　牡丹亭（节选） /142
　　第二节　外国戏剧欣赏 /152
　　俄狄浦斯王（节选） /152
　　哈姆莱特（节选） /164
　　玩偶之家（节选） /170

第六章　散文欣赏 /179

　　第一节　中国散文欣赏 /180
　　项脊轩志 /180
　　桨声灯影里的秦淮河 /185
　　我与地坛（节选） /191
　　第二节　外国散文欣赏 /197
　　情感驱使我们操心未来（节选） /197
　　我生活的地方　我为何生活（节选） /202

参考文献 /206
后记 /207

上篇

文 学 理 论

第一章

认识文学

学习目标

知识目标

了解文学的本质属性及发展规律，熟悉中国文学和外国文学在发展过程中显现出的不同的历史轨迹。

能力目标

能够结合马克思主义文艺思想，对文学的本质属作出科学的论断与分析；对于中外文学起源的代表性学说，能作出实事求是的分析与评判；全面掌握文学体裁的分类与各文体的写作特点，学会基本的文学欣赏与写作方法。

素养目标

树立马克思主义文学观、审美观，正确看待文学与社会现实的辩证关系。以习近平新时代中国特色社会主义文艺思想为指导，弘扬中华传统文学艺术，讲好中国故事。

从小学习语文学科的大家，对文学并不陌生。然而，要真正懂得文学、欣赏文学，还需要从理论上追问文学是什么，它是怎样产生和发展的，在文学"家族"中，又有哪些主要的"家族成员"等问题。

第一节　什么是文学

关于"文学是什么"的问题，不是一个简单的问题，古往今来，有许多的说法。美国当代文艺理论家 M.H. 艾布拉姆斯认为文学作为一种活动，总是由作品、作家、世界、读者这四个要素组成。所以在回答"文学是什么"这一文学的本体论问题时，一般从文学与世界、文学与作家、文学与作品及文学的整体系统这四个维度来进行探讨。在此基础上，形成了四种基本观点，即文学再现说、文学表现说、语言艺术说和马克思主义对文学的科学界定。

一、文学再现说——镜子说与模仿说

（一）镜子说

在各种关于文学的本质的论说中，最古老的一种说法，就是把文学形象地比喻成一面镜子，世界上的一切事物都可以被照进文学这面镜子之中。简言之，文学像镜子一样反映客观世界中的事物。古希腊的柏拉图在《理想国》中就曾把画家和诗人比喻成一个拿着镜子的人，他们向四面八方旋转镜子，就能照出太阳、星辰、大地、自己和其他动物等一切东西。[1]

文艺复兴时期的画家达·芬奇和作家莎士比亚也提出过类似的说法。达·芬奇在继承亚里士多德摹仿说的基础上，提出了自己的镜子说。他认为艺术应像一面镜子那样，忠实地反映自然。他说："画家的心应该像一面镜子，永远把它所反映事物的色彩摄进来，前面摆着多少事物，就摄取多少形象。"[2]达·芬奇的这一观点，不仅深刻地影响着绘画艺术，而且对现实主义的文学创作也产生了深远影响。莎士比亚认为："演戏的目的，从前也好，现在也好，都是仿佛要给自然照一面镜子，给德行看一看自己的面貌，给荒唐看一看自己的姿态，给时代和社会看一看自己的形象和印记。"[3]后来，俄国的文艺理论家别林斯基更是明确重申了这一论述，他说："它（文学）的显著特色在于对现实的忠实；它不改造生活，而是把生活复制、再现，象凸出的镜子一样，在一种观点之下把生活的复杂多彩的现象反映出来，从这些现象里面汲取那构成丰满的、生气勃勃的、统一的图画时所必需的种种东西。"[4]从达·芬奇到别林斯基，都强调文学应当忠实地照见生活，或者说逼真地反映生活，

---

① 柏拉图：《理想国》，郭斌和、张竹明译，商务印书馆 2018 年版，第 389 页。
② 达·芬奇：《达·芬奇笔记》，朱光潜译，载伍蠡甫：《西方文论选》上卷，上海译文出版社 1979 年版，第 183 页。
③ 莎士比亚：《哈姆雷特》，卞之琳译，浙江文艺出版社 2001 年版，第 77 页。
④ 别林斯基：《论俄国中篇小说和果戈理君的中篇小说》，载伍蠡甫：《西方文论选》下卷，上海译文出版社 1979 年版，第 377 页。

生活是怎样，文学作品就应当怎样，不夸大、不缩小、不变形，只有忠实于现实世界的艺术才是美的艺术。

把文学比喻成一面镜子，其实质是说，文学是对社会生活的一种反映。这种反映如同镜子一般的真实、丰满和栩栩如生。

（二）模仿说

古老的文学镜子说的背后是同样古老的文学模仿说。从哲学层面上说，柏拉图提出镜子说，是想用这一比喻来阐明他的模仿理论。他说："从荷马起，一切诗人都只是模仿者，无论是模仿德行，或是模仿他们所写的一切题材。"柏拉图的意思是诗人创作的作品，只是对世界的模仿，而不是创造，这恰如镜子反照万物。这样，柏拉图用模仿理论回答了文学是什么的本质问题，即"文学是对现实世界的模仿"。他的这一观点成了西方文艺理论史上的重要观点，影响极为深远。

亚里士多德在批判了柏拉图的模仿说之后，提出了自己的模仿学说。亚里士多德的艺术（这里的艺术主要指诗和音乐）模仿说在《诗学》中得到了充分的阐述。他认为艺术是真实的，艺术所模仿的不是现实世界的外形，而是现实世界所具有的普遍联系的规律和本质。亚里士多德在《诗学》中说："诗人的职责不在描述已发生的事，而是描述可能发生的事"，所以诗（史诗和戏剧）模仿的是具有普遍性的事物，不是偶然的事件，诗主要揭示事物的本质和规律。同时，他还认为是否善于模仿是人与动物的根本区别，模仿是人的天性，且具有高尚和低劣之分。

（三）再现说

模仿说在后来的发展中又演化成再现说，与模仿说相比较，再现说似乎又更接近镜子说。因为镜子的反照对于对象来说，既不会多什么，也不会少什么，而再现正符合此意。

从镜子说、模仿说到再现说，人们愈发强调文学的客观属性，即文学创作与现实世界的相互关系——二者之间是反映与被反映、模仿与被模仿的关系。因此，从这一理论维度而言，当我们在欣赏文学作品时，其实我们是在观照我们周围的社会生活和现实世界。比如，透过《红楼梦》这本"中国封建社会的百科全书"，我们看到的是人情冷暖、世态炎凉、家族兴衰、闺阁闲情的人生百态，它向我们展现了真正的人情美与悲剧美。当我们阅读《红楼梦》时，除了欣赏文学本身，更是在体味人生、感悟历史，形象地认识我们自身。

那么，文学究竟是什么呢？综合以上几种，文学是现实人生的一面镜子，是对现实世界的忠实模仿和真实再现。

二、文学表现说——发光体说与表现说

（一）发光体说

与西方古老的镜子说不同的是，在中国传统文化中，古人很早就把文学比喻为一种发光体。这个比喻是将文学看成了心灵的表现。庄子曾把心灵当作发光的物体。《庄子·庚桑楚》中说："宇泰定者，发乎天光。发乎天光者，人见其人，物见其物。""宇"就是心灵，

心境安泰的人，便发出自然的光辉，发出自然光辉的人，便可以照亮周围的人和物，使其显现出自身的本真模样。心灵的世界处在"诗意的澄澈"状态中。《庄子·齐物论》中又说："注焉而不满，酌焉而不竭，而不知其所由来，此之谓葆光。"这种心灵之光，无论其中注入多少东西，它都不会满盈；无论从中汲取多少东西，它也不会枯竭，而且也不知这些东西出自哪里。总之，它能照亮世界，而文学的创造就得益于这种心灵的烛照。

南朝文学批评家钟嵘在《诗品序》中说："气之动物，物之感人，故摇荡性情，形诸舞咏。照烛三才，晖丽万有，灵祇待之以致飨，幽微借之以昭告。动天地，感鬼神，莫近于诗。"在此，钟嵘指明文学作品都是作者主体心灵和情感活动的产物和外在表现，诗歌就好像烛光，照着天、地、人三才，使万物辉煌瑰丽。神灵因为它而得到祭祀，幽暗之处凭借它而显明，感动天地和鬼神，没有比得上诗的。诗是何等的光耀，可与日月同辉，但作为发光体的诗，其光亮从何而来？答案是从心灵而来。

西方近代以来，也有把文学比作发光体的观点。美国批评家 M.H. 艾布拉姆斯在其著作《镜与灯——浪漫主义文论及批评传统》中提到了英国批评家哈兹里特的观点，哈兹里特说："如果仅仅描写自然事物，或者仅仅叙述自然情感，那么无论这描述如何清晰有力，都不足以构成诗的最终目的和宗旨……诗的光线不仅直照，还能折射，它一边为我们照亮事物，一边还将闪耀的光芒照射在周围的一切之上……"[1] 英国批评家哈兹里特把诗比喻为一种能直照，还能折射的发光体，艾布拉姆斯把这一发光体直接解释为"灯"。他说"哈兹里特在镜子之外又加上了灯"[2]。

（二）表现说

在灯的比喻背后，存在的是与模仿说截然相反的表现说，即"文学艺术是人类主观世界的表现"。在中国，表现说由来已久，从"言志"到"缘情"一脉相承，"诗言志"在上古史书《尚书》中已经出现。

如何理解中国上古艺术的这一信条？"诗言志"的"志"，内涵是什么？《毛诗序》对此作了解释，曰："诗者，志之所之也，在心为志，发言为诗。情动于中而形于言，言之不足，故嗟叹之，嗟叹之不足，故永歌之，永歌之不足，不知手之舞之足之蹈之也。"其实，在心之"志"，在今天看来，它应该包含了思想和情感两个方面的意思。闻一多曾说，"志"固然有"记载"与"记录"的写实意义，但同时也具有"怀抱"的情感意义[3]。那些藏在心里的东西就可称为"志"，中国古人认为"心"是思维的器官，因此把思想、感情都归之为"心"。如果把心中的思想和感情用语言表达出来，就可成为"诗"，而诗就成了人抒发其内心思想和情感的一种方式，以这种方式创作的文学作品称为表现型文学。西晋时期文学家陆机在《文赋》中又提出"诗缘情而绮靡"，把"志"当中的"情"分离出来，这是对"诗言志"说的延续和发展。

---

[1] 艾布拉姆斯：《镜与灯——浪漫主义文论及批评传统》，郦稚牛等译，北京大学出版社 1989 年版，第 75 页。
[2] 艾布拉姆斯：《镜与灯——浪漫主义文论及批评传统》，郦稚牛等译，北京大学出版社 1989 年版，第 75 页。
[3] 闻一多：《神话与诗》，江西教育出版社 2018 年版，第 151 页。

近代以来，西方也有作家和诗人主张文学表现说。理论家科林伍德在《艺术原理》一书中认为，真正的艺术是表现的艺术和想象的艺术。他所说的表现，就是表现人的情感世界。① 诗人华兹华斯说："诗是强烈情感的自然流露。它起源于在平静中回忆起来的情感。"② 德国哲学家、美学家康德把诗看成"想象力的自由游戏"。列夫·托尔斯泰认为，艺术是情感的感染。

一言以蔽之，表现说试图从作家的情感与心灵等主观方面对文学的本质进行定义。

三、语言艺术说——文学与语言

离开了语言，就不可能有文学。文学是运用语言这一特殊的符号系统创作而成的，只有借助语言才能营造文学意象。因此，语言是文学的最根本的物质媒介。

然而，文学的语言与日常的语言、科学的语言又有着根本的区别，这种区别表现在语言的特性上，文学的语言指向独特的审美性，而日常的语言和科学的语言指向实用性。《左传·襄公二十五年》里记载了孔子的一句话："言以足志，文以足言。不言，谁知其志？言之无文，行而不远。"这里强调的是要深刻地表达生命之"志"，必须运用生动的语言形式，"文"即指语言的审美性、独特性，通俗地讲就是"文采"，没有"文采"就不能充分地表达，因而也就不会有深远的影响力。

按照索绪尔的观点，文学作品中的语言在语言学层面上应该属于言语。言语是丰富多彩、复杂莫测的。它既要遵守已有的语言规则体系，又要突破既有的语言规则体系。在伟大的文学作品中，人们通常沉醉在"绝对自由的幻觉"③ 中。如张承志在《北方的河》中对黄河的描述：

他抬起头来。黄河正在他的全部视野中急驶而下，满河映着红色。黄河烧起来啦，他想。沉入陕北高原侧后的夕阳先点燃了一条长云，红霞又撒向河谷。整条黄河都变红啦，它烧起来啦。他想，没准这是在为我而燃烧。铜红色的黄河浪头现在是线条鲜明的，沉重地卷起来，又卷起来。他觉得眼睛被这一派红色的火焰灼痛了。他想起了梵·高的《星夜》，以前他一直对那种画不屑一顾；而现在他懂了。在梵·高的眼睛里，星空像旋转翻腾的江河；而在他年轻的眼睛里，黄河像北方大地燃烧的烈火。对岸山西境内的崇山峻岭也被映红了，他听见这神奇的火河正在向他呼唤。我的父亲，他迷醉地望着黄河站立着，你正在向我流露真情。他解开外衣的纽扣，随即把它脱了下来。④

夕阳中的黄河燃烧了，这神奇的火河正在向他呼唤，黄河成了他的父亲，并正在向他流露真情。此类言语的表达违背了语言逻辑，但在文学作品中却是可以理解的，这种理解突破了语义的现实性原则，而遵循着一种情感原则。这种现象就是文学的超语言性现象，它指向"绝对自由的幻觉"。文采正是从这种超语言性现象和"绝对自由的幻觉"中形成的。文学话语如果不具备语言的超越性，它就不能成为艺术。

① 科林伍德：《艺术原理》，王至元、陈华中译，中国社会科学出版社 1985 年版。
② 华兹华斯：《抒情歌谣集》，载伍蠡甫：《西方文论选》下卷，上海译文出版社 1979 年版，第 17 页。
③ 爱德华·萨丕尔：《语言论——言语研究导论》，陆卓元译，商务印书馆 2009 年版，第 198 页。
④ 张承志：《张承志代表作》，黄河文艺出版社 1988 年版，第 261—262 页。

文学话语的语言超越性不只遵循情感性原则，还遵循着哲理性原则。刘勰在《文心雕龙·隐秀》篇中论述了"文外之重旨"的深刻意味，他强调"深文隐蔚，余味曲包"，即意义深刻的文章总是显得文采丰盛，且能把不尽的意味曲折地包藏其中。亚里士多德在谈到历史学家与诗人的区别时说，两者"不在于是否用格律文写作（希罗多德的作品可以被改写成格律文，但仍然是一种历史，用不用格律，不会改变这一点），而在于前者记述已发生的事，后者描述可能发生的事。所以，诗是一种比历史更富哲学性、更严肃的艺术，因为诗倾向于表现带普遍性的事，而历史却倾向于记载具体的事件"[①]。文学语言的超越性不仅停留在语言的声音层面，即能否具有音乐美，而更应取决于它是否必须具备哲学性意味，表现普遍性的事，这样才能成为严肃的艺术。

从文学语言的审美性与超越性这一维度探讨文学的本质，我们又可以说"文学是语言艺术"。

四、科学界定——意识形态与审美

通俗地说，文学有广义和狭义之分。

广义的文学，指一切口头或书面语言行为和作品，包括今天的文学以及政治、哲学、历史、宗教等一般文化形象。在中外文学史上，文学最初并不是指今天所谓的"语言艺术"或"美的艺术"，而是泛指广义的文化含义。乔森纳·卡勒认为："文学就是一个特定的社会认为是文学的任何作品，也就是由文化来裁决，认为可以算作文学作品的任何文本。"近代学者章太炎也曾说："文学者，以有文字著于竹帛，故谓之文；论其法式，谓之文学。"只要是用文字记载下来的东西就是文学。

狭义的文学，指用美的语言文字作为媒介而创造的文学作品，包括诗歌、散文、小说、剧本等。这是文学的审美含义。文学从广泛的文化含义中分离，仅仅是指其中富有审美属性的那一部分。文学是艺术门类之一，是主要表现人类审美属性的语言艺术，包括诗歌、小说、散文、剧本等体裁。

在文学理论史上，再现说与表现说其实也是各执一端，但这两种学说忽略了一个最基本的事实：不管是再现性文学作品还是表现性文学作品，它们都是由作家创造的"第二自然"，或说"另一个世界"，这个"自然"与"世界"既不同于现实世界，也不同于主观世界，可谓是"第三世界"。单纯地以纯粹的客观眼光或主观眼光看待这个"世界"，都是对文学本质属性的误解。歌德曾说："艺术要通过一种完整体向世界说话。但这种完整体不是他在自然中所能找到的，而是他自己的心智的果实，或者说，是一种丰产的神圣的精神灌注生气的结果。"[②]在歌德看来，具有完整体特性的艺术既包括了自然社会，也包含着艺术家的心智的果实和神圣的精神。因此，伟大的艺术作品是再现与表现的统一，是自然与心智的结合，只有这两者融为一体才能构成一种完整的艺术世界。

马克思从社会结构入手阐明了整个社会是由经济基础和上层建筑两部分构成的。他指出：

---

① 亚里士多德：《诗学》，陈中梅译注，商务印书馆 2017 年版，第 81 页。
② 爱克曼：《歌德谈话录》，朱光潜译，人民文学出版社 1978 年版，第 137 页。

人们在自己生活的社会生产中发生一定的、必然的、不以他们的意志为转移的关系……这些生产关系的总和构成社会的经济结构，即有法律的和政治的上层建筑竖立其上并有一定的社会意识形式与之相适应的现实基础。①

按照马克思的观点，社会的经济基础是与一定的物质生产力相适应的、由社会关系的总和构成的、社会赖以生存和发展的现实物质基础，也就是客观的现实世界。而在经济基础上则"耸立着由各种不同的、表现独特的情感、幻想、思想方式和人生观构成的整个上层建筑"②。整个的上层建筑即是歌德所说的"心智的果实"和"神圣的精神"。根据马克思的观点，上层建筑包括两个层面，一是政治的社会制度，二是社会意识形态，如哲学、宗教、艺术（包括文学）等。由此可见，文学属于"更高地悬浮于空中的意识形态的领域"③，说明文学具有意识形态的属性，这是文学最为一般的意识形态属性。但文学作为一种语言的艺术，它还有自己的独特性质，即审美性，"审美"是文学区别于一般意识形态的显著特征。④ 马克思早已指出过，科学理论掌握世界的方式有别于艺术掌握世界的方式。科学的方式是抽象的，掌握世界是形成概念和理论，而文学则是以具体的方式形成形象及形象体系。别林斯基也曾说："哲学用三段论法讲话，诗人则是用形象和图景，但它们两者讲的都是同一件事……一个是证明，一个是显示，但两者都是在于说服，只不过一个用的是逻辑的论据，一个是用图景。"⑤ 文学通过语言的手段来形象地再现与表现现实世界，反映社会生活有别于一般意识形态的特殊属性。

综上所述，文学是审美的意识形态属性，这是对文学的本质属性所做的科学论断。

思考与练习

1. 在文学的本质属性问题上有哪些代表性的观点？应该如何全面科学地认识文学的属性？

2. "文学是语言的艺术"与"文学是审美的意识形态属性"有何异同？

① 中共中央马克思恩格斯列宁斯大林著作编译局：《马克思恩格斯选集》第二卷，人民出版社1995年第2版，第32页。
② 中共中央马克思恩格斯列宁斯大林著作编译局：《马克思恩格斯选集》第一卷，人民出版社1995年第2版，第611页。
③ 中共中央马克思恩格斯列宁斯大林著作编译局：《马克思恩格斯选集》第四卷，人民出版社1995年第2版，第703页。
④ 章庆炳：《中国新文学大系 1976—1982 理论一集》（上），中国文联出版公司1988年版，第651—661页。
⑤ 别林斯基：《别林斯基选集》第二卷，辛未艾译，上海文艺出版社2006年版，第597页。

第二节　文学的起源与发展

"文学是什么"与"文学是如何产生的"这两个问题，既相互区别又相互联系。文学的本质问题揭示了文学的起源问题，如前所述的文学模仿说、表现说等，既揭示了文学是什么的本质问题，也回答了文学如何产生的起源问题。另外，对文学起源问题的探讨通常与艺术起源问题的探讨交织在一起。因为文学最初孕育于原始艺术之中，由于社会和艺术的不断发展，文学最终才从音乐、诗歌、舞蹈"三位一体"的原始艺术中独立出来，成为一种全新的艺术门类。文学艺术产生之后，它是如何发展的，并且应当如何发展呢？这也是认识与理解文学不可或缺的重要理论知识。关于文学的起源与发展，艺术史上有以下几种主要学说。

一、文学的起源

（一）巫术说

所谓巫术起源说，就是认为文学艺术是从人类史前的巫术活动中产生的一种学说。英国人类学家爱德华·泰勒在他的《原始文化》一书中，最早提出艺术起源于巫术的理论主张。英国人类学家詹姆斯·乔治·弗雷泽在其著作《金枝》中认为，原始部落的一切风俗、仪式和信仰都起源于交感巫术。19世纪末到20世纪初，巫术理论在西方学术界逐渐兴起，且影响越来越大。

何谓巫术？可以说它是史前文明的世界观，是一套约定俗成的有目的和意义的行为方式系统。据泰勒的研究，原始人的思维方式与现代人有很大不同。对原始人来说，周围的世界异常陌生和神秘，令人敬畏。原始人思维的最主要特点是认为万物有灵，在原始人看来，大自然的一切事物，如山川草本、飞鸟走兽等都是有灵魂的，它们都可以与人产生交互感应。因此，人不得随意冒犯自然，必须敬畏自然。据考古发现，许多史前洞穴中的动物遗骨被堆放得整整齐齐、叠置有序，如此精心堆放，意味着原始人对自己猎食的动物怀有敬畏之心。这种巫术的礼仪表达了原始人对猎食野兽之灵的惋惜和敬意，而兽骨堆放的行为是原始人与动物进行交感仪式的有力证明。

巫术说并不是指文学直接源于巫术，而是认为巫术仪式、巫术活动的生产过程对文学创作有某种启发意义。巫术活动的仪式为某些文学类型提供了直接的借鉴依据，如《金枝》一书中认为，杀死"国王"的巫术仪式就孕育了后来的戏剧艺术。

文学或艺术的产生最初确实是与巫术有密切联系，但艺术起源于巫术的理论并不十分准确，原始时代的巫术活动和当时原始人类的生产劳动密切相关，这些原始的艺术活动虽然有明显的巫术动机或巫术目的，但归根结底离不开人类的实践活动，尤其是物质生产活动。由于原始社会生产力低下，人类早期认识水平有限，于是原始人便把自己的愿望和动机寄托于巫术，使巫术与原始社会的日常生活、生产劳动产生密切的联系。

人类最早是想用巫术去控制神秘的自然界，结果事与愿违。于是，人类又创立宗教以求得神的恩惠，当宗教在现实中被证明无效时，人类又开始创立各门科学，以此来揭示自然界的奥秘。但从根本上讲，文学或艺术的产生，还是应该归结于人类的社会实践活动。

（二）游戏说

德国哲学家康德最早从哲学层面系统阐述了艺术的游戏说。他认为，艺术是"自由的游戏"，其本质特征是无目的的合目的性或自由的合目的性，艺术就是一种自由的游戏，是合目的性与无目的性、有意图性与无意图性、艺术和自然的统一。这种自由的游戏可以通俗地理解成"玩"。

席勒系统地继承和发展了康德的游戏说。他认为，人的艺术活动是一种以审美外观为对象的游戏冲动，而游戏冲动的功能是调和人的感性冲动与理性冲动的矛盾，它通过创造一个"活"的形象，成为感性冲动与理性冲动的中介。席勒在《美育书简》中指出，人在现实生活中既要受自然力和物质需要的强迫，又要受理性法则的各种约束和强迫，人是不自由的。而只有在"游戏"时，才能摆脱自然和理性的强迫，获得真正的自由，也就是说，只有通过"游戏"，人才能实现物质与精神、感性与理性的和谐统一。

席勒还进一步提出了"过剩精力"的概念，他认为人类具有游戏的本能，它表现在两个方面：一是人类具有过剩精力；二是人将这种过剩精力运用到没有实际效用、没有功利目的的活动中，体现为一种自由的"游戏"。不仅人会游戏，其他动物也会游戏，有时一些动物嘶吼就是为了发泄和消耗身体多余的精力，做自我欣赏的游戏。因此，可以说游戏的冲动源于发泄与消耗过剩的精力。

后来，斯宾塞补充和发挥了席勒的说法，他认为，人作为高等动物，比低等动物有更多过剩精力。人的游戏与动物的游戏有本质区别，动物只是局限于它自身本能的方式，而人的游戏通常能用突破自己身体运动的方式，进入想象力的游戏世界，或者说是一种精神的游戏方式，文学艺术就是这种诉诸想象力的精神游戏方式。人"游戏"的主要特征是无实际功利目的，它并不是维持生活所必需的生活过程，而只是为了消耗肌体中积聚的过剩精力，并在自由的发泄过程中获得快感和美感。

但德国学者谷鲁斯却认为席勒的"过剩精力说"难以解释人在游戏类型上的选择性与专注性。谷鲁斯认为，人的游戏其实潜藏着某种实用性目的，正是由于这种隐藏的实用性目的，才导致了人对游戏的专注与痴迷。谷鲁斯举例说，小猫追逐滚在地板上的线团，是在练习捕捉老鼠；女孩喂洋娃娃是练习做母亲；男孩聚集在一块玩打仗的游戏，是练习作战本领和培养勇敢精神等。他借鉴古希腊的模仿说，认为文学艺术活动可归结为"内模仿"的心理活动，其本质上与游戏相通。他说："例如一个人看跑马，这时真正的摹仿当然不能实现，他不愿放弃座位，而且还有许多其它理由不能去跟着马跑，所以他只心领神会地摹仿马的跑动，享受着这种内摹仿的快感。这就是一种最简单、最基本也最纯粹的审美欣赏了。"[1]

显然，文学艺术起源于"游戏"的说法是有一定价值的。这种说法肯定了人们只有满足了衣食住行的基本物质生活需要的条件下，才可能将过剩精力投入游戏，即文学艺术活动的说法。事实上，在人类漫长的发展历史上，只有当物质生产达到一定的水平，能维持人的生命和种族的延续时，人才有可能从事精神生产，才会有文学艺术的发展。应当承认，"游戏"是人的天性，人在其中能获得身心的愉悦，"游戏"满足了人的生理需要和心理需要。

---

[1] 谷鲁斯：《动物的游戏》，转引自朱光潜：《西方美学史》下卷，人民文学出版社2002年版，第603页。

但是，艺术起源于游戏的说法，仅仅从生理学或心理学角度出发，还是不能揭示文学艺术产生的最终原因。人的"游戏"是以使用工具的物质生产活动为基础，并具有超越动物性的情感和想象等社会内容，是一种符号性的文化活动。正是人的社会实践活动，将人类和动物真正区分开来。但游戏说撇开人类社会实践解释文学艺术的起源问题，还是不可能真正揭开文学的起源奥秘。

（三）劳动说

1949 年以来，在中国文艺理论界，文学艺术活动起源于生产劳动的观点占据了主导地位。在欧洲，自 19 世纪末以来，文学艺术起源于劳动的理论也广为流传。希尔恩在《艺术的起源》中曾列出专章阐述艺术与劳动的关系。普列汉诺夫在《没有地址的信》中，通过大量论述，得出艺术产生于劳动的观点。普列汉诺夫非常赞同毕歇尔的看法："在其发展的最初阶段上，劳动、音乐和诗歌是其紧密地互相联系着的，然而这三位一体的基本的组成部分是劳动，其余的组成部分只具有从属的意义。"[1] 普列汉诺夫进一步指出："劳动先于艺术，总之，人最初是从功利观点来观察事物和现象，只是后来才站到审美的观点上来看待它们。"[2]

文学活动的起源问题与人类的起源问题密切相关，因为先有人类才有文学活动。因此，探讨文学活动的起源实质上就是探讨早期人类为什么要创造文学以及他们是如何创造文学的。

考古学和人类学的研究，以及近百年世界各地所发现的古人类化石和石器时代的化石，有力证明了劳动在人类进化过程中的重大意义。恩格斯指出："首先是劳动，然后是语言和劳动一起，成为两个最主要的推动力，在它们的影响下，猿的脑髓就逐渐地变成人的脑髓。"[3] 人之所以能从一般动物界中分离出来，正是因为人类的劳动，劳动形成了人与动物不同的生存方式。物质生产劳动是人类最基本的实践活动，原始人经过数百万年的劳动实践，逐渐锻炼出灵巧的双手和高度发达的头脑，形成了人的各种感觉器官，并且形成了人所特有的感觉能力和思维能力，同时也逐渐形成了人与人之间相互表达思想感情的语言。从这个意义上讲，劳动创造了人本身。

劳动产生了文学活动的需要。人的活动是一个自觉的有目的性的过程，这一目的是源于某种需要而设定的。史前人类在集体劳动中，为了协调劳动，交流情感与信息，减轻疲劳，就从这些最初的需要中产生了语言和文学。鲁迅先生曾对此作过相关解释，他说："我们的祖先的原始人，原是连话也不会说的，为了共同协作，必需发表意见，才渐渐的练出复杂的声音来，假如那时大家抬木头，都觉得吃力了，却想不到发表，其中有一个叫道'杭育杭育'，那么，这就是创作……是'杭育杭育派'。"[4] 鲁迅先生的论述说明了劳动与文学有着必然的联系，是劳动过程和劳动的需要孕育了文学。最初的原始诗歌应当是在劳动中，为了表现感情、调节动作，一旦劳动的呼声和相应简短的语言相结合，便产生了"杭育杭育派"。正因为原始文学活动从属于物质生产劳动，它的内容和形式也就都受物质生产

---

[1] 普列汉诺夫：《论艺术》，生活·读书·新知三联书店 1973 年版，第 36 页。
[2] 同上书，第 93 页。
[3] 中共中央马克思恩格斯列宁斯大林著作编译局：《马克思恩格斯全集》第二十卷，人民出版社 1973 年版，第 513 页。
[4] 鲁迅：《鲁迅全集》第六卷，人民文学出版社 2005 年版，第 96 页。

劳动的决定和制约。

从内容上看，原始文艺总是反映原始人类的劳动生活和有关自然现象，最初主要描写他们的狩猎活动和狩猎对象。帝舜时期的"击石拊石，以歌九韶，百兽率舞"[1]，是在描写我国远古时代的人们以敲击石器为伴奏，唱着歌，跳着拟兽舞的情形。据近代人类学家调查研究，原始部落的诗歌，如美洲菩托库多人和澳洲那林伊犁人的诗歌，主要是一些狩猎的歌。[2]《吴越春秋》记载的《弹歌》仅八个字："断竹，续竹，飞土，逐肉"，生动地写出了原始人类制作武器去狩猎的过程。我国远古时代遗存的作品中大都描写了当时人们劳动生活的内容。如流传后世的《击壤歌》写道："日出而作，日落而息。凿井而饮，耕田而食。帝力于我何有哉？"它写出了早期农耕生活中，人们逐水草而居，随遇而安的生活情况。当人类进入农耕文明以后，才有描写关于耕作和植物的作品，如黄河流域的仰韶、马家窑等文化遗址出土的彩陶制品，大都有鱼纹、鸟纹、蛙纹、花纹等动植物图形。原始文艺所表现的思想感情主要是人们在和自然的斗争中所体现出来的勇敢精神，女娲补天、后羿射日、夸父逐日等神话，都突出地体现了这种思想感情。

原始文艺的表现形式也受物质生产劳动的制约。当时人们从事简单而又繁重的体力劳动，往往是按一定节奏进行的，因而鲜明强烈的节奏，不仅在原始的音乐和舞蹈中占有重要地位，而且也是构成原始诗歌的主要组成要素。普列汉诺夫指出："在原始部落那里，每种劳动有自己的歌，歌的拍子总是十分精确地适应于这种劳动所特有的生产劳动的节奏。"[3]由于当时人们的劳动多是简单动作的重复，于是两个节拍的诗型成为各族诗歌的原始型。同时，原始诗歌与音乐、舞蹈是相互结合的，如我国古代文献所称"昔葛天氏之乐，三人操牛尾，投足以歌八阕"[4]，诗歌、音乐、舞蹈三者的结合正是以共同的节奏为纽带的。

从劳动到文学艺术的诞生，其间经历了一个十分复杂而漫长的过程，原始劳动、原始宗教、原始巫术、原始图腾崇拜与原始文艺混合为一，彼此融合，难以区分。文艺的起源往往是多因的，而非单因的；是多元的，而非单一的。文学艺术的产生不能简单地完全归结为劳动，但生产劳动显然是文艺起源的最根本的原因。一切的原始文化都是在生产劳动的基础上逐渐产生的，没有生产劳动就不可能有文学艺术的内容与形式，更不可能有创造文艺的人。由此，可以说，劳动是文学起源的根本原因。

二、文学的发展

（一）中国文学的发展

中国文学历史悠久，源远流长，各种文体齐备，诗歌、散文、词、戏曲、小说等无不涵盖，且各具时代特色。

先秦文学。先秦文学包含原始社会和夏、商、周三代以来的奴隶社会与封建社会早期这三个阶段的文化。远古时期的歌谣和神话是中国文学的源头。先秦文学以诗歌、散文等为主要文体。诗歌以《诗经》《楚辞》为代表。《诗经》的风、雅、颂、赋、比、兴（即"六义"）

---

[1] 《竹书纪年》帝舜元年条。
[2] 格罗塞：《艺术的起源》，蔡慕晖译，商务印书馆 2017 年版，第 245—246 页。
[3] 普列汉诺夫：《论艺术》，生活·读书·新知三联书店 1973 年版，第 36 页。
[4] 《吕氏春秋·古乐》。

对后世影响深远。散文又分为历史散文和诸子散文，历史散文以《左传》《国语》《战国策》为最佳，诸子散文包括《论语》《庄子》《韩非子》等。先秦文学还孕育着很多其他文学题材的萌芽，其中神话传说、历史散文和诸子散文中的寓言散文是我国小说的源头。辞赋可以追溯到楚辞，《九歌》中已有戏曲的萌芽。中国文学的思想也孕育在先秦时期，诸子百家，流派纷呈，形成了百家争鸣的局面。这些思想对中国人的世界观、人生观、价值观等影响巨大，尤其是儒家、道家的思想观念对整个中国古代知识分子及社会各阶层的人物产生着深远的影响。各家都有自己的学说主张，他们著书立说，大力宣传各自所持有的思想，百家争鸣局面的形成和发展，带来了文学上的勃兴和繁荣。在诗歌创作方面，战国后期出现了我国第一位伟大的诗人——屈原。他开创了我国古代爱国主义诗歌的题材，并开创了新诗体——楚辞，以屈原的作品为主体的诗歌总集《楚辞》，打破了《诗经》以后三百年诗坛沉寂的局面，揭开了我国诗歌崭新的一页。可以说，先秦文学是我国文学光辉的起点。

秦汉文学。秦汉文学以汉代为主。秦始皇统一中国，建立统一的中央集权，掀开了中国历史崭新的一页，但因秦朝二世而亡，秦代文学几乎一片空白。除秦统一中国前吕不韦召集门客编写的《吕氏春秋》和李斯的散文外，再无佳作可言。汉代文学以散文、汉赋和乐府诗为代表，代表作家有贾谊、晁错、司马迁等。司马迁的《史记》体现了"不虚美，不隐恶"的实录精神，记述了上自中国上古传说中的黄帝，下至汉武帝时代的三千年间的历史。《史记》被鲁迅誉为"史家之绝唱，无韵之离骚"，可见其史学价值和文学价值都非常高。汉乐府以民间创作和叙事诗的形式给诗坛带来新鲜血液，为文人诗歌创作提供可借鉴的范例。在我国诗歌发展中，汉乐府民歌是继《诗经》和《楚辞》之后，第三个重要的发展阶段，它促进了五言诗的形成和发展。东汉的文人五言诗，是在东汉乐府民歌的基础上产生和发展起来的。今存无名氏的《古诗十九首》是东汉文人五言诗的代表作品。它以深厚的艺术造诣，开创了我国抒情诗的新风格。两汉文学在散文和诗歌上取得的成就为建安文学的产生和发展准备了条件。

魏晋南北朝文学。魏晋南北朝是我国古代文学走向自觉的时代。魏晋南北朝文学是在"玄思"这种思辨哲学的影响下形成的。文人在作品中表现出一种强烈的忧患意识、苦闷情感和自我意识。这一时期的主要文学成就是诗歌，以"三曹"（曹操、曹丕、曹植）为代表人物。他们以悲凉慷慨、刚健有力的创作风格，被后人称为"建安风骨"或"建安风力"。谢灵运是第一个写山水诗的诗人。东晋末年杰出诗人陶渊明是魏晋南北朝时期最有成就的诗人。陶渊明以不与统治者同流合污的高尚情操和遗世独立的生活态度，傲然屹立于浑浊的时代，表现出超凡的人格和诗风。小说到魏晋南北朝时期开始兴盛起来，主要类型是志怪小说和志人小说，代表作分别是干宝著录的《搜神记》和刘义庆编纂的《世说新语》。骈文曾经风行一时，但因为只重形式，忽略内容的表达，传世之作只有孔稚珪的《北山移文》和丘迟的《与陈伯之书》。

隋唐五代文学。隋唐五代文学以唐代文学为代表。隋朝存续的时间短，文学成就较少。五代文学中，新的文学体裁——"词"得到了发展，以"香软"为特色的花间词派占据整个词坛。"南唐二主"李璟、李煜成就较高，尤其是李煜后期词风哀婉深沉，抒发了他痛失故国的悲哀，特色较为明显。唐代是中国古代文学发展的黄金时期，流传下来的诗歌有四万八千九百多首，涌现出李白和杜甫等诗歌成就很高的伟大人物。他们的创作把中国古代诗歌推到了历史的最高峰，是后人创作的范本。唐代文学文体齐备，诗歌、散文、传奇、词、变文、话本等共同推动唐代文学的繁荣。"初唐四杰"首开新路，开拓了诗歌新境界，使诗歌题材由宫廷延伸到塞外。

宋代文学。宋代文学以诗歌、词、散文和话本小说为主要形式，内容与时代息息相关，具有承前启后的作用。诗歌流派中的西昆体曾风靡一时，以粉饰现实、歌颂太平为主旋律，思想较为空洞。晏殊和欧阳修的小令摆脱花间词的影响，表现出清丽的词风。范仲淹的词作较有气魄，别具一格。柳永、苏轼使词走上革新道路。柳永创造了慢词与之相适应的铺叙手法，善用俚俗语。苏轼冲破了词为"艳科"的藩篱，在内容上用词的形式表现怀古、感旧、记游、说理等情感；形式上革新了词的语言，不拘韵律，将词变成不再依附于音乐的新诗体。在词风上，苏轼由婉约派开创出豪放词风，对词的发展作出了划时代的贡献。南宋中后期，格律派词人姜夔等逃避现实，追求形式技巧，把词又引入狭窄之途。宋代散文丰富，名家辈出。宋代散文家继承韩愈"文道合一"的主张，使散文又有了新的发展，其文章主要反映现实、指陈时弊。唐宋八大家中，宋代就有六人——欧阳修、王安石、苏洵、苏轼、苏辙、曾巩。他们的散文各具特色，富于时代精神，政治倾向强烈，具有汪洋恣肆的议论；文风平易自然，流畅婉转，对同时代和后世影响很大。另外，董解元的《西厢记诸宫调》写崔莺莺和张君瑞的爱情故事，情节曲折，文字生动，是元杂剧《西厢记》的先导。

元代文学。元代尊崇佛道，同时也提倡儒理之学。文学出现雅俗之变。戏曲、散曲等俗文学受到广大市民的喜爱。元代文学主要成就是曲。元曲包括杂剧和散曲。杂剧是戏曲，散曲属诗歌，两者均以曲辞为主，因而总称为曲。元曲在文学史上获得了与诗、词同样高的地位。南戏和话本小说也有新发展。诗歌、散文呈衰落趋势。在元杂剧创作方面，涌现了关汉卿、王实甫、白朴、马致远等一大批杰出的剧作家，这是元杂剧的鼎盛期。元代后期，杂剧的创作重心南移至杭州，创作呈衰微趋势。散曲是金元时期在北方兴起的一种合乐歌唱的诗歌新体式。主要来源于民间小曲和北方少数民族乐曲，一部分从词调演化而来。散曲形式自由活泼，语言通俗明快，风格爽朗。现存的大量元散曲小令作品大都愤世嫉俗，揭露社会黑暗，抨击丑恶现实，但也有宣传乐天由命、避世归隐、及时行乐的消极思想。前期散曲注重本色，风格质朴，后期偏重辞藻音律，风格趋于典雅。南戏是南曲戏文的简称，北宋末年产生于浙江温州一带，用南曲演唱，是一种民间戏曲。其结构宏大，形式自由，曲调柔婉悠扬，为南方民众所喜爱，成就最高的是高明的《琵琶记》，南戏"四大传奇"——《荆钗记》《白兔记》《拜月亭》《杀狗记》也较为著名。南戏发展到元末已经定型并臻于成熟，到明清时期演变为长篇传奇。元代诗文创作成就不高，较著名的有刘因、赵孟頫、萨都剌、王冕、杨维桢等。

明代文学。明代文学的主要成就是小说和戏曲。明代小说无论长篇还是短篇都呈现了空前的繁荣。创作于元末明初的长篇历史小说《三国演义》开了章回体小说的先河，与英雄传奇小说《水浒传》有着相同点，即总结历史，深刻反映现实。神魔小说以《西游记》为代表，成功塑造的孙悟空、猪八戒、唐僧等形象，代表性强，充满时代特色。《金瓶梅》则是我国第一部以家庭生活为主要内容的长篇小说，反映出封建社会种种罪恶和超乎常理的淫乱生活，揭露和批判性强。还有《封神演义》等神魔小说的影响也较大。短篇小说则以反映市民阶层生活为重心，以小人物做大文章，出现了冯梦龙编写的"三言"、凌濛初的"二拍"等话本、拟话本小说集。戏曲在这一时期取得了一定的成就。杂剧作家徐渭的《四声猿》通过历史题材抨击社会黑暗和丑恶现象，形式也有创新。魏良辅改革昆腔，标志戏曲进入一个新阶段。

这一时期出现以汤显祖为代表的文采派和以沈璟为代表的格律派。汤显祖的《牡丹亭》以"情"与"理"的矛盾为焦点，体现了反对封建礼教，要求个性解放的思想，在当时影响很大。以沈璟为代表的"吴江派"注重格律，其作品与舞台演出联系紧密。时代诗文虽有前后七子和台阁体、公安派、茶陵诗派等的创作，但成就与唐宋两代相比逊色较多。

清代文学。清代文学是中国封建社会总结时期的文学。样式繁多，各具特色，以小说成就最大。该时期小说创作者对社会现实、人生命运走向等做了周密而又全面的剖析和反思，有着强烈的社会影响力。蒲松龄的《聊斋志异》反映社会生活深刻而又全面。吴敬梓的《儒林外史》通过对士林群丑的细致描写和深入剖析，把古代讽刺小说推向了高峰，并影响了近现代作家的创作。曹雪芹的《红楼梦》，选取贾、史、王、薛四大家族为背景，以大观园为舞台，把贾宝玉、林黛玉、薛宝钗的爱情悲欢作为中心线索，从多角度、立体交叉式地反映了行将就木的社会现实；无论是思想上，还是艺术上都取得了前所未有的成就。李汝珍的《镜花缘》写海外传说，很有创意，其中漫画式的夸张运用得较好。此外英雄传奇小说、历史小说、才子佳人小说等在中国小说史上有一定地位。戏曲方面出现"南洪北孔"，即洪昇和孔尚任，是当时有名的传奇作家。洪升创作的《长生殿》和孔尚任制作的《桃花扇》是传世的佳作，充满时代感。诗文词方面，出现了众多有影响的流派。诗有以王士禛为代表的神韵派，以沈德潜为代表的格律派，以翁方刚为代表的肌理派；词则有以朱彝尊为代表的浙西词派和以张惠言为代表的常州词派；散文方面，以桐城派影响最大，以恽敬为代表的阳湖派是其旁枝，他们各有自己的主张和创作特色，在当时产生了一定的影响力。

总之，中国文学在历史长河中，每一时刻都有耀眼的星光和精美的浪花，它记载着沉甸甸的历史与文化，同样也孕育滋养着中华民族的精神，锻造和影响着中华民族的性格。

（二）西方文学的发展

1. 古希腊罗马文学

古希腊文学是整个西方文学的源头，也是欧洲文学的第一座高峰。古希腊文学的主要类型有神话传说、戏剧、寓言和诗。古希腊的诗有三类，一是史诗，二是抒情诗，三是戏剧诗。戏剧是著名的古希腊悲剧和喜剧，寓言则是类似散文体的动物故事。古希腊神话即口头或文字上一切有关古希腊人的神、英雄、自然和宇宙历史的神话。古希腊文学大多来源于古希腊神话或传说，如《荷马史诗》中的《伊利亚特》和《奥德赛》，赫西俄德的《工作与时日》和《神谱》，奥维德的《变形记》等经典作品，以及埃斯库罗斯、索福克勒斯和欧里庇得斯的戏剧。《荷马史诗》是相传由古希腊盲眼诗人荷马创作的两部长篇史诗《伊利亚特》和《奥德赛》的统称，它是西方文学史上最早的正式书面文学作品。《荷马史诗》的主题是歌颂希腊民族的光荣史迹，赞美勇敢、正义、无私、勤劳等善良品质，讴歌克服一切困难的乐观精神，肯定人与生活的价值。在语言上，《荷马史诗》的修辞技巧相当成熟，叙事结构也非常合理。荷马善用比喻来描写人物及刻画宏阔的社会和历史场面。古希腊戏剧大都取材于神话、英雄传说和史诗。悲剧起源于祭祀酒神狄奥尼索斯的庆典活动。古希腊悲剧艺术成就最高的是悲剧作家埃斯库罗斯、索福克勒斯和欧里庇得斯三人。埃斯库罗斯是古希腊戏剧的第一位大师，对整个西方戏剧艺术的发展产生了深远的影响。他的主要作品有《俄瑞斯忒斯》三部曲（《阿伽门农》《奠酒人》《复仇女神》）、《乞援人》、《波斯人》、《七将攻忒拜》和《普罗米修斯》。古希腊喜剧起源于祭祀酒神的狂欢歌舞和民间滑稽戏。

古希腊喜剧大多是政治讽刺剧和社会讽刺剧，产生于言论比较自由的民主政治繁荣时期。这一时期的喜剧具有较强的批判性，尤其擅长讽刺当权人物。公元前5世纪，雅典产生了三大喜剧诗人，分别是克拉提诺斯、欧波利斯和阿里斯托芬，只有阿里斯托芬有作品传世。此外，还有抒情诗和寓言。古希腊抒情诗中成就最高的是琴歌，它是一种伴随着音乐的歌曲类诗体。《伊索寓言》是古希腊的一系列寓言，相传由伊索创作，再由后人收集成书。《伊索寓言》脍炙人口，对欧美的寓言文学影响很大。古罗马文学的奠基人是公元前3世纪的希腊人利维乌斯·安德罗尼斯库，他把古希腊文学中的某些精品介绍给了缺少书面文学的罗马人，并翻译了荷马史诗的《奥德赛》和大量古希腊抒情诗。古罗马诗人埃纽斯的史诗《编年史》采用了《荷马史诗》中所用的六步音长短短格，有明显模仿《荷马史诗》的痕迹。埃纽斯对古罗马文学影响深远，西塞罗、卢克莱修和维吉尔都表示自己曾受其影响，他被尊为"古罗马文学之父"。维吉尔是古罗马最伟大的诗人，其史诗《埃涅阿斯纪》是西方文学史上第一部文人史诗。奥维德最著名的作品是神话诗《变形记》，它以史诗格律写成，其中有250个神话故事，集希腊、罗马神话之大成。《十日谈》《坎特伯雷故事集》等故事集都在框架上模仿《变形记》。此外，但丁、莎士比亚、蒙田、莫里哀、歌德等大文豪的创作都在不同程度上受到他的影响。古罗马的散文并非现代文学意义上所讲的散文，而是泛指拉丁语文学中的散文体，和诗体相对，包括散文、小说、传记文学和编年史等。欧美文学史上小说这一体裁就诞生于古罗马时期。彼特隆纽斯的《萨蒂里卡》是传奇式小说，也是欧美文学史上的第一部流浪汉小说。阿普列尤斯是古罗马公认的"小说之父"，他最著名的作品是小说《金驴记》，全文自始至终采用第一人称叙述主人公的命运际遇，是西方文学史上第一部具有深远影响的长篇小说。总的来说，古罗马文学的艺术成就不及古希腊文学的艺术成就，缺少古希腊文学的生动活泼和首创性，但在文学史上起着承上启下的作用。

2. 文艺复兴时期文学

这个时期的文学主要是面向古罗马文学，文艺复兴时期的史诗、悲剧、喜剧、抒情诗等深受古罗马文学的影响。14至16世纪，资本主义在西欧发展最早，近代国家开始在西欧出现。文艺复兴是一场新兴资产阶级反教会、反封建的文化思想启蒙运动。在古代文化重新被发现的条件下，产生了以人文主义思想为核心的新文学。人文主义者主张一切以"人"为本，反对以"神"为本。这种新文学成为当时文学的主流，是资产阶级文学的开端。意大利是文艺复兴的发源地。文艺复兴最早的代表人物是号称人文主义先驱的彼特拉克和薄伽丘。彼特拉克最优秀的作品是用意大利文写的抒情诗集《歌集》。《歌集》中达到艺术级别的十四行诗，成为欧美诗歌中一种重要的诗歌体裁。薄伽丘是意大利民族文学的奠基者，短篇小说集《十日谈》是他的代表作。但丁是欧美文艺复兴时代的开拓者，恩格斯评价"他是中世纪的最后一位诗人，同时又是新时代的最初一位诗人"。他以史诗《神曲》留名后世。但丁、彼特拉克、薄伽丘是文艺复兴的先驱，被称为"文艺复兴三巨头"，也被称为"文坛三杰"。拉伯雷是法国文艺复兴时期的代表作家，他的《巨人传》是欧美第一部长篇小说。塞万提斯的长篇小说《堂·吉诃德》代表了16世纪西班牙文学的最高成就。莎士比亚是英国最重要的作家之一，被喻为"人类文学奥林匹斯山上的宙斯"，其代表作有"四大悲剧"：《哈姆雷特》《奥赛罗》《麦克白》《李尔王》；"四大喜剧"：《威尼斯商人》《第十二夜》《皆大欢喜》《仲夏夜之梦》。

3. 17 世纪文学

17 世纪欧美文学史上出现了一种新的文学现象，即巴洛克风格和古典主义的兴起。巴洛克原是葡萄牙语，是珍奇和奇妙的意思，在文学上主要指夸张、繁艳的藻饰、花团锦簇的风格。巴洛克风格文学惯用的主题是宗教的狂热，人类在上帝的残酷威严面前无能为力；惯用极端混乱、支离破碎的形式表现悲剧性的沮丧，用夸张雕琢的辞藻、谜语似的词汇来玩弄风雅。巴洛克文学从意大利、西班牙传到英国、法国等国家。西欧著名的巴洛克风格文学家是西班牙剧作家、诗人卡尔德隆，《人生如梦》是其代表作。卡尔德隆在剧中，不仅鼓吹基督教教义，而且宣扬对国王的忠诚，体现了西班牙巴洛克的特点。17 世纪的德国，文学作品中带有巴洛克色彩，其中比较杰出，且获得世界声誉的作品是格里美尔斯豪森的《痴儿西木传》，这是一部自叙体的流浪汉小说。17 世纪最杰出的法国作家与英国作家，如高乃依、拉辛、弥尔顿、马维尔等的作品中也有巴洛克的痕迹。17 世纪欧美最主要的文艺思潮是古典主义。它产生于 17 世纪初期的法国，影响了西方其他各国，一直持续到 19 世纪初。古典主义文艺思潮要求文学语言规范化、文学样式程式化或格律化。法国诗人马来伯首先提出"诗歌要为王权服务，语言要明晰、合理，创作要有严整的格律"的观点。古典主义的立法者布瓦洛和当时法国的大哲学家笛卡儿都肯定人的理性，主张用理性克制情欲。古典主义崇尚理性，以古代文学为典范，统治西方文坛两个世纪之久。

4. 18 世纪文学

18 世纪文学的主要成就是启蒙文学，主要包括法国启蒙运动文学、英国现实主义长篇小说和德国民族文学。笛福是英国现实主义小说的奠基人，其代表作是《鲁滨逊漂流记》。鲁滨逊是西方文学史上第一个资产阶级的正面形象，其标志着英国现实主义小说的诞生。笛福因对长篇小说这一文体有创造性的发展而荣获"小说之父"的称号。斯威夫特的代表作讽刺小说《格列佛游记》通过幻想的环境、虚构的情节、夸张的手法对英国政治、法律、议会、党争和哲学进行了讽刺和抨击。菲尔丁是英国现代小说的重要奠基人之一，是 18 世纪英国现实主义小说的最高代表。其代表作《汤姆·琼斯》是西方文学中的一流小说，代表了 18 世纪英国现实主义小说的最高成就，被誉为 18 世纪英国社会的散文史诗。感伤主义文学是 18 世纪 60 年代至 80 年代末发生在英国的一股文学潮流。人们开始对理性社会产生怀疑，只得寄希望于艺术和情感来表达对现实的不满，它不仅是 19 世纪初西方声势浩大的浪漫主义文学运动的先驱，也是现代派文学的源头。感伤主义开辟了一种以心理感觉为载体，掺和外部现实世界的投影的叙述方式。感伤主义因斯泰恩的小说《感伤旅行》而得名。哲理小说是法国启蒙作家创立的一种新型小说，主要作品有孟德斯鸠的《波斯人信札》、狄德罗的对话体哲理小说《拉摩的侄儿》、伏尔泰的《老实人》、卢梭的教育哲理小说《爱弥尔》等。戏剧创作方面，莱辛是德国民族戏剧、民族文学的奠基人，他的代表作是《爱米莉娅·迦洛蒂》。剧作家席勒的代表作是《强盗》和《阴谋与爱情》。歌德是德国伟大的诗人，是德国古典文学和民族文学最杰出的代表。其代表作是诗剧《浮士德》、书信体小说《少年维特之烦恼》。

5. 19 世纪文学

19 世纪西方文坛出现了两大文艺思潮，即浪漫主义和批判现实主义。在创作方法上，浪漫主义侧重于从主观内心世界出发，抒发对理想世界的热烈追求，用热情奔放的语言、瑰丽的想象和夸张的手法来塑造形象。浪漫主义继承了 18 世纪文学传统——英国感伤主义文学、哥特式小说、德国狂飙突进运动，特别是卢梭推崇的个性解放、思想自由、重视情感、返回自然和民间的思想。浪漫主义的主要作品有华兹华斯的《抒情歌谣集》，拜伦的《唐璜》，雨果的《悲惨世界》，大仲马的《基督山伯爵》，惠特曼的《草叶集》，麦尔维尔的《白鲸》，等等。批判现实主义在艺术上多有创见，既是写实的，又具有倾向性。其中在典型环境中再现某一阶层人的典型性格的创作方法，使作品达到了思想性与艺术性的高度统一，具有深刻的认识价值和审美价值。批判现实主义的主要作品有司汤达的《红与黑》，巴尔扎克的《高老头》和《欧也妮·葛朗台》，福楼拜的《包法利夫人》，狄更斯的《双城记》和《大卫·科波菲尔》，勃朗特姐妹的《简·爱》和《呼啸山庄》，哈代的《德伯家的苔丝》，柯南道尔的《福尔摩斯探案集》，海涅的《德国，一个冬天的神话》，普希金的《叶普盖尼·奥涅金》，果戈理的《死魂灵》，屠格涅夫的《猎人笔记》，陀思妥耶夫斯基的《罪与罚》，列夫·托尔斯泰的《安娜·卡列尼娜》，契诃夫的《樱桃园》，易卜生的《玩偶之家》，马克·吐温的《哈克贝利·费恩历险记》，等等。批判现实主义在西方许多国家先后得到发展，它反映当时的社会生活，揭露现实的丑恶和黑暗，对资本主义秩序起到了一定的破坏作用；在艺术技巧方面也取得了巨大成就，达到资产阶级文学发展的顶峰。

6. 20 世纪文学

20 世纪西方社会思潮和哲学思潮对文学产生重要影响。现代主义文学不断崛起，涌现出后期象征主义、表现主义、超现实主义、意识流、荒诞派、新小说、存在主义、黑色幽默、魔幻现实主义等文学流派。20 世纪法国文坛出现了著名作家罗曼·罗兰，他的代表作是《约翰·克利斯朵夫》。意识流小说的代表作家普鲁斯特，其代表作是《追忆似水年华》。存在主义文学的代表作家有萨特和加缪，他们的代表作分别是小说《厌恶》和《局外人》。荒诞派戏剧家贝克特和尤奈斯库，代表作品分别是《等待戈多》和《秃头歌女》等。英国、德国和美国在现代主义文学的创作上也取得了可观的文学成就，涌现了一大批作家作品，如高尔斯华绥的《福尔赛世家》，劳伦斯的小说《虹》，毛姆的小说《刀锋》，沃尔夫的《墙上的斑点》，乔伊斯的《尤利西斯》，叶芝的诗歌，艾略特的《荒原》，卡夫卡的《变形记》和《城堡》，福克纳的《喧哗与骚动》，海勒的《第二十二条军规》，等等。

在西方文学的发展过程中，产生了大量的文学作品，出现了各种各样的文学体裁，出现了各种各样的艺术手法。每一种体裁和艺术手法都得到相当发展，出现过很多大师或典范作家。

思考与练习

1. 关于文学的起源有哪些代表性观点？应如何正确地看待文学的起源问题？

2. 中国文学的发展有哪几个阶段？各文体是如何兴盛起来的？

3. 西方文学的发展过程中，有哪些著名的作家作品？在文学艺术上取得了哪些艺术成就？

第三节　文学作品的分类

　　任何一部文学作品都是特定内容和特定形式的统一，没有两个完全相同的作品。但是有些作品在内容和形式上，还是存在某些相似之处，即在反映现实、塑造形象等方面存在相同之处，这就是文学作品的种类和体裁问题。文学作品的类型是指文学作品反映现实的方式，而文学作品的体裁则指文学作品的外在结构形态。

　　如何对文学作品进行分类？文学史上有一种较早的分类法。亚里斯士多德在《诗学》中曾说："史诗和悲剧、喜剧和酒神颂以及大部分双管箫乐和竖琴乐——这一切实际上都是摹仿，只是有三点差别，即摹仿所用的媒介不同，所取的对象不同，所采用的方式不同。"①在此，他提出了三点区分文学作品的标准，对后世影响很大。文艺复兴以来，西方的一些文艺理论家以文学反映现实的内容或描写的对象和塑造形象的方式以及所塑造的形象为标准，把文学作品分为叙事、抒情和戏剧三大类，黑格尔和别林斯基大致都主张这样的文学分类法。这种"三分法"实质上是以文学作品的性质为标准的分法，一般科学的种类区分是以事物的性质为标准的，而文学作品的体裁却要从形态上来区分。为了更好地了解文学作品，既要从性质上说明文学作品的种类关系，也要从形态上指出文学作品的体裁特点。

　　近代以来，我国把文学作品分为诗歌、散文、小说和戏剧四种类型，后人称之为"四分法"。"四分法"是从文学作品的外表形态上来区别的，侧重于文学体裁形式上的差别。通常说，诗歌、散文、小说和戏剧是文学的四种基本体裁。

一、诗歌

　　诗歌是由作者以主人公的口吻抒发内心的思想感情而形成的一种文学体裁。在各民族文学中，诗歌是最初的和最基本的文学形式。

（一）诗歌的特点

诗歌文学特征的独特性体现在内容和形式两个方面。

1. 内容上

　　第一，诗歌集中地反映了现实生活。诗歌所歌咏之事是诗人认为值得歌咏或讽刺的生活事件，如杜甫的《兵车行》，篇幅不长，但却深刻揭露了唐朝穷兵黩武给广大百姓带来的空前灾难。在小说和戏剧文学中，没有相当长的篇幅，这样深广的思想内容是很难表现出来的。

　　第二，诗歌具有强烈的感情和丰富的想象。诗人在创作时，总是浮想联翩，感情的变化特别强烈。"诗歌是幻想和感情的白热化。"②毛泽东的词《蝶恋花·答李淑一》中，诗人被革命先烈的牺牲精神所感动，想象着烈士的忠魂飞进了琼楼玉宇的月宫，烈士的英雄事迹感动了仙人，吴刚献酒，嫦娥起舞，迎接客人。诗人对烈士的深厚情感和崇高的革命理想在词中达到了高度的统一。

2. 形式上

　　第一，诗歌的语言精练准确，富有表现力。所谓精练，就是用极少的文字表现出非常丰富的内容。所谓准确，就是用最恰当的词句完美地表达思想感情。毛泽东的《七律·长征》是一首描写红军长征宏伟历史内容的诗篇，作者用短短八句诗，以高度的艺术手法刻

---

① 亚里士多德：《诗学》，罗念生译，上海人民出版社 2005 年版，第 17 页。
② 古典文艺理论译丛编辑委员会：《古典文艺理论译丛》第一册，人民文学出版社 1961 年版，第 91 页。

画了人物形象，表达了作者内心的喜悦之情与豪壮之情。

第二，诗歌的语言音调和谐，具有强烈的音乐性。诗歌语言的音乐性是指语言的节奏和韵律。节奏是指语言的抑扬顿挫、舒徐急促。它是诗人感情起伏变化的表现。一般而言，轻松愉快的心情，往往表现为明快的节奏；昂扬的诗绪，常常表现为急促而有力的节奏；悲哀的情调，表现为缓慢而低沉的节奏。节奏的多样性，源于生活和诗的内容的多样化。古典诗词中的平仄交替或对立，能构成诗的节奏。这是诗歌具备音乐美的一个重要条件。所谓韵律，是指诗要押韵，更好赋予诗内在的旋律。自由诗对押韵没有严格要求，一般诗词都比较讲究押韵。马雅可夫斯基曾说："我经常把最有特征的字眼安在句尾，并且无论怎样要找到它的韵脚。结果是我的押韵几乎常常是异乎寻常的和至少是在我以前没有使用过的，而在韵书上也没有。"[1] 可见，诗人对押韵是很重视的。同时，押韵也是加强节奏的一种手段。韵越密，节奏越急；韵越疏，节奏越缓。节奏和韵律在一定程度上决定了诗歌的思想感情。

（二）诗歌的分类

诗歌有多种类型，总体而言，可以把诗分为两大类，即抒情诗和叙事诗。

1. 抒情诗

抒情诗是诗人情感的直接抒发，是诗人在社会生活中有所感受而直抒胸臆的产物。抒情诗不论是直接抒发爱情和友情，还是借歌咏自然而托物寄语，都直接或间接地来源于社会生活，并非仅仅是诗人个人的情感，抒情诗中的主人公也不全是诗人自己。

诗歌的作品复杂多样，在我国文学史上，有从体裁上加以区分的诗、赋、词、曲及杂文等，有从题材上加以区分的咏史诗、咏物诗、山水诗、田园诗等。西方文学史上的诗歌与我国相似，基本性质都是在抒发作者的思想感情。

抒情诗在它的历史发展中，又形成了颂诗、哀歌、情歌和讽刺诗等基本诗歌类型。

颂诗是诗人以庄严肃穆的心情去歌颂社会生活中有意义的事件，或某一历史阶段的英雄人物；有的则是对锦绣河山、名胜古迹的礼赞和颂扬，如贺敬之的《雷锋之歌》、光未然的《黄河颂》等。

哀歌也称为悼歌或挽歌，表达诗人对自己崇敬热爱的人物或故国古都的哀痛和悼念，如《楚辞》中的《国殇》，苏轼的《江城子·十年生死两茫茫》，元稹的《悼亡诗》《遣悲怀三首》，当代诗人李瑛的《一月的哀思》，等等。

情歌也叫恋歌。它是以主人公纯洁真挚的爱情唤起读者的美感，培养读者高尚的情操，如《诗经》中的《关雎》，《楚辞》中的《湘夫人》，蒙古族民歌《龙梅》，等等。

讽刺诗是一种具有强烈政治倾向的诗歌。其时代感极强，针砭时弊，对于丑陋的社会现象予以无情地揭露和鞭挞，同时也能达到一定的教育目的，如白居易的《八骏图》《黑潭龙》，马雅可夫斯基的《开会迷》，《天安门诗抄》中的《某某三哭》，等等。

2. 叙事诗

叙事诗是一种用诗的形式来刻画人物、描绘环境、叙述事件的诗歌。它有一定的故事情节和生动的人物形象。叙事诗一方面是故事的叙述，另一方面又饱含着诗人对故事中人物的丰富感情。与抒情诗不同的是，叙事诗有事件的发生与发展、人物性格的成长，以及人与人之间的各种关系。叙事诗在长期的历史发展中，也形成了不同样式，主要包括以下三种。

---

[1] 余振：《马雅可夫斯基选集》第四卷，人民文学出版社 1987 年版，第 177 页。

（1）英雄歌谣。英雄歌谣是一种古老的叙事作品，主要歌咏伟大的历史事件和英雄功勋。这类歌谣在世界各民族中大量存在，最初都是人民群众的口头创作。如希腊神话中的许多英雄故事，早在《荷马史诗》以前就是民间流行很广的行吟歌谣。我国《诗经》大雅中的《生民》《公刘》《绵》等篇章，就是当时周民族的英雄歌谣。藏族民歌《公主不辞劳累》属于英雄歌谣，主要歌颂文成公主的历史功绩，深刻反映汉、藏两个民族历史上的亲密关系。

（2）史诗。史诗是一种大型的叙事诗，产生在氏族社会或其后不久的英雄歌谣的基础之上，依据某些重大的历史事件和英雄人物的事迹，经过艺术加工创作而成。在史诗中反映的生活内容非常广泛，政治的、宗教的、道德的各个方面都有真实的描写，其中以描写战争事迹的为最多。如希腊的《伊利亚特》和《奥德赛》，法国的《罗兰之歌》，德国的《尼伯龙根之歌》，印度的《摩诃婆罗多》和《罗摩衍那》，我国藏族的《格萨尔王传》和蒙古族的《江格尔》，等等。汉族没有流传下典型的英雄史诗，仅有一些篇幅较短，描写精练的叙事诗传世，其中优秀之作有《孔雀东南飞》和《木兰辞》。

（3）诗剧。诗剧也有叙事诗的特点，所以在某些文学理论著作中，把诗剧同叙事诗并列。诗剧既有戏剧的性质，又有诗的特点。诗剧运用诗的语言展开剧情，在人物对话中又采用诗的语言。如歌德的《浮士德》、郭沫若的《女神再生》、马雅可夫斯基的《宗教滑稽剧》等。

还有一种叙事诗抒情意味特别浓重，在故事情节和人物形象中饱含着诗人充沛的思想感情，兼有叙事诗和抒情诗的特点，如屈原的《离骚》，白居易的《长恨歌》和《琵琶行》，等等。

二、散文

广义上说，散文是一切文章的总称。文学中的散文则是一种灵活自由、不受拘束的文学样式。

散文，特别是叙事散文，应与小说应加以区别。小说注重塑造人物形象，并且一般具有相对完整的故事情节。散文虽然也可以叙事记人，同时还包含某种情节，但散文的主要目的是通过作者的所见所闻，对人物和故事的描写评价来表现作者的思想和联想以及作者所受到的启发，从而得出一定的认识，并借此发表议论。散文一般不以塑造人物形象作为其创作的目的（报告文学除外）。散文反映的内容很广，表现的手法也多，不仅没有固定的、一成不变的形式，而且内容也在不断地丰富和发展，因而它在每个时代又有不同的特点。

（一）散文的特点

1. 选材范围广

散文的选材不受时间和空间的限制，古今中外的各种人物、事件、自然景色、风土人情，都可以随意撷取，或单独成篇，或引用穿插。它既可以选取具有广阔社会内容的重大题材，也可以选取具有一定意义的生活小事。凡此种种，都可以成为散文的写作题材。

2. 结构自由灵活

在各种文学体裁中，散文的结构灵活多样，很少受限制。与小说相比，它不要求具有完整的故事情节；与诗歌相比，它没有固定的格式，也不讲究韵律；与戏剧相比，它不要求由许多人物的活动和对话所形成的戏剧冲突。散文可以时而写人，时而状物，抒情议论，随意穿插。但是，散文的结构章法并非脱缰的野马，其必须有鲜明的主题思想。既要撒得开，又能收得拢，应当做到"形散而神不散"。

3. 表现手法多样

散文兼有叙事文学作品、抒情文学作品以至议论文的某些基本手法。可以说，散文是集一切文体表现手法之大成。各种文体的表现手段，都可被散文所采用。一篇散文，根据表达主题思想的需要，作者可以时而叙述，时而描写，时而抒情，时而议论，甚至可以把几种表现手法融合起来，使描写中有抒情，抒情中有描写，以充分表达作者的思想感情。

（二）散文的分类

散文主要分为三大类，即叙事散文、抒情散文和议论性散文。叙事散文侧重于事件的叙述和人物的描写，如鲁迅的《为了忘却的记念》；抒情散文着重抒发作者的激情和对生活的感受，如高尔基的《海燕》。其实，叙事散文和抒情散文往往难以截然分开，只能作大致的划分。议论性散文主要指艺术性的政论——杂文，杂文着重抓住一两个典型事例或典型人物，以形象化的笔法揭示其本质，或歌颂之，或批判之。如鲁迅的《我们不再受骗了》和《关于中国的两三件事》。此外，报告文学、传记文学、游记也是散文中一些常见的类型。叙事和抒情的散文一般读者比较熟悉，在此有必要着重介绍杂文、报告文学等散文形式。

1. 杂文

杂文是文艺性的政论文，它既有政论的性质，又有文艺的特点。鲁迅结合他所处时代的具体特征，写出了大量的杂文，充分发挥了杂文的战斗作用，使杂文真正成了抨击时弊的有力武器。

杂文通常短小精悍，长于运用尖锐、隽永而又形象化的语言，通过譬喻、反语等手法来针砭时弊，像匕首和投枪那样刺中敌人的要害，戳穿一切落后的、反动的人和事的假面具。

杂文的另一特点是幽默和讽刺。杂文作为一种文化思想的斗争武器，它的讽刺不宜乱用，而应按照不同对象严格加以区分。对敌人可以给予毁灭性的打击，对人民群众则应热情地帮助，善意地诤谏，以达到"治病救人"的目的。

2. 报告文学

报告文学是二十世纪初出现的一种文学样式。报告文学既有报告的性质，又有文学的特点。其主要以"报告"为主，作者在其中扮演"记者"的角色。它的写作必须根据现实生活的事实，具有时代的新闻性和真实性。此外，作者需要对描写对象进行必要的艺术加工，使之具有充分的形象性。综上所述，新闻性、真实性、文学性是报告文学的主要特征。

所谓新闻性，就是要求迅速而及时地反映现实生活中出现的新事物、新问题，强烈地表现时代精神，以达到教育和鼓舞读者的目的。所谓真实性，就是要求所写的人物和事件，应当是真有其人、实有其事，不能弄虚作假、张冠李戴，也不能把特定环境中的人物和事件搞得面目全非。所谓文学性，就是写真人真事不能照相式地有闻必录，而应该进行必要的艺术加工，选择那些典型的、有本质意义的人物和事件表现作者的倾向性。只有正确地剪裁和提炼生活素材，准确地使用文学语言和形象化的表现手法，才能使现实中的人和事更加生动，更加具体感人。报告文学如果失去了文学性，也就失去了艺术效果。

报告文学与小说是有区别的。报告文学在人物、环境的描写和气氛的渲染方面类似小说，但又与小说不尽相同。小说有完整的故事情节，而报告文学的主要线索则是由若干片段的故事通过主题思想连贯起来的。同时，报告文学在表现形式上比小说更自由，它允许作者在描写到一定段落时直接发表意见，允许带有政治性的插叙，还可以引用一些统计数字。也就是说，作者在形象地描绘客观事物时，可以采取夹叙夹议的方式发表评论，把对客观事物的描绘同作家自己思想感情的抒发紧密地结合起来，就是把"论"和"述"有机结合起来。

3. 传记文学

传记文学是以文学手法描写人物成长历史的叙事散文。它可以写人物的一生，也可以写人生片段；它可以一人一传，也可以数人合传。传记文学在我国古代就已经有了巨大的成就，"二十四史"中有许多人物传记的篇章具备传记文学的性质，特别是《史记》中的许多篇章，更是我国古代传记文学的典范作品，如《项羽本纪》《陈涉世家》《刺客列传》等都生动地塑造了许多历史人物形象，反映了社会历史的真实情况。真实是传记文学的生命和灵魂，描写的必须是真人真事，不允许毫无根据地任意夸大或虚构。但传统文学毕竟是文学作品，所以允许作家进行必要的艺术加工，可以舍去一些非典型的、不足以表现人物本质的东西。因此，传记文学是在实有人物事迹的基础上进行的创作。

4. 游记

游记是描写旅行见闻的一种散文形式。它可以记叙社会风貌，也可以描写自然景物，通过对社会的、自然的具体事物的描绘，给人以丰富的社会知识和美的感受，如柳宗元的《永州八记》、范仲淹的《岳阳楼记》等。

三、小说

小说是通过人物、情节和环境的具体描写反映现实生活的叙事作品。

（一）小说的特点

1. 能够多方面细致地刻画人物

由于小说不像戏剧文学那样受时空限制，还能兼用人物的语言和叙述人的语言，所以作者可以自由地运用各种表现手法直接塑造人物形象。它既可以通过人物的对话、行动、外貌和心理活动来细致入微地刻画人物性格，也可以通过环境气氛的渲染烘托来显示人物的个性特征。同时，小说还不受真人真事的限制，作者能发挥自己的艺术想象，运用虚构的手法，多方面刻画人物形象。不管是长篇小说还是中短篇小说，都能够把人物描写得有声有色，生动感人。

2. 能够表现更完整、更复杂的故事情节

小说篇幅较长，容量较大，它可以深入细致地去描绘各方面的社会生活，表现多种多样的矛盾冲突，把各种人物性格刻画得惟妙惟肖。抒情诗一般没有情节；叙事诗情节简单；有的叙事散文和报告文学虽有情节，但往往是片段式情节，不完整，且在作品中不占主要地位。戏剧与小说类似，都需要完整的故事情节，但小说的情节较戏剧文学的情节更为复杂、曲折和多样。

3. 能够具体地描绘各种复杂的客观环境

小说在时间和空间上不受任何限制。上下几千年，纵横数万里，都在它的描写范围之内。为了更真实地反映广阔的社会生活，表现人物之间的复杂关系，它对人物、事件的历史背景和社会条件可以进行深入细致的描绘，使各种不同的社会环境和自然环境都得到最充分、最具体的表现。

小说的环境描写很重要，如果离开了一定的时代环境，不仅人物性格得不到充分发展，而且也失去了作品的真实性。

（二）小说的分类

小说的分类比较复杂，就题材的时代分类，有历史小说、现代小说等；就文体的区别分类，有白话小说、文言小说、诗体小说等；就体裁的区别分类，有日记体小说、书信体小说、章回体小说等。

最常见的小说分类标准是根据小说篇幅的长短、小说容量的大小、人物的多少以及情节的繁简，把小说分为长篇小说、中篇小说和短篇小说三类。

1. 长篇小说

长篇小说是一种巨型的叙事作品。它的篇幅长、容量大，能反映广阔复杂的社会生活。它常常通过具有一定社会意义的生活事件、各式各样人物性格的矛盾冲突来描写比较复杂的社会关系，如《水浒传》就在广阔的背景上反映出错综复杂的社会矛盾和斗争，揭示了封建统治阶级的罪恶激发农民战争的必然规律。

长篇小说反映的社会生活比较丰富和广阔，因此它的主题往往不是单一的，而包含主题和副主题；情节发展也不是单一的，往往会有几条线索交织在一起，可以容纳众多人物，如主要人物和次要人物。主要人物的性格往往有一个成长和发展的过程，次要人物也有他们特定的活动空间，可以较为充分地展现他们的性格。优秀的长篇小说可以塑造各式各样的文学典型，构成一个典型的人物画廊。如《红楼梦》是由四百多个人物所构成的庞大艺术整体。

2. 中篇小说

中篇小说是一种具有中等规模的叙事作品。它可以有较大的容量、有较为复杂的故事情节，能反映现实生活的一个重要侧面。中篇小说往往选择现实生活中一组较大的事件，通过对主人公生活的一段或全部过程的描写，集中地表现当时社会生活的重要矛盾。例如，鲁迅的《阿Q正传》描写了近代中国江南农村的生活，通过主人公阿Q后半生的遭遇，反映了当时农村各种复杂的社会矛盾斗争，批判了辛亥革命的不彻底性。

中篇小说可以有一到两个主要人物，也可以有较多的次要人物。例如，《阿Q正传》中有主要人物阿Q，次要人物小D、王胡、吴妈、赵秀才、赵太爷、假洋鬼子、地保等。随着小说情节的发展，这些人物的性格也都得到了鲜明生动的表现。

3. 短篇小说

短篇小说是一种短小精悍的叙事作品。其字数少，篇幅有限，容量不大，情节比较简单，人物较少。因此，它所反映的只是现实生活中富有典型性的一个片段或侧面。

短篇小说通常都是集中地描写一件事情、刻画一个甚至是几个人物，从而揭示社会意义。如契诃夫的短篇小说选取的都是一些极其平凡的生活素材，描写的都是一些普通人物的命运。但他所提出的问题却含有广阔的社会内容，引导读者去思考一些重大问题。他作品中的人物虽然着墨不多，却能勾勒出生动的人物形象，描绘出一幅鲜明的生活图景，从而给读者留下深刻印象。

有人说，短篇小说仅是长篇小说中的一个片段或插曲，只是结构上的压缩或集中，这是一种误解。短篇小说之所以短是由它的内容以及特定的艺术要求决定的。短篇小说的主要特点在于"短"，把短篇小说说成是长篇小说中的片段或插曲，就否认了短篇小说自身的完整性。至于"集中",则是对各种文学体裁的普遍要求,不只是对短篇小说而言。

短篇小说涉及的人物较少,情节线索也较为简单,这是由短篇小说的容量所决定的,并不是作者的主观臆造。从鲁迅的《药》、茅盾的《春蚕》、契诃夫的《变色龙》等短篇小说中,可以看到短篇小说的这一基本特点。

四、戏剧

戏剧主要是以作品中的人物的语言和行动来塑造文学形象的一种文学体裁。戏剧艺术是文学、美术、音乐和舞蹈的综合体,是以塑造舞台形象为目的的直观艺术。为了与戏剧艺术相区别,一般又把戏剧称为戏剧文学。高尔基说:"剧中人物之被创造出来,仅仅是依靠他们的台词,即纯粹的口语,而不是叙述的语言。"[①] 戏剧文学中人物的语言应该具备个性化,人物的语言是人物在特定情境中个性的自然流露,作者不能将戏剧文学中的人物当成自己的傀儡。如果作者不能赋予人物在特定情境中的独特个性,那么人物便不会获得文学生命力。一旦"把个人变成时代精神的单纯的传声筒"[②],戏剧文学就会失去真正的艺术魅力。

(一)戏剧的特点

与其他文艺形式相比,戏剧文学剧本的创作有着显著的特征。

1.剧本的戏剧冲突

强烈的戏剧冲突要求剧中人物、时间和场景都要高度集中,即在有限的舞台空间和时间内展开激烈的矛盾斗争,突出地刻画人物,推动剧情的发展,以揭示生活的本质,反映具有一定社会意义的思想主题。可以说,没有激烈冲突就没有戏剧。对于其他文学形式来说,虽然也存在矛盾冲突,但是矛盾冲突对戏剧来说更为重要。这是由戏剧艺术本身的特点决定的。

戏剧冲突不是由作者主观臆造的,它是生活中矛盾冲突的反映。如果离开现实基础进行戏剧创作,单纯用一系列偶然的巧合去取代生活中必然发生的矛盾冲突,那么会使戏剧失去真实性,从而降低戏剧的社会影响力。

2.剧本的语言

高尔基在《论剧本》中说:"剧本是最难运用的一种文学形式,其所以难,是因为剧本要求每个剧中人物用自己的语言和行动来表现自己的特征,而不用作者提示。"[③] 剧本中只有人物语言而没有叙述人的语言。剧作家必须把他所要表现的全部生活转化为人物的语言和动作。这是戏剧文学的一个重要特征。在小说中,作者可以利用叙述人的语言来直接叙述全部生活事件,描写人物的思想感情和行为方式。而在戏剧文学中,故事情节的发展、人物性格的揭示以及作者的思想倾向,都要依靠剧中人物的语言和动作来表达。因此,剧本中的人物语言应是高度个性化的、能够充分表现人物的性格特征。语言的个性化主要是指剧中人物的对话或独白要符合人物的年龄、经历、身份和文化修养,要充分地表现人物独特的内心世界。

[①] 高尔基:《高尔基论文学》,人民文学出版社 1978 年版,第 57—58 页。

[②] 中共中央马克思恩格斯列宁斯大林著作编译局:《马克思恩格斯全集》第二十九卷,人民出版社 1972 年版,第 574 页。

[③] 高尔基:《文学论文选》,孟昌等译,人民文学出版社 1958 年版,第 243 页。

剧本语言除台词外，还有帮助导演和演员掌握剧情的舞台说明。这是一种叙述人的语言，它的作用有以下四个方面：一是对人物、时间、地点、布景的说明；二是对人物动作和表情的说明；三是对舞台美术、音乐和人物上下场的说明；四是对开幕和闭幕的说明。舞台说明在剧本中虽然只是一种辅助手段，但它却是戏剧文学中不可缺少的组成部分。如果没有舞台说明，就难以充分掌握剧情的发展和人物性格的主要特征。

3. 剧本的结构

戏剧演出在时间和空间上都有一定的限制，这就要求在有限的时间内、有限的场景中集中地表现完整的情节和许多人物的活动。一般来说，戏剧所表现的事件发展过程比戏剧演出时间长，因此大型戏剧一般要分幕，一幕还要分若干场。剧作家必须精心设计和布局，确定哪些情节在舞台上演出，哪些情节推到幕后。这样才能突出主要部分，使剧情更集中，矛盾更尖锐，以达到预期的戏剧效果。

（二）戏剧的分类

戏剧文学根据内容的性质分类，可分为悲剧、喜剧和正剧（悲喜剧）；根据表现手段分类，可分为话剧、歌剧、舞剧、歌舞剧和诗剧；根据结构形式分类，可分为独幕剧和多幕剧。

1. 悲剧、喜剧和正剧

在古希腊，悲剧和喜剧起源于农民祭奠农神和酒神的合唱舞曲。这种形式后经埃斯库罗斯的改造和完善后，便形成了古希腊悲剧。埃斯库罗斯、索福克勒斯和欧里庇得斯是希腊雅典时期著名的三大悲剧家。古希腊的悲剧理论家认为，悲剧都是表现一种不能克服的矛盾，如在命运的支配下，主人公所从事的事业总是以失败而告终。这种戏剧给观众一种悲痛、恐怖的感觉，并由此引发观众感情上的宣泄和实现观众精神上的净化。在莎士比亚的悲剧中，造成悲剧的不是命运对人物的捉弄，而是悲剧人物的理想和当时的黑暗社会之间产生了不可调和的矛盾。马克思在批判和继承传统悲剧理论的基础上，对造成悲剧的社会根源和历史条件作了历史唯物主义的阐述。恩格斯认为："历史的必然要求和这个要求的实际上不可能实现之间，就构成了悲剧性的冲突。"[1]莎士比亚的《哈姆莱特》《罗密欧与朱丽叶》等悲剧都说明了这种情况。鲁迅在论及悲剧的社会性质时指出，"悲剧将人生的有价值的东西毁灭给人看"，这说明悲剧的戏剧冲突常常是正面人物为某种正义事业而牺牲，他的牺牲引发人们的同情、受到人们的敬仰，并给人积极有力的启示。在我国古典悲剧中，存在一种浪漫主义的理想结局，如《窦娥冤》中的"六月飞雪"情节，《白蛇传》中的"雷峰塔倒塌"情节，都预示着主人公斗争的胜利。这样安排布局，具有振奋人心和鼓舞斗志的作用。悲剧反映的社会内容都比较深刻，教育意义也比较突出。

喜剧同样起源于希腊农民祭奠酒神的仪式，它是由秋季收获葡萄时为谢神的狂欢歌舞发展而成。每唱完一节，领队者总是要向大家说些谐谑之词，使大家发笑。因此，喜剧的特点多是以滑稽的形式来嘲笑和讽刺生活中的不良现象和人物性格中的缺点与弱点。用鲁迅的话来说，喜剧是"将那无价值的撕破给人看"。一般来说，喜剧的结局总是圆满的。"喜剧之父"阿里斯托芬的作品就具备这样的特点。莎士比亚早期的喜剧富于幽默感，闪

① 中共中央马克思恩格斯列宁斯大林著作编译局：《马克思恩格斯选集》第四卷，人民出版社1995年第2版，第560页。

烁着讽刺的锋芒。喜剧人物总是执拗的、滑稽的。作家通过剧情的发展，对社会的丑恶现象进行了有力鞭挞，真实地反映了社会生活。莫里哀的《伪君子》和《悭吝人》，果戈理的《钦差大臣》，以及我国的川剧《拉郎配》《借靴》都是著名的喜剧作品。

正剧兼有悲剧和喜剧的因素，所以又称悲喜剧。在反映社会生活方面，它超越了悲剧和喜剧的范围。悲剧中无法解决的矛盾，在正剧中可以得到解决。它的特点一般是先悲后喜，反面人物最终受到惩罚，正面人物最终获得胜利，如《白毛女》《万水千山》等。

2. 话剧、歌剧和舞剧

中国话剧主要受西方话剧的影响，话剧是一种以反映现代社会生活为主要内容的新型戏剧。话剧的特点是以对话为主，对话是话剧的主要表现手段，人物的刻画、故事情节的发展、环境的烘托、气氛的渲染等都依靠对话来完成。对话必须是规范化的文学语言，并且通俗易懂。曹禺的《雷雨》、老舍的《茶馆》等都是优秀的现代话剧。

歌剧是一种声乐和器乐综合而成的戏剧形式，也称为乐剧。有的歌剧只有歌唱，没有独白和对话；有的则是歌唱、独白和对话三者兼而有之。歌剧的特点是通过演员的歌唱来表现剧情，音乐和唱词对歌剧来说十分重要。歌词是诗的语言，既要有节奏韵律，富有音乐性，又要深刻地表达人物的思想感情。歌剧中的独白和对话，往往是在歌唱时、在音乐的伴奏之下，演员用插话的形式或吟诵的调子来进行的。

舞剧是一种把舞蹈、音乐和戏剧结合在一起的戏剧艺术。它的特点是剧情的发展和人物形象的塑造主要依靠演员的舞蹈动作来表现。舞剧虽然是音乐和舞蹈的结合，但也有戏剧的故事情节，所以又称为"剧"。剧中的舞蹈一般分为情节舞和表演舞，情节舞用来表现戏剧的情节；表演舞用来描绘剧情发生的时代和环境特征。音乐在舞剧中对表现戏剧内容、烘托环境气氛和塑造人物性格，都有着极为重要的作用。

歌舞剧是一种把诗歌、音乐、舞蹈结合在一起的戏剧艺术。在我国，它不仅是最早的戏剧形式，而且是最富有民族特色的戏剧形式。歌舞剧在我国古代戏剧中一直处于主流地位，各省的地方戏曲也都是以歌舞剧的形式流传下来的。京剧《霸王别姬》、越剧《梁山伯与祝英台》等都是优美动人的歌舞剧。

3. 独幕剧和多幕剧

独幕剧是独成一幕的短剧。它类似于小说中的短篇，容量较小，人物较少，情节较简单，往往通过一个生活片段集中反映具有重大意义的思想主题，表现尖锐的矛盾冲突。独幕剧的结构紧凑，故事完整，要求在一场一景之中产生、发展和解决矛盾。构成情节的主要部分有开端、发展、高潮、结局，这些都应当在一定的时间和空间内表现出来。

多幕剧是一种大型的戏剧。它同长篇小说一样，篇幅长，容量大，能容纳许多人物，有比较复杂的故事情节。由于它分幕分场，能够通过换幕来表现时间的间隔和空间的转移，可以把那些无关紧要和不便于在舞台上演出的事件转移到幕后。在一定程度上，多幕剧能够反映更加广阔的社会生活。

思考与练习

1. 文学一般按什么标准进行分类？它有哪些基本种类？
2. 文学种类与文学体裁有什么区别？有哪些文学体裁，它们各有哪些文体特点？

第二章

欣赏文学

| 学习目标 |

知识目标

了解文学欣赏的概念、特点与对象，熟悉文学欣赏的方法。

能力目标

能将文学欣赏与其它文学概念进行区分，感受中国文学的独特美。能在阅读文学作品的过程中，运用文学欣赏的方法全面解读文学作品，从而提高对文学的鉴赏能力与审美能力。

素养目标

运用文学理论知识分析文学作品、解读各种新的文学现象，进一步提高自身的人文素养与综合素养。树立科学的人生观、价值观、审美观和文学观，不断增强自身的文学理论自信。

第一节　文学欣赏的概念与对象

文学欣赏作为一种文学活动，是以读者为中心的。本节的首要任务是明确文学欣赏的含义，了解文学欣赏的对象范围，掌握文学欣赏的方法。

一、文学欣赏的概念

文学欣赏是一门新兴而古老的学科，与文学的教育作用紧密相连，对人格塑造有着直接作用，正如孔子在《礼记》中所云："其为人也，温柔敦厚，《诗》教也。"然而，长期以来，许多学者过于强调"以心会心"，认为文学是只可意会而不可言传的文学活动。为了消除这一误解，以下通过对文学欣赏与文学阅读、文学批评概念的区分来揭示文学欣赏的内涵，从而科学界定文学欣赏概念。

（一）文学阅读不等于文学欣赏

大多数人在小学和中学就已经阅读了许多名家名篇，甚至还能够被作品描写的人物、故事以及其中抒发的情感所感动。例如，在读到《红楼梦》中黛玉葬花的情节时，会情不自禁地流下眼泪。一定意义上说，能够读懂作品的故事情节及思想内容，并且能够被作品所感动，这在一定程度上可看作是具备文学欣赏能力的一种表现。但是，文学欣赏不能停留在只知道作品的故事情节层面以及作品所抒发的情感层面上。例如，读陶渊明《饮酒》（之五）中的两句诗："采菊东篱下，悠然见南山。"诗的字面意思很好理解，但有些字句却需要细心揣摩。譬如"悠然见南山"中的"见"，为什么不用"看"或"望"呢？从词意的角度来看，并不影响诗意的表达，甚至"望"比"见"可能还显得准确些，可诗人为什么不用呢？这两句诗实际上写出了一个融入自然而超凡脱俗、超然无我的诗人形象，一个"见"字突出的是诗人无意中的看见，微妙地传达出诗人在不经意中深得自然之趣的悠闲自得。如果换成"看"或"望"，无意之中的"见"便成为有意的"望"，诗的味道就完全不一样了。[①]

总之，文学阅读与文学欣赏不能等同，文学欣赏并非一般性的阅读，其超越了单纯的消遣性阅读，更多追求的是阅读的愉悦感和情感的陶冶升华。在文学欣赏的过程中，读者在感受作品带来的直接的心理冲击的同时，其注意力更多地被作品的意趣和深刻的内涵所吸引，并且在审美的层次上展开想象和情感活动，主动地对作品所蕴含的审美价值进行感受和思考，用自己的人生经验加以诠释和补充。因此，一般的文学阅读并不等于文学欣赏，只有那种使人获得审美感受的阅读活动才能称为文学欣赏。

（二）文学批评不等于文学欣赏

文学欣赏与文学批评都是读者的文学接受活动，二者属于文学接受的不同层次。一般来说，文学欣赏是读者以审美观照的方式，对文本的语言、形象、情节、意蕴与叙述方式等审美要素进行全面关注，以获得丰富的审美感受和精神陶冶。文学欣赏对作品充满了一定的膜拜感，大多关注文学作品的审美意蕴。文学批评是对文学作品、文学现象的分析、阐释和评价，大多表达相关见解和诉求。它要求以一定的理论背景原理为出发点去感受和理解作品，并做出恰当的客观评价。可以说，文学欣赏是文学批评的基础，文学批评是文学欣赏的补充和完善。

[①] 王先霈、王耀辉：《文学欣赏导引》，高等教育出版社 2005 年版，第 3 页。

（三）文学欣赏是一种审美认识活动

文学欣赏作为一种文学活动，是人类社会所特有的现象，主要由世界、作者、作品与读者四要素构成。作者从世界中获取素材，经过提炼、加工、改造后创造出具有潜在审美价值的供读者阅读的文本，读者根据自身的文化修养与阅读经验对文本进行阅读、欣赏与批评，而经过读者阅读后的文本也实现了价值，从而成为文学作品。

文学欣赏是整个文学实践活动的一个重要环节，刘勰在《文心雕龙·知音》中探讨了文学创作与文学欣赏的对应关系："缀文者情动而辞发，观文者披文以入情。""缀文者"是指作家，"观文者"是指读者。文学创作与文学欣赏正好相反，前者是"情动而辞发"，后者则是"披文以入情"，两者的中介因素便是文学作品。

文学欣赏是人们在阅读文学作品过程中形成的一种审美认识活动。人们在阅读文学作品时，被其中的艺术形象所吸引，并对艺术形象进行感受、想象、体验和品味，从而获得审美享受，这就是文学欣赏。

二、文学欣赏对象的范围

文学欣赏是一种阅读活动。阅读活动涉及的范围非常广，凡是用文字写成的东西都可以成为阅读的对象。但文学欣赏的对象范围比较狭窄，它的对象只是文学作品，从文体角度来看，主要有诗歌、小说、散文、戏剧等。

尽管文学的含义已基本确定，但随着社会的发展，文学的概念也不断发生着演变，有些通常意义上的非文学作品有可能会变成文学作品，如手机短信、公众号上发布的文章等。

区分文学作品与非文学作品的标准并不局限于审美属性和语言形式，区分的标准往往丰富多样。综合而言，文学作品要符合以下几点要求：第一，文学的语言富有独特表现力；第二，文学要呈现审美形象的世界；第三，文学要传达完整的意义，构成一个整体；第四，文学要蕴含着特殊且无限的韵味。

思考与练习

1. 文学阅读与文学欣赏是同一个概念吗？
2. 文学与非文学的区分标准是什么？
3. 诗坛曾出现过一种梨花体诗歌，例如，《一个人来到田纳西》："毫无疑问 / 我做的馅饼 / 是全天下 / 最好吃的。"《我终于在一棵树下发现》："一只蚂蚁 / 另一只蚂蚁 / 一群蚂蚁 / 可能还有更多的蚂蚁。"《事实胜于雄辩》："一辆车和另一辆车追尾 / 不是一条公狗在嗅一条母狗 / 反过来也不是。"以上这些是诗歌吗？你如何理解它们？

拓展阅读

1. 周宪：《超越文学——文学的文化哲学思考》，上海三联书店1997年版。
2. 童庆炳：《文学理论教程》，高等教育出版社2015年第5版。

第二节　文学欣赏的特点

文学欣赏是以文学作品为对象而进行的审美活动。具体而言，文学欣赏具有审美愉悦性、心理共鸣性与再创造性的特点。

一、审美愉悦性

文学作品从情感上打动读者、感染读者，给读者带来愉悦、激昂、悲哀、愤怒等审美享受，这就是文学的审美属性。文学欣赏能使审美主体的心灵得到最大限度的解放，使其获得精神上的满足感与愉悦感。中外文论家用"畅神""去忧""忘记了一切"等词语来描述欣赏者进入艺术境界之后所获得的特殊美感。果戈理曾说过这样的话："我感觉到，我的脑里的思想活动了，好像被叫起的蜂群；我的想象变成奇异的了。啊，如果你知道，这是怎样的快乐呀！简直在我的整个的身体里感觉到甜蜜的战栗；于是我忘记了一切，倏然地转入我很久不曾去过的那个世界里了。"[①] 作者是自己作品的第一个欣赏者，"甜蜜的战栗""忘记了一切"等进入艺术世界的这种感受正是文学审美性的突出表现。

审美主体在欣赏过程中要想获得审美的愉悦感，就必须抛开世俗的干扰，进入无功利的状态，使得心灵获得彻底的解放。庄子提出的"吾以无为为诚乐矣"的思想、康德提出的"无关功利说"、叔本华提出的"观照说"、布洛提出的"心理距离说"的思想都强调审美欣赏的超俗性与自由性。只有保持无功利的态度才能进入文学的审美世界，正如鲁迅所言："中国人看小说，不能用赏鉴的态度去欣赏它，却自己钻入书中，硬去充一个其中的角色。所以青年看《红楼梦》，便以宝玉、黛玉自居；而年老人看去，又多占据了贾政管束宝玉的身份，满心是利害的打算，别的什么也看不见了。"[②] 由此可见，一旦抱着功利的态度去欣赏作品，就无法欣赏作品的美。因而，在文学欣赏的过程中，读者与作品要保持一定的审美距离，要以无功利的态度去欣赏作品。

二、心理共鸣性

共鸣原是物理学上的名词，声学上的共鸣原理是指两个振动频率相同的物体，其中一个振动了，另一个在激发下也会振动发声。在文学欣赏的过程中，读者的思想感情和作品蕴含的思想感情相通或相似，产生感应交流，引起一种强烈的情绪波动，这种特殊的心理现象就是文学欣赏中的共鸣。

共鸣是一种心灵感应现象，主要有两种类型。共鸣的第一种类型是欣赏文学作品时，欣赏者的思想感情同作者的思想感情基本一致，爱其所爱，憎其所憎，发生了思想上的交流。例如，《红楼梦》第二十三回"牡丹亭艳曲惊芳心"中，林黛玉与作品发生了感应，她听到《牡丹亭》中的唱词时，先是觉得"十分感慨缠绵"，而后"不觉点头自叹"，继而"心动神摇"，以致"如痴如醉"，最后"心痛神痴，眼中落泪"。共鸣的第二种类型是欣赏同一部作品时，不同的读者产生的心理趋同，即不同时代、不同民族、不同身份的读者，在阅读同一作品时，产生相同的情绪和审美感受的现象。亚里士多德曾生动地描绘人们的心理状态："当他们倾听兴奋神魂的歌咏时，就如醉似狂，不能自已，几而苏醒，回复安静，好

---

① 彭立勋：《美感心理研究》，湖南人民出版社 1985 年版，第 203 页。
② 鲁迅：《鲁迅全集》第九卷，人民文学出版社 2005 年版，第 348 页。

像服了一帖药剂。"① 例如，李白的《静夜思》引发了无数游子的思乡之情；岳飞的《满江红》是诗人在民族危亡关头发出的气壮山河的呐喊与誓言，感染了不同时代的无数读者；福楼拜的《一颗纯朴的心》不仅打动了当年的高尔基，而且当代的许多读者也深深为之感动。

共鸣产生的根本原因主要有两个方面。一是情感的相通性，如思乡、爱国、羞耻感、荣誉感、美感等。当人们处在相近的生活境遇时，往往就会产生相似的具体情感因素。正如亚里士多德所说："被情感支配的人最能使人们相信他们的情感是真实的，因为人们都具有同样的天然倾向。"② 二是审美体验的共同性。人类的审美知觉与感受能力具有一致性，不同时代、不同民族、不同阶层的人对美的事物与形式也会产生共同美感。

三、再创造性

如果说作家的创作是"一度创造"，那么读者的欣赏则是"二度创造"，或称"再创造"。再创造是指文学欣赏者根据自己的生活经验、具体处境、文化素养等因素，通过想象与联想对文学作品的形象进行加工、补充，使之成为自己头脑中生动丰满的艺术形象的活动。例如，高尔基在阅读巴尔扎克的小说《欧也妮·葛朗台》时，联想到自己外祖父的贪婪吝啬，并进行两相比较，从而丰富了葛朗台这个守财奴的形象。

由于文学作品中存在许多空白点，所以文学欣赏者可以根据自己的思想、生活经历和审美理想，对文艺作品所反映的社会生活提出自己的理解和认识。读者的再创造使得许多优秀的作品具有了长久的生命力。每个时代的读者都可以从作品中获得不同于前人的感受、体验、认识和审美结果。例如，曹雪芹写《红楼梦》时也许心中饱含历经人世沧桑之后的悲凉感和幻灭感，并未刻意赋予作品庞大主题，但现代读者却认为《红楼梦》反映了封建社会由盛而衰的必然趋势。曹禺写《雷雨》时也许并没有刻意要匡正什么，讽刺什么，现代读者却认为《雷雨》暴露了封建大家庭的罪恶。从大量的文学欣赏活动来看，对作品进行创造性理解是一种普遍现象，只要是在原作的基础上进行合乎情理的引申，都在允许之列。

在文学接受活动中，经由读者阅读产生的"第二文本"往往掺杂着读者个人的再创造，与作者的"第一文本"相比，会发生很大的异变。这与读者头脑中某些已有的政治观念、文化观念以及个人的文化视野、生活体验、文学欣赏能力有关。如《诗经》中的《关雎》，在一般读者看来，不过是一首男女思恋的情歌，但在经学家看来，却被认为是对"后妃之德"的赞美。《金瓶梅》中的潘金莲谋害亲夫、挑拨口舌、争宠献媚，在作家笔下，无疑是一个遭千人唾、万人弃的女人。但在现代著名作家孟超看来，潘金莲却是一个不甘忍受封建束缚、勇于追求自由、值得同情的千古悲剧人物。③ 这种形象变异，显然是因为作者（兰陵笑笑生）与读者（孟超）之间的文化观念差异造成的。作者尊崇的是封建纲常伦理，读者崇尚的是个性自由。读者在文学欣赏的过程中对作品进行再创造时，往往会产生两种阅读现象，即"正读"和"误读"。所谓"正读"，是指读者对作品的理解和作家创作的主观意图大致吻合，读者在作品中所获得的思想情感正是作家在作品中所要表达的思想情感。所谓"误读"，是指读者对作品的理解和作家主观意图不完全相同或完全不同，读者通过对作品的阅读获得的欣赏结果与作家想要表达的创作意图完全不同。例如，鲁迅的小说《阿Q

---

① 亚里士多德：《政治学》，吴寿彭译，商务印书馆1981年版，第431页。
② 亚里士多德：《诗学》，罗念生译，上海人民出版社2005年版，第62页。
③ 孟超：《〈金瓶梅〉人物》，北京出版社2003年版，第1—7页。

正传》主要是通过阿 Q 这个人物形象来刻画麻木沉默的国民的灵魂，以引起读者的注意。如果读者也是这样理解的，那么这便是"正读"。但也有另一些读者怀疑鲁迅是在借阿 Q 这个人物形象影射自己或某个人，这就是"误读"。当然，误读也有"正误"与"反误"之分。"正误"又称"合理误解"，如有些读者认为《小二黑结婚》中的三仙姑身上体现了值得肯定的个性解放精神。虽与作者的创作初衷相悖，但在一定程度上也有一定的道理。这种"正误"现象对于文学作品价值的挖掘有着十分重要的意义。"反误"是读者自觉或不自觉地对文学作品进行穿凿附会的认识与评价。例如，韦应物的《滁州西涧》："独怜幽草涧边生，上有黄鹂深树鸣。春潮带雨晚来急，野渡无人舟自横。"这首诗本意不过是抒发对优美自然风光的赞叹之情，看不出有什么其他意涵。元人赵章泉却从封建道德观念出发，不顾全诗的整体结构，认为前两句是写"君子在下小人在上之象"。这种"反误"是对文学作品的破坏与践踏，应予以坚决反对。

思考与练习

1. 为什么说文学欣赏是一种审美认识活动？

2. 怎样理解文学的再创造与再评价？

3. 威廉·福克纳的《喧哗与骚动》和詹姆斯·乔伊斯的《尤利西斯》虽然有着很高的思想艺术成就，但由于读者自身的文化水平与艺术修养有限，致使读者很难与作者产生共鸣。然而，一些思想成就并不高的作品反而容易引起读者的共鸣。你如何看待这种共鸣现象？

4. 马尔克斯在《番石榴飘香》中谈到他第一次阅读卡夫卡的小说的感受时，他倍感震惊，因为他以前从没想过小说能够那么写。他在未读卡夫卡小说之前，对小说有自己的一套看法，但在读了卡夫卡的小说之后，他原来对小说的看法有了很大改变。你如何评价这种现象？

拓展阅读

1. 姚斯、霍拉勃:《接受美学与接受理论》，周宁、金元浦译，辽宁人民出版社 1987 年版。

2. 李永燊:《文学概论》，华东师范大学出版社 2011 年第 3 版。

第三节　文学欣赏的角度

一、文学语言

语言是一种声音与意义结合的符号表意系统，是人类交际最重要的工具。语言是人类创造的旨在表达意义（观念、情绪和欲望）的符号系统，而文学作品正是由这种语言构成的。文学语言是指文学作品中的语言，这里所说的文学语言实际上应是文学中的语言，而不同于语言学中的文学语言。语言学中的文学语言是指加工过的、规范化了的书面语，它通常与口语相对，是一定社会和教学情境中的标准语言形态。一般电影、电视、话剧、广播、教育、科学等领域中所用的书面语，都属于文学语言。可见，语言学中的文学语言具有更为宽泛的含义。

通常认为，文学语言有三个基本层面：语音层面、文法层面和辞格层面。这三个层面不是由外向内或由低到高划分的，而是不同侧面的分列，它们显示了文学语言的不同面貌。需要说明的是，由于汉语具有不同的语言特点，因而汉语中的文学语言往往呈现出鲜明的独特性。

（一）语音

语言是声音与意义结合的符号系统，在探讨文学语言时，必须了解它的语音层面。语音层面是文学语言的基本层面之一，它是文学语言的语音组合系统，主要包括节奏和音律两种形态。

1. 节奏

节奏是文学语音层面的基本形态之一，是语音在一定时间里呈现的长短、高低和轻重等有规律的起伏状况。节奏一般有三类型，即长短型、高低型和轻重型。

节奏在古典诗中是必不可少的。杜甫的《秋兴》中有这样一句："江间波浪兼天涌。"从词意上看，该句中的"天"字处不应出现停顿，可以念成"江间—波浪—兼天涌"，一句三顿。但从诗的节奏效果着眼，这样的停顿会有些过于突然，使整句诗缺少起伏，从而缺乏节奏感。可以改成下面的念法："江间—波浪—兼天—涌"，全句变成四个顿，前面三个顿都是两字一停顿，显得间隔均衡，而最后改成一字停顿，表示一种结束，从而形成鲜明的节奏感。

现代新诗在格律上更为自由，如闻一多《死水》中的第一节：

> 这是—一沟—绝望的—死水，
> 清风—吹不起—半点—漪沦。
> 不如—多扔些—破铜—烂铁，
> 爽性—泼你的—剩菜—残羹。

以上诗中每句都有四处停顿，虽然每处停顿的字数并不完全对等，但大致长短间隔均衡，停顿合理，节奏鲜明。

小说语言也可以有节奏：

庞家—这三个—妯娌，一个—赛似—一个的—漂亮，一个—赛似—一个的—能干。她们都—非常—勤快。天—不亮—就起来，烧—水，煮—猪食，喂—猪。白天—就坐在—一穿堂里—做针线。都是—光梳头，净洗脸，穿得—整整—齐齐，头上—戴着—金簪子，手上—戴着—麻花银镯。人们—走到—庞家——门前，就觉得—眼前——亮。（汪曾祺《故里杂记》）

在这段叙述里，各句的停顿间隔虽然有长有短，不如诗那样整齐一律，但正是这种长短参差突出了小说语言特有的灵活节奏，使人从不规律的停顿间隔中仍能见有规律的起伏。

2. 音律

音律，又称声律、声韵或韵律，是语音层面的基本形态之一，是由声调、语调和韵的变化和协调而形成的内部和谐状况。声调，又叫字调，是语言的每一音节所固有的能区别词汇或语法意义的声音的高低升降状况。汉语中的语音有"四声"之分：在古代汉语中指"平、上、去、入"，而在现代汉语中则指"阴平、阳平、上声和去声"。由于有四声之分，词的每个音节都有特定的高低和升降。如果发音错了，词的意思就会发生改变，造成误解。在文学文本中，声调的运用应当服从整体的音律效果。

声调主要指单个词的高低升降不同，语调是整句话或整句话中的某个片段在语音上的高低升降状况。在这个意义上，整句话的语调往往涉及对单个词的声调的通盘处理。汉语的语调本身就是丰富的"美的资源"。如岑参的《白雪歌送武判官归京》开头四句：

北风卷地白草折，胡天八月即飞雪。

忽如一夜春风来，千树万树梨花开。

诗人认为，这四句诗如果用"官话"来念，押韵的字"折"和"雪"、"来"和"开"并没有什么特别的地方；可是如果换成诗人的家乡方言常州话来念，头两句就收迫促的入声字"折"和"雪"，而后两句则收流畅的平声字"来"和"开"。这种迫促和流畅之间的明显变化，从语音上体现了从冰天雪地到春暖花开这两个世界的转变。

音律的基本类型有双声、叠韵、叠音、叠字、平仄和押韵。

（1）双声。双声是两个字声母相同的语音状况。如：

爱而不见，搔首踟蹰。（《诗经·邶风·静女》）

见说蚕丛路，崎岖不易行。（李白《送友人入蜀》）

元气淋漓障犹湿，真宰上诉天应泣。（杜甫《奉先刘少府新画山水障歌》）

这里的"踟蹰""崎岖""淋漓"都属于双声，使得诗句呈现一种内部应和效果。

（2）叠韵。叠韵是两个字韵母相同的语音状况。如：

窈窕淑女，君子好逑。（《诗经·周南·关雎》）

万里桥西一草堂，百花潭水即沧浪。（杜甫《狂夫》）

彷徨忽已久，白露沾我裳。（曹丕《杂诗》其一）

这里的"窈窕""沧浪""彷徨"构成了叠韵效果。

（3）叠音。叠音是由单纯词内的两音相叠的词造成的语音状况。古典诗往往喜欢使用叠音词。如：

蔼蔼堂前林，中夏贮清阴。（陶渊明《和郭主簿》）

柔条纷冉冉，叶落何翩翩。（曹植《美女篇》）

秋花紫蒙蒙，秋蝶黄茸茸。（白居易《秋蝶》）

叠音词"蔼蔼""冉冉""翩翩""蒙蒙""茸茸"的运用，不仅适用于感情的抒发，而且增强了语言的音乐美。有的现代小说也体现了这一特点，如：

紫灰色的芦穗，发着银光，软软的，滑溜溜的，像一串丝线。（汪曾祺《受戒》）

在石岛北边有一隙，水石相搏，澎澎而响，音韵美妙如人在瓮中。（贾平凹《龙卷风》）

"溜溜"和"澎澎"的使用有助于增强声音美。

（4）叠字。叠字是词的重叠造成的语音状况。如：

无边落木萧萧下，不尽长江滚滚来。（杜甫《登高》）

骊宫高处入青云，仙乐风飘处处闻。（白居易《长恨歌》）

轻轻地我走了／正如我轻轻地来／我轻轻地招手／作别西天的云彩。（徐志摩《再别康桥》）

"滚滚"既突出了长江在视觉上的开阔气象，又渲染出它在力量上的磅礴气势，用得可谓绝妙。"处处"刻画出"仙风"盛行的状况，体现一种现实讽喻效果。"轻轻"的运用，深刻地表现了"我"依依惜别的心情。

（5）平仄。"平"指平声，"仄"指上、去、入三声。平仄是平声字与仄声字之间相互有规律地调配造成的节奏与语音状况。尤其对古典诗词来说，平仄是形成语音节奏与和谐美的基本手段之一。古典诗可分为古体诗和近体诗，前者一般不讲究平仄，而后者则严格要求平仄。近体诗的平仄格式，七律、五律、七绝、五绝各有四种，共十六种。这里以杜甫《客至》为例谈谈平仄在形成节奏与和谐上的作用。

平平／仄仄／平平仄，仄仄／平平／仄仄平

舍南／舍北／皆春水，但见／群鸥／日日来。

仄仄／平平／平仄仄，平平／仄仄／仄平平

花径／不曾／缘客扫，蓬门／今始／为君开。

平平／仄仄／平平仄，仄仄／平平／仄仄平

盘飧／市远／无兼味，樽酒／家贫／只旧醅。

仄仄／平平／平仄仄，平平／仄仄／仄平平

肯与／邻翁／相对饮，隔篱／呼取／尽余杯。

在以上这首诗中，每一句平仄有规律地交替出现，形成一种高低起伏的节奏感。同时，每一组出句与对句的平仄几乎都是相反（有的地方可平可仄），如"舍南／舍北／皆春水"与"但见／群鸥／日日来"在平仄上正好相对应，这主要是为了呈现出高低起伏的节奏。而每一个对句与出句之间的平仄相同（有的地方可平可仄），则是为了造成一种和谐效果。这样，这首诗既有节奏感又有和谐美，形成了一种音乐美。正是在这种音乐情境的享受中，读者能更真切地领略诗人表达的喜悦心情。总之，注重平仄，既可以赋予诗音乐美，也有助于诗意的表达。

（6）押韵。押韵是相邻或相间的诗行或文句的末尾之间形成的韵母相同或相近的语音状况。这些押韵的字通常叫韵脚字。韵脚字能使诗读起来琅琅上口、铿锵可诵，使人感受到一种和谐的音乐美。自古以来，韵脚字的选择就是颇有讲究的。如杜甫的《闻官军收河南河北》："剑外忽传收蓟北，初闻涕泪满衣裳。却看妻子愁何在，漫卷诗书喜欲狂。白日放歌须纵酒，青春作伴好还乡。即从巴峡穿巫峡，便下襄阳向洛阳。"这里的韵脚字"裳""狂""乡""阳"全都属于阳韵字，读起来十分响亮，能够准确地传达出诗人欣喜若狂的心情。

（二）文法

在文学语言中，语音层面固然重要，但语词、语句和篇章的排列组合方式等文法问题同样不可忽视。词（字）有词法，句有句法，篇有篇法，文有文法。"文法"一词借自中国古典诗学，指的不是现代语言学意义上的语法，而是指"作文"和"作诗"之"法"，即文学创作的法则，这里主要指文学语言在语词、语句和篇章方面的构成法则。文法层面是文学语言组织的基本层面之一，它是文学语言在语词、语句和篇章方面的构成法则。文法通常有三类：词法、句法和篇法。

1. 词法

词法又称字法，是特定文本内词语的构成法则。词法要求用词贴切、生动和传神，能够准确表达文学作品的思想内涵。于是便有了"炼字"之说，"炼字"主要指每个词或字既要符合节奏和音律，又能够精准表达作品的意义，这往往要经过千锤百炼才最终确定下来。所谓"吟安一个字，捻断数茎须"，说的就是炼字过程中的"艰辛"。炼字的目的不仅在于符合节奏和音律、准确地表达意义，而且也在于创新，达到"意语新工，得前人所未道者"的程度。历来为人所称道的名句"春风又绿江南岸"中的"绿"字，正是炼字的一个成功实例。诗人先后用过"到""过""入""满"等十余字，均不满意，最后才选定了"绿"字。与其他字相比，"绿"字好在哪里呢？好在它既形象而又富有代表性。"绿"是春天来了的最具有代表性的标志之一，因而用"绿"字可以生动形象地描绘出春天的动人景致，传达出诗人对未来生活的憧憬。另外，"红杏枝头春意闹"中的"闹"字，"云破月来花弄影"中的"弄"字，都是炼字方面的经典例子。王国维在《人间词话》中说："著一'闹'字而境界全出"，"著一'弄'字而境界全出。"清代王士禛对孟浩然的名句"气蒸云梦泽，波撼岳阳城"赞赏不已："'蒸'字'撼'字，何等响，何等确，何等警拔。"

炼字并非一味求"雅"，还可以求"俗"。俗语的成功运用也可以增强文学作品的表现力。杜甫在诗中有时会使用俗字和里谚。明代胡震亨在《唐音癸签》中指出杜诗好用俗字："数物以个，谓食为吃，甚近鄙俗，独杜屡用。"例如，"峡口惊猿闻一个""两个黄鹂鸣翠柳""却绕井栏添个个""临岐意颇切，对酒不能吃""楼头吃酒楼下卧""但使残年饱吃饭""梅熟许同朱老吃"等。这里屡用俗字"个""吃"，生动而亲切，比用雅字更具表现力。胡震亨还说杜甫"善以方言、里谚点化入诗中"。例如，"吾家老孙子，质朴古人风""客睡何曾著，秋天不肯明""一夜水高二尺强，数日不可更禁当""不分桃花红似锦，生憎柳絮白于绵""负盐出井此溪女，打鼓发船何郡郎"等。这里的"老孙子"与"古人风"、"睡著"与"天明"、"禁当"、"桃花红似锦"和"柳絮白于棉"、"溪女"与"船郎"等都属于方言和里谚，这样表达更贴近日常生活现实，使得诗新奇活泼，充满独特趣味。

炼字不但要讲究新奇，还应准确传神。清代李渔在《窥词管见》中指出："琢句炼字，虽贵新奇，亦须新而妥，奇而确。妥与确总不越一理字。欲望句之惊人，先求理之服众。"他强调炼字应当追求新颖与妥当、奇异与准确的统一，使表达趋于合理。

2. 句法

句法是特定文本内语句的构成法则。古典诗文十分讲究句法，尤其注重句型和炼句。正像炼字在词法中的作用一样，炼句是要通过反复锤炼句子，既要符合句型的节奏和音律要求，又要能够表达作品的意义。诗有四言诗、五言诗和七言诗等，各有其句型要求。

四言诗的基本句型为四字句，如：

昔我往矣，杨柳依依。今我来思，雨雪霏霏。（《诗经·小雅·采薇》）

（从前我离家的时光，杨柳丝儿轻轻飘荡。如今我走回家乡，雪花纷纷扬扬。）

五言诗的基本句型则为上二下三，如：

欲穷千里目，更上一层楼。（王之涣《登鹳雀楼》）

七言诗的基本句型为上四下三，如：

少小离家老大回，乡音无改鬓毛衰。（贺知章《回乡偶书》）

除上述基本句型外，还有一种特殊句型，即五言诗可有上一下四句型，如：

露从今夜白，月是故乡明。（杜甫《月夜忆舍弟》）

3. 篇法

篇法又称章法，是特定文本的整体语言构成法则。前面说的词法和句法只是就组成文本的语词和语句而言的，这里的篇法则扩大到对整个文本的语篇组织的概括。篇法对古典诗来说十分重要。元代傅若金在《诗法正论》中说："作诗成法有起承转合四字。以绝句言之，第一句是起，第二句是承，第三句是转，第四句是合。律诗第一联是起，第二联是承，第三联是转，第四联是合。"起，即开始；承，即承上；转，即转折；合，即收合。显然，这里的起、承、转、合，实际上指的是整个语篇的语言结构规律。如唐代诗人卢纶的五律诗《送李端》：

> 故关衰草遍，离别正堪悲。
> 路出寒云外，人归暮雪时。
> 少孤为客早，多难识君迟。
> 掩泪空相向，风尘何所期。

首联为"起联"，上句点出时令为冬季，地点是故乡；次句交代伤离别题旨。颔联为"承联"，承接第一联，上句指行者，下句指送者，描写出寒云低垂行路正难、暮雪塞途归家不易的境况。颈联为"转联"，想象彼此离别后的感慨，既怜行者的天涯孤旅，又悲自己独自在家的寂寞。尾联为"合联"，合收送别后世事难料而后会难期的深切感触。这里，起、承、转、合层次分明，组成一个有序而完整的篇章结构。当然，上述篇法并非一种刻板公式。有的诗并不完全遵循这种篇法，而是根据意义表达要求进行相关变通。值得注意的是，一定的篇法终究是要服务于一定的意义表达的。

（三）辞格

辞格层面是富有表现力并带有一定规律性的表现程式的运用状况。汉语的辞格历来种类丰富，在文学文本中的运用可谓千姿百态，极大地丰富了文学作品的文本内容及文本表现力，构成中国文学的一大特色。

1. 比喻和借代

比喻和借代的共同点在于都表达两相近似之意，并且都是借彼达此。不同点在于比喻体现相似性，而借代注重相近处。

（1）比喻。比喻是借他物来表现某相似之物的语言方式。这种方式在诗歌中运用极为普遍，所谓"打比方"正是指此。比喻主要有三要素，即本体、喻体和比喻词。本体指被比的事物；喻体指用来相比的事物；比喻词指用来相比的词语。如"新月如钩"，这个成语中的"新月"是本体，"钩"是喻体，"如"是比喻词。一弯"新月"与弯"钩"之间存在形状上的相似点，所以构成比喻关系。比喻主要有三种类型，即明喻、暗喻和借喻。

①明喻。明喻是明确地用甲比方乙的比喻样式，其特征是本体、喻体和比喻词三个成分全出现。常见的比喻词有"如""像""似""好比""疑是"等。如：

宫女如花满春殿，只今惟有鹧鸪飞。（李白《越中览古》）

离恨恰如春草，更行更远还生。（李煜《清平乐》）

一个人的缺点正像猴子的尾巴，猴子蹲在地面的时候，尾巴是看不见的，直到他向树上爬，就把后部供大众瞻仰。可是这红臀长尾巴本来就有，并非地位爬高了的新标识。（钱锺书《围城》）

这里分别以"花"比喻宫女的美貌，以"春草"比喻离恨情绪，以"猴子的尾巴"比喻人的缺点，修辞贴切合理，赋予了文本内容生动性。

②暗喻。暗喻，又叫隐喻，是指不明确表示打比方，而将本体直接说成喻体的比喻样式，其特征是本体、喻体和比喻词都出现，但比喻词往往由系词"是"代替"如""像"等比喻词，有时也用"变成""等于""就是"等比喻词。如：

母亲啊！你是荷叶，我是红莲，心中的雨点来了，除了你，谁是我在无遮拦天空下的荫蔽？（冰心《往事（七）》）

用"荷叶"和"红莲"分别比喻"母亲"和"我"，充分显示出母亲对女儿的爱护和关怀之情。比喻词不用"像"，而用"是"，这是暗喻或隐喻。

③借喻。借喻是不用比喻词，甚至连本体也不出现，直接用喻体代替本体的比喻样式。如：

花自飘零水自流。一种相思，两处闲愁。此情无计可消除，才下眉头，却上心头。（李清照《一剪梅》）

以"花自飘零"比喻作者的青春像花那样空自凋零，用"水自流"比喻远行的丈夫如悠悠江水空自流，表达出李清照的双重情怀：既为自己容颜易老而感慨，又为丈夫不能和自己共同度时光而让时光白白消逝而伤怀。

（2）借代。借代是借用其他名称或语句代替通常使用的名称或语句的语言方式。借代辞格由本体和借体组成。如：

孤帆远影碧空尽，唯见长江天际流。（李白《黄鹤楼送孟浩然之广陵》）

用"孤帆"（局部）代替"孤舟"（整体），显得更为委婉而意味深长。如果说成"孤舟远影碧空尽"，这样未免太直露且缺少情味。再如：

秃头站在白背心的略略正对面，弯了腰，去研究背心上的文字。（鲁迅《示众》）

"秃头"代指没有长头发的人，而"白背心"则以服饰代指人，这样既保持了汉语的鲜活，又使得人物形象具体而生动。

2. 对偶和反复

对偶和反复是分别体现对称和循环原理的语言方式。

（1）对偶。对偶是上下字数相等、结构相同或相似的具有整齐和对称效果的语言方式。对偶的类型很多，分类方式多样。从形式上看，有当句对、邻句对和隔句对；从上下句语义看，有正对、反对和串对；等等。这里仅仅介绍当句对、邻句对和隔句对。

①当句对。当句对，又叫本句对或句中对，指构成对偶的上下两个短语之间自成对偶。如：

襟三江而带五湖，控蛮荆而引瓯越。物华天宝，龙光射牛斗之墟；人杰地灵，徐孺下陈蕃之榻。（王勃《滕王阁序》）

该句中的每个短语和词都用当句对，如"襟三江"对"带五湖"、"控蛮荆"对"引瓯越"、"物华"对"天宝"、"人杰"对"地灵"、"徐孺"对"陈蕃"。再如：

风急天高猿啸哀，渚清沙白鸟飞回。（杜甫《登高》）

先是上句内"风急"对"天高"，继而下句内"渚清"对"沙白"，然后上下两句又形成对偶。

②邻句对。邻句对指相邻的两个句子形成对偶。如：

苔痕上阶绿，草色入帘青。谈笑有鸿儒，往来无白丁。可以调素琴，阅金经。无丝竹之乱耳，无案牍之劳形。（刘禹锡《陋室铭》）

"苔痕上阶绿"对"草色入帘青"，绘陋室之景；"谈笑有鸿儒"对"往来无白丁"，叙陋室之友；"调素琴"对"阅金经"，"无丝竹之乱耳"对"无案牍之劳形"，写陋室之雅趣。这里的对偶运用有多重意义：一是形成整齐的形式感，二是表现独特的生活情趣，三是注意选用颜色词，如绿对青、红（谐音鸿）对白、素对金等。

③隔句对。隔句对，又称扇面对，就是具有对偶关系的上下四个句子，第一句与第三句、第二句与第四句分别相对，形同扇面。如：

惊湍直下，跳珠倒溅；小桥横截，缺月初弓。（辛弃疾《沁园春》）

这里隔句相对，前两句写激流飞泻，后两句写小桥倒影，用隔句对相映成趣。再如：

地也，你不分好歹何为地？天也，你错勘贤愚枉做天！（关汉卿《窦娥冤》）

这个隔句对以呼天喊地的方式呼啸而出，可谓"感天动地"，令人倾洒同情之泪。

（2）反复。反复是意思相同的词或句多次重复使用的语言方式。如：

乐土乐土，爰得我所。（《诗经·魏风·硕鼠》）

行路难，行路难，多歧路，今安在？（李白《行路难》）

反复可以起到加强语气的效果。在现代文学中，反复也是时常采用的。如：

曾思懿他不肯也得肯。一则家里没有钱，连大客厅都租给外人，再也养不住闲亲戚。

再则（针眼望着，刻薄地）人家自己要嫁人，你不愿意她嫁呀……曾文清（忍无可忍，急躁）谁说我不愿意她嫁？谁说我不愿意她嫁？谁说我不愿意她嫁？（曹禺《北京人》）

当曾文清听妻子曾思懿说他不愿意让愫方嫁走时，内心的深层情感波澜被激发了，但又忍不住急切地反复辩解和掩饰，急躁之情溢于言表。愈反复地辩解和掩饰，愈真切地剥露出他内心对于愫方的深切爱恋之情。

3. 倒装和反讽

（1）倒装。倒装是通过颠倒惯常词语顺序来表意的语言方式。如：

物华天宝，龙光射牛斗之墟；人杰地灵，徐孺下陈蕃之榻。（王勃《滕王阁序》）

"人杰地灵"原应为"地灵人杰"，"地灵"为因，"人杰"为果。这里词序颠倒，是为了使"地灵"与前面的"天宝"形成对偶（隔句对），以突出音律效果。再如：

"静极了，这朝来水溶溶的大道，只远处牛奶车的铃声，点缀这周遭的沉默。"（徐志摩《我所知道的康桥》）

正常的语序应为"这朝来水溶溶的大道，静极了"，徐志摩将"静极了"倒装在主语前面，突出强调静景之美，还可以增强语气，令人印象深刻。

（2）反讽。反讽，又称倒反、反语，或说反话，是指意不在正面而在反面，或内涵与表面意义相反的语言方式。如：

宝玉道："我也歪着。"黛玉道："你就歪着。"宝玉道："没有枕头，咱们在一个枕头上。"……黛玉听了，睁开眼，起身笑道："真真你就是我命中的'天魔星'！请枕这一个！"说着，将自己枕的推与宝玉，又起身将自己的再拿了一个来，自己枕了，二人对面倒下。（曹雪芹《红楼梦》）

"天魔星"是黛玉对宝玉的昵称，这看来贬斥的话其实充满深情，体现了黛玉对宝玉的深深挚爱之情。以下是反话正说的例子。

惜春冷笑道："我虽年轻，这话却不年轻。你们不看书不识几个字，所以都是些呆子，看着明白人，倒说我年轻糊涂！"尤氏道："你是状元榜眼探花，古今第一个才子！我们是糊涂人，不如你明白，何如？"（曹雪芹《红楼梦》）

在这段对话中，尤氏的话表面看起来是在夸赞对方，实际上却充满了讽刺。这种反讽方式显然比正面讽刺更含蓄有力。可见，辞格层面的成功往往能强化意义的表达，又有助于形成节奏美与音律美，从而增强文学作品的审美效果。

二、文学形象

用形象反映生活、传递感情是文学最基本的特征。根据中外文学的发展情况和有关文学理论的观点，文学史上产生的符合人类审美理想的文学形象的基本形态主要有三种，即文学象征、文学意境和文学典型。

（一）文学象征

象征艺术是人类最古老的艺术形式，黑格尔将之看成是人类艺术的最早阶段和类型："'象征'无论就它的概念来说，还是就它在历史上出现的次第来说，都是艺术的开始。"[1] 华

---

[1] 黑格尔：《美学》第二卷，朱光潜译，商务印书馆1979年版，第9页。

夏文化中那些不断焕发新意的龙凤图像，半坡出土彩陶上的人面鱼纹和殷商时期的后母戊大方鼎等，都是象征艺术的典范。中国文学史上也多次出现过象征性文学思潮，如汉代的劝谕诗、魏晋的玄言诗、宋代的哲理诗等。

文学象征是文学形象的理想形态之一，是以表达观念和哲理为目的、以暗示为基本艺术手段、具有荒诞性和审美性的一种文学形式。

大多数作品都存在象征性文学形象。屈原《离骚》中的"香草"、曹植《赠白马王彪》中的"秋风"、高尔基《海燕》中的"海燕"、卡夫卡《变形记》中的"大甲虫"等都属于象征性文学形象。文学象征的审美特征主要表现在以下四个方面。

1. 暗示性

文学象征具有非直接的表意特征，读者通过作者所提供的词语构造而猜想出其中隐藏的深意。黑格尔在《美学》第二卷中指出："象征一般是直接呈现于感性观照的一种现成的外在事物，对这种外在事物并不直接就它本身来看，而是就它所暗示的一种较广泛较普遍的意义来看。因此，我们在象征里应该分出两个因素，第一是意义，其次是这意义的表现。"[①] 象征一般由两种因素构成：意义与意义的表现。意义的表现可以是一种感性的存在物，如龙、凤、春花、春草、秋风、秋雨等；也可以是一种虚拟的形象，如艾略特笔下的荒原、卡夫卡笔下的大甲虫等。这里所说的"不直接就它本身来看"的"意义的表现"，就是暗示，它是象征性文学常用的方法。如：

平生最识江湖味，听得秋声忆故乡。（姜夔《湖上寓居杂咏》）
旅人本少思乡梦，都是秋虫暗织成。（谢炘《嘉禾寓中闻秋虫》）
这两句分别是通过"秋声""秋虫"意象来表达诗人思乡怀远、羁旅客愁的情怀。
再如：里尔克的《豹》。

> 它的目光被那走不完的铁栏，
> 缠得这般疲倦，什么也不能收留。
> 它好像只有千条的铁栏杆，
> 千条的铁栏后便没有宇宙。
>
> 强韧的脚步迈着柔软的步容，
> 步容在这极小的圈中旋转，
> 仿佛力之舞围绕着一个中心，
> 在中心一个伟大的意志昏眩。
>
> 只有时眼帘无声地撩起。——
> 于是有一幅图像浸入，
> 通过四肢紧张的静寂——
> 在心中化为乌有。

[①] 黑格尔：《美学》第二卷，朱光潜译，商务印书馆 1979 年版，第 10 页。

此诗描写的是关在巴黎动物园笼中豹子的形象，刻画它在"千条的铁栏"中、"极小的圈中"的焦灼情绪和因绝望而不甘的心境。表面是写豹子，实则暗示现代社会中，人类内心世界受到的束缚和压抑。现代社会的人类被自身不断膨胀的物欲和庞大的机制组织所控制，正如牢笼中的豹子，失去了自由。诗人通过豹子这一形象隐喻人类所面临的生存困境，寄寓着对人类失去自由的痛苦情怀。

象征主义诗人反对直陈其事，主张暗示。正如马拉美所说："直陈其事，这就等于取消了诗歌四分之三的趣味，这种趣味原是要一点一点儿去领会它的。暗示，才是我们的理想。一点一滴地去复活一件东西，从而展示出一种精神状态，或者选择一件东西，通过一连串疑难的解答去揭示其中的精神状态：必须充分发挥构成象征的这种神秘作用。"①

2. 哲理性

表达哲理是文学象征艺术追求的主要目标。文学象征意象作为"表意之象"，所表之"意"便是人们在实践中形成的对事物的哲理性观念或者说是一种哲理性思考。中国古代把意象看成是表达"至理"的手段，20 世纪现代派文学把表达哲理看作是意象创造的最终目的和最高审美理想。法国诗人瓦莱里说："诗人有他的抽象思维，也可以说有他的哲学，就在他作为诗人的活动中，他的抽象思维在起作用。"② 德国戏剧家布莱希特追求戏剧创作的哲理化，他认为："戏剧成了哲学家的事情了。"③ 因此，文学象征意象蕴含着作家对社会人生和宇宙世界的一种形而上的认识和感悟，这使得文学作品具有一定的深刻的哲理内涵。

艾略特在《荒原》中表达了对第一次世界大战后西方人精神世界的哲理思考，他们悲观失望、宗教信仰淡薄、精神世界犹如一片荒漠。诗所影射的是西方现代文明的堕落和精神生活的枯竭。象征主义诗人波德莱尔在《天鹅》中通过"天鹅"这一意象，表达了对人类命运的思考与探索。逃出牢笼的天鹅，仍然陷入困境，这其实是现代社会中人类处境的真实写照。

舒婷在《致橡树》中将热烈深挚的情感抒发与冷峻清醒的表白结合起来，深刻而形象地传达了高洁的爱情观，寄托了美好的人生理想。全诗分三层，第一层从反面入手，用否定的笔调，表明对橡树不会怎样做；第二层次，从正面涉笔，刻画木棉的形象，抒写对理想的追求；最后一层又用理性的概括，表达对真正的爱情的理解与歌颂："爱——不仅爱你伟岸的身躯，也爱你坚持的位置，足下的土地！"该诗通过"橡树"与"木棉"两个意象，表达了诗人追求独立人格与相互扶持平等的爱情观念。全诗感情奔放，把深刻的哲理寓于众多形象之中，使诗情、形象、哲理得到了完美结合。

3. 荒诞性

文学象征一般都是通过形象上的"愈出愈奇"和事理上的"不可思议"引起人们的思考。清代学者章学诚对此有清醒的认识，他认为："《庄》、《列》之寓言也，则触蛮可以立国，蕉鹿可以听讼，《离骚》之抒愤也，则帝阙可上九天，鬼情可察九地……愈出愈奇，不可思议。"④

---

① 马拉美：《谈文学运动》，中国人民大学出版社 1989 年版，第 4 页。
② 伍蠡甫：《现代西方文论选》，上海译文出版社 1983 年版，第 37 页。
③ 叶廷芳：《现代艺术的探险者》，花城出版社 1986 年版，第 248 页。
④ 章学诚：《文史通义·易教下》，载童庆炳：《文学概论》，武汉大学出版社 2000 年版，第 231 页。

文学象征的荒诞性主要从两个方面来理解。一是形象的荒诞性。《西游记》中的孙悟空的外形是人与猴的结合，猪八戒的外形则是人与猪的结合；埃及的狮身人面像是人与狮的嫁接，华沙美人鱼铜塑是美女与鱼身的组合；等等。二是生活情理的荒诞性。卡夫卡《变形记》中的主人公格里高尔·萨姆莎，一天早晨从睡梦中醒来，发现自己突然变成了一只巨大的甲虫。

文学象征以荒诞的幻象表达真实意念。象征意象以创造表意为目的，为了表现"意"的真实，往往放弃具象的真实性、合理性，采用夸张、变形、拼接、臆造等方式去创造荒诞离奇的形象，以求主观哲理和意念能被真实地表达出来。艾略特说："哲学理论一旦进入诗里便可成立，因为在某种意义上真与伪已经无关紧要，而在另一种意义上其真实性已经被证明了。"[①]贝克特在《等待戈多》中描写两个流浪汉在荒野里日复一日地等待一个不明身份的人——戈多，并通过这件荒诞的事情来表现人类对无望未来充满期望的悲哀，揭示了人生的荒诞性。尤奈斯库的《秃头歌女》通过描写一对夫妻互不相识的荒唐事，表现人与人之间关系的冷漠，揭示了西方现代社会人性异化的主题。

4. 多义性

暗示性造成了文学意象的多义性与不确定性。多义性作品往往给读者一种微妙难言的艺术感受：似有领悟，又似未领悟；似言此，又似言彼，没有明确唯一的解释。如李商隐的《锦瑟》：

> 锦瑟无端五十弦，一弦一柱思华年。
> 庄生晓梦迷蝴蝶，望帝春心托杜鹃。
> 沧海月明珠有泪，蓝田日暖玉生烟。
> 此情可待成追忆？只是当时已惘然。

对这首诗的解释历来极多分歧，有的说是悼亡诗，有的说是咏瑟诗，有的说是爱情诗，也有的说是政治诗……之所以出现这种情况，主要在于这首诗的意象本身就迷离恍惚。尤其是中间四句，采用象征、隐喻的手法，各自独立，互不关联。依据典故来历，这些意象的含义大致可理解为："庄生梦蝶"喻人生无常；"望帝春心"喻死不甘心；"沧海泪珠"喻红颜薄命；"蓝田暖玉"喻才华被埋。这四组意象几乎概括了人生各方面的悲剧遭遇，令人感慨至深。但由于意象"其寄托在可言不可言之间，其指归在可解不可解之会"[②]，此诗也始终没有确指。正是由于意象的多义性，才能调动读者审美求解的积极性。

（二）文学意境

文学意境是抒情性文学的艺术至境形态，它是中国古代文论创立的最高审美范畴，是中华民族审美理想的重要体现。在我国文艺发展史上，那些优秀的诗词曲赋和绘画作品，无不以其美的意境而赢得人们的喜爱。创造美妙的意境成了诗人词家的创作追求。

意境中的"意"是指客观事物触发、感发产生的主观思想感情，它侧重情与理的结合。而"境"是指描绘的客观事物、景物，它侧重形与神的统一。意境是文艺作品所描绘的客观图景与所表现的思想感情融为一体而形成的一种艺术境界。意境具有虚实相生、意与境

① 艾略特：《艾略特诗学文集》，王恩衷编译，国际文化出版公司 1989 年版，第 32 页。
② 叶燮：《原诗（内篇）》下，载童庆炳：《文学概论》，武汉大学出版社 2000 年版，第 234 页。

谐、深邃幽远的审美特征，能使读者产生想象和联想，如身临其境，在思想情感上受到文学作品的感染。

意境所涉及的范围非常广，如音乐、戏剧、美术、体育、绘画、文学等。文学意境是指抒情性作品中呈现的情景交融、虚实相生的形象系统及其所诱发和开拓的审美想象空间。

文学意境存在于抒情性作品中，其艺术形象通常是自然景物、生活图景及蕴含其中的思想情感。

1. 情景交融

情景交融是意境的表现特征。意境是景象和事物的结合，景物需经感情融注，以得其生命；感情需有景物附丽，以成其形象。从根本上来说，意境就是将客观景物作为主观情思的寄托，形成一种情景交融、和谐统一的艺术境界。南宋范晞文首先发现了意境的这一特征，他在《对床夜语》中说"情景相融而莫分也"，意思是说意境中的情与景是相互交融而不可分割。清代王夫之说："情景名为二，而实不可离。神于诗者，妙合无垠。巧者则有情中景，景中情。"[①] 景物是触发和表达诗情的媒介，情思才是孕育诗歌的胚胎。如张继的《枫桥夜泊》：

> 月落乌啼霜满天，江枫渔火对愁眠。
> 姑苏城外寒山寺，夜半钟声到客船。

"月落""乌啼""霜天""渔火""夜半钟声"，这些阴冷的景物是触发诗人愁情的媒介，无不浸透着游子孤独、寂寞、凄清的思乡之情。

意境的构成方式多种多样，就情与景的关系来看，主要有三种类型。

（1）景中寓情式。在这类意境的创造中，作家寓情于景，一切都通过生动的画面来表达。虽不言情，但情寓景中。如杜甫的《漫兴》：

> 糁径杨花铺白毡，点溪荷叶叠青钱。
> 笋根雉子无人见，沙上凫雏傍母眠。

这首诗的前四句都是写景，从景物描写中能够感受到一股春意扑面袭来，诗人对春天的热爱之情和闲适自得从诗汩汩涌出。然而这首诗中并未提及一个"情"字，而是将情藏于景中，处处都在抒情，正如王国维所说："一切景语皆情语也。"这类作品在现代诗歌与散文中也常出现，如朱自清的《荷塘月色》、鲁迅的《秋夜》、郁达夫的《故都的秋》等。

（2）情中见景式。在这种意境创造中，作家直接写情，以情见景。如辛弃疾的《南乡子·登京口北固亭有怀》：

> 何处望神州？满眼风光北固楼。千古兴亡多少事？悠悠。不尽长江滚滚流。
> 年少万兜鍪，坐断东南战未休。天下英雄谁敌手？曹刘。生子当如孙仲谋。

诗人远大的政治抱负、战斗雄姿和英雄气概荡漾词间。这首词侧重于抒情，景在情中。"北固楼""悠悠长江"是英雄情怀的真实写照，自然地出现在诗人的感情抒发中。李白的《行路难》、陆游的《示儿》等名篇都是这种类型的代表。

（3）情景并茂式。在这种意境创造中，抒情与写景达到浑然一体的程度。如杜甫的《登高》：

---

① 谢榛、王夫之：《四溟诗话·姜斋诗话》，人民文学出版社1961年版，第150页。

风急天高猿啸哀，渚清沙白鸟飞回。

无边落木萧萧下，不尽长江滚滚来。

万里悲秋常作客，百年多病独登台。

艰难苦恨繁霜鬓，潦倒新停浊酒杯。

这首诗借景抒情、寓情于景。诗人以雄浑开阔的笔力，写漂泊异乡、衰老多病的自己登高时的情景，表现了诗人极其丰富复杂的内心世界。在诗中，肃杀、空廓、深远的秋声秋色和诗人百感交集的感伤互相映衬，融为一体，表现了悲壮苍凉的意境。苏轼的《念奴娇·赤壁怀古》、毛泽东的《沁园春·雪》等文学作品都属于这一类。

2. 虚实相生

意境是在情景交融中呈现出的一种虚实结合的艺术境界，是实境与虚境相互生成、氤氲化生的结果。实境是指直接描写的景、形、境，又称"真境""事境""物境"等。虚境是指由实境诱发和开拓的审美想象的空间。它一方面是原有画面在联想中的延伸和扩大，另一方面是伴随着这种具象的联想而产生的对情、神、意的体味与感悟，即所谓"不尽之意"，所以虚境又称"神境""情境""灵境"等。如王昌龄的《采莲曲》：

荷叶罗裙一色裁，芙蓉向脸两边开。

乱入池中看不见，闻歌始觉有人来。

诗中描写古代采莲女的采莲情景，有实境也有虚境。荷叶一样碧绿的罗裙，粉红色荷花与她们的面容相映衬，格外美艳，采莲时她们争先恐后"乱"入池中，这些是实境。而采莲时的动作、姿态、场面，这些是虚境，欣赏者由"乱入""闻歌"可以想象出采莲姑娘们热烈欢快的劳动场面。

虚境是实境的升华，它体现着实境创造的意向和目的，体现着整个意境的艺术品位和审美效果，制约着实境的创造与描写。虚境不能凭空而生，一切还必须落实到对实境的具体描绘上。总之，虚境要通过实境来表现，实境要在虚境的统摄下来加工。这就是"虚实相生"的意境的结构原理。

3. 韵味无穷

韵味无穷是意境的审美特征，指的是文学形象中蕴含的那种咀嚼不尽的美的效果。"韵味"是由物色、意味、情感、事件、风格、语言和体势等因素共同构成的较为持久的美感效果，它在意境中表现得尤其突出和集中。它包括情、理、意、韵、趣、味等多种因素，因此有"韵""情韵""韵致""兴趣""兴味"等多种别名。古代文论家对此非常重视，刘勰提出的"义生文外""余味曲包"；钟嵘提出的"文已尽而意有余"；皎然提出的"但见情性，不睹文字"；司空图提出的"不着一字，尽得风流"；苏轼提出的"美在咸酸之外，可以一唱三叹也"；梅尧臣提出的"状难写之景如在目前，含不尽之意见于言外"；等等，都主张将深厚的情思与意蕴深藏在含蓄的艺术形象之中，以小见大，以少胜多，引发人的无穷联想。如李白的《玉阶怨》：

玉阶生白露，夜久侵罗袜。

却下水晶帘，玲珑望秋月。

这首诗写一个秋天的月夜，一位女子站在玉阶上久久地望着玲珑的秋月的场景。这首诗所写的景有限，但是这首诗的欣赏空间却很大。读这首诗时，读者可能会引发以下思考：

这位女子为什么要久久地望着月亮？在这月色皎洁的夜晚，这位佳人的出现意味着什么呢？她久久地伫立、长久地眺望，又隐含了多少寂寞和孤独？她或许想飞向月亮，与嫦娥共语，但秋夜的寒冷，露水湿透的罗袜，又使她回到现实世界，笼罩的只是更加强烈的凄清寂寞。她放下了珠帘，不想再看，可月光如水，珠帘玲珑剔透。她又不忍舍弃这美丽迷人的夜晚。总之这首诗写了一位妇女的寂寞和惆怅心情，反映出宫女生活的孤独凄清，不著怨意而怨意很深，有幽邃深远之美，饱含无穷韵味。

（三）文学典型

文学典型是写实性文学形象的高级形态，是人类创造的艺术境界的基本形态之一。塑造典型是文学创作的重要课题，也是衡量文学作品成就高低的重要标准。在文学作品中，所谓的"典型"是指通过鲜明、独特的个性，集中概括一定社会生活中的某类人或某类事的共性，深刻反映社会生活的某些本质规律和具有较高审美价值的艺术形象。

1. 文学典型的审美特征

文学典型除了具有一般文学形象的特征外，还比一般文学形象更富有艺术魅力，表现出更鲜明的特征。在叙事性作品中，典型又称为典型人物或典型性格。它通常有以下审美特征。

（1）文学典型能够展现人物的鲜明性格。马克思在《致斐·拉萨尔》中说："我感到遗憾的是，在人物个性的描写方面看不到什么特色。"马克思提出了评价典型的一个重要原则，即特征性原则。从外延来看，"特征"可以是一句话、一个细节、一个场景、一个事物、一个人物、一种人物关系等。从内涵来看，它的外在形象极其具体、生动、独特。此外，通过外在形象所表现的内在本质又是极其深刻和丰富的。

文学典型是通过"特征化"实现的，所谓"特征化"是指作家抓住生活中最富有特征性的东西加以艺术强化、生发的过程。杜甫的《兵车行》就是通过传达征夫的诉苦，给后人留下了大唐帝国穷兵黩武给人民带来深重灾难的历史印象。鲁迅通过"人血馒头"治痨病这件事，揭示了中华民族悲剧命运的根源。正如巴尔扎克说的那样："'特征'的特点在于'用最小的面积惊人地集中了最大量的思想'。"[1] 总之，文学典型要能够以鲜明生动而突出的个别性，去充分表现具有广泛社会意义的普遍性。

（2）文学典型能够显示生命的斑斓色彩。现代美学家苏珊·朗格认为，艺术是一种生命形式，它能"激发人们的美感"[2]。典型是按照人自身的生命形式创造出来的文学形象，能展现生命的斑斓色彩。18世纪以前，西方的典型塑造还处于类型化阶段，人物性格往往是单色调的。到了19世纪，随着现实主义文学创作达到顶峰，人物性格也由简单逐渐变得复杂，如由性格单一的"扁平人物"发展到性格复杂的"圆形人物"。

所谓"扁平人物"，是指那些性格特征比较单一、鲜明和缺少变化的人物形象。小说理论家佛斯特把扁平人物的特点概括为："按照一个简单的意念或特性而被创造出来。"[3] 韦勒克和沃伦合著的《文学理论》中有这样一种观点："人物身上占统治地位的或在社交

① 巴尔扎克：《论艺术家》，载王秋荣：《巴尔扎克论文学》，中国社会科学出版社1986年版，第10页。
② 苏珊·朗格：《艺术问题》，滕守尧、朱疆源译，中国社会科学出版社1983年版，第43页。
③ 佛斯特：《小说面面观》，苏炳文译，花城出版社1984年版，第59页。

中表现出的最明显的特征。"[1] 昏庸的官僚、鲁莽的勇士、贪婪而好色的乡绅、贫穷而机智的少女等类型的人物在许多民族的叙事作品中都能够被找到，甚至反复出现，成为某一类人物的特征。例如，《沙家浜》中司令胡传魁的粗鲁而轻信，参谋长刁德一的阴险狡诈，地下交通员阿庆嫂的足智多谋，其性格特征都十分单纯和鲜明。另外，由于"扁平人物"性格单一，很可能"导致人物的漫画化或抽象的理想化"[2]，进而成为某种意念的化身。

所谓"圆形人物"，是指性格丰满、复杂、立体感强的人物形象。文学史上最著名的典型人物也多为"圆形人物"，如哈姆雷特、麦克白、浮士德、安娜、阿Q、宋江、贾宝玉、王熙凤等。

"圆形人物"的性格特征大致有以下几个方面。第一，性格特征富于发展和变化。如《水浒传》中的宋江和林冲，其性格塑造就有一个发展演进的过程。第二，人物性格具有多质、多向、多义的特点，如《雷雨》中的周繁漪，她是一个"生命交织着最残酷的爱和最不忍的恨""拥有行为上许多的矛盾"的人物。第三，性格复杂性和多义性并不意味着其性格的对立和分裂。文学史上塑造得非常成功的"圆形人物"，他们的性格总是主导性和多义性的统一。如《红楼梦》中的王熙凤，性格丰富复杂，可恶而又颇有魅力，奸险狠毒是其性格的主导面。"机关算尽太聪明，反误了卿卿性命"，曹雪芹正是以这一主导性格为核心来展示王熙凤性格的不同侧面的，如聪明、能干、果断而有魄力；敏感、机灵、极善察言观色；嫉妒、好强、从不让人；等等。

（3）文学典型能够显示人物的灵魂深度。何为灵魂深度？恩格斯称之为思想深度，主要表现为人物性格表达了人类解放自身的要求和改变现存不合理秩序的愿望到了何种程度。如林黛玉在追求爱情的过程中，明显对封建制度、观念、礼教存在反叛思想。她抛弃荣华富贵与仕途观念，甚至蔑视整个现存的世态人情，一往情深地把爱情献给与自己志同道合的贾宝玉。于是，这对贵族青年的爱情故事，便具有了与封建社会格格不入的民主化色彩。

典型要具有生活的深度与意蕴深度，要体现一个作家认识生活和开掘生活的执着探索精神。果戈理在《死魂灵》小说中刻画了一系列地主形象：玛尼洛夫（表现上温文尔雅而实际上头脑空虚、懒惰成性）、科罗博奇卡（知识贫乏但却善于经营的女地主）、罗士特来夫（惹是生非的无赖）、梭巴开维文（笨拙而凶狠的恶棍）、泼留希金（贪婪悭吝的守财奴）。作者刻画这群反面人物，目的在于揭露农奴主阶级寄生腐朽的本质，批判他们人性的丧失，预示农奴制度也必将崩溃和灭亡。这一思想可以说具有"丰厚的历史意蕴"。

（4）文学典型具有历史真实性。典型的艺术魅力来自艺术真实性，这是马克思主义典型观的核心命题。巴尔扎克说："获得全世界闻名的不朽的成功的秘密在于真实。"[3] 文学典型体现的历史真实首先应符合历史的尺度。这就要求作家通过对卓越个性的刻画，揭示出更多的历史真理，体现出历史发展的必然趋势。《项链》中玛蒂尔德夫人的悲剧，并非她个人的性格悲剧，而是当时的社会悲剧。小说写于1884年，当时正是法国由资本主义向帝国主义过渡的时代，小说揭示了小资产阶级的社会地位和经济地位的脆弱性与悲剧性。

49

---

[1] 雷·韦勒克、奥·沃伦：《文学理论》，刘象愚等译，生活·读书·新知三联书店1984年版，第246页。
[2] 雷·韦勒克、奥·沃伦：《文学理论》，刘象愚等译，生活·读书·新知三联书店1984年版，第246页。
[3] 北京师范大学中文系外国文学教研组：《外国文学参考资料》，高等教育出版社1958年版，第557页。

此外，文学作品真实还来自作家人格与心灵的真诚。阿 Q 形象之所以这么感人，是因为他背后站着情感丰富、心灵真诚的鲁迅。

2. 典型环境中的典型人物

在典型形象中，典型环境对典型人物的塑造具有十分重要的意义。恩格斯在《致玛·哈克奈斯》中写道："据我看来，现实主义的意思是，除细节的真实外，还要真实地再现典型环境中的典型人物。"[1]

在文学作品中，围绕着典型人物、促使其行动表现其性格的具体环境和体现一定时代特点的社会环境的统一体，就是典型环境。它包括以具体独特的个别性反映特定历史时期社会现实关系总情势的大环境，又包括由这种环境形成的个人生活环境。大环境主要是指时代背景，作为典型环境中的社会环境，应该体现一定时代的历史特点和社会生活的某些本质方面，甚至能够体现一定历史时期社会发展的总趋势。个人生活环境，即典型人物活动的典型环境，它是由人际关系、家庭环境、自然条件、文化氛围、风土人情、生活习俗等构成的。

在典型环境中，既可以看到典型人物的生活，又可以感受到一定历史时代的社会面貌、人与人之间的关系。例如，阿 Q 所在的未庄，是一个古老而闭塞的江南农村。这是一个封建势力完全控制的小村镇，充满了贫穷、愚昧、落后、保守，又呈现出尖锐对立的阶级关系。以赵太爷、钱太爷、假洋鬼子为代表的地主豪绅横行乡里，作威作福。他们对阿 Q、王胡、小 D、吴妈等贫苦农民进行政治压迫和经济剥削。辛亥革命爆发后，赵太爷、假洋鬼子等人很快混入革命党，阿 Q 最后却因被诬陷抢劫而遭到杀头。阿 Q 等人自欺欺人、麻木自卑的典型性格及其悲剧命运，正是在这个典型环境中形成的，同时也深刻地反映出当时旧中国日趋衰败、没落的历史特点。

典型人物与典型环境的关系。典型人物与典型环境的关系是辩证统一的。一方面，典型性格是在典型环境中形成的。例如，《红楼梦》中林黛玉多愁善感的性格与其所处环境密切相关。她读书多，才思聪慧，且善于思考。寄居贾府以后，贾府是讲究三纲五常封建礼教制度的环境，这与她自由的个性形成了强烈的冲突。虽与宝玉相知，但又时刻处于不安之中，这样的环境使她变得敏感、多疑，加上寄人篱下的凄苦与孤独，她便常常是"临风落泪，对景伤情"。另一方面，典型人物并非永远在典型环境面前感到束手无策。在一定条件下，典型人物能对环境产生反作用。例如，阿 Q 在未庄本是微不足道的，但他一旦从城里回来，把满把银的和铜的向酒馆柜上一甩，地位便立刻改观，一度竟成了未庄人注意的中心。典型人物与典型环境互相依存、互相影响。典型人物离不开典型环境，典型环境是典型人物赖以生存发展的现实基础，没有典型环境，典型人物的言谈、行动和心理都会成为无源之水、无本之木。反之，典型环境也离不开典型人物，失去了典型人物，典型环境便成了一盘散沙。

---

[1] 中共中央马克思恩格斯列宁斯大林著作编译局：《马克思恩格斯选集》第四卷，人民出版社1995 年第 2 版，第 683 页。

三、文学意蕴

文学意蕴，即"文本所蕴含的思想、感情等内容，属于文本结构的纵深层次"[1]。文学文本由三个递进的层次构成，即文学言语层面、文学形象层面和文学意蕴层面。

中国古代文论没有明确提出"意蕴"这个美学范畴。"文学意蕴"一词是朱光潜先生在翻译黑格尔的著作《美学》时使用的一个术语，意思是有所指或含有用意的东西。

这是朱光潜先生极富创造的翻译，充分传达出黑格尔对"意蕴"的理解。黑格尔认为："遇到一件艺术作品，我们首先见到的是它直接呈现给我们的东西，然后再追究它的意蕴或内容。前一个因素——即外在的因素——对于我们之所以有价值，并非由于它所直接呈现的；我们假定它里面还有一种内在的东西，即一种意蕴，一种灌注生气于外在形状的意蕴。那外在形状的用处就在指引到这意蕴……文字也是如此，每个字都指引到一种意蕴，并不因它自身而有价值……这里意蕴总是比直接显现的形象更为深远的一种东西。"[2]黑格尔关于文学意蕴的思想清晰而深刻，他十分明确地提出语言和形象层面并不是文本表现的最终目的，表现文学意蕴才是作家创作的最终追求。黑格尔提出了"意蕴"的范畴，遗憾的是他并没有进一步探究文学意蕴的构成要素。艺术质量上乘的文学作品，其文学意蕴往往不只有一个层次，因此，文学意蕴本身也是一个意义层深的创构。我国古代文论尽管没有明确提出"意蕴"这个术语，但对文本意蕴多层次的分析却早有论述。

刘勰在《文心雕龙·隐秀》中提出"情在词外曰隐，状溢目前曰秀"，将文学文本分为内外两个层次，同时还指出文学之"隐"，即文本的意义往往是多层次的："隐以复意为工……夫隐之为体，义生文外，秘响旁通，伏采潜发，譬爻象之变互体，川渎之韫珠玉也。"[3]刘勰认为，优秀文学文本的意蕴"以复意为工"，就好像"川渎之韫珠玉"一样含蓄无限，令人回味无穷，强调文学意蕴的含蓄和多义特征。唐代"象外之象""景外之景""韵外之致""味外之旨"的研究和提倡，都是在文本意蕴的多层次理论基础上发挥的。诗僧皎然在《诗式》中提出了"两重意已上，皆文外之旨"的主张，并具体指出有的诗有"一重意"，有的诗有"两重意"，有的诗甚至有"三重意""四重意"之多。[4]总之，唐代以来，对文本意蕴多层次的认识已十分明确。

作为多重意蕴组合而成的意蕴系统，文学意蕴丰富多样，主要分为三个层次：审美情韵、历史内容和哲学意味。

（一）审美情韵

文学的审美情韵，是指从作品形象和情境中流溢出来的情感和韵致。文学是语言艺术，每一部作品都有其独特的审美情韵。

审美情韵是抒情文学的本质。王夫之指出："诗以道情……诗之所至，情无不至；情

---

① 顾祖钊：《文学原理新释》，人民文学出版社2000年版，第116页。
② 黑格尔：《美学》第一卷，朱光潜译，商务印书馆1979年版，第24—25页。
③ 刘勰：《文心雕龙》下册，范文澜注，人民文学出版社1958年版，第632—633页。
④ 皎然：《诗式》，李壮鹰注，齐鲁书社1986年版，第32—33页。

之所至，诗以之至。"[1] 现代美学家苏珊·朗格认为："所谓艺术品，说到底也就是情感的表现""艺术品是将情感……呈现出来供人观赏的，是由情感转化成的可见的或可听的形式。"[2] 由此可见，在抒情作品中，文学的审美情韵尤为丰富和突出，甚至有的作品仅有审美情韵这个层次。以纪弦的《你的名字》为例：

> 用了世界上最轻最轻的声音，
>
> 轻轻地唤你的名字每夜每夜。
>
> 写你的名字，
>
> 画你的名字，
>
> 而梦见的是你发光的名字：
>
> 如日，如星，你的名字。
>
> 如灯，如钻石，你的名字。
>
> 如缤纷的火花，如闪电，你的名字。
>
> 如原始森林的燃烧，你的名字。
>
> 刻你的名字！
>
> 刻你的名字在树上。
>
> 刻你的名字在不凋的生命树上。
>
> 当这植物长成了参天古木时，
>
> 呵呵，多好，多好，
>
> 你的名字也大起来。
>
> 大起来了，你的名字。
>
> 亮起来了，你的名字。
>
> 于是，轻轻轻轻轻轻轻地呼唤你的名字。

全诗用"最轻最轻""轻轻地""轻轻轻轻轻轻轻地"等富有音乐性的词语与"你的名字"的满腔情怀相谐搭配，形成一种由强到弱、由急至缓、由近及远的音乐美，表达出作者情深意长的情感，韵味十足。

在叙事作品中，把审美情韵视为文学的本质特征是不太合理的。尽管托尔斯泰在创作小说《复活》时倾注了大量真挚的情感，但该小说的本质特征在于揭露了法律制度的虚伪，批判了整个官僚机构。

审美情韵虽不是叙事文学的本质，但作品中仍包含了作家浓厚的情绪要素。郭沫若的历史剧《屈原》以描写历史真实为主，却能使读者感受到激情澎湃，并透过激情，得到对历史场景和现实场景的深刻认识。

（二）历史内容

文学的历史内容是指文学作品所反映的历史真相、历史趋势和历史意义等内容。文学源于生活，文学作品总是或多或少、或直接或间接地包含了一定的社会历史内容。

很多情况下，叙事作品尤其是现实主义作品，其中的历史内容往往直接包含在作家创

---

[1] 王夫之：《古诗评选》卷四，张国星校点，文化艺术出版社 1997 年版，第 149 页。
[2] 苏珊·朗格：《艺术问题》，滕守尧、朱疆源译，中国社会科学出版社 1983 年版，第 12、24 页。

造的形象体系之中。如《水浒传》描写的是北宋时期一场声势浩大的农民起义，展现了英雄们与封建官僚恶霸之间波澜起伏的斗争场景，李势和叶昼把《水浒传》提高到可与《史记》相媲美的高度来认识，认为《水浒传》与《史记》一样，都是"天下之至文"，都是"发愤"之作，都可"与天地相终始"。

当然，一些文学文本如抒情作品、魔幻小说等，其形象层面虽然不直接包含历史内容，但却暗示了一定的历史内容。吴承恩在《禹鼎志序》中说："虽然吾书名为志怪，盖不专明鬼，时纪人间变异，亦微有鉴戒寓焉。"袁于令在《西游记题词》中说："文不幻不文，幻不极不幻。是知天下极幻之事，乃极真之事；极幻之理，乃极真之理。"指出了魔幻、荒诞作品中的"极幻之事""极幻之理"，仍能与历史现实的"极真之事""极真之理"保持着一致性。

（三）哲学意味

文学的哲学意味是指文学作品中流露出来的对世界、对人生哲思的境况和意味。这种哲学意味可以说是一种难以形诸笔墨的"味外之旨"，中国诗学往往将之视为诗的最高境界。

文学的哲学意味并不等同于哲学本身。哲学是人对宇宙中普遍规律的思考与概括，属于形而上层次，通常是抽象的。哲学意味则是一种不可言传、只可意会的感知因素，属于形而下的层次，通常是具象的。二者通过形象引发的联想在深层意蕴中实现有机结合，如英国诗人亚历山大·蒲伯的《论人》：

> 犹豫不决，要灵还是要肉，
> 生下只为死亡，思索只为犯错；
> 他的理智如此，不管是
> 想多想少，一样是无知……
> 创造出来半是升华，半是堕落；
> 万物之灵长，又被万物捕食；
> 唯一的真理法官陷于无穷的错误里，
> 是荣耀，是笑柄，是世界之谜。

在这首诗中，作者采用悖论的艺术手法，有意把在逻辑上形成对立的词语联结在一起，使之互相作用、互相碰撞，将人类矛盾的处境和性格充分地展示在读者面前，赋予了作品一种令人着迷的思想深度。

一般来说，文学作品的意蕴是由表及里构成的有机系统。文本首先呈现的是审美情韵，其次才是历史内容和哲学意味，这样使文本的意蕴层层深入，美不胜收。如李商隐的《乐游原》："向晚意不适，驱车登古原。夕阳无限好，只是近黄昏。"此诗直接呈现的是晚霞满天的美景和对其转瞬即逝的惋惜，体现了此诗的审美情韵；进而在乐游原的今昔对比中，由此情此景让人联想到大唐帝国江河日下、日薄西山的历史境况，这是诗歌的历史内容；最后，艳丽晚霞的转瞬即逝又会引人沉入哲理的遐思：美好的东西为什么总是这样短暂？这难道是一种不可抗拒的规律？于是诗歌就显现出它的哲学意味。

同时，每个意蕴层次又可做多层次分析。如《西游记》的历史意蕴就很丰富。首先，小说是对社会现实的影射和批判，书中描写皇帝昏庸且不理朝政，满朝文武腐败且遇事无能，这些人物和事件都可以在明代社会找到原型。其次，小说是对生活真相的揭示和上层社会逻辑的颠倒。孙悟空被统治者视为人间最大的盗匪，但在读者心中却是一个不满现存秩序、藐视一切权威、扫尽人间不平的英雄。最后，小说对明代社会结构有深刻的认识。小说里的妖魔鬼怪几乎都与上层社会有着盘根错节的关系，这种上下勾结、欺压百姓的社会现象，便反映了作者对明代社会鞭辟入里的批评。

总之，文本中含蓄、多义的文学意蕴，从外到内，层层流芳溢美，共同形成了文学的"召唤结构"和特有的艺术魅力。

思考与练习

1. "固然，在史部以外的群书中，其行文记事，也夹杂着主观的意识，特别是各种文艺作品，如诗词、歌赋、小说之类，甚至还具有比史部诸书更多的主观意识。但是在这一类书籍中所表现的主观意识之本身，就是客观现实之反映；因而他不但不破坏史料的真实，反而可以从侧面反映出更真实的史料。"请结合翦伯赞《略论中国文献学上的史料》中的这段文字，谈谈你对文学中的历史内容的理解。

2. 举例说明文学哲学意味与哲学认识的区别。

3. 谈谈文学意蕴三个层次之间的关系。

4. 分析罗伯特·佛洛斯特的诗《没有走的路》中的哲学意味。

路到渐黄的树林分两股，

我呀，一个人，只能走一股，

伫立林中，我多时踯躅，

极目远望前面这条路曲折通到一片灌木。

我却走另一股，同样美丽，

选定这一股也许有理由：

因为这条路草深人稀；

当然要就其他外貌说，

两条路倒也相差无几。

那一早，落叶下面的两条路

都很清新，还没人行走，

啊，我想把第一股暂时留着，

谁知我这股和旁路相连，

我不会转回再走那一股。

我将带着内心沉痛，
向几代后来行人倾诉：
我遇到两条道路在林中，
却选择来往稀少的一股，
结果导致了遭遇不同。

第四节　文学欣赏的方法

文学欣赏活动主要涉及四个因素：作家、作品、读者和时空。读者是欣赏活动的主体，作品是欣赏活动的对象。作家提供了读者欣赏的对象——作品。无论是创作、作品展现的艺术世界还是读者的阅读环境，都是在一定的时空中进行的。文学欣赏的方法与如何处理这四者的关系是密切相关的。

一、了解背景，知人论世

文学作品是文学欣赏的对象。当阅读一部不熟悉的外国文学名著或古典文学作品时，往往一时难以准确地理解作品的内容，这与不了解作者的生平思想和作品创作的时代背景有很大的关系。

早在战国时代，孟子就提出了"知人论世"的欣赏原则："颂其诗，读其书，不知其人可乎？是以论其世也，是尚友也。"[1]鲁迅更对此作了十分精辟的阐述："我总以为倘要论文，最好是顾及全篇，并且顾及作者的全人，以及他所处的社会状态，这才较为确凿。要不然，是很容易近乎说梦的。"[2]"知人"不仅指要了解作家各个方面的情况，而且要注意了解作家创作该作品的意图。"论世"不仅要了解作品所反映的时代背景，同时也要了解作者创作该作品时的社会状况。

文学欣赏应在"知人""论世"的基础上，结合运用其他科学的欣赏方法，才能较好地鉴赏作品，对作品作出较为客观的评价。如曹操的《短歌行》，开篇就有"对酒当歌，人生几何"的句子。如果对曹操所处的时代和他的生平思想不了解，就很容易认为该诗表现了一种消极颓废的情绪。曹操生活在汉末的社会大动乱之中，目睹朝纲紊乱、军阀混战。他实行科学的政治与军事战略，挟天子以令诸侯，任人唯贤，不拘一格选用人才，先后打败了袁术、袁绍等军阀割据势力，统一了北方。建安十三年（208年），曹操挥师南下，征讨东吴，被孙、刘联军击败于赤壁。诗中的"对酒当歌，人生几何"一句，并不是因人生短暂要追求及时行乐，而是慨叹时光流逝而统一大业尚未完成，渴望得到贤才的帮助以完成建功立业的理想。当读者了解了这些时代背景后，对这首诗的意义和审美意蕴也就把握得比较准确了。

二、艺术审视，保持距离

文学是语言的艺术，但文学语言与科学语言不同。科学语言是直指性的，要求语言符号与指称对象一一吻合，以便指事称物，传达真实信息。文学语言则不然，一是要选择那些能够唤起人的联想，具有鲜明情景感的语言词汇。二是具有歧义性，常常涉及隐喻、暗示和象征。三是要将日常语言变形，借以传达曲折微妙而又复杂的感情。所以，文学语言不一定完全与客观事物对应。了解了文学语言的特点，才能够在文学欣赏中避免穿凿附会的弊端。

---

[1] 朱熹：《四书集注》，岳麓书社1985年版，第408页。

[2] 鲁迅：《且介亭杂文二集》，载《鲁迅全集》第六卷，人民文学出版社2005年版，第444页。

文学作品中的语言具有隐喻性和暗示性。经暗示传递出去的艺术信息，比直接铺叙要丰富、生动得多。如朱庆馀的《闺意献张水部》：

> 洞房昨夜停红烛，待晓堂前拜舅姑。
>
> 妆罢低声问夫婿，画眉深浅入时无。

从字面意思来看，这首诗写出了新娘在新婚的第二天见公婆前的复杂心理：羞涩与幸福交织，期待与惶恐共存。但实际上，这首诗的写作意图并不在此。这首诗又题为《近试上张水部》，其实是一首富含寄托意味的诗。唐代存在科举考试的士子向名人行卷的风气，以求得到称扬，扩大名气，增大考中的几率。诗题中的张水部就是任水部郎中的张籍。他以乐府诗闻名于文坛且又乐于提携后进。朱庆馀临考试之前担心自己的作品不合乎主考官的口味，因此在这首诗中以新妇自比，以新郎比张，以公婆比主考，来试探张籍的看法。诗中巧妙地表达了应试举子在面临关系到自己政治前途的考试时所特有的不安和期待，通体作比，含蓄生动，如此巧妙构思使得该诗充满趣味。

小说中的语言也有同样的妙用。列夫·托尔斯泰在《复活》中写被诬陷的女子玛丝洛娃在法庭上接受审判时有这样一段对话：

"您在做什么工作？"庭长又问一遍。

"我在一种院里"，她说。

"什么院儿？"戴眼镜的法官厉声问道。

"您知道那叫什么院儿"，玛丝洛娃说，微微一笑。

玛丝洛娃的这句隐含嘲弄的答话，是一个双关语。这句话的表层意思是"你明知故问"，深层意思是"你自己不就是一个妓院的常客吗？"这一暗示不仅触到了法官的隐私，而且启发了法庭上听众的思考，体现了作者对道貌岸然的法官的辛辣讽刺和对不合理的社会现实的有力抨击。

用艺术的眼光鉴赏文学作品时要与文学作品中的世界保持一定的距离，并且要以无功利的态度去看待文学作品。文学鉴赏中非艺术的眼光主要有以下两种表现。第一，把艺术与生活相等同；第二，将自我与文本中的人物相混淆。例如，有读者阅读《三国演义》时为刘备的失败伤怀不已，久久不能走出来，甚至连小说的后半部分都读不下去。这些现象产生的原因在于读者与作品之间缺少相应的审美距离，他们将虚拟的艺术世界等同于现实世界，失去了自由自在的审美心境和审美创造能力，成为了文本的"俘虏"，无法领略文本的深层意味，从而失去了审美享受。

三、联想比较，深入理解

人们在认识事物时，往往是通过比较的方法把握事物特点的。事物的存在不是孤立的，事物总是在与其他事物的联系和对照中来显示自己的特质的。欣赏文学作品也是一样，需要通过比较来深入认识文学作品的特点和独创性。经常运用比较的方法去欣赏文学作品，能在一定程度提高文学欣赏水平。

朱光潜在谈到中国传统的爱情诗与西方爱情诗的区别时说："东西恋爱观相差也甚远。西方人重视恋爱，有'恋爱最上'的标语。中国人重视婚姻而轻视恋爱，真正的恋爱往往见于'桑间濮上'。潦倒无聊、悲观厌世的人才肯公然寄情于声色，像隋炀帝、李后主几位风流天子都为世所诟病。我们可以说，西方诗人要在恋爱中实现人生，中国诗人往往只求在恋爱中消遣人生。中国诗人脚踏实地，爱情只是爱情；西方诗人比较能高瞻远瞩，爱情之中都有几分人生哲学和宗教情操。这并非说中国诗人不能深于情。西方爱情诗大半写于婚媾之前，所以称赞容貌诉申爱慕者最多；中国爱情诗大半写于婚媾之后，所以最佳者往往是惜别悼亡。西方爱情诗最长于'慕'，莎士比亚的十四行体诗，雪莱和白朗宁诸人的短诗是'慕'的胜境；中国爱情诗最善于'怨'，《卷耳》《柏舟》《迢迢牵牛星》，曹丕的《燕歌行》，梁玄帝的《荡妇秋思赋》以及李白的《长相思》《怨情》《春思》诸作是'怨'的胜境。总观全体，我们可以说，西诗以直率胜，中诗以委婉胜；西诗以深刻胜，中诗以微妙胜；西诗以铺陈胜，中诗以简隽胜。"[1] 这是对中西方爱情诗审美特征和民族风格的比较。通过比较，读者对中西方爱情诗的区别就有了大致的掌握和较为清楚的认识。

文学是语言的艺术，语言艺术形象的间接性与意象性（或心象性）需要欣赏者有效地运用各种感觉去感知文学形象。文学作品中存在着许多"联觉"（如通觉、移觉等）现象，例如，贾岛《客思》中的"促织志尖尖似针"一句，听觉中感受到的声音有了针似的形象，并且也有了可见可触的尖利的质感。欣赏者在欣赏文学作品时必须最大限度地发挥想象和联想，使自己的各种感觉相互沟通、相互作用，这样才能真正感受到文学作品描声绘形的巧妙所在。《红楼梦》第四十八回写香菱学诗的体会，很能给读者启发。香菱笑道："据我看，诗的好处，有口里说不出来的意思，想去却是逼真的。有似乎无理的，想去竟是有理有情的。"黛玉笑道："这话有了些意思，但不知你从何处见得？"香菱笑道："我看他《塞上》一首，那一联云：'大漠孤烟直，长河落日圆。'想来烟如何直？日自然是圆的：这'直'字似无理，'圆'字似太俗。合上书一想，倒像是见了这景的。若说再找两个字换这两个，竟再找不出两个字来。再还有'日落江湖白，潮来天地青'：这'白''青'两个字也似无理。想来，必得这两个字才形容得尽，念在嘴里倒像有几千斤重的一个橄榄。还有'渡头馀落日，墟里上孤烟'：这'馀'字和'上'字，难为他怎么想来！我们那年上京来，那日下晚便湾住船，岸上又没有人，只有几棵树，远远的几家人家作晚饭，那个烟竟是碧青，连云直上。谁知我昨日晚上读了这两句，倒像我又到了那个地方去了。"[2] 香菱在这段话里用了四个"想"字，但意思却不尽相同。"想来烟如何直"的"想"只是依据常理的推理的"想"，是一种理性判断。"想去却是逼真的""想去竟是有理有情的""合上书一想"这三句中的"想"则是想象或以想象为核心的艺术推想，需要充分发挥欣赏者的想象与联想的能力才能体味其中的妙处。

四、披文入情，以意逆志

文学活动与人们的情感息息相关，作家在现实生活中"感于物而动"，产生创作冲动，在情感的驱使下构思作品，用语言文字呈现其内在的思想与情感。读者进行文学欣赏，首先要"披文入情"，然后"以意逆志"，深入把握作品的思想内涵。

---

[1] 朱光潜：《中西诗在情趣上的比较》，载朱光潜《诗论》，北京出版社 2004 年版，第 87—88 页。
[2] 曹雪芹、高鹗：《红楼梦》，人民文学出版社 1996 年版，第 647—648 页。

（一）披文入情

"披文入情"一词始见于刘勰《文心雕龙·知音》篇："夫缀文者情动而辞发，观文者披文以入情，沿波讨源，虽幽必显。"文学最深厚的根源在于人的情感。文学创作与文学鉴赏都是一种情感活动，只不过创作者是由于情感受到外物的触发而将外物化为文字，使其成为作品。鉴赏者则是透过文字去感受和体味作品中蕴含的作者所赋予作品的思想情感。

"披"的本义是用手分开的意思。"披文"就是准确、深刻地理解语言文字的含义，透过外在形式去"入情"，去把握作品的内涵。如崔颢的《长干行》二首：

其一

君家何处住，妾住在横塘。

停舟暂借问，或恐是同乡。

其二

家临九江水，来去九江侧。

同是长干人，生小不相识。

这两首抒情小诗看起来明白如话，思想内涵却非常丰富。诗中实际上讲述了一个故事：一个住在横塘的姑娘，在泛舟时听到邻船一个男子的话音，于是天真无邪地问男子："你是不是和我同乡？"诗歌的妙处在于写女子问话之后，不待对方回答，就急于自报家门，单刀直入，一下子就把人物的音容笑貌和内心活动刻画出来了。男子的答诗，显得非常含蓄。前两句初步点醒两人的共同点，都是风行水宿之人。一个"同"字，把双方的共同点又加深了一层。按惯常的思路，最后一句可能是"今日方相识"。可是诗人却摆脱惯常思路，转过笔来把原意一翻：与其说今日之幸而相识，倒不如追昔往日之未曾相识。"生小不相识"一句，表面惋惜当日未能青梅竹马，两小无猜，实质更突出了今日之相见恨晚。越是对过去无穷惋惜，越是显出此时此地萍水相逢的可贵。作者抓住了人生片段中富有戏剧性的一刹那，用白描的手法，寥寥几笔，就使人物、场景跃然纸上，栩栩如生。这两首小诗朴素真率，含蓄明朗，王夫之赞赏说："墨气所射，四表无穷。无字处皆其意也。"[①] 若能在欣赏作品时读出"无字"之处的"意"，也就是"披文以入情"了。

（二）以意逆志

"以意逆志"一词始见于《孟子·万章上》："故说诗者，不以文害辞，不以辞害志。以意逆志，是为得之。"长期以来，人们对于"以意逆志"有着不同观点。大体说来，主要有四种代表性的观点：第一种观点认为"以意逆志"是以读者之意逆作者之志；第二种观点认为"以意逆志"是以古人之意逆古人之志；第三种观点认为"以意逆志"既是以诗人之意去逆诗人之志，也是以读者之意去逆诗人之志；第四种观点认为读者通过"以意逆志"把握到的是文本所记载的史实。汉、宋之儒普遍认为这里的"意"应该是读者自己的"意"，因为作品的"意"正是有待读者解读的未知事物，而作者的"意"也是无法把握的不明之物，只有自己的"意"才是相对熟悉的，因此"以意逆志"应该是以读者的"意"去理解作家与作品的"志"。值得注意的是，此处的"意"又不是读者纯粹个人的主观"私意"，

① 王夫之：《姜斋诗话笺注》，人民文学出版社1981年版，第19页。

而应该是建立在"人同此心，心同此理"基础上的具有普遍意义的"公意"，只有这样才能避免片面性，更好地把握作品之"志"。

欣赏诗歌时，欣赏者本人的审美情趣、审美角度和审美方法会影响欣赏者对文学作品的认识，因而欣赏者所认识到的"意"，往往是作家之"意"、作品之"意"和欣赏者自己之"意"的结合。如果完全离开了作家作品的"意"，那么便不能真正获得对作品的正确解读。

五、由表入里，层层拓展

很多人不知道如何阅读文学作品，只注意文学作品的情节故事，对作品的深意和作品的佳妙之处难以领会。在鉴赏文学作品时，要分层次阅读文学作品。首先，文学作品总是以一定的形式存在的，形式本身就能给人带来美感。例如，中国的古典诗歌形式短小、整齐对称、音韵和谐，读起来抑扬顿挫、琅琅上口。其次，对文学作品内容和作者情感的理解。优秀作品中蕴含的人格美、情操美往往能给人强烈的艺术震撼。如果把文学作品放在广阔的文化背景下来进行鉴赏，会对文学作品的艺术魅力有更深刻的理解。例如，王之涣的《登鹳雀楼》："白日依山尽，黄河入海流。欲穷千里目，更上一层楼。"对这首诗有以下几层理解：第一，从字面意思上来理解，这首诗写太阳落山，黄河向东流入大海；要想看得更远，就要更上一层楼。第二，从审美意境上来理解，这是一首登高诗，写诗人登高所见的景象和感受。这里写了四种事物：太阳、高山、黄河、大海，这些事物都是具有崇高感的事物，既构成了宏伟的空间意象，又构成了永恒流逝的时间意象。作者摄取了阔大的景象，既高度形象又高度概括地把进入视野的万里河山收入短短的十个字中。"白日"指炽热的、光芒万丈的太阳。"白日依山尽"一句是写夕阳依傍着西山慢慢地沉没。"黄河入海流"一句是写目送黄河由西奔腾而来，又滚滚向东而去的壮观景象。鹳雀楼在山西永济，从这里显然不可能望到大海，实际上是黄河的气势把诗人的视线引向远方，诗人的心仿佛随着黄河水直入大海。这是虚写，并不是诗人看到的实景。唯有如此，才更凸显出黄河的气势。诗人想象黄河入海，可实际的视野中水流最终被重重山峦遮掩，看不到尽头，于是由前面的写景自然地过渡到了表达对景物的感受和认识，抒发了诗人昂扬进取的登临之志，也道出了一个蕴含在生活现象中的普遍而深刻的哲理：站得高，才能看得远。由于诗人是用形象表现哲理，所以使得诗歌充满理趣。第三，从诗人所处时代背景来理解，诗人生活在开元、天宝盛世，这是大唐帝国如日中天的时期，经济繁荣、国力强盛，整个社会欣欣向荣、蓬勃向上，充满积极进取和创造的开拓精神。"日落"这个意象本身充满了萧飒悲凉之感，但这首诗却完全没有一点衰飒之感，而是意象饱满、豪情万丈，这正是盛唐时代精神的反映。

对于同样一首诗，读者的文化修养和知识储备不同，理解的层次是不一样的。欣赏文学作品时，不能只限于表层意思的理解，而应该努力扩大知识面，提高文化修养，不断深入探索蕴藏在文学作品中的丰富内涵。

思考与练习

1. 比较"知人论世"与"从文本出发"这两种欣赏方法的不同。

2. 如何正确运用"以意逆志"的欣赏方法。

3. 运用想象与联想的欣赏方法分析郭沫若的诗歌《天上的街市》。

4. 分析杜甫诗歌《孤雁》的象征意义。

> 孤雁不饮啄，飞鸣声念群。
> 谁怜一片影，相失万重云。
> 望尽似犹见，哀多如更闻。
> 野鸦无意绪，鸣噪自纷纷。

5. 举例说明意境的审美特征。

6. 举例说明典型人物的审美特征。

7. 指出李商隐《乐游原》一诗中所体现的历史背景、诗人当时的境遇以及其中所蕴含的人生况味。

拓展阅读

1. 胡山林：《文学欣赏》，清华大学出版社 2008 年版。

2. 魏饴、刘海涛：《文艺鉴赏概论》，高等教育出版社 2001 年版。

3. 王先霈、王耀辉：《文学欣赏导引》，高等教育出版社 2005 年版。

4. 王国维：《人间词话》，载郭绍虞：《中国历代文论选》第四册，上海古籍出版社 2001 年版。

5. 黑格尔：《美学》第二卷，朱光潜译，商务印书馆 1979 年版。

第二章 欣赏文学

下篇

作 品 欣 赏

第三章

诗 歌 欣 赏

学习目标

知识目标

熟悉诗歌的发展历史及基本体式，了解诗歌的基本功能和诗人写作的目的，掌握诗歌特别是中国古代诗歌的鉴赏方法。

能力目标

掌握基本的诗歌鉴赏理论，能够明确地说出几种诗歌体式的基本特点，即兴对一首诗歌作品展开赏析，对不同诗人、不同时代、不同国家的诗歌作品进行简单比较分析，提高对诗歌的评论与鉴赏能力。

素养目标

能够从马克思主义文艺美学的角度进行诗歌赏析，深入阐述我国经典诗歌作品中蕴含的审美价值，挖掘并弘扬其所蕴含的优秀传统文化，不断涵养自身的文学素养。

诗歌是人类最古老的艺术形式。与音乐、舞蹈一样，诗歌是伴随着人类的生产生活诞生的，是人类早期生活不可或缺的一部分。中国古代诗歌不仅与音乐、舞蹈一起构成了中国早期的礼仪文明，而且很早就具备了"抒情言志"的功能。儒家将《诗经》作为"六经"之一，强化了中国诗歌的神圣性。所以，"诗言志"的观念几乎贯穿了中国诗歌的整个发展脉络。

诗歌是一种语言艺术形式。历史学家司马光曾说："言之美者为文，文之美者为诗""文章之精者尽在诗。"诗人们在创作诗歌的过程中，对语言文字的打磨、锤炼和雕琢，可谓穷尽心力。无论是先秦汉魏的古诗，还是唐宋的近体诗，无论是古代诗人屈原、陶渊明、李白、杜甫、苏轼，还是现代诗人徐志摩、艾青、海子，抑或是国外诗人华兹华斯、拜伦、雪莱、普希金，他们的优秀作品都是语言文学艺术中的精华。

第一节　中国诗歌欣赏

中国是诗的国度，自古以来，从《诗经》和《楚辞》两大源头流出的优秀诗歌作品层出不穷，为一代又一代的读者提供了丰富的文学养分。

关雎①

作者简介

《关雎》出自《诗经·国风·周南》，正如《诗经》中绝大部分篇章一样，《关雎》篇的作者亦不详。学界一般认为，《诗经》主要是由周代士大夫收集、整理和创作的，其中以中下层之士为主。《诗经》是我国最早的一部诗歌总集，收录了从西周初年至春秋中叶的各地诗歌共 311 篇（另有 6 篇"有目无辞"）。《诗经》原称《诗》或《诗三百》。汉代儒生们为"独尊儒术"，将原始儒家的主要文献经典化，并尊之为"经"，故称其为"诗经"，《诗经》也因此成为儒家的"六经"之一。现存的《诗经》是汉朝大小毛公（毛苌和毛亨）所传下来的，所以又叫"毛诗"，属于汉代经学中的"古文"学派。

从内容上来讲，《诗经》分为风、雅、颂三个部分。《风》是各地的民歌，包括周南、召南、邶、墉、卫、王、郑、齐、魏、唐、秦、陈、桧、曹、豳等 15 个部分，主要是黄河流域及汉水流域的民歌，共 160 篇。《雅》是朝廷正声，即周朝京畿地区的乐歌，分为大雅和小雅，共 105 篇。大雅多为周王朝廷宴飨时、外交场合的乐歌；小雅多为士大夫的怨刺之作。《颂》包括周颂、鲁颂和商颂，共 40 篇，主要是王室用于祭祀的歌词，内容基本上是对祖先的赞美和感谢。

从修辞上来说，整部《诗经》主要有三种表现手法，即赋、比、兴。"赋"即铺陈，也就是直接陈述或铺叙。"比"就是比喻，即对人或物加以形象的比喻，有时也含打比方。"兴"即借他物来引出此物，这是《诗经》最具特色的艺术手法，也是中国古代诗歌的传统写法，其具体表现是借助其他事物作为起兴，以引起所要歌咏的事物。

《诗经》是中国诗歌的源头，也是中国诗歌的光辉起点。首先，《诗经》形式多样，不但有史诗、恋歌、颂歌、节令歌以及劳动歌谣，还有叙事诗、抒情诗、讽刺诗。其次，《诗经》的内容丰富，可以说《诗经》就是周代社会的一部历史记录，其对周代社会生活的各个方面，如对劳动、战争、婚姻、外交、政治、祭祀等方面均有反映。

最后，《诗经》是当时最为丰富的语料库，其中的语言词汇和语法，是研究公元前11世纪到前6世纪近五百年时间里汉语存在形态及演变的最重要的资料。

经典原文

关关[2]雎鸠，在河之洲[3]。
窈窕淑女[4]，君子好逑[5]。

参差荇菜[6]，左右流之[7]。
窈窕淑女，寤寐[8]求之。

求之不得，寤寐思服[9]。
悠哉悠哉[10]，辗转反侧[11]。

参差荇菜，左右采之。
窈窕淑女，琴瑟友之[12]。

参差荇菜，左右芼[13]之。
窈窕淑女，钟鼓乐之[14]。

（选自朱东润主编：《中国历代文学作品选》上编，上海古籍出版社2008年版）

【注释】

①关雎：取第一句"关关雎鸠"中的两个字，并以之为篇名。雎鸠（jū jiū）是一种水鸟，即王雎，雌雄恩爱，类于鸳鸯。

②关关：雌雄二鸟相互应和的叫声。

③洲：水中的陆地，亦可称岣。

④窈窕：美好文静的样子。淑女，贤良美好的女子。窈：深邃，喻女子心灵美；窕：幽美，喻女子仪表美。

⑤好逑：好的配偶。逑，通"仇"，匹配之意。

⑥参差：长短不齐貌。荇菜，水生植物。圆叶细茎，根生水底，叶浮在水面，能食用。

⑦流：求取。之，指荇菜。左右流之，时而向左、时而向右地求取荇菜。这里用以比况"君子"对"淑女"的追求。

⑧寤寐：醒和睡。指日夜。寤，醒觉。寐，入睡。一说："寤寐，犹梦寐。"（清·马瑞辰《毛诗传笺注通释》）亦可通。

⑨思服：思念。服，想。郑玄《毛诗传笺》："服，思之也。"
⑩悠：感思。哉，语词。悠哉悠哉，犹言"想念呀，想念呀"。
⑪辗转反侧：翻覆不能入眠。辗，古字作"展"。展转，即反侧。反侧，犹翻来覆去。
⑫琴、瑟：皆弦乐器。琴五或七弦，瑟二十五或五十弦。友，此处有亲近之意。这句是说，用琴瑟来亲近"淑女"。
⑬芼（mào）：择取，挑选。
⑭钟鼓乐之：用钟奏乐来使她快乐。乐，使……快乐。

作品主题

通常认为，《关雎》就是一首纯粹的婚恋诗，是一首地地道道的描写男女恋爱的情歌。男女恋情是人世间美好的感情，这首诗讲述的是周代贵族男女之间的爱情故事。此诗巧妙地运用了"兴"的表现手法，讲述了一段贵族青年男女从相慕到相识再到相思，最后到结为夫妻的故事。诗人以雎鸟和鸣起兴，表达相依相恋之情，兴起淑女配君子的联想，接着又以采荇菜这一行为，描述主人公对女子的追求与思恋，最后以钟鼓之乐来展现这段爱情的美满结局。总之，《关雎》表达了青年男女健康、真挚的情感，表现了古代劳动人民内心对美好爱情的向往和追求。

从汉代"诗序"开始，一直到近代，人们普遍认为这篇诗作主要是歌颂周文王之妃。所以，诗作中主要是对淑女品性提出要求，即"窈窕淑女，君子好逑"。所谓"窈"，本义指深邃，此处比喻女子心灵美；窕，本义为幽深之美，借指女子仪表美。换句话说，淑女要内在品德和外在仪容皆美才合格，才能与君子相配。而"好逑"就是好的配偶之意。结尾处的"琴瑟友之""钟鼓乐之"皆是补充说明"君子好逑"。古人以琴瑟为喻，指称男女夫妇之关系。琴瑟和谐，就是指男女组成和谐夫妻。此中的君子淑女最初是描述贵族男女，后世也用来泛指普通人家的青年男女。

作品赏析

理解欣赏这首诗时要思考以下两个问题：第一，这首诗的具体来源；第二，"君子"和"淑女"的具体含义。

《关雎》这首诗出自《诗经·国风·周南》。何谓"诗经"，前文已经有所论述。什么是"国风"呢？"国风"简称"风"，其实就是各地的通行歌曲，即民间百姓歌唱的曲子民谣，大体相当于现在的流行歌曲。《诗经》中特别是"国风"部分的诗，在当时基本是能够演唱的歌曲。每个地方的风俗语言不同，歌谣曲子的特色也就有所不同。《诗经》一共收集了十五个地方的歌曲，"周南"是其中之一。周南是一个地域名称，为姬姓国，与后面的"召南"一样，都是周代早期分封的核心区域之一。

接下来是"君子"和"淑女"的具体含义问题。通常认为，当时的君子和淑女都是指贵族青年男女。根据孔子等人在《论语》中的描述，君子是有德有能的男人，淑女则是有品有节的女子。男女相配，是天地之设；夫妇结合，是人世伦理之始。用恩爱著称的雎鸟和鸣起兴，来譬喻人间男女之情，无非是说明了一个道理：淑女与君子相配，家庭才能和睦，宗族才能和谐，国家社会才能稳定。

《诗经》中写男女之情的篇章，多虚写而少实写，即所谓"思之境"，如《汉广》《月出》等。《关雎》是相对写实的作品，不仅人物形象清晰，故事首尾完整，结局也算完满。作为一首乐歌，它通常被用作宴会的结尾。这首诗的突出优点在于有起伏，有转折，层次较为丰富。清代诗论家贺贻孙在《诗经触义》中说："'求之不得，寤寐思服。悠哉悠哉，辗转反侧'，此四句乃诗中波澜，无此四句，则不独全诗平叠直叙无复曲折，抑且音节短促急弦紧调，何以被诸管弦乎？忽于'窈窕淑女'前后四叠之间插此四句，遂觉满篇悠衍生动矣。"贺氏所言较为精准地指出了《关雎》一诗的艺术亮点。

这首诗歌作为《诗经》的首篇，其所采用的"比兴"手法具有典范意义。"关关雎鸠，在河之洲"，汉代毛氏注此句时特别强调"兴也"，即此处用了起兴手法。实际上，这句话同时含有"比"。在《诗经》中，比兴手法往往是合用的。"比"比较容易看出，也容易理解。而"兴"则不易被看出。朱熹说"兴"是"先言他物，以引起所咏之物"。何谓他物，何谓所咏之物？所谓"兴"，其实就是借助他物或他事引起所要讨论的话题。它可以是即目，也可以是浮想；前者是实景，后者则是心象，但二者都是诗人触景生情，或者因事而起的情感或情绪。

"兴"在文学作品中的存在感并不强烈，因为他物和所咏之物二者之间的关联若隐若现，有时又与比喻混用，所以很难判定。但《关雎》中的比兴是比较明显的，开篇即现。生活中的大多数事物都可能成为触发人类诗性情感的因素。"两间莫非生意，万物莫不适性"，这是自然给予人的最朴素也最直接的感悟，因此"兴"可成为看待人间事物的一种方式。如"桃之夭夭，灼灼其华"（《周南·桃夭》），如"呦呦鹿鸣，食野之苹"（《小雅·鹿鸣》），如"雄雉于飞，泄泄其羽"（《邶风·雄雉》），如"习习谷风，以阴以雨"（《邶风·谷风》），如"毖彼泉水，亦流于淇"（《邶风·泉水》），又如此诗之"关关雎鸠，在河之洲"，等等。这些诗皆以纯粹的自然风物来起兴，可见自然风物对起兴来说具有十分重要的意义。

思考与练习

1. 《关雎》为何被列为《诗经》的第一篇？
2. 《诗经》中的"四始"指什么，对后世的影响主要有哪些？
3. 你认为《关雎》中的男女分别是什么人？理由是什么？

拓展阅读

1. 朱熹：《诗集传》，赵长征点校，中华书局 2011 年版。
2. 孙作云：《〈诗经〉与周代社会研究》，中华书局 1969 年版。
3. 陈子展：《诗经直解》，复旦大学出版社 1983 年版。
4. 葛志伟、叶静芝：《略论〈诗经·周南·关雎〉主题的古今演变》，《语文学刊》，2019 年第 4 期。

离骚（节选）

作者简介

　　屈原（约公元前 340 年—公元前 278 年），名平，楚国人，楚王同姓贵族。早年深得楚怀王信任，曾官左徒、三闾大夫。由于贵族保守集团的反对，屈原的政治建议终遭失败，自己也被怀王疏远，最后被放逐汉北。当楚国首都郢被秦兵攻破时，他在彷徨苦闷、悲愤忧郁中投汨罗江。屈原的诗作有《离骚》《天问》《九歌》《九章》《招魂》等，这些作品从不同方面表达了屈原深切的爱国情怀。

　　屈原博闻强识，不仅学识丰富，而且"明于治乱，娴于辞令"，具有远大的政治理想。屈原对内主张修明法度、任用贤才，对外主张联齐抗秦。然而，楚国贵族集团中的顽固派不断打击和排挤屈原，使屈原一生为之奋斗的政治理想屡屡破灭。屈原抑郁不堪，只能用诗歌倾吐自己在坎坷遭遇下的悲愤和救国无力的忧思愁绪。这也就是"离骚"一词的本义所在。

经典原文

长太息以掩涕兮①，哀民生之多艰②。
余虽好修姱以鞿羁兮③，謇朝谇而夕替④。
既替余以蕙纕⑤兮，又申之以揽茝⑥。
亦余心之所善兮，虽九死其犹未悔。⑦
怨灵修之浩荡⑧兮，终不察夫民心。
众女嫉余之蛾眉兮⑨，谣诼谓余以善淫⑩。
固时俗之工巧⑪兮，偭规矩而改错⑫。
背绳墨以追曲兮⑬，竞周容以为度⑭；
忳郁邑余侘傺兮⑮，吾独穷困乎此时也。
宁溘死以流亡兮⑯，余不忍为此态也。
鸷鸟之不群兮⑰，自前世而固然⑱。
何方圜之能周兮，夫孰异道而相安⑲？
屈心而抑志兮，忍尤而攘诟⑳。
伏清白以死直兮，固前圣之所厚㉑。
悔相道之不察兮㉒，延伫乎吾将反㉓。
回朕车以复路兮㉔，及行迷之未远。
步余马于兰皋兮㉕，驰椒丘且焉止息㉖。
进不入以离尤兮，退将复修吾初服㉗。

制芰荷以为衣兮，集芙蓉以为裳㉘。

不吾知其亦已兮，苟余情其信芳。

高余冠之岌岌兮，长余佩之陆离㉙。

芳与泽其杂糅兮㉚，唯昭质其犹未亏㉛。

忽反顾以游目兮，将往观乎四荒㉜。

佩缤纷其繁饰兮，芳菲菲其弥章㉝。

民生各有所乐兮，余独好修以为常㉞。

虽体解吾犹未变兮㉟，岂余心之可惩。

（选自朱东润主编：《中国历代文学作品选》上编，上海古籍出版社 2008 年版）

【注释】

① 太息：叹息。涕，本是眼泪，而转义为鼻涕。掩涕，擦拭眼泪。

② 民生：百姓的生计。一说民生即人生。多艰，很艰难。

③ 修姱（kuā）：洁净而美好。鞿，马缰绳；羁，马络头。一说鞿羁是诗人自喻，意为自我检束，不放纵。

④ 謇（jiǎn）：发语词，无实义。谇（suì）：进言，进谏。替：废弃。这句诗的大意是说，诗人早上进谏，晚上却遭到贬谪。

⑤ 纕（xiāng）：佩带。

⑥ 申：重复。这两句诗的意思是：楚王废弃我不用，是因为我佩戴了芳香兰蕙、志行高洁之故；而我又仍然用芳草来修饰自己，以示坚持自己的操守。

⑦ 善：爱好；九，指多次。九死未悔：言自己为理想而奋斗，不妥协。

⑧ 灵修：指楚怀王。浩荡：无思无虑的样子。

⑨ 众女：喻众小人，指楚王身边的那群佞臣。蛾眉，眉如蚕蛾，形容美好容貌。

⑩ 谣诼（zhuó）：诋毁，诽谤。

⑪ 工巧：善于取巧作伪。

⑫ 偭（miǎn）：违背。规，用来求圆形的工具；矩，用以求方形的工具。规矩，比喻法则。改：更改。错：同"措"，措施，借指先圣之法。

⑬ 绳墨：用以画直线的工具。追，追随。曲，邪曲，指邪曲小人。

⑭ 周容：指苟合以求接纳。度：方法。这句诗是说，那些小人争着以苟合之态去求取宠幸恩荣的方法。

⑮ 忳（tún）：忧愁的样子。郁邑：忧思郁结。侘傺（chà chì）：王逸解为"失志貌"，即失意的样子。

⑯ 溘（kè）死：突然死去。以：或者。流亡：流亡他乡或他国。

⑰ 鸷鸟：鹰隼类猛禽。不群：这里指不与凡俗鸟类同群，是诗人不肯同流合污的自况。

⑱ 这句话意思是说，自古以来就是如此。

⑲ 何：如何。圜：即圆。能周：能够周容相合。异道：不同的道路。这两句诗是说，方的和圆的东西本不能相合，比喻君子和小人势不两立。

⑳ 屈：委屈。尤：过错。攘：除去。诟（gòu）：耻辱。两句话的意思是，诗人不能做到委屈压抑自己的理想而甘愿被人侮辱。

㉑ 伏，通"服"。伏清白：即保持清白之操。死直：是为坚守正直之道而死。厚，重视。

㉒ 相：观看。察：仔细审核。这句诗的意思是后悔当初不曾看清前途。

㉓ 延：长久。伫：站立。反，通"返"。

㉔ 复路：回到原来所走的道路。

㉕ 步：慢慢走。皋：近于水的高地；兰皋：就是长有兰草的水边高地。

㉖ 驰：疾驰。椒丘：长着香椒植物的山坡。且焉止息：暂且于此休息。

㉗ 离，通"罹"，即遭遇的意思。这两句诗是说，诗人想进身君王之前，却不被容纳，反而因言获罪。只好转身而去，整理好自己的服饰，重新做回当初的自己。

㉘ 芰（jì）荷：用菱荷之叶做成上衣。芙蓉：莲花，用莲花做成下衣。

㉙ 岌岌：高高的样子。陆离：参差，众多貌；一说陆离指长长的样子。

㉚ 芳：芳草。泽：污垢。杂糅：混杂在一起。比喻君子与奸邪小人在一起，君王贤愚不分。

㉛ 昭质：光明洁白的质地，指诗人本质高洁。

㉜ 游目：纵目四望。四荒：四方边远之地。

㉝ 缤纷：繁盛貌。繁，众多貌。菲菲：芬芳郁勃的样子。弥：更加。章，通"彰"；弥章，就是更加明显突出。

㉞ 这两句诗是说，每个人都有自己的选择，我独自坚持自己修洁的品性以行走人世间，绝不随波逐流。

㉟ 体解：肢解，即被杀死。惩：戒惧。这两句诗是说诗人坚持自己高洁品性，绝不会因为害怕伤害而放弃节操。

作品主题

　　《离骚》带有自传性质。全诗通过诗人为崇高理想而奋斗终身的描写，强烈地抒发了诗人遭谗被害的苦闷和矛盾的心情，表现了诗人为国献身、与国家共存亡的深挚的爱国精神，展现出诗人勇于追求真理和光明、坚持正义和理想的不屈不挠的斗争精神。同时也深刻地揭露了以楚君为首的楚国贵族集团腐朽黑暗的本质，并对楚国贵族集团颠倒是非、结党营私、谗害贤能、邪恶误国的罪行进行了猛烈抨击。

　　本书所选的这段文字是诗人通过叙述自己的身世，申明自己拥有高洁忠贞的品性、奋发强国的精神以及绝不与小人同流合污的操守，主要表达了诗人坚持"美政"理想，抨击黑暗现实，不与邪恶势力同流合污的斗争精神和至死不渝的爱国之情。

作品赏析

　　《离骚》是先秦时代最长的一首诗歌。全诗可分为前后两部分：前半部分从"帝高阳之苗裔兮"至"岂余心之可惩"；而从"女媭之婵媛兮"到结尾"吾将从彭咸之所居"，为后半部分。本书所节选的这部分内容属于前半部分。

诗的前半部分，是屈原对自己以往生活经历的回顾，介绍了自己的出身及生辰名字，特别突出自己与楚王同姓的贵族家庭；接着，叙述自幼努力自修美德、锻炼才能，并决心报效楚国的愿望；然后叙述了自己激励引导楚王踵武前王使楚国富强的理想，并积极辅助楚王进行政治改革。但由于屈原所实践的政治改革触犯了楚国的利益集团，屈原因此招致迫害和打击，受到诽谤和诬蔑。一度信赖自己的楚王也听信谗言，选择疏远和放逐他。最令诗人痛苦的是，他精心培养的人才也纷纷变质，如此一来，屈原变得更加孤立无援。看到自己的理想无法实现，民生艰难，祖国岌岌可危，屈原陷入极度的痛苦之中。于是屈原满怀愤怒地写诗，以控诉楚王不辨忠奸，反复无常，昏庸无能；同时揭露腐朽的贵族集团的贪婪嫉妒，苟且偷安，结党营私，把国家引向危亡的罪恶行为。总之，这一部分主要是叙述诗人与楚国腐朽势力艰苦斗争的过程及斗争失败后的悲愤之情。

诗的后半部分，主要讲诗人对真理和未来道路的探索与追求。首先，通过写女媭的劝诫，即不要"博謇好修"，而要明哲保身，来显示自己内心的困惑和矛盾。但诗人随后借向重华（即帝舜）陈词，分析古往今来之事，来申明自己的理想信念，从而否定了女媭的建议，并宣布要坚持自己的理想追求，所谓"路漫漫其修远兮，吾将上下而求索"。在寻求真理的过程中，诗人上叩"天阍"遭到冷遇，下求神女宓妃、有娀氏女和有虞之二姚以通天帝，亦遭失败。这象征诗人重新争取楚王的信任已经毫无希望了。无奈之下，诗人只能寄托于神巫，先是找灵氛占卦，又去找巫咸问策，谁知二者的建议相互矛盾，一行一留。最后，诗人综合分析了国内政情后还是决定远行。痛苦的是，远行的想法又与诗人的政治理想产生矛盾。"仆夫悲余马怀兮，蜷局顾而不行"两句，写诗人几番思想斗争之后，还是否定了离楚的道路。最后，诗人决心用死来殉其"美政"理想，并成为中国古代诗人中第一个有名有姓的殉道者。

屈原的《离骚》在艺术上有以下四个方面的贡献。

第一，《离骚》成功塑造了中国文学史上第一个形象丰满、个性鲜明的抒情主人公的形象，体现了诗人的伟大思想和崇高人格。首先，本诗塑造了一位杰出的政治家形象。诗人有明确的"美政"理想，也有实现该理想的具体办法，其中最主要的是"君明臣贤"。因此诗人极力主张选贤任能，赞美古代贤君"举贤而授能"。同时诗人在诗中极力揭露腐败官吏的罪恶，强调要以法度治国安邦，并为此奋斗终身。其次，此形象还体现了诗人勇于同黑暗腐朽势力作斗争的精神。诗人不遗余力地对楚国腐朽的利益集团予以揭露和抨击，斥责他们贪婪愚蠢，忌妒成性，朋比为奸；还揭露了楚君的过失，说他反复无常，荒唐糊涂，善恶不辨。再次，这一形象也是追求光明和真理的美好形象，体现了诗人坚持正义、刚毅不屈的伟大精神。如诗中写诗人三次求女媭皆失败了，但仍然不懈地寻求志同道合者，追求光明和真理。最后，诗人还塑造了一个浑身披着香草和美玉的散发着幽美芳香的人物形象，用香草和美玉象征其纯洁高尚的内在美质。总之，《离骚》中塑造的主要人物形象，虽然为自己不幸的命运而痛苦忧伤，却始终关心国家的前途和命运，表现了强烈的爱国主义精神。

第二，《离骚》创作了"楚辞体"。"楚辞体"是别具特色的南方诗歌艺术形式，主要有下面几个突出特征。一是句子形式参差不齐。《离骚》吸取楚地民歌的语言特点，打破了《诗经》的四言句式，把句子加长，扩大了诗歌的容量。屈原不仅采用灵活变化的民歌句法，又在此基础上吸收了句式灵活多变的自由体，交叉使用五字句、六字句、七字句、九字句，使诗歌形成跌宕起伏的语言节奏，从而赋予《离骚》特殊的语言节奏美。二是错落变化的句子结构。《离骚》与《诗经》的区别在于，《离骚》有意识地变换词语的结构形式，如"驾八龙之蜿蜒兮，载云旗之委蛇""揽茹蕙以掩涕兮，沾余襟之浪浪"，"蜿蜒"与"委蛇"是叠音词与联绵词相对，"掩涕"与"浪浪"是词组与叠音词相对，对应的词语或词组结构发生变化，是为了使语言形式发生变化，从而形成诗歌语言的节奏变化。三是"兮"字的普遍使用。"兮"字在屈原的作品中有着极为重要的作用，通常用得奇特且富有创造性，由此成为屈原及"楚辞体"作品语言形式的一个突出特点。两句用一"兮"字，或将"兮"字用在奇句末尾，用以强化情感、延长音节、调整节奏，有利于增强诗歌语言的音乐美。

第三，浪漫主义手法的大量运用。在中国古典文学中，现实主义和浪漫主义这两种创作方式源远流长，现实主义源于《诗经》，浪漫主义源于《楚辞》。《离骚》的浪漫主义表现在两个方面：一是强烈的浪漫主义精神。诗人为了实现美政理想，奋不顾身地上下求索，并且九死未悔。二是大量的浪漫主义手法。作者幻想插上翅膀，尽情驰骋，这在诗的第二段、第三段里有充分的体现。如"上款帝阍"一节，诗人幻想在太空中翱翔，在太阳洗澡的咸池喂马，在扶桑树下骑行。神游西天一节，则写诗人驾飞龙、鸣玉鸾，从天河的渡口启程，取道昆仑，渡赤水，过流沙，经不周，到西海。这些事物无不充满奇特想象，最后形成一种恍惚迷离、场面宏伟壮丽的艺术效果。

第四，比兴手法的运用。《离骚》继承并发展了《诗经》的比兴传统。其具体体现在两个方面：第一，在广度上，《离骚》较多地运用比喻，构成了庞大的比兴系统。第二，在深度上，《离骚》比《诗经》更注意比兴中"此物"与"彼物"的内在联系，用作比喻的事物与全篇所表达的内容具有高度统一性，从而构成一个象征系统。如诗中用"美人"比喻楚怀王，用"众芳"比喻群贤，用"荃、椒、桂、蕙、茝、芰、兰、菊"等多种植物比喻群贤，而用"艾、薋、绿、葹"等比喻小人。如此，《离骚》把比兴手法与表现的内容合而为一，使诗中的意象名称都具有了象征意义。实际上，屈原所有作品都遵从这样的象征意义，从而形成了一个相对稳定的象征系统。

思考与练习

1. 《离骚》对后世文学的主要影响有哪些？
2. 为什么说《离骚》开创了浪漫主义文学的先河？
3. 谈谈屈原爱国精神的现实意义。

拓展阅读

1. 王逸注、洪兴祖补注：《楚辞章句补注》，吉林人民出版社 1999 年版。
2. 褚斌杰、陈平原：《20 世纪中国学术文存：屈原研究》，湖北教育出版社 2003 年版。

将进酒①

作者简介

李白（701—762年），字太白，号青莲居士，又号"谪仙人"。李白自称陇西成纪人，实际上出生于安西都护府所辖的碎叶城（今吉尔吉斯斯坦首都附近）。唐人习惯称郡望，而陇西成纪不过是李氏郡望而已。李白大约五岁时随家人内迁至四川江油，并安居于此。二十五岁左右乘船沿长江出川，先是在湖北安陆停留十余年，其间经常游历两湖、浙、赣、梁、鲁等地。后经道士吴筠等人推荐，入京为翰林供奉。因放浪不羁，终被赐金放还。其后，又游于宋齐梁间。安史之乱爆发，李白跑到江西庐山避祸。因参加永王璘队伍被肃宗流放夜郎，途中遇赦。晚年寄居安徽当涂族叔李阳冰家，并终年于此，享年六十二岁。

李白是继屈原之后最具个性特色、最伟大的浪漫主义诗人，有"诗仙"之美誉，与杜甫并称"李杜"。李白的诗以抒情为主，多表现蔑视权贵的傲岸精神，对人民疾苦表示同情，并且善于描绘自然景色，表达对祖国山河的热爱。李白的诗风雄奇豪放，想象丰富，语言流转自然，音律和谐多变，诗人善于从乐府民歌和神话传说等民间文艺中汲取营养和素材，构成其诗特有的瑰玮绚烂的色彩。李白的代表作主要有《静夜思》《望庐山瀑布》《早发白帝城》《黄鹤楼送孟浩然之广陵》《峨眉山月歌》《行路难》《闻王昌龄左迁龙标遥有此寄》《蜀道难》《将进酒》《秋浦歌（十七首）》等。

李白这首《将进酒》是沿用乐府古题创作的古体诗，属于歌行体系列。这类诗作以七言句为主，形式自由，纵横跳宕，是李白所擅长的体裁形式。

经典原文

君不见，黄河之水天上来②，奔流到海不复回。
君不见，高堂明镜悲白发，朝如青丝暮成雪③。
人生得意须尽欢，莫使金樽空对月④。
天生我材必有用，千金散尽还复来⑤。
烹羊宰牛且为乐，会须一饮三百杯。
岑夫子，丹丘生⑥，将进酒，杯莫停⑦。
与君歌一曲⑧，请君为我倾耳听⑨。
钟鼓馔玉不足贵⑩，但愿长醉不复醒⑪。
古来圣贤皆寂寞，惟有饮者留其名⑫。
陈王昔时宴平乐⑬，斗酒十千恣欢谑⑭。
主人何为言少钱⑮？径须沽取对君酌⑯。
五花马⑰，千金裘⑱，呼儿将出⑲换美酒，与尔同销万古愁⑳。

（选自朱东润主编：《中国历代文学作品选》中编，上海古籍出版社2008年版）

【注释】

① 将进酒：属汉乐府旧题。乐府诗句式跳宕自由，唐人常借来抒写个人情怀。将（qiāng）：愿，请。这首诗大约作于天宝十一载（752年），距诗人被唐玄宗赐金放还已达八年之久。当时，他跟岑勋等人曾多次应邀到嵩山（今河南登封境内）元丹丘家里做客，度过了一段无拘无束的生活。

② 君不见：是乐府一类的古诗中常用的开篇提唱语。君：你，此为泛指。大意是你是否看见？天上来：黄河发源于青海，因那里地势极高，故称。

③ 高堂：在高堂上。一说指父母。朝：早晨。青丝：黑发。此句意为在高堂上面对明镜，深沉悲叹那一头白发。

④ 得意：适意高兴的时候。须：应当。尽欢：纵情欢乐。金樽，铜或金质的酒杯，此处应是借指高档精美的酒杯。

⑤ 千金：大量钱财。还复来：还会再来。且为乐：姑且作乐。会须：应当。

⑥ 岑夫子：指岑（cén）勋。丹丘生：元丹丘。二人均为李白的好友，常出现在李白诗文中。

⑦ 杯莫停：一作"君莫停"，即不停饮酒，不肯歇杯。

⑧ 与君：给你们，为你们。君，指岑、元二人。

⑨ 倾耳听：一作"侧耳听"。倾耳：表示注意去听。

⑩ 钟鼓：贵族家宴中奏乐使用的乐器、乐舞，泛指富贵之家。馔（zhuàn）玉：美好的食物，形容食物如玉一样精美。馔：食物。玉：像玉一般美好。

⑪ 不愿醒：亦作"不用醒"或"不复醒"，意思是指诗人希望借酒消愁，忘记世间烦恼，长醉不愿醒。

⑫ 圣贤：本指圣人贤士，泛指贤人君子。一说是古时的酒名。这两句的意思是，自古以来那些伟大的圣贤们都是孤独寂寞的，最后都寂灭无闻了，只有那些善饮酒的人留下了名字。这句话是化用南朝诗人鲍照"古来圣贤尽贫贱，何况我辈孤且直"（《拟行路难》）而来。实际上这是诗人的愤激之辞，非真实情况。

⑬ 陈王：指曹植，曹植在魏明帝时代被封为陈王，死后谥"思"，故称为陈思王。平乐：平乐观，宫殿名。在洛阳西门外，为汉代富豪显贵的聚集和娱乐场所。

⑭ 恣（zì）：放纵，无拘无束。谑（xuè）：戏谑，玩笑。

⑮ 主人：指酒店老板。何为：即为何，为什么的意思。言少钱：一作"言钱少"。

⑯ 径须：干脆，只管，尽管。沽（gū）：通"酤"，意为买酒或卖酒，这里指买酒。

⑰ 五花马：指名贵的马。一说毛色作五花纹，一说颈上长毛修剪成五瓣。

⑱ 千金裘：价值千金的皮裘之衣。

⑲ 将出：拿去。

⑳ 尔：你们，指岑夫子和丹丘生。销，通"消"。万古愁：无穷无尽的愁闷。

作品主题

此诗为李白长安放还以后所作，诗人正处在人生低谷时期，故思想感情比较复杂深沉：

诗中既有怀才不遇的感叹，也有乐观通达的情怀，不时又流露出消极情绪。表面上，这首诗通篇都讲饮酒，宣扬纵酒行乐，而且诗人用欣赏肯定的态度，甚至用豪迈的气势来写饮酒。实际上，诗人无力改变根深蒂固的黑暗势力，于是把冲天的激愤之情化作看似豪放的行乐之举，实为发泄不满，排遣忧愁，以此反抗现实。

作品赏析

明代文学家徐师曾在《诗体明辨》中对"歌""行"及"歌行"作了如下解释："放情长言，杂而无方者曰歌；步骤驰骋，疏而不滞者曰行；兼之者曰歌行。"李白选用歌行体式来表达当时的感情，是非常合适的。这首诗形象地表现了李白桀骜不驯的性格：一方面对自己的理想和才华充满自信，孤高自傲；另一方面在政途出现波折后，又流露出纵情享乐的消极情绪。在这首诗里，李白演绎庄子的乐生哲学，表达了对富贵、圣贤的藐视之情，而在豪饮行乐中，却抒发了怀才不遇之情。全诗气势豪迈，感情奔放，语言流畅，具有很强的感染力。

诗篇开头是两组排比长句，如挟天风海雨向读者迎面扑来，气势豪迈。"君不见黄河之水天上来，奔流到海不复回"一句写黄河源远流长，落差极大，如从天而降，一泻千里，东走大海。景象之壮阔，并非肉眼可见，所以此情此景是李白幻想出来的。上句写大河之来，势不可挡；下句写大河之去，势不可回。一涨一消，形成舒卷往复的咏叹韵味，这是短促的单句不具备的。紧接着，"君不见高堂明镜悲白发，朝如青丝暮成雪"一句写诗人对时光飞速流逝的感叹。诗人在悲叹人生短促时，将人生由青春至衰老的全过程说成"朝""暮"之事，把本来短暂的人生说得更短暂，委婉含蓄，用词精妙。开篇的这组排比长句既有比意——以河水一去不返喻人生易逝；又有反衬作用——以黄河的伟大永恒衬托生命的渺小脆弱。这个开端可谓悲感至极，却不堕纤弱，具有惊心动魄的艺术力量。

悲观虽然难以避免，但悲观却非李白之本性。只要"人生得意"便无所遗憾，就应当纵情欢乐，这大抵是李白的生活原则。"人生得意须尽欢"一句似乎是宣扬及时行乐的思想，然而只不过是表面现象而已。诗人此时的郁郁不得志，是对比当初的春风得意而言的。当初"凤凰初下紫泥诏，谒帝称觞登御筵"（《玉壶吟》），奉诏进京、皇帝赐宴的时候似乎人生得意过，那也不过是一场幻影。此时不仅没有得意，反而有的是失望与愤慨。李白希望"平交王侯"，但在长安，权贵们并不把他当一回事，李白借冯谖的典故来比喻自己的处境，所谓"弹剑作歌奏苦声，曳裾王门不称情"（《行路难》其二）。冯谖觉得孟尝君对自己不够礼遇，经常弹剑而歌，表示要离去。李白在此引古人事以为同调，借以自况。此所谓"借他人之酒杯浇自己心中之块垒"。

"天生我材必有用，千金散尽还复来"一句，显示了诗人的高度自信，千百年来激励了无数人。这句诗像是人的价值宣言，如同在天地间书写了一个大大的"我"字。于此，从貌似消极的现象中露出了诗人深藏其中的进取之心，即一种怀才不遇而又渴望入世的积极的姿态。诗人坚信实现自我理想的这一天总会到来，应为这样的未来痛饮高歌。诗如其人，想诗人"曩昔（过去）东游维扬，不逾一年（不到一年），散金三十余万"（《上安州裴长史书》），是何等豪举！故此句深蕴在骨子里的豪情，绝非装腔作势者可得其万一。

与此气派相当的是，诗人描绘了一场盛筵。"烹羊宰牛且为乐，会须一饮三百杯"，写筵宴痛快热烈的气氛。至此，狂放之情趋于高潮，诗的旋律也加快了。诗人那酒酣耳热的醉态跃然纸上，恍然使人如闻其高声劝酒。"岑夫子，丹丘生，将进酒，杯莫停！"这几个铿锵有力的短句让人如临其境。既是生逢知己，又是酒逢对手，不但"忘形到尔汝"，诗人甚而忘却自己是在写诗。

接下来的八句属于歌唱之辞。这些诗句奇之又奇，纯系神来之笔，绝非宿构之作。李白的豪横和傲慢，毕呈于此。"钟鼓馔玉"，本指吃饭时鸣钟列鼎，食物精美如玉，这里泛指世人艳羡的富贵人家生活。不过，这种生活在诗人看来"不足贵"，并放言"但愿长醉不复醒"。至此，诗情由狂放转而为愤激。以"我"天生有用之才，本当位及卿相，飞黄腾达，然而"大道如青天，我独不得出"（《行路难》）。说富贵"不足贵"，乃出于愤慨，以下"古来圣贤皆寂寞"一句亦属愤语，是对自己傲娇的补充说明。李白曾喟叹"自言管葛竟谁许"，称自己有管仲之才、诸葛亮之智，然而无人相信，故借古人"寂寞"来显示自己的"寂寞"。这里，诗人是用古人的酒杯浇自己胸中的块垒。

"唯有饮者留其名"，这不过是诗人的一种自我安慰。诗人列举历史上曹植等人的故事来引做同类，算是选择历史的知音。古来酒徒历历，而偏举"陈王"，这与李白一向自命不凡的心态分不开，他常以春秋战国的管仲与乐毅、三国的诸葛亮与曹植、东晋名臣谢安与王导之类人物为榜样。这样写，不仅与前文极度自信的口吻一致，而且颇有出处。这类人物个个与酒结缘，其中曹植与酒的关联比较紧密，其怀才不遇的境遇又与李白甚为相似，所以常被李白引为同调。曹植虽身怀利器，抱负远大，却在政治上屡屡遭受打击，郁郁不得志。在魏明帝曹叡时代，更是备受猜忌，有志难展。这些都容易让诗人联想到自己的人生经历，引起诗人的共鸣，成了诗人的隔世知音。

刚露一点深衷，话题又回到了酒，且酒兴比此前更高涨。诗情再入狂放，而且愈来愈狂。"主人何为言少钱"一句，既照应"千金散尽"句，又故作跌宕，引出最后一番豪言壮语：即便千金散尽，也当不惜将名贵宝物——"五花马""千金裘"拿来换取美酒，图个一醉方休。这结尾之妙，不仅在于"呼儿""与尔"，而且具有一种喧宾夺主的任诞情态，显示出一股魏晋名士的风流之气。诗人本是被友招饮的客人，此刻他却高踞一席，霸气横生，要求典当"千金裘""五花马"，与诸公痛饮，令人不知谁是主人。快人快语，非不拘形迹的豪迈知交断不能出此。于此，李白式豪放自然的浪漫色彩毕现。然情犹未已，诗人突然又迸出一句"与尔同销万古愁"，与开篇之"悲"关合。通观全篇，诗情大起大落，非如椽巨笔办不到。

整体来看，《将进酒》篇幅不算长，却波澜起伏、气度不凡。诗人笔墨饱酣，情极悲愤而作狂放，语极豪纵而又沉着。艺术上，李白擅长使用夸张手法，诗中屡用巨额数字以表现内容，如"千金""三百杯""斗酒十千""千金裘""万古愁"等。全篇大起大落，诗情忽翕忽张，由悲转乐，转狂放，转愤激，再转狂放，最后结穴于"万古愁"，回应篇首，脉络清晰；诗情如大河奔流，有气势，亦有曲折，纵横捭阖，气韵连贯。其歌中有歌的包孕写法，既不是刻意刻画和雕凿能学到的，也不是轻易就可达到的境界，有鬼斧神工之妙。通篇以七言为主，而参以三、五杂言句式"破"之，形成跳宕起伏、参差错综之感；诗句以散行为主，又以短小的对仗语点染，如"岑夫子，丹丘生"，"五花马，千金裘"，节奏疾徐尽变，奔放而不流易。

思考与练习

1. 这首《将进酒》抒发了李白什么样的思想情感？诗人是如何体现他的思想情感的？

2. 李白被世人视为浪漫主义诗人之典型，他的作品充满了豪迈气息和神奇想象。你能否从这首作品中感受出来？还能否举出一些类似的作品？说说你的理由。

3. 李白擅长歌行和绝句，但我们几乎看不到人们评论李白的律诗创作，这是为什么？谈谈你的理解。

拓展阅读

1. 冈村繁：《陶渊明李白新论》，陆晓光、笠征译，上海古籍出版社 2002 年版。
2. 陈冬根：《茫茫大梦中唯我独先觉——李白之"我"及孤独意象的文化解读》，《江汉论坛》，2007 年第 2 期。
3. 杨庆华：《试说〈将进酒〉的思想倾向》，《天津社会科学》，1982 年第 1 期。

过零丁洋①

作者简介

文天祥（1236—1282 年），字宋瑞，又字履善，号文山、浮休道人，吉州庐陵（今江西省吉安市青原区富田镇）人。宋理宗宝祐四年（1256 年）举进士第一。宋恭帝德祐元年（1275 年），元兵东下，于赣州组义军，入卫临安（今浙江杭州）。次年除右丞相兼枢密使，出使元军议和，被拘，后脱逃至温州，转战于赣、闽、粤等地，曾收复州县多处。祥兴元年（1278 年）兵败被俘，誓死不屈，就义于大都（今北京）。文天祥为南宋末政治家、文学家，抗元名臣，与陆秀夫、张世杰并称为"宋末三杰"。文天祥在潮州与元军作战兵败被俘，被押解北上，途经零丁洋时，写下了《过零丁洋》这首脍炙人口的诗篇。文天祥善写诗文，诗词多写其宁死不屈的决心，著有《文山诗集》《指南录》《指南后录》《正气歌》等，今收于《文山先生全集》。

经典原文

辛苦遭逢起一经②，干戈寥落四周星③。
山河破碎风飘絮④，身世浮沉雨打萍⑤。
惶恐滩头说惶恐⑥，零丁洋里叹零丁⑦。

人生自古谁无死，留取丹心照汗青⑧。

（选自《文天祥集》，吴言生、朱大银解评，三晋出版社 2008 年版）

【注释】

① 零丁洋：即"伶仃洋"。在广东省珠江口外，距离珠海不远。1278 年底，文天祥率勤王义军在广东五坡岭与元军激战，然寡不敌众，兵败被俘，囚禁船上，曾经过零丁洋。

② 遭逢：遭遇。起一经，指精通一种经书而通过科举考试，然后被朝廷起用做官。文天祥二十岁考中状元，然后进入仕途。

③ 干戈：指抗元战争。寥（liáo）落：荒凉冷落。干戈寥落，一作"干戈落落"，其实意思相近。《后汉书·耿弇传》："落落难合"，注云："落落犹疏阔也。"疏阔即稀疏、疏散，与"寥落"义同。四周星：四周年。文天祥从 1275 年起兵抗元，到 1278 年被俘，前后一共四年时间。

④ 山河：指江山、国家。这里指南宋江山。絮：柳絮。

⑤ 萍：浮萍。这里诗人言自己生活漂泊不定，如雨中浮萍一样。实际上，这句也暗指南宋朝廷处于风雨飘摇之中。

⑥ 惶恐滩：赣江中的急流惊险之处，在今江西省吉安市万安县境内。相传这带水域共有十八个险滩，惶恐滩是其中之一。原名黄公滩，因读音相近，传为惶恐滩，一作皇恐滩。1277 年，文天祥在江西被元军打败，所率军队死伤惨重，妻子儿女也被元军俘房。他经惶恐滩撤到福建境内。

⑦ 零丁：孤苦无依的样子。

⑧ 丹心：红心，比喻忠心。汗青：即竹简，这里指文献史册。古代用竹简写字，制作竹简时，需先用火烤干其中的水分，青色一面会有水珠渗出，以此名之。这样制作的竹简便于书写且不易受虫蚁蛀蚀。

作品主题

祥兴元年（1278 年），文天祥在广东海丰北五坡岭兵败被俘，被押到船上，一路北上。次年，又被押解至崖山（位于今广东江门市新会区南约 50 公里），张弘范逼迫他写信招降固守崖山的张世杰、陆秀夫等人，文天祥誓死不从。押解船队经过零丁洋时，文天祥作此诗以明心迹。全诗表现出诗人视死如归的高风亮节和大义凛然的英雄气概。

这首诗饱含沉痛悲凉，既叹国运，又叹自身，把诗人的家国之恨、艰危困厄渲染到极致。作者通过回顾平生，明确表达了自己对当前局势的认识；又以磅礴的气势和高亢的语调，宣示自己的人生选择。其中，"人生自古谁无死，留取丹心照汗青"一句，慷慨激昂、掷地有声地显示出诗人高昂的民族气节和舍生取义的价值观。全诗喷薄而出的爱国情怀和视死如归的气节风骨，以及舍生取义的人生观，是中华民族传统美德的崇高表现。

作品赏析

首联"辛苦遭逢起一经，干戈寥落四周星"一句中的"起一经"是指天祥二十岁中进士之事。圣人著作称为"经","经"的主要目的在于治国安邦。诗人这里说的是自己以熟读儒家经典起家，成功进入仕途。"四周星"即四年，表示诗人起兵抗元已经四年了，也就是经历了四年艰苦卓绝的斗争生活。文天祥于德祐元年（1275年），起兵勤王，至祥兴元年（1278年）被俘，恰为四个年头。此处自叙生平，思今忆昔。作者拈出"入世"和"勤王"两点，一关个人出处，一关国家危亡，用这两件大事来表明自己的一片忠心。

领联"山河破碎风飘絮，身世浮沉雨打萍"一句，是从国家和个人两方面展开铺叙，深沉地表达了诗人内心的沉痛之情。宋朝自临安弃守，恭帝赵㬎被俘，事实上已经灭亡，剩下的只是各地方军民自发组织起来抵抗元兵。文天祥、张世杰等人拥立的端宗赵昰在逃难中惊悸而死；艰难中陆秀夫复立八岁的赵昺，并建行宫于崖山。诗人用"山河破碎风飘絮"来形容这种局面，形象生动，真切自然。此时，文天祥得知老母亲被俘，妻妾被囚，大儿子丧亡，感觉自己的人生就像水上浮萍，无依无附，景象凄凉。国势已无可挽回，厄运亦不可逆转，诗人心情无比沉郁。

颈联"惶恐滩头说惶恐，零丁洋里叹零丁"一句，实为神来之笔，强化了诗人内心的隐痛叙写。诗人继续追述：昔日惶恐滩边，忧国忧民，诚惶诚恐；今天伶仃洋上，孤独一人，自叹伶仃。惶恐滩在今江西省万安县境内赣江中，是有名的赣江十八滩之一，水流湍急，惊险异常，文天祥起兵勤王时曾路过这里。伶仃洋则在今广东省珠江十五里外的崖山外面，文天祥兵败被俘，押送途中经过此处。前者为追忆，后者乃当前实况，两者均亲身经历。一为战将身，一为阶下囚。曾经，自己作为勤王之师的统帅，面对强大敌人，因担心不能完成守土复国的使命，惶恐不安；而如今作为敌人阶下囚，孤苦伶仃，只身一人，已回天无力。这几句中的"风飘絮""雨打萍""惶恐滩""零丁洋"都是眼前景物，却流露出一腔悲愤和无奈。这几句对仗工整，出语自然，形象生动。

尾联笔势一转，由现在过渡到将来，拨开现实，露出理想。全诗格调陡然一转，由沉郁转为豪放、洒脱，如有一种穿透历史人生的洪荒伟力。诗人高喊"人生自古谁无死，留取丹心照汗青"，体现出一种大义凛然、视死如归的精神。此可谓文天祥及千百年来无数文人士大夫的人格宣言。这份宣言如一团火，炳耀史册，照亮世界，温暖人生。诗句用一个"照"字，显示光芒四射，赤诚一片。

毋庸置疑，写这首诗时，文天祥已然把写诗与做人、诗格与人格浑然融为一体了。这对后来的士大夫影响深远。明代思想家王阳明提出的"知行合一"学说，强调做人做事作文要合一，这在一定程度上受到了文天祥的影响。总之，《过零丁洋》情调高昂，堪称千年绝唱，古往今来，它激励和感召着无数仁人志士甘愿为国家民族正义事业抛头颅、洒热血，舍生忘我，勇往直前。就此而论，其积极人生价值观对今天国人价值观的塑造亦具有启示意义。

思考与练习

1. 文天祥起兵勤王之初，其对时局的判断是怎样的？他这样做的原因是什么？

2. 文天祥这首诗为什么能得到敌方将领张弘范的称赞？这对我们当代社会有什么启示？

3. "惶恐滩头说惶恐，零丁洋里叹零丁"，这两句是诗歌史上的名句，该句使用了什么修辞手法？是否还能举出类似的诗句？

拓展阅读

1. 俞兆鹏、俞晖：《文天祥研究》，人民出版社 2008 年版。
2. 刘文源：《文天祥研究资料集》，中国社会科学出版社 1991 年版。
3. 顾宝林、欧阳明亮：《明代对历史人物风范的记忆与建构——以文天祥为例》，《河北学刊》，2014 年第 1 期。

偶然

作者简介

　　徐志摩（1897—1931 年），现代诗人、散文家。原名章垿，字槱森，留学英国时改名志摩。徐志摩是新月派的代表诗人，新月诗社成员。1915 年毕业于杭州一中，先后就读于上海沪江大学、天津北洋大学和北京大学。1918 年赴美国克拉克大学学习银行学，十个月即告毕业，获学士学位，得一等荣誉奖。同年，转入纽约哥伦比亚大学的研究院，进经济系。1921 年赴英国留学，入剑桥大学当特别生，研究政治经济学。在剑桥两年深受西方教育的熏陶，并受到欧美浪漫主义和唯美派诗人的影响，奠定其浪漫主义诗风。1923 年成立新月社。1924 年任北京大学教授。1926 年任光华大学、大夏大学和南京中央大学（1949 年更名为南京大学）教授。1930 年辞去了上海和南京的职务，应胡适之邀，再度任北京大学教授，兼北京女子师范大学教授。1931 年 11 月 19 日因飞机失事罹难。其代表作品有《再别康桥》《翡冷翠的一夜》等。

经典原文

我是天空里的一片云，
偶尔投影在你的波心——
你不必讶异，
更无须欢喜——
在转瞬间消灭了踪影。

你我相逢在黑夜的海上，
你有你的，我有我的，方向；

你记得也好，

最好你忘掉，

在这交会时互放的光亮。

（选自徐志摩：《志摩的诗》，人民文学出版社 1983 年版）

作品主题

《偶然》是一首咏叹爱与人生的抒情哲理诗。在徐志摩短暂的一生中，他遇到了无数的偶然和无奈，但这些偶然和无奈却始终没有改变他对爱、对自由和对美的追求。诗人将爱情的微妙、人生的喟叹、瞬间的感悟和体验凝聚在这首诗歌中，表达了诗人对生命和生活的感悟，给读者留下了充分的想象空间。

作品赏析

《偶然》是诗人徐志摩于 1926 年 5 月创作的一首诗，发表在《晨报副刊·诗镌》1926 年 5 月 27 日第 9 期，署名志摩。这也是徐志摩和陆小曼合写的剧本《卞昆冈》第五幕里老瞎子的唱词。此诗有多重意蕴，既有小我之情，更有大我之爱。一方面指爱情，爱与美相知、相融、消逝的过程，这是情感微妙的显现和美好情愫的眷顾留恋；另一方面指对人生的感叹，人与人之间的相知相遇与相爱，充满一定欢乐的同时，也包含了诸多感伤。

首先，标题中的"偶然"一词是指抽象化的时间副词，指明了诗歌写作的自由随意性。诗的两节内容具有一定的对应性，一是天空里的云（"我"）与水里的波心（"你"）相互映照，二是"你""我"在海上的相逢。抽象与具象产生矛盾和悖论式的反向张力，使得这首诗充满了寓意和哲理。

其次，该诗具备"三美特征"，即音乐美、绘画美、建筑美。两节十行，体现着节的匀称和句的均齐。上下节格律对称，分别押"in"韵和"hang"韵。全诗采用二字尺、三字尺、四字尺，每节的第一句、第二句、第五句都是用三个音步组成，第三、第四句则是两个音步组成，形成了长短结合、相互错落、循环往复的句型，读起来抑扬顿挫、朗朗上口、韵味十足。字词句意思简洁，珠润玉圆，"云"与"水"、"你"与"我"、"黑夜的海"与"互放的光亮"形成了相互对立又互为"镜像"的意象。如此写，使得诗的韵味无穷。也正因如此，新月派后期诗人陈梦家在《纪念徐志摩》中评价道："《偶然》等几首诗，划开了他前后两期的鸿沟，他抹去了以前的火气，用整齐柔丽清爽的诗句，来写那微妙的灵魂的秘密。"

最后，该诗主旨既谈爱情碰触、消逝的刹那感觉又谈对人生的感叹。情感层面上，既有初恋也有相思，既有爱情的甜蜜也有分手的缺憾。人生层面，云与水相距万里，但是相互映照，产生情感的碰撞，在转瞬间却又消失了踪影。航行在海上的船相遇在黑暗深处，鸣笛一声各走各的方向。人生中"你"和"我"也是偶然相逢却又挥手道别，各自继续行走在自己的人生轨迹上。这是人生的无可奈何，但也是永难忘怀的终生记忆。

思考与练习

1. 分析《偶然》中的艺术特色。
2. 比较《偶然》与《再别康桥》的不同之处。

拓展阅读

1. 应修人:《妹妹你是水》,载北京大学中文系中国现代文学教研室等:《新诗选》第一册,上海教育出版社1979年版。
2. 韩石山:《徐志摩传》,人民文学出版社2014年版。
3. 陆小曼:《云游:陆小曼回忆徐志摩》,江西教育出版社2017年版。
4. 陆耀东:《评徐志摩的诗》,《中国现代文学研究丛刊》,1980年第2期。

西江月·井冈山

作者简介

毛泽东(1893—1976年),字润之(原作咏芝,后改润芝),笔名子任。湖南湘潭人。中国人民的领袖,伟大的马克思主义者,伟大的无产阶级革命家、战略家、理论家,中国共产党、中国人民解放军和中华人民共和国的主要缔造者和领导人,马克思主义中国化的伟大开拓者,近代以来中国伟大的爱国者和民族英雄,中国共产党第一代中央领导集体的核心,领导中国人民彻底改变自己命运和国家面貌的一代伟人。

经典原文

山下旌旗在望,山头鼓角相闻。敌军围困万千重,我自岿然不动。
早已森严壁垒,更加众志成城。黄洋界上炮声隆,报道敌军宵遁。

（选自吴正裕主编:《毛泽东诗词全编鉴赏》,人民文学出版社2017年版）

作品主题

1927年10月,毛泽东引兵到井冈山,创建中国第一个农村革命根据地——井冈山革命根据地;1928年4月,朱德和毛泽东率领各自军队在龙市会师,当年8月底取得了黄洋界保卫战的胜利。毛泽东欣然作词《西江月·井冈山》。作者形象生动地描写气势雄壮的黄洋界保卫战，满怀激情地歌颂了井冈山将士坚守根据地的英勇斗争精神，突出工农红军和根据地百姓镇定自若、凛然不可侵犯的气概，戳破了敌人外强中干的真实面目，表达了诗人从容不迫，以不变应万变，运筹帷幄之中，决胜千里之外的大无畏气概。

作品赏析

《西江月·井冈山》语言精练，笔调欢快，虽然篇幅精短，但内涵深厚，意义深远。这首词上阕写战斗场面，下阕写战斗经过，描写景象宏伟，叙事清晰凝练，极富艺术感染力。首句"山下旌旗在望，山头鼓角相闻"写战争来临，两军对峙的紧张气氛，号角齐鸣，只见漫山遍野飘扬的军旗、响彻山头的战鼓声和隆隆的炮火声，展现了我军和根据地人民相互呼应的雄壮气势，说明我方早已严阵以待，为全词的雄伟气势以及红军取得战斗胜利埋下伏笔。第二句"敌军围困万千重，我自岿然不动"写敌我力量悬殊的场景，敌众我寡，用夸张手法描写敌人来势汹汹。在敌强我弱的严峻形势下，英勇红军不畏强敌，巍然屹立，泰然自若，沉着应战，视万千敌人如虫蚁。"自"表达出红军笃定的信念、坚强的意志，"岿然"充分展现出红军巍然屹立的挺拔雄姿。这种夸张和对比讽刺了敌军的无能且衬托了红军英勇善战的英雄气概。

下阕开头"早已森严壁垒，更加众志成城"两句写出了我军将士的精神风貌以及战胜敌人的原因。这里的"森严壁垒""众志成城"与前边的"岿然不动"前后照应，既显得典雅雄壮，又感觉韵味深长。如果说"岿然不动"是诗人对我军战士面对数倍敌人的包围却依然傲岸不可撼动行为的赞扬，那么"众志成城"则是诗人肯定红军和根据地人民面对强大的敌军所做的团结准备，红军战士意气勃发，同心御敌，团结似铁，面对强敌不仅不害怕不气馁不妥协，反而更加团结一心，这是诗人对军民指战员的赞赏。"黄洋界上炮声隆，报道敌军宵遁"写战争的结局，机智勇敢的战士打响了关键的一炮，那炮声是进军的号角，敌人闻风丧胆，仓皇逃走。炮声巧妙地嘲笑了敌人，有力地鼓舞了红军军民，"炮声隆"如同胜利的号角宣告战争的胜利，诗人在词里热烈赞颂了井冈山的黄洋界保卫战，洋溢着情不自禁的喜悦之情。虽然这次保卫战只是井冈山红军军事战争中的一次以少胜多、以弱胜强的战斗，却具有十分典型的意义。它是土地革命战争的局部缩影，是所有革命根据地能够蓬勃发展的生动写照，这首词形象地呈现了一幅人民战争取得胜利的壮丽图景。

总之，这首词是一幅生动鲜明的战斗速写，是对革命乐观主义精神的高声歌唱。上阕重点写我军民严谨的部署和昂扬的斗志，下阕主要写我军民万众一心，粉碎敌人"会剿"，取得革命胜利。毛泽东一共写过《西江月·井冈山》《水调歌头·重上井冈山》《念奴娇·井冈山》三首关于井冈山的诗词。诗人怀着革命必胜的信念，满怀壮志豪情，有气吞山河之势，使诗词呈现出史诗美、人格美、意象美和哲理美，具有强烈深厚的爱国主义情怀和不畏风险、自强不息、昂扬向上、艰苦奋斗的战斗精神。

思考与练习

1. 尝试背诵这篇作品。
2. 分析《西江月·井冈山》的艺术特色。

拓展阅读

毛泽东《沁园春·长沙》《菩萨蛮·黄鹤楼》《西江月·秋收起义》《采桑子·重阳》《减字木兰花·广昌路上》《渔家傲·反第一次大"围剿"》《渔家傲·反第二次大"围剿"》《蝶恋花·从汀州向长沙》《水调歌头·重上井冈山》《念奴娇·井冈山》。

你是人间的四月天

作者简介

林徽因（1904—1955年），中国著名建筑师、诗人、作家，被胡适誉为"中国一代才女"。20世纪30年代初，与丈夫梁思成用科学方法研究中国古代建筑，为中国古代建筑研究奠定了坚实的科学基础。林徽因的文学著述不多，但其文字清新隽永、活泼灵动，代表作有诗歌《你是人间的四月天》、小说《九十九度中》等。

经典原文

我说你是人间的四月天；
笑响点亮了四面风；轻灵
在春的光艳中交舞着变。

你是四月早天里的云烟，
黄昏吹着风的软，星子在
无意中闪，细雨点洒在花前。

那轻，那娉婷，你是；鲜妍
百花的冠冕你戴着，你是
天真，庄严，你是夜夜的月圆。

雪化后那片鹅黄，你象；新鲜

初放芽的绿，你是；柔嫩喜悦
水光浮动着你梦期待中白莲。

你是一树一树的花开，是燕
在梁间呢喃，——你是爱，是暖，
是希望；你是人间的四月天！

（选自梁从诚编：《林徽因集：诗歌·散文》，人民文学出版社2014年版）

作品主题

《你是人间的四月天》是一首抒情诗，"爱"是这首诗的中心思想，诗中反复咏唱亲情、友情、爱情。作者寄寓的不仅仅是对"人"的爱，而且包括对大自然的爱，在人与自然的交流中挖掘诗性，寄托情怀，立意高格。

作品赏析

《你是人间的四月天》发表于1934年4月5日的《学文》一卷一期上。对于这首诗的创作意图，有两种说法：一是为悼念徐志摩而作；一是为儿子的出生而作，以表达林徽因对孩子的无比喜爱之情，以及从儿子身上看到的生命的希望和活力。林徽因的儿子梁从诚认为这是母亲写给自己的作品，他在《倏忽人间四月天》中说："父亲曾告诉我，《你是人间的四月天》是母亲在我出生后的喜悦中为我而作的，但母亲自己从未对我说起过这件事。"

四月是春天中的盛季，是播种希望的最美丽的时刻。诗人将"人间的四月天"与"你"对等起来，这个"你"可能是对有才情的好朋友徐志摩的祝愿，可能是对自己孩子健康成长的祝福，也可能是心中理想的希冀，可能是对祖国新生的向往。诗无达诂，诗歌的情感表达是唯美、明亮的，是诗情画意、柔情蜜意的。"鹅黄"象征初放的生命；"绿"则蕴含着无限的生机；"柔嫩"则代表明净澄澈的生命。可以说"人间的四月天"是爱，是希望，是温暖，是幸福。诗人将中国诗歌传统中的音乐感、绘画感与英国古典商籁体诗歌对韵律的追求完美地结合了起来。

这首诗清新自然、真情流露，讲求格律的和谐、语言的雕塑美和旋律的音乐感，词语的跳跃、节句的均齐和韵律的和谐几乎达到了极致。尤其是重叠的比喻和动词的运用，总能在意想不到之处传递真挚的情怀，往往在不经意间触碰到读者内心最柔软的地方，从而衬托出诗的纯净之美。

思考与练习

1. 分析《你是人间的四月天》中的艺术特色。

2. 比较《你是人间的四月天》与《偶然》的不同之处。

拓展阅读

1. 舒婷《致橡树》。
2. 刘半农《叫我如何不想她》。
3. 刘思谦、林徽因:《澄明的生命之灯》,《中国现代文学研究丛刊》,1993 年第 4 期。
4. 梁从诫:《倏忽人间四月天——回忆我的母亲林徽因》,《闽都文化》,2021 年第 1 期。

金黄的稻束

作者简介

　　郑敏（1920—2022 年），1939 年考入西南联大外国文学系，后转入哲学系。1942 年开始发表诗作，与辛笛、陈敬容、唐祈、唐湜、穆旦、杜运燮、袁可嘉和杭约赫一起共称"九叶诗人"。郑敏的诗深受西方现代主义诗人瓦雷里、艾略特、里尔克、庞德、奥登等的影响，追求把经验的感性上升到思辨的层面，在平凡的题材上显示尖锐的思想锋芒，体现出理性的自觉。1943 年毕业后赴美国布朗大学留学。1951 年获英国文学硕士学位。1956 年回国后在中国科学院文学研究所从事英国文学研究。1960 年任北京师范大学外语系教授。著有诗集《诗集 1942—1947》《寻觅集》《早晨，我在雨里采花》及诗合集《九叶集》，论文集《英美诗歌戏剧研究》，译作《美国当代诗选》等。

经典原文

金黄的稻束站在
割过的秋天的田里，
我想起无数个疲倦的母亲，
黄昏的路上我看见那皱了的美丽的脸，
收获日的满月在
高耸的树巅上
暮色里，远山
围着我们的心边
没有一个雕像能比这更静默。
肩荷着那伟大的疲倦，你们
在这伸向远远的一片

秋天的田里低首沉思

静默。静默。历史也不过是

脚下一条流去的小河

而你们，站在那儿

将成了人类的一个思想。

（选自郑敏：《诗集 1942—1947》，中国文联出版社 2009 年版）

作品主题

作为九叶诗派诗人，郑敏在《金黄的稻束》中追求现实、象征与玄学的综合统一，同时对稻束、母亲进行抒情化讴歌。该诗围绕"金黄的稻束"和"劳作的母亲"这两个意象展开，用诗人的沉思将主观与客观融合，通过稻田、路上、天空、远山等空间性的位移，使诗情循序渐进地展开，传达一个时间性的主体对劳动中生命力消逝的沉思和对母爱的歌颂，以我中有物、物中有我的姿态呈现出母爱的伟大。该诗在意象的选取组织、情思的表达体验上都极具现代诗歌的特质，呈现出诗人郑敏早期创作过程中对哲学的思考。

作品赏析

郑敏在谈及《金黄的稻束》这首诗的创作缘由时说："一个昆明常有的金色黄昏，我从郊外往小西门里小街旁的女生宿舍走去，在沿着一条流水和树丛走着时，忽然右手闪进我的视野是一片开阔的稻田，一束束收割下的稻束，散开，站立在收割后的稻田里，在夕阳中如同镀金似的金黄，但它们都微垂着稻穗，显得有些儿疲倦，有些儿宁静，又有些儿寂寞，让我想起安于奉献的疲倦的母亲们。"而此时的诗人正是西南联大哲学系的学生，但她同时又是诗歌爱好者。彼时她正念着哲学，为了更深地理解文学和写诗，她在自己主修的哲学课里不断寻找诗的美学和哲思。当郑敏在海德格尔的书里读到"诗歌是哲学的近邻"时，郑敏深深地为之震撼，这为她指明了写诗的方向。《金黄的稻束》便是在这种背景下产生的。

"金黄的稻束"作为全诗的中心意象，意在用这个意象来说明秋天丰收的景况。秋天是收获的季节，稻谷成熟需要母亲收割。在完成收割捆绑稻谷的工作之后，需要让稻束"站"在田里。用"站"字来形容稻束立起的状态，用"疲倦的母亲"来形容被割倒的稻束，诗的画面和意象随之转换，用"金黄的稻束"代指"疲倦的母亲"，以此讴歌辛勤劳作的母亲。母亲如稻束般，奉献了自己的青春，为孩子们遮风挡雨，辛勤哺育孩子，自己却"皱了美丽的脸"。她疲倦的身影映在黄昏里，就像稻束站在"割过的秋天的田里"。这样写，增添了对母性的赞扬，歌颂了母亲的伟大与无私。另外，把"皱"与"美丽"并列，寓有讴歌母亲的劳动和感叹时光流逝之意。接下来诗人走入人物的内心世界，用"满月"衬托人们因丰收而喜悦的心情，并通过"满月""树巅""远山"这些中国传统文化意象，凝重而深沉地表达了母亲的伟大。郑敏在知性与感性的融会贯通中寻找"诗歌是哲学的近邻"这一哲思的光辉，在稻束、母爱的表象层面进一步深入，通过对时空的探索来传达对生命永恒的思考。"肩荷着那伟大的疲倦，你们／在这伸向远远的一片／秋天的田里低首沉思，／静默。静默。历史也不过是／脚下一条流去的小河，／而你们，站在那儿／将成了人类的一个思想。"在这里，诗人给我们设置了一个苍茫辽阔的意境，稻束静默低首的形象立体感极强，仿佛一尊雕像，富有宁静美。最后这几句，具有一定的哲理深度，把流逝的历史比作流淌的小河，进而提升对人及其精神的赞美与思考。不过"而"的语气表明：稻束的精神超越了历史，这种坚韧美的精神是人类历史进程中永恒的思想结晶，使得这首诗超越了对母亲和劳动者的赞颂。

思考与练习

1. 尝试背诵此诗。
2. 写一首歌咏母亲的诗歌。
3. 将本诗内容改编成一个故事。

拓展阅读

1. 骆一禾《麦地——致乡土中国》。
2. 海子《亚洲铜》。
3. 郑敏：《〈金黄的稻束〉和它的诞生》，《名作欣赏》，2004 年第 4 期。

第二节　外国诗歌欣赏

诗歌被誉为一个民族的文化结晶，同时，诗歌也是时代、历史文化沉淀的结果。与中国诗歌中强调的委婉含蓄截然不同，外国诗歌在表情达意方面往往直抒胸臆。外国诗歌的内容通常歌咏生与死的矛盾、人与神的冲突。歌颂英雄主义与赞美爱情至上成为外国诗歌的永恒主题。外国诗歌创作具有浓厚的抒情意味，强调想象，善于借景抒情、托物言志，讲究语言的精练，注重诗歌的表达技巧，追求诗歌的意象美。

假如生活欺骗了你

作者简介

亚历山大·谢尔盖耶维奇·普希金（1799～1837年），俄国诗人、作家，被称为"俄国文学之父"。8岁开始写诗，1814年7月，诗歌《致诗友》发表在《欧洲通报》上。1817年3月，出版了第一本诗集《亚历山大·普希金诗集》；7月，完成诗歌《自由颂》。1820年3月，完成第一部长诗《鲁斯兰和柳德米拉》，引起文坛关注。1821年，完成长诗《高加索的俘虏》。1825年，完成短诗《假如生活欺骗了你》。1830年，完成诗体小说《叶甫盖尼·奥涅金》。1833年10月，完成长诗《青铜骑士》。1836年10月，完成小说《上尉的女儿》。普希金年轻时风流倜傥、才华横溢，与冈察洛娃相遇后便一见钟情，迅速坠入爱河。1831年2月18日，两人结婚。但后来，沙皇禁卫军军官、法国籍纨绔子弟丹特斯在一次舞会上偶然结识冈察洛娃，并对冈察洛娃展开猛烈的追求。普希金对此十分气愤，与丹特斯展开决斗，因决斗负伤而死，年仅38岁。

经典原文

假如生活欺骗了你，
不要悲伤，不要心急！
忧郁的日子里须要镇静：
相信吧，快乐的日子将会来临！
心儿永远向往着未来；
现在却常是忧郁。
一切都是瞬息，一切都将会过去；
而那过去了的，就会成为亲切的怀恋。

（选自《普希金诗集》，戈宝权译，中国社会科学出版社2007年版）

作品主题

《假如生活欺骗了你》以劝勉的口吻告诉人们：生活虽然充满挫折，但仍要以积极的人生态度面对生活。这首诗表达了诗人积极乐观的人生态度。

作品赏析

《假如生活欺骗了你》是普希金于1825年流放南俄敖德萨同当地总督发生冲突后，被押送到其父亲的领地米哈伊洛夫斯科耶村幽禁期间创作的一首诗歌。

1824年8月至1826年9月，是诗人极为孤独寂寞的一段时期。1825年俄历12月，俄国爆发了反对沙皇残暴统治的武装起义——十二月党人起义。面对十二月党人起义前后剧烈动荡的社会风云，俄国革命如火如荼，诗人却被迫与世隔绝。普希金不仅同火热的斗争相隔绝，而且与众多亲密无间的亲朋挚友相分离。在这样的处境下，诗人仍没有丧失希望与斗志，他热爱生活，执着地追求理想，相信光明必来，正义必胜。在这段孤寂的生活中，白天，他到集市上去与纯朴的农人谈话，听他们唱歌。晚上，除了读书、写作，邻近庄园奥西波娃一家也给诗人愁闷的幽禁生活带来了温暖和慰藉。这首诗是普希金为奥西波娃15岁的女儿，即诗人的女友叶甫勃拉克西亚·尼古拉耶夫娜·伏里夫所写的。这首诗后来不胫而走，成为广为流传的佳作。

这是一首抒情哲理诗，短短八句，诗人以劝告的口吻，通过自己真真切切的生活感受，向女友提出慰藉。语气娓娓道来，语调亲密和婉，热诚坦率。诗句清新流畅，热烈深沉，诗中阐明了这样一种乐观坚强、积极向上的人生态度：当被生活欺骗时，不要感到悲伤和心急。生活中不可能没有痛苦与悲伤，欢乐不会永远被忧伤所掩盖，生活往往是有曲折才能有更深刻的体会。

诗人在诗中提出了一种面向未来的生活观。"心儿永远向往着未来"，尽管"现在却常是忧郁"，现实的世界可能是令人悲哀的，可能会感受到被欺骗，但这是暂时的，不会永远停留在这儿，不会就在这儿止步。要用对立统一、变化发展的观点看待生活，正视理想与现实的矛盾，坚持美好的信念和进取的态度，才能更好地把握住现实，才能真切地感受到一切艰难险阻都是暂时的，因而那逝去的也就变得可爱。这才是值得提倡的生活态度，也是生活中的辩证思想。

最为经典的尾句"一切都是瞬息，一切都将会过去；而那过去了的，就会成为亲切的怀恋"，表明诗人积极的人生态度，并告诉人们，困难迟早是会成为过去的，而那些过去的将成为人生财富，这些经验将有助于领悟人生的真谛，走完人生的道路。当成功后，回首一望，这些就成了自己成功路上的足迹和见证。

诗人对生活的假设，引起了许多读者的共鸣。正是这种进取乐观的生活态度，这种面对坎坷时的坚强勇敢的精神使得这首诗能够流传久远，持续散发出催人奋进的艺术魅力。

思考与练习

1.《假如生活欺骗了你》作为一首哲理诗，它与中国古典哲理诗在抒情达意上有哪些区别？请举例说明。

2.请你谈谈普希金被誉为"俄国文学之父"的原因。

拓展阅读

1.普希金《叶甫盖尼·奥涅金》《自由颂》《致大海》《致恰达耶夫》《一切都已结束》。

2.雪莱《无常》。

3.兰波的诗作《永别》。

4.顾城《远和近》《小巷》。

5.韩瀚《重量》。

6.郑愁予《错误》。

我愿意是急流

作者简介

裴多菲·山陀尔（1823—1849 年），匈牙利伟大的革命诗人和匈牙利民族文学的奠基人。他出身于一个贫困的屠户家庭，从小过着困苦的生活，做过演员，当过兵，他的一生是与匈牙利人民反抗外国侵略和争取政治自由的斗争联系在一起的。他曾说："在匈牙利人民中间，我的歌是为了争取自由而斗争的第一课。"他十五岁开始写诗，一生中共写了八百多首抒情诗，有相当一部分诗作是在战火中完成的。1849 年 7 月 31 日，裴多菲在瑟克什堡大血战中同沙俄军队作战时牺牲，年仅 26 岁。

经典原文

我愿意是急流，
　是山里的小河，
　在崎岖的路上、
　岩石上经过……
　只要我的爱人
　　是一条小鱼，
　　在我的浪花中

快乐地游来游去。

我愿意是荒林，
在河流的两岸，
对一阵阵的狂风，
勇敢地作战……
　只要我的爱人
　是一只小鸟，
在我的稠密的
树枝间做窠，鸣叫。

我愿意是废墟，
在峻峭的山岩上，
这静默的毁灭
并不使我懊丧……
　只要我的爱人
　是青青的常春藤，
沿着我荒凉的额，
亲密地攀援上升。

我愿意是草屋，
在深深的山谷底，
　草屋的顶上
饱受风雨的打击……
　只要我的爱人
　是可爱的火焰，
在我的炉子里，
愉快地缓缓闪现。

我愿意是云朵，
是灰色的破旗，
在广漠的空中，
懒懒地飘来荡去，
　只要我的爱人
　是珊瑚似的夕阳，
傍着我苍白的脸，
显出鲜艳的辉煌。

（选自《裴多菲诗选》，孙用译，人民文学出版社1959年版）

作品主题

《我愿意是急流》是裴多菲题献给恋人的一首抒情诗,诗中反复咏唱对爱情的坚贞与渴望,向恋人表白自己真挚的爱情,寄寓了作者的理想与追求。全诗从爱情出发,又超越爱情。它是爱情诗,同时又是箴言诗,给予人鼓舞的力量。

作品赏析

这首诗是一首向爱人表达爱情的抒情诗、爱情诗。诗中用一连串的"我愿"引出构思巧妙的意象,反复咏唱对爱情的坚贞与渴望,向恋人表达自己真挚的感情。

在裴多菲所写的爱情诗中,《我愿意是急流》堪称典范。全诗清新自然,毫无造作之感,同时,赋予了爱情全新诠释——朴实、自然。全诗以急流、荒林、废墟、草屋、云朵、破旗这些朴实纯真的事物来自喻;而爱人则是小鱼、小鸟、常春藤、火焰、夕阳的化身,这些事物都是可爱的,柔美的。没有花前月下的浪漫,没有风花雪月的柔情,却有一股自然清新脱颖而出。诗人在遣词造句方面也很注重"自然"二字,全诗没有任何华丽的辞藻修饰,用极其普通的词语点缀,如"崎岖的""勇敢的",避免了作品的"繁冗拖沓",使全诗自然亲切。

为了爱,诗人愿意奉献所有,愿意为这份爱坚守一生。"我愿意",短短三个字,包含了诗人无比厚重、深切的情感,更是诗人对相伴终生的承诺。除"我愿意"作为全诗反复响起的主旋律外,诗人还运用大量意象设想了爱情中双方所处的位置,这些意象生动传达出诗人对爱的深情。

从表现形式上看,这首诗是自由诗。自由诗作为诗歌的表现形式之一,段数、行数和字数都没有固定规格。在句式音节上,比押韵诗歌自由得多,基本没有束缚和格律特征,虽然有节奏,但押什么韵,换韵的位置等都不强求一致,不受格律的限制,句子长短不拘,形式不论。以上这几组诗句均以"我愿意是……"和"只要我的爱人是……"这两种形式营构诗歌,句式较为统一,但并无押韵,段落行数和字数也没有固定的格式,句式音节上并无束缚。裴多菲的诗歌受民歌影响很大,他以一连串的"我愿意是"表达对爱情的坚贞与渴望,任思绪飘扬,尽情地挥洒自己的感情,表露"我"对"爱人"的爱恋。

从内容与语言方式上看,诗歌通过"急流"旁敲侧击,委婉衬托,引人深思,产生美感。诗歌把感情分别移到"急流"等事物上,与世人的内心感受、主观情感加以糅合,并以主人公的口吻来抒发情感,反映真实感受,直抒胸臆。没有完整的故事情节,没有完整的人物形象,主要通过比喻、象征的语言方式表露内心强烈的感情。在语言上意象化、多义化,用形象及生动的语言勾勒客观情境,而非以平铺直叙的方式来抒发爱恋之情,使这种意象更加立体化和形象化,产生其他意蕴的联想,体现了多义化的特点。另外,这首诗采用重言复唱手法,多次重复"我愿意是""只要我的爱人",既渲染了气氛,又加强了感情。

从诗人所构造的意象来看,六组并列的意象酣畅淋漓地展示出了"我"在"求爱道路"上毫无保留、无私奉献的内心。诗歌所勾勒出的五组意象,即急流与小鱼、荒林与小鸟、废墟与常春藤、草屋与火焰、云朵与夕阳，这些意象既雄浑又娇秀，相得益彰，描绘出一幅幅诗意盎然、动人心扉的画卷。这种一一相对情形的出现都是建立在"我愿意是……"和"只要我的爱人是……"这一逻辑前提之下的，充分显示了既尊重对方又忠于自己的恋爱观的爱情理念。在第一组意象中，为了成全对方能"像一条小鱼"一样"快乐地游来游去"，"我"自愿像"一条急流"，但这急流并非奔腾万里，而是"在崎岖的路上、岩石上经过"，言外之意可能遭遇粉身碎骨、穷途末路。荒林、废墟、草屋、云朵这些意象都担任着护花使者的角色，护花使者无疑就承担责任、直面险阻、接受挑战。按照常规思维，该诗的逻辑顺序是"只要我的爱人是……""我愿意是……"，但该诗反其道而行之，这正好突出了"奉献在先"的思想。诗以意象说话，创作时必须选择客观事物作为抒情载体。该诗正是通过几组意象的营构贴切而形象地抒发了诗人对心中"爱人"的无限爱意。

这首诗同时也寄寓了作者的理想与追求。"我的爱人"在诗中象征着诗人心中的价值理想和行动目标。众所周知，理想从来不是触手可及的。理想的实现需要人们具备"咬定青山不放松"的坚定信念，能够奋不顾身，全力以赴。因此，诗作通篇以"我愿意是……"这掷地有声的人格宣言，强烈表达了为理想而努力的气概和情怀。诗歌字里行间流溢着汩汩滔滔的殉道精神，并由此彰显着诗人内心对爱情的虔诚、忠贞和执着。在诗人所寄寓的各种理想之中，都高扬着自由精神，这可以"我的爱人"和"我"本人的生存状态的畅想之中看出。这首诗是从爱情出发，又超越了爱情；既是爱情诗，同时又是箴言诗，给人劝慰和鼓舞。

这首诗极富朦胧性和象征意味，为读者鉴赏该作品提供了一个广阔的思维空间。这种情感可以上升为民族情感和国家情感。小而对于个人爱情，大而对于民族国家，皆能抱有一种忠实的态度，即使偶遇不幸处于绝望之中，也能展现一种无私奉献、生死不渝的精神。

思考与练习

1. 比较裴多菲的《我愿意是急流》与舒婷的《致橡树》这两首作品在表情达意方式上与爱情观上的异同。

2. 该诗在结构上有什么特点？文学史上类似这种结构方式的诗歌，还有哪些？

拓展阅读

1. 普希金《我曾经爱过你》。

2. 雪莱《印度小夜曲》。

3. 叶芝《当你年老时》。

4. 戴望舒《我的恋人》《雨巷》。

5. 徐志摩《雪花的快乐》《最后的那一天》。

6. 席慕蓉《无怨的青春》。

我孤独地漫游，像一朵云

作者简介

　　威廉·华兹华斯（1770—1850 年），英国浪漫主义诗人，早年受卢梭"回归自然"思想的影响。法国大革命后，他与柯勒律治、骚塞等诗人隐居在昆布兰湖区和格拉斯米尔湖区，由此得名"湖畔派"诗人。他们寄情山水，在大自然里寻找慰藉，"湖畔派"诗人用诗歌赞美宗法制农村生活，厌恶资本主义的城市文明和冷酷的金钱关系。他与柯勒律治合作出版的诗集《抒情歌谣集》宣告了英国浪漫主义新诗的诞生。在再版诗集的长序中，华兹华斯详细阐述了浪漫主义文学主张，被誉为浪漫主义诗歌的宣言。由他建构的诗歌理论动摇了英国古典主义诗学的统治地位，推动了英国诗歌的革新和浪漫主义运动的发展。

经典原文

　　　　　　我孤独地漫游，像一朵云
　　　　　　　在山丘和谷地上飘荡，
　　　　　　　忽然间我看见一群
　　　　　　　金色的水仙花迎春开放，
　　　　　　　在树荫下，在湖水边，
　　　　　　　迎着微风起舞翩翩。

　　　　　　连绵不绝，如繁星灿烂，
　　　　　　　在银河里闪闪发光，
　　　　　　　它们沿着湖湾的边缘
　　　　　　　延伸成无穷无尽的一行；
　　　　　　　我一眼看见了一万朵，
　　　　　　　在欢舞之中起伏颠簸。

　　　　　　粼粼波光也在跳着舞，
　　　　　　　水仙的欢欣却胜过水波；
　　　　　　　与这样快活的伴侣为伍，
　　　　　　　诗人怎能不满心欢乐！
　　　　　　　我久久凝望，却想象不到
　　　　　　　这奇景赋予我多少财宝——

每当我躺在床上不眠，
或心神空茫，或默默沉思，
它们常在心灵中闪现，
那是孤独之中的福祉。
于是我的心便涨满幸福，
和水仙一同翩翩起舞。

（选自《华兹华斯诗选》，杨德豫译，时代文艺出版社 2020 年版）

作品主题

这首诗写于诗人从法国回来不久。诗人带着对自由的向往去了法国，并参加了法国的一些革命活动，但法国革命没有达到诗人预期的结果，华兹华斯对此特别失望、备受打击。诗的开头，诗人把自己比喻成一朵孤独的流云，孤单地在高高的天空中飘荡，孤傲的诗人发现一大片金色的水仙，它们欢快地遍地开放着。此时，在诗人的心中，水仙并非一种纯粹的植物，而是升华为一种象征，它代表了诗人对美好世界的向往。当诗人与"咏水仙"为伍时，"满心欢乐"。但当诗人离开了水仙时，内心又冒出忧郁孤寂的情绪，这种孤寂的情绪反衬出诗人对当时社会的悲观与失望。

作品赏析

此诗又称为《咏水仙》，据说是根据华兹华斯和妹妹一起外出游玩时深深地被大自然的妩媚所吸引而写成的，体现了诗人所主张的诗歌应描写"平静中回忆起来的情感"这一诗学主张。

这首诗情景交融，诗人的情感与水仙紧紧联系在一起。全诗可以分成两大部分，即写景和抒情。诗的开篇以第一人称叙述，格调显得低沉忧郁。诗中一共有四个诗节，第一节以流云作譬，"我孤独地漫游，像一朵云／在山丘和谷地上飘荡"，措辞雅致，将清高孤傲的形象一笔就勾勒出来。但紧跟着成簇的水仙展现在眼底之后，诗人的情绪一瞬间从高空跌落到了地上，这象征着诗人傲气的收敛，诗人的内心与灵魂全为美丽的水仙所占有。

诗人将自己比喻成一朵孤独的云，孤单地在高高的天空飘荡。孤傲的诗人发现一大片金色的水仙，它们欢快地遍地开放。在诗人心中，水仙已经不再是一种植物，诗中的水仙"摇曳""颔首""浪舞轻妆"，完全是人的形象、人的情怀，是一种象征，代表了一种灵魂、一种精神。水仙代表了自然的精华，而成了自然心灵的一种美妙表现。

第二节以银河的繁星比喻水仙数量的繁多，将人间、天上连在一起，暗合第一节流云孤独地漫游的情状。接下来诗人描写了水仙千朵万朵颔首嬉戏的情景，这些诗句虚实结合，表明诗人已完全进入了漫舞欢歌的美丽世界之中。

第三节巧妙地以湖波粼粼比喻花波浪浪，诗人紧接着笔锋一转，由景及情，想到"旅伴"，于是水仙怒放转化成了心花怒发，自然界与心灵融为一体。诗人将眼前的美景化作心中的美景，这种精神的结晶使自然"价值无双"，美的意象慰藉了诗人的心灵。

第四节抒发慨叹，孤独的云终于找到了属于自己的伴侣和归宿，不再感到孤独，也无须四处飘荡。诗人与水仙同乐共舞，意味着自然与人融为一体。对大自然的亲近，暗喻了诗人对城市生活的否定与厌恶。诗人将自己的心绪与水仙紧紧联系在一起，暗示了水仙这样的自然景物与人类有着相近的精神和个性，同时抒发了诗人对现实社会的失望与忧郁之情。

这首诗歌的基调是浪漫的，同时又带着浓烈的象征主义色彩。诗人在自然中找到了精神寄托——"欢欣的水仙"。这首诗表面上虽然是在咏水仙，但实则是诗人自己心灵的抒发和感情的外化。

思考与练习

1. 英国的湖畔诗与中国的山水诗在审美风格上有哪些异同？

2. 比较华兹华斯的《我孤独地漫游，像一朵云》与谢灵运的《登池上楼》在写景抒情上的异同。

拓展阅读

1. 塞缪尔·泰勒·柯勒律治《古舟子咏》。

2. 罗伯特·骚塞《布伦海姆之战》。

3. 陶渊明《归园田居》。

4. 王维《山居秋暝》《鸟鸣涧》《画》《鹿柴》《竹里馆》。

第四章

小 说 欣 赏

| 学习目标 |

知识目标

了解古今中外优秀小说家的主要成就，熟悉相关小说作品的主题思想与深层内涵。

能力目标

能够运用文学理论知识对小说进行深入探析，学会分析小说中存在的冲突和矛盾。能够全方位分析小说中的主要人物和次要人物，提高对小说的评论能力与鉴赏能力。

素养目标

掌握基本的小说鉴赏理论，能够从马克思主义文艺美学的角度进行小说赏析，培养对中外优秀小说作品深度解读的能力。能在阅读小说的过程中提出独到的见解，进一步提升自身的文学创新能力。

作为一种叙事性虚构作品，小说的历史较为悠久。在西方，小说是叙事文学的主导形式，从古希腊神话、史诗以及中世纪的骑士传奇、民间故事中便初见端倪。在中国，先秦的寓言和两汉的史传文学就已经出现了小说的萌芽。小说长于叙事，富有故事性，具有十分独特的艺术魅力。

第一节　中国小说欣赏

中国小说自先秦萌芽，经由魏晋南北朝的志人志怪小说、唐传奇、宋元话本等层层推动，到元末明初之时，章回体小说逐渐发展成熟，古典小说达到高峰。进入 20 世纪，"小说界革命""新文化运动"等文学活动大大提升了小说在文学史上的地位，中国现代小说得到了长足发展，为世界文学画卷增添了浓墨重彩的一笔。

三国演义（节选）

作者简介

罗贯中（约 1330—约 1400 年），名本，字贯中，号湖海散人，山西太原人，元末明初著名小说家。罗贯中一生创作丰富，最有名的作品为《三国志通俗演义》，俗称《三国演义》，其他作品主要有《隋唐两朝志传》《残唐五代史演义》《三遂平妖传》等。《三国演义》是经典名作，被列为我国"四大古典小说名著"之一，罗贯中本人也被视为中国章回体小说的鼻祖。

经典原文

忽探子①来报："华雄②引铁骑下关，用长竿挑着孙太守赤帻③，来寨前大骂搦战④。"绍曰："谁敢去战？"袁术⑤背后转出骁将⑥俞涉⑦曰："小将愿往。"绍喜，便着俞涉出马。即时报来："俞涉与华雄战不三合，被华雄斩了。"众大惊。太守韩馥⑧曰："吾有上将潘凤，可斩华雄。"绍急令出战。潘凤手提大斧上马。去不多时，飞马来报："潘凤又被华雄斩了。"众皆失色。绍曰："可惜吾上将颜良、文丑⑨未至！得一人在此，何惧华雄！"言未毕，阶下一人大呼出曰："小将愿往斩华雄头，献于帐下！"

众视之，见其人身长九尺，髯长二尺，丹凤眼，卧蚕眉，面如重枣⑩，声如巨钟，立于帐前。绍问何人。公孙瓒⑪曰："此刘玄德之弟关羽也。"绍问现居何职。瓒曰："跟随刘玄德充马弓手。"帐上袁术大喝曰："汝欺吾众诸侯无大将也？量一弓手，安敢乱言！与我打出！"

曹操急止之曰："公路息怒。此人既出大言，必有勇略；试教出马，如其不胜，责之未迟。"袁绍曰："使一弓手出战，必被华雄所笑。"操曰："此人仪表不俗，华雄安知他是弓手？"

关公曰："如不胜，请斩某头。"操教酾⑫热酒一杯，与关公饮了上马。关公曰："酒且斟下，某去便来。"出帐提刀，飞身上马。

众诸侯听得关外鼓声大振，喊声大举，如天摧地塌，岳撼山崩，众皆失惊。正欲探听，鸾铃⑬响处，马到中军，云长提华雄之头，掷于地上。其酒尚温。后人有诗赞之曰：

威镇乾坤第一功，辕门画鼓响冬冬。

云长停盏⑭施英勇，酒尚温时斩华雄。

曹操大喜。只见玄德背后转出张飞，高声大叫："俺哥哥斩了华雄，不就这里杀入关去，活拿董卓，更待何时！"袁术大怒，喝曰："俺大臣尚自谦让，量一县令手下小卒，安敢在此耀武扬威！都与赶出帐去！"曹操曰："得功者赏，何计贵贱乎？"袁术曰："既然公等只重一县令，我当告退。"操曰："岂可因一言而误大事耶？"命公孙瓒且带玄德、关、张回寨。众官皆散。曹操暗使人赍⑮牛酒抚慰⑯三人。

（选自罗贯中：《三国演义》，人民文学出版社 2019 年版）

【注释】

① 探子：有时称探马，就是探听消息的人，类似后来的侦察兵。

② 华雄：东汉末年的武将，为董卓帐下都督。据正史记载，公元 190 年，以袁术、袁绍兄弟为盟主，关东军阀联合讨伐董卓，时任长沙太守的孙坚大破董卓军，华雄在此战中被孙坚一军所杀。

③ 孙太守：指长沙太守孙坚，为关东联军前锋。在汜水关被华雄打败，与手下甘茂交换帽子才得以脱险。赤帻，就是红色头饰的帽子。

④ 搦（nuò）战：即挑战。

⑤ 袁术：字公路，汝南郡汝阳县（今河南商水县）人。汉司空袁逢嫡次子、冀州牧袁绍异母弟。举孝廉出身，拜为河南尹、虎贲中郎将。董卓进京后，拜为后将军，畏祸出奔南阳郡。初平元年（190 年），联合袁绍、曹操等关东诸侯，联兵讨伐董卓。此后，又与袁绍和曹操争雄，兵败逃亡，割据扬州。建安二年（197 年），僭位于寿春（今安徽省淮南市寿县），建号仲氏。袁术为人骄奢淫逸，对其统治辖区横征暴敛，导致江淮地区残破不堪。受到吕布和曹操联合攻击后，元气大伤一蹶不振，建安四年（199 年）呕血而死。

⑥ 骁（xiāo）将：指勇猛善战的将军。

⑦ 俞涉：袁术部下骁将。于十八路诸侯讨伐董卓时，出关迎战前来搦战的华雄，被华雄所斩。

⑧ 韩馥：字文节，颍川郡（治今河南禹州）人。曾为御史中丞，之后被董卓举荐为冀州牧，成为一方诸侯。但在各诸侯起兵讨伐董卓时，韩馥也是其中之一。他曾与袁绍谋立刘虞为皇帝，结果被袁绍算计，冀州被夺，走投无路之下被迫投靠张邈。后自杀身亡。

⑨ 颜良：袁绍手下将领。颜良性格促狭，虽骁勇不可独任，为一夫之勇。官渡之战，袁绍令颜良进攻白马（今河南滑县），军败，颜良本人也被杀。文丑（？～200 年）：袁绍帐下的大将。建安五年（200 年），文丑率五六千骑追击曹操，进至延津。曹操采用荀攸之计，败之。文丑死于乱军之中。

⑩ 重枣：深暗红色的枣子。常用以形容人的脸色。此处就是形容关羽的脸色偏红，后世有所谓"红脸关公"之说。

⑪公孙瓒：字伯圭，一作"伯珪"，辽西令支（今河北迁安）人，汉末名将。师事大儒卢植，为刘备同门师兄，又曾为刘宽门生。公孙瓒出身卑微，早年为郡中小吏。因其相貌俊美，机智善辩，得到涿郡太守赏识，逐步做到中郎将，又因战功赫赫，封为都亭侯。以强硬的态度对抗北方游牧民族，作战勇猛，威震边疆。击杀刘虞后，掌握北方四州兵权，成为北方最强大的诸侯之一。后被袁绍击败。最终困于高楼，引火自焚。

⑫酾（shī）：有"滤酒、斟酒、疏导、分流"之意。此处指斟酒。

⑬鸾（luán）铃：指系在马身上的响铃。

⑭停盏：指放下酒杯。盏，即杯盏，酒杯。

⑮赍（jī）牛酒：此处指曹操把牛羊肉和酒水等东西送给关羽刘备等人，以示资助。

⑯抚慰：指安抚和劝慰。

作品主题

本节所选的文段描述的主要内容是：董卓废黜少帝刘辩而立陈留王刘协为帝后，残暴不仁，擅权专政，朝堂内外，一手遮天，荼毒天下，人民苦不堪言，人皆欲"食其肉而寝其皮"。于是，以袁术、袁绍、曹操等所率领的关东十八路诸侯，组成所谓"讨董盟军"，兴师讨伐"太师"董卓。然而，盟军前锋孙坚在进军汜水关时，却被董卓属下大将华雄所击败，盟军受阻于此。敌将华雄不可一世，接连斩杀盟军的俞涉、潘凤等大将。在盟军一筹莫展之时，公孙瓒属下刘备亦在中军帐。见此情形，其帐下关羽主动请缨前去战华雄。因当时关羽是无名军卒，袁术百般阻拦，然曹操却极力支持关羽出战。

华雄本为董卓的猛将，自荐前去抵抗山东地区反对董卓的诸侯联军。在汜水关前，他先后击败袁绍统领的关东联军的多名大将，如斩杀济北相鲍信之弟鲍忠、孙坚部将祖茂以及袁术部将俞涉和韩馥手下潘凤等人，似乎成为不可阻挡的一支劲旅。最后关羽出场，一对一与之决斗。关羽在讨董联军中，只是一名籍籍无名的弓手，但关羽不鸣则已，一鸣惊人。就在众人的半信半疑之间，也就杯酒工夫，关羽一刀斩杀华雄，从容而归。诸人赞叹，从此关羽名闻诸侯，声震天下。

这段精彩文字主要是突出关羽的神勇，甚至可以说是整部小说中描写武将最为精彩的一节，也是描绘塑造关羽最为成功的一段。后来的"杀颜良，诛文丑""过五关，斩六将"都只是对关羽神勇形象的补充。通过这一系列的场景描述，作者成功塑造了关羽这个中国文学史上的"武圣"形象。"温酒斩华雄"可以说是关羽勇武形象塑造的第一场，这在文学史上具有典范意义。其叙述技巧被后来诸多小说所借鉴，如金庸的武侠小说就大量借用了这种以虚写实的手法来塑造人物形象。

作品赏析

这段文字运用了以虚写实、虚实结合的创作手法。本来这是一个战斗英雄杀敌斩将、折冲立功的战斗场面，常规的写法总是应该大肆渲染打斗场景。然而，罗贯中却反其道而行之，着意先写盟军中军帐内的场面，而把战场情态放在中军帐后面来写。

中军帐的空气和人们的情绪完全受着战场的支配，就像是一幕舞台剧，场景始终不换，戏一直在中军帐里开展，战斗放在后场进行。可是，战场上的杀声、鼓声、喊声却一直震荡着中军帐里人们的耳膜和心弦。这些战场情景全是耳闻，是虚写；而议论，争吵，派兵遣将，这些中军帐里的情景才是眼见，是实写。中心人物关羽往来于战场、中军帐之间；他的冲锋陷阵的战斗声势和神威，是耳闻，属于虚写；"鸾铃响处，马到中军"的刹那之间，可以说既是耳闻又是眼见，体现了虚实相间；"提华雄之头，掷于地上"的英雄气概是实写。而中军帐上的人们，时而"大惊"，时而"失色"，时而"失惊"，时而又"大喜"，时而又"大怒"或"大叫"，这些夸张的描述表现出人们激荡不安的情态，又无一不和战场上的动静紧密相关。如此一来，就把战场和中军帐紧紧连在一起了。

同时，这段文字既有中军帐的场景，又有战场的场景；既写耳闻，又写目睹；既有实际情景的描绘，又有情势气氛的烘托。此即所谓虚中有实，实中有虚，虚实结合。这种写法对英雄人物的塑造，起到了一种传神丰采的作用。《三国演义》惯用的虚实结合的写作手法，在"温酒斩华雄"这一节中体现得淋漓尽致。

罗贯中在这一节中所使用的虚实相生的写作手法，不仅使作品的内容更为精练，而且体现出了不同于其他历史文学作品中战争描写的写作传统和艺术风格。可从下面几点来进行分析。

第一，这种实写中军帐、虚写战场的艺术手法，有利于在有限的篇幅里扩大文本容量，丰富作品的思想内涵。同时，又便于作者从容地控制叙述主次，既不至于孤立地去表现一人一事，又可以通过人事的穿插，巧妙地揭示讨董联军内部的复杂性，使中心人物的形象在复杂的矛盾关系中迅速凸现出来。"温酒斩华雄"本是整部作品中一件小小的战事，不可能占太多篇幅，然而在这个有限的篇幅里，既要写战争场面，又要表现各派势力的复杂矛盾冲突，体现战争的政治性和作品的思想性，还要凸现中心人物形象。作者巧妙运用实写中军帐、虚写战场的方法，呈现出了良好的艺术效果。

第二，从中军帐的角度去写战场，既节省笔墨，又便于取舍，减少了许多不必要的战场描写。这样的写法符合《左传》《史记》等经典文献中描述战争时以虚写实的写作传统。在《三国演义》中，正面描写战场上将士们如何与敌搏斗厮杀的章节并不少，在这些片段中，读者常见战鼓擂、战马叫、你追我逃、人仰马翻、火光一片、杀声震天……双方将领大战几百回合等场景，仿佛身临其境。然而，"温酒斩华雄"这一战争场景却与此不同。华雄与俞涉、华雄与潘凤、关羽与华雄等的交战，应该都是恶战，且交战的场面本应轰轰烈烈，惊天动地。然而作者却把这些具体交战的过程一概省去，为的是抓住传神之处，突出精彩的人物形象。这样，可以让读者展开想象的翅膀，自由地去构建当时战争场面和战场气氛。而中心人物关羽豪气、威猛、神勇的英雄形象依然表现得淋漓尽致。由此可见，虚实结合的传统写作手法，已被罗贯中运用到了炉火纯青的地步。

第三，这种虚实相结合的手法，有利于烘托中心人物的英雄气概。小说人物的性格特征，往往融合在人物的具体行为当中。一个战斗英雄，在他战斗时不免会有自己的性格特点。《三国演义》的作者就善于从人物的战斗行为中把握人物的英雄性格。关羽的战斗行为有自己的独特风格。他不以玩刀弄杖或者像张飞一样酣战几百回合来显示自己的威猛，而是以凛冽的精神气魄和逼人杀气来凸显其神勇。所以，小说中常常以神速战术显示关羽的英风豪气。无论与谁交战，总是手起刀落，人头落地，行动异常迅速。神速，此乃关羽战斗行动的一大特色。这点在后来的诸多战役中都有体现，特别是"过五关斩六将"等章节里。

在本书所选的"温酒斩华雄"这个情节里，作者为了突出关羽神速的战斗风格，运用了虚实相生手法，创造了一个富有特征的战争情势和战争氛围，使中心人物关羽的形象得到了很好的烘托，可谓是匠心独具。例如，作者并不直接描写关羽的武艺如何高强，只是着意渲染华雄如何勇不可当，诸多名将纷纷被华雄斩于马下，众诸侯如何惊恐失色，这都是为了造势，为了烘托关羽的威猛神勇。关羽在一杯酒尚有余温的顷刻间，已提了华雄的头，掷于中军帐前。由此可见，要烘托中心人物的特征，就必须为此创造一个富有特征的情势氛围。当代武侠小说大家金庸先生的许多作品中，都喜欢采用这样的手法来凸显主人公的人物形象。

此外，在这短短几百字中，东汉末年的一些重要人物纷纷登场，如董卓、袁绍、袁术、孙坚、公孙瓒、曹操、刘备、关羽等，为后面曹操败袁氏定中原以及刘备成功割据蜀汉埋下了伏笔，可谓是惜墨如金，匠心独具，精彩高妙。

思考与练习

1. 为什么关羽不一开始就出战？这样写有什么意义？
2. 曹操为什么要支持刘备和关羽一行？这为后文埋下了什么伏笔？
3. 结合本回所写，说说你对《三国演义》中"类型化"人物形象的理解。

拓展阅读

1. 罗贯中：《三国演义》，人民文学出版社 1973 年版。
2. 沈伯俊：《罗贯中和〈三国演义〉》，春风文艺出版社 1999 年版。
3. 沈伯俊：《沈伯俊说三国》（图文本），中华书局 2005 年版。

阿 Q 正传（节选）

作者简介

鲁迅（1811—1936 年），浙江绍兴人，字豫山，后改豫才。浙江绍兴人。鲁迅从小经历了家庭的变故，养成了用悲观的眼光看待世界的性格。多年以后，鲁迅还非常沉痛地说："有谁从小康人家而坠入困顿的么，我以为在这途路中，大概可以看见世人的真面目。"1898

年，他进了江南水师学堂，第二年又转入江南陆师学堂附设的矿务学堂，开始接触西方的进化论思想，这也激发了他变革图强的热情。1902年3月，鲁迅获取官费到日本学医的资格，然而，"幻灯片事件"让鲁迅深深感到："医学并非一件紧要事，凡是愚弱的国民，即使体格如何健全，如何茁壮，也只能做毫无意义的示众的材料和看客""所以我们的第一要着，是在改变他们的精神，而善于改变他们精神的，我那时以为当然要推文艺，于是想提倡文艺运动了"。1908年8月，鲁迅回国，先后在杭州、绍兴任教，1912年，到南京临时政府教育部任职，不久，随部迁到北京。辛亥革命的失败，鲁迅一度沉默，一直埋头抄古书，校古籍，以此来驱除精神上的寂寞。五四运动发生后，受钱玄同邀请，开始为《新青年》撰稿。1918年5月，鲁迅在《新青年》发表了在现代文学史上具有划时代意义的第一篇白话小说《狂人日记》。1936年10月19日，鲁迅在上海逝世，上海民众献"民族魂"白底黑字旗一面，覆于其棺上。

鲁迅主要创作了小说集《呐喊》《彷徨》《故事新编》；散文集《野草》《朝花夕拾》，杂文十多部。作为学者型作家，鲁迅小说的思想性及艺术个性非常鲜明。

经典原文

有人说：有些胜利者，愿意敌手如虎，如鹰，他才感得胜利的欢喜；假使如羊，如小鸡，他便反觉得胜利的无聊。又有些胜利者，当克服一切之后，看见死的死了，降的降了，"臣诚惶诚恐死罪死罪"，他于是没有了敌人，没有了对手，没有了朋友，只有自己在上，一个，孤另另，凄凉，寂寞，便反而感到了胜利的悲哀。然而我们的阿Q却没有这样乏，他是永远得意的：这或者也是中国精神文明冠于全球的一个证据了。

看哪，他飘飘然的似乎要飞去了！

然而这一次的胜利，却又使他有些异样。他飘飘然的飞了大半天，飘进土谷祠，照例应该躺下便打鼾。谁知道这一晚，他很不容易合眼，他觉得自己的大拇指和第二指有点古怪：仿佛比平常滑腻些。不知道是小尼姑的脸上有一点滑腻的东西粘在他指上，还是他的指头在小尼姑脸上磨得滑腻了？……

"断子绝孙的阿Q！"

阿Q的耳朵里又听到这句话。他想：不错，应该有一个女人，断子绝孙便没有人供一碗饭，……应该有一个女人。夫"不孝有三无后为大"，而"若敖之鬼馁而"，也是一件人生的大哀，所以他那思想，其实是样样合于圣经贤传的，只可惜后来有些"不能收其放心"了。

"女人，女人！……"他想。

"……和尚动得……女人，女人！……女人！"他又想。

我们不能知道这晚上阿Q在什么时候才打鼾。但大约他从此总觉得指头有些滑腻，所以他从此总有些飘飘然；"女……"他想。

即此一端，我们便可以知道女人是害人的东西。

中国的男人，本来大半都可以做圣贤，可惜全被女人毁掉了。商是妲己闹亡的；周是褒姒弄坏的；秦……虽然史无明文，我们也假定他因为女人，大约未必十分错；而董卓可是的确给貂蝉害死了。

阿Q本来也是正人，我们虽然不知道他曾蒙什么明师指授过，但他对于"男女之大防"却历来非常严；也很有排斥异端——如小尼姑及假洋鬼子之类——的正气。他的学说是：凡尼姑，一定与和尚私通；一个女人在外面走，一定想引诱野男人；一男一女在那里讲话，一定要有勾当了。为惩治他们起见，所以他往往怒目而视，或者大声说几句"诛心"话，或者在冷僻处，便从后面掷一块小石头。

谁知道他将到"而立"之年，竟被小尼姑害得飘飘然了。这飘飘然的精神，在礼教上是不应该有的，——所以女人真可恶，假使小尼姑的脸上不滑腻，阿Q便不至于被蛊，又假使小尼姑的脸上盖一层布，阿Q便也不至于被蛊了，——他五六年前，曾在戏台下的人丛中拧过一个女人的大腿，但因为隔一层裤，所以此后并不飘飘然，——而小尼姑并不然，这也足见异端之可恶。

"女……"阿Q想。

他对于以为"一定想引诱野男人"的女人，时常留心看，然而伊并不对他笑。他对于和他讲话的女人，也时常留心听，然而伊又并不提起关于什么勾当的话来。哦，这也是女人可恶之一节：伊们全都要装"假正经"的。

这一天，阿Q在赵太爷家里春了一天米，吃过晚饭，便坐在厨房里吸旱烟。倘在别家，吃过晚饭本可以回去的了，但赵府上晚饭早，虽说定例不准掌灯，一吃完便睡觉，然而偶然也有一些例外：其一，是赵大爷未进秀才的时候，准其点灯读文章；其二，便是阿Q来做短工的时候，准其点灯春米。因为这一条例外，所以阿Q在动手春米之前，还坐在厨房里吸烟旱。

吴妈，是赵太爷家里唯一的女仆，洗完了碗碟，也就在长凳上坐下了，而且和阿Q谈闲天：

"太太两天没有吃饭哩，因为老爷要买一个小的……"

"女人……吴妈……这小孤孀……"阿Q想。

"我们的少奶奶是八月里要生孩子了……"

"女人……"阿Q想。

阿Q放下烟管，站了起来。

"我们的少奶奶……"吴妈还唠叨说。

"我和你困觉，我和你困觉！"阿Q忽然抢上去，对伊跪下了。

一刹时中很寂然。

"阿呀！"吴妈楞了一息，突然发抖，大叫着往外跑，且跑且嚷，似乎后来带哭了。

阿Q对了墙壁跪着也发楞，于是两手扶着空板凳，慢慢的站起来，仿佛觉得有些糟。他这时确也有些忐忑了，慌张的将烟管插在裤带上，就想去春米。蓬的一声，头上着了很粗的一下，他急忙回转身去，那秀才便拿了一支大竹杠站在他面前。

"你反了，……你这……"

大竹杠又向他劈下来了。阿Q两手去抱头，拍的正打在指节上，这可很有些痛。他冲出厨房门，仿佛背上又着了一下似的。

"忘八蛋！"秀才在后面用了官话这样骂。

阿Q奔入舂米场，一个人站着，还觉得指头痛，还记得"忘八蛋"，因为这话是未庄的乡下人从来不用，专是见过官府的阔人用的，所以格外怕，而印象也格外深。但这时，他那"女……"的思想却也没有了。而且打骂之后，似乎一件事也已经收束，倒反觉得一无挂碍似的，便动手去舂米。舂了一会，他热起来了，又歇了手脱衣服。

脱下衣服的时候，他听得外面很热闹，阿Q生平本来最爱看热闹，便即寻声走出去了。寻声渐渐的寻到赵太爷的内院里，虽然在昏黄中，却辨得出许多人，赵府一家连两日不吃饭的太太也在内，还有间壁的邹七嫂，真正本家的赵白眼，赵司晨。

少奶奶正拖着吴妈走出下房来，一面说：

"你到外面来，……不要躲在自己房里想……"

"谁不知道你正经，……短见是万万寻不得的。"邹七嫂也从旁说。

吴妈只是哭，夹些话，却不甚听得分明。

阿Q想："哼，有趣，这小孤孀不知道闹着什么玩意儿了？"他想打听，走近赵司晨的身边。这时他猛然间看见赵大爷向他奔来，而且手里捏着一支大竹杠。他看见这一支大竹杠，便猛然间悟到自己曾经被打，和这一场热闹似乎有点相关。他翻身便走，想逃回舂米场，不图这支竹杠阻了他的去路，于是他又翻身便走，自然而然的走出后门，不多工夫，已在土谷祠内了。

阿Q坐了一会，皮肤有些起粟，他觉得冷了，因为虽在春季，而夜间颇有余寒，尚不宜于赤膊。他也记得布衫留在赵家，但倘若去取，又深怕秀才的竹杠。然而地保进来了。

"阿Q，你的妈妈的！你连赵家的用人都调戏起来，简直是造反。害得我晚上没有觉睡，你的妈妈的！……"

如是云云的教训了一通，阿Q自然没有话。临末，因为在晚上，应该送地保加倍酒钱四百文，阿Q正没有现钱，便用一顶毡帽做抵押，并且订定了五个条件：

一明天用红烛——要一斤重的——一对，香一封，到赵府上去赔罪。

二赵府上请道士祓除缢鬼，费用由阿Q负担。

三阿Q从此不准踏进赵府的门槛。

四吴妈此后倘有不测，惟阿Q是问。

五阿Q不准再去索取工钱和布衫。

阿Q自然都答应了，可惜没有钱。幸而已经春天，棉被可以无用，便质了二千大钱，履行条约。赤膊磕头之后，居然还剩几文，他也不再赎毡帽，统统喝了酒了。但赵家也并不烧香点烛，因为太太拜佛的时候可以用，留着了。那破布衫是大半做了少奶奶八月间生下来的孩子的衬尿布，那小半破烂的便都做了吴妈的鞋底。

（选自鲁迅：《阿Q正传》，中信出版集团2018年版）

作品主题

通过阿Q形象的塑造，一方面，揭示了国民身上普遍的国民性弱点：精神胜利法、麻木、冷漠等，并从国民性的角度反省了辛亥革命失败的原因；另一方面，对阿Q的悲剧命运给予了深深的人道主义同情，并"哀其不幸，怒其不争"。

作品赏析

《阿Q正传》创作于19世纪20年代，当时小说以笔名"巴人"在《晨报副镌》上连载的时候，著名评论家沈雁冰就在《小说月报》通信栏里指出："《阿Q正传》虽只登到第四章，但以我看来，实是一部杰作。"

作为"杰作"最重要的体现，就在于它提出了改造国民性的问题。用鲁迅自己的话说，做小说"以为必须是为人生，而且是改良人生，我的取材都来自病态社会的不幸的人们，意在揭出病苦，目的在于引起疗救者的注意"。

阿Q是一个农村底层流浪汉，有着独特的性格，是一个独立的个体，也是国民性的典型代表。阿Q没有自己的姓，没有自己的名，也就意味着他的姓可以是任何一个姓、他的名可以是任何一个名。阿Q所在的村庄名叫"未庄"，所谓"未庄"就是没有名字的村庄，也意味着可以是任何一个村庄。因此，阿Q不仅是阿Q，也是国民性的典型代表。所以，茅盾认为"我们不断的在社会的各方面遇见'阿Q相'的人物，我们有时自己反省，常常疑惑自己身中也不免带了一些'阿Q相'分子"。

阿Q处于未庄的最下层，但阿Q却十分重视自尊。自尊是人们基本生存要求的反映，本来是没有什么可非议的，但阿Q的自尊得不到满足时，竟然变得"自大"："我们先前——比你阔多了！你算是什么东西！""我的儿子会阔得多啦！"

阿Q头皮上有几处癞疮疤，因为自尊心太强，所以"他讳说'癞'以及一切近于'赖'的音，后来推而广之，'光'也讳，'亮'也讳，再后来，连'灯''烛'都讳了"。然而，这并不能阻止别人冒犯他的自尊，于是阿Q偶尔也还手还嘴，"然而不知怎么一回事，总还是阿Q吃亏的时候多。于是他渐渐的变换了方针，大抵改为怒目而视了"。

阿Q曾因为自尊和聚赌被打，便以"儿子打老子"来获取得不到的尊重，别人进一步蔑视他，有意叫他说"这不是儿子打老子，是人打畜生"时，他便进一步自轻自贱，说"打虫豸"。然后就觉得自己"是第一个能自轻自贱的人""状元不也是'第一个'么"。如果说"儿子打老子""大虫豸"还不行，最后索性抽自己几个耳光，似乎被打的是别人，立刻转败为胜。

革命是晚清席卷时代的风潮，未庄虽说是一个偏僻的村庄，但即使再闭塞，也不可能不受到一点影响。因此，阿Q虽然没有见过或经历过真正的革命，但"阿Q的耳朵里，早听到过革命党这一句话"，也"亲眼见过杀掉革命党"。按常理，像阿Q这样一无所有的底层流浪汉，要想改变自己的命运，最简单有效的途径就是暴力革命，但奇怪的是，"他有一种不知从那里来的意见，以为革命党便是造反，造反便是与他为难"，所以一向是"深恶而痛绝之"。

然而，当他发现革命能"使百里闻名的举人老爷有这样怕"时，于是又未免也"有些神往"，况且还能让"未庄的一群鸟男女神情慌张"，阿Q想想便觉得快意。

于是阿Q对革命的看法瞬间发生了改变，"革命也好吧，革这伙妈妈的命，太可恶！太可恨！……便是我，也要投降革命党了"，于是在酒精的作用下，不知不觉，飘飘然起来，"忽而似乎革命党便是自己，未庄人都是他的俘虏"。甚至情不自禁地喊起来，"造反了，造反了"。

晚上，睡在土谷祠的阿Q做了一个梦，梦见一群"白盔白甲的革命党"，拿着"扳刀、钢鞭、炸弹、洋炮、三尖两刃刀、钩镰枪，走过土谷祠"，并呼唤他，"阿Q！同去同去！"，阿Q"于是一同去"。

阿Q从"憎恨"革命，到"神往"革命，然后再到"参加"革命，转变不可谓不快，然而，转变的背后是什么支撑他的呢？

第一，革命可以报私仇。"第一个该死的是小D和赵太爷，还有秀才，还有假洋鬼子，……留几条么？王胡本来还可留，但也不要了。"

第二，革命可以获得金钱和物质。"东西，……直走进去打开箱子来：元宝，洋钱，洋纱衫，……秀才娘子的一张宁式床先搬到土谷祠，此外便摆了钱家的桌椅，——或者也就用赵家的罢。自己是不动手的了，叫小D来搬，要搬得快，搬得不快打嘴巴。……"

第三，革命可以获得女人。"赵司晨的妹子真丑。邹七嫂的女儿过几年再说。假洋鬼子的老婆会和没有辫子的男人睡觉，吓，不是好东西！秀才的老婆是眼胞上有疤的。……吴妈长久不见了，不知道在那里，——可惜脚太大。"

所以，阿Q来眼里，革命的目的不过是为了报仇、金钱和女人，用他自己的话来说，革命就是"要什么便是什么"。

阿Q对革命的不觉悟，也是农民对革命的不觉悟，反映了革命没有真正为农民着想，革命与农民是有隔膜的，所以注定要失败。当然，《阿Q正传》的高度思想性，并非仅仅在于批评了辛亥革命的不彻底性，而是从更新国民"魂灵"的角度出发，总结中国农民革命的历史教训，呼唤具有"坚信的主义"的真正革命者，提出了如何启发农民民主主义觉悟的问题。

鲁迅是一个伟大的人道主义者，其小说有"鲁迅式"的人道关怀。只不过，鲁迅冷峻和犀利的批判，常常掩盖了他小说中的人道情怀。就《阿Q正传》而言，人们很容易看到是鲁迅对阿Q的"怒其不争"，却容易忽视鲁迅对阿Q的"哀其不幸"。

鲁迅对阿Q的人道关怀，对阿Q作为人的悲剧的描写，在"恋爱的悲剧"中表现得最为充分，也最为沉痛。

阿Q的女性观具有劣根性，"凡尼姑，一定与和尚私通；一个女人在外面走，一定想引诱野男人；一男一女在那里讲话，一定要有勾当了"。阿Q"对于和他讲话的女人，也时常留心听，然而伊又并不提起关于什么勾当的话来"。阿Q就会认为"伊们全都要装'假正经'的"。但这些不能全怪罪阿Q这个人，因为他也是生活在文化传统中，这不过是传统观念的表现。

鲁迅在一种热闹的喜剧化叙述中，不经意揭示出了一个沉重的"恋爱悲剧"。所谓悲剧，用鲁迅的话说就是"将有价值的东西毁灭给人看"。阿Q正常的人性需求和表达就是一种有价值的东西，然而，他遭遇的却是吴妈的"隔膜"以及秀才的咒骂和殴打。

鲁迅用直面惨淡人生的现实主义精神，批判历史传统文化，反思国民劣根性，将喜剧和悲剧融合起来，将无价值的东西撕开给人们看的同时，也将有价值的东西毁灭给人看。

思考与练习

1. 谈谈阿 Q 精神胜利法的文化内涵。
2. 谈谈你对《阿 Q 正传》悲剧和喜剧交融的理解。

拓展阅读

鲁迅《呐喊》《彷徨》《故事新编》《朝花夕拾》《野草》。

平凡的世界（节选）

作者简介

路遥（1949—1992 年），本名王卫国，中国当代作家，生于陕西省清涧县一个贫困的农民家庭，曾在延川县立中学学习，1969 年回乡务农，并做过一年农村小学教师，1973 年入延安大学中文系，大学毕业后，任《陕西文艺》（今为《延河》）编辑。

路遥的主要作品有：中篇小说《惊心动魄的一幕》（获得第一届全国优秀中篇小说奖）、《人生》（获得第二届全国优秀中篇小说奖）、长篇小说《平凡的世界》（获得第三届茅盾文学奖）。1992 年，路遥积劳成疾，不幸去世。

从题材上看，路遥的小说属于乡土小说的范畴。不过，其描写的空间多为"城乡交叉地带"，将城乡结合起来，并将城乡放置于时代的变迁中展开叙事。路遥非常善于塑造对城市充满向往的农村青年及其命运，其小说充满传统和现代的张力。在美学风格上，路遥的小说属于典型的现实主义小说。

经典原文

田润叶是今早晨上班后，才听说李向前因车祸而被锯断了双腿。

地区一个局长家里发生了这样的事，很快就会传遍地委和行署机关。不过，局外人传播这类事，就好像传播一条普通的新闻，不会引起什么反响。

但田润叶听到这消息后却不可能无动于衷。不论怎样，这个遇到灾祸的人在名义是她的丈夫。

她不能再像往日那样平静地坐在团地委的办公室里，处理案头上的公务。她心慌意乱，坐立不安。与此同时，她还关切她的弟弟润生是否也蒙难了。

后来她才确切地弄清楚，失事的只是向前一个人，润生没有跟这趟车。她还听说，向前是因为喝醉酒而把车开翻的……

润叶一下子记起：上次润生说过，向前是因为她而苦恼，常常一个人喝闷酒。她知道，这个人过去滴酒不沾，也不吸烟。

一种说不出口的内疚开始隐隐地刺激她那颗冰凉的心，是呀，这个人正是因为她才酗酒，结果招致了惨祸，把两条腿都失掉了。从良心上说，这罪过起因在她的身上。

事情到了这个地步，润叶才不由设身处地从向前那方面来考虑问题。是的，仔细一想，他很不幸。虽然他和她结婚几年，但一直等于打光棍。她想起了结婚后他从北京回来那晚上的打斗。她当时只知道自己很不幸，但没有去想他的可怜。

唉，他实际上也真的是个可怜人。而这个可怜人又那么一个死心眼不变，宁愿受罪，也不和她离婚。她知道他父母一直给他施加压力，让他和她一刀两断，但他就是不。她也知道，尽管她对他冷若冰霜，但他仍然去孝敬他的父母，关怀她的弟弟；在外人看来，他已经有点下贱了，他却并不为此而改变自己的一片痴迷之心……

可是，润叶，你又曾怎样对待这个人呢？

几年来，她一直沉湎于自己的痛苦之中，而从来没有去想那个人的痛苦。想起他，只有一腔怨恨。她把自己的全部不幸都归罪于他。平心而论，当年这婚事无论出自何种压力，最终是她亲口答应下来的。如果她当时一口拒绝，他死心以后，这几年也能找到自己的幸福。正是因为她的一念之差，既让她自己痛苦，也使他备受折磨，最后造成了如此悲惨的结果。

她完全能想来，一个人失去双腿意味着什么——从此之后，他的一生就被毁了；而细细思量，毁掉这个人的也许正是她！

润叶立在自己的办公桌前，低倾着头躁动不安地抠着手指头，脊背上不时渗出一层冷汗她能清楚地看见，躲在医院里的李向前，脸上带着怎样绝望和痛苦的表情……

"我现在应该去照顾他。"一种油然而生的恻隐之心使她忍不住自言自语说。

这样想的时候，她自己的心先猛地打起了一个热浪。人性、人情和人的善良，一起在她的身上复苏。她并不知道，此刻她眼里含满了泪水。一股无限酸楚的滋味涌上了她的喉头。她说不清楚为谁而难过。为李向前？为她自己？还是为别的什么人？

这是人生的心酸。在我们短促而又漫长的一生中，我们在苦苦地寻找人生的幸福。可幸福往往又与我们失之交臂。当我们为此而耗尽宝贵的青春年华，皱纹也悄悄地爬上了眼角的时候，我们或许才能稍稍懂得生活实际上意味着什么……

田润叶自己也弄不明白，为什么多年来那个肢体完整的人一直被她排在很远的地方，而现在她又为什么自愿走近个失去双腿的人？

人生就是如此不可解说！

总之，田润叶突然间对李向前产生了一种怜爱的情感。她甚至想到她就是他的妻子；在这样的时候，她要负起一个妻子的责任来！

真叫人不可思议，一刹那间，我们的润叶也像换了另外一个人。我们再看不见她初恋时被少女的激情烧红的脸庞和闪闪发光的眼睛；而失恋后留在她脸上的苍白和目光中的忧郁也消失了。现在站在我们面前的是一个含而不露的成熟的妇女。此刻，我们真不知道该为她惋惜还是该为她欣慰。总之，风暴过去之后，大海是那么平静、遥远、深沉。哦，这大海……

润叶迅速拎起一个提兜，走出房间，"啪！"一声关住门，穿过楼道，进了团地委书记武惠良的办公室。

"向前的腿被压坏了，我要请几天假到医院里去。"她对书记说。

武惠良坐在椅子里，惊讶地怔住了。他知道润叶和丈夫的关系多年来一真名存实亡，现在听她说这话，急忙反应不过来发生了什么事——这比听到向前腿锯掉都要叫人震惊。

惠良愣了一下，接着便"腾"地从办公桌后面站起来。他突然明白发生了什么事。他又激动又感动地说："你放心走你的！工作你先不要管，需要多么天你就尽管去！要是忙不过来，你打个招呼，我和丽丽给你去帮忙……"

润叶沉默地点点头，就从武惠良的办公室出来，急匆匆地走到大街上。

她很快在就近的一个副食商店买了一提兜食品，搭坐公共汽车来到北关的地区医院。

在进李向前的病房前，她先在楼道里站了一会，力图让自己的情绪平静下来。啊啊，没想到这一切发生的这么快！她现在竟然来看望自己的丈夫了。丈夫？是的，丈夫。她今天才算是承认了这个关系。她的情绪非但平静不下来，反而更加慌。她甚至靠在走道的墙壁上，不知怎样才能走进那个房间去。她知道，接下来几步，将再一次改变她的命运——她又处于自己人生的重大关头！

"是否需要重新审视你的行为？"她问自己。

"不。"她回答自己。

她于是怀着难以言状的心情，走进这个病房。

第一眼瞥见的是那两条断腿。

她没有过分惊恐她所看到的惨状——一切都在预料之中。

紧接着，她才把目光移到了他的脸上。他紧闭着眼睛。她想，要么是睡着了，要么还昏迷着。

他脸上弥漫着痛苦。痛苦中的那张脸有一种她不熟悉的男性的坚毅。头发仍然背梳着，额头显得宽阔而光亮。使她惊讶的是，她从没感到李向前会有这么一张引人注目的脸！

吊针的玻璃管内，糖盐水静无声息地嘀嗒着。此刻这里没有护士，一切都静静的。她听见自己的心像鼓声一般"咚咚"地跳着。

她走过去，悄悄地坐在病床边的小凳上。

突然，她发现他眼角里滑出了两颗泪珠！

他醒着！

她犹豫了一下，便掏出自己的手帕，把那两颗泪珠轻轻揩掉。于是，他睁开了眼睛……

你奇怪吗？不要奇怪。这是我。我是来照看你的。我将要守在你的床边，侍候你，让你安心养伤。你不要闭住眼睛！你看着我！我希望你能很快明白，我是回到你身边来了，而且不会再离开……

当李向前睁开眼睛，看见为他揩泪的不是护士而竟然是润叶的时候，那神态猛然间变得像受了委屈的孩子重新得到妈妈的抚爱，闭住自己的眼睛只管让泪水像溪流似的涌淌。这一刻里，他似乎忘记了一切，包括他失去了的双腿。他只感到自己像躺在一片轻柔的云彩里，悠悠地飘浮着。

噢，亲爱的人！你终于听见了我心灵的不息的呼唤……

润叶一边用手帕为他揩泪水，一边轻声安慰他说："不要难过。灾难既然发生了，就按发生了来。等伤好了，过几个月就给你安假肢……"

这些平常的安慰话在向前听来，就像天使的声音。

他紧闭双眼，静默无语。但他内心却像狂潮一般翻腾。他直到现在还难以相信，坐在他床边的就是使他备受折磨，梦寐以求的那个人！

可这的确是她。

你感到幸福吗，他在内心中问自己。

不！这幸福又有什么用！他的一切都毁掉了，还有什么幸福可言！说不定她也是来尽最后的人情义务和一个临终的人来决别……

不过，我亲爱的人，仅此一点，我也就心满意足了。你来了，这很好。我多年来为你而付出的沉重代价，你多少已给了我一个补偿。在我要离开这个世界的时候，最后那个句号总算比较圆……

他想起了高中课本上学过的《阿Q正传》。可怜的阿Q在死之前怎样费尽心机地也没把那个圆圈画圆。他比阿Q强的是，他的"圆圈"总算让自己满意了。

"你一定要把思想放开朗。不要怕，我会尽心照顾你。一直照顾……不久前，行署家属楼上给咱们分了两间一套的房子。等你出了院，我就把你接回去……"润叶仍然在他耳朵边轻轻地说着。

这是她说的话吗？

是她说的！

他睁开眼睛，满含着泪水不相信地看了她一眼。

"你现在应该相信我……"她那双美丽的眼睛真诚地望着他。

他再一次闭住眼睛。幸福地闭住眼睛。一股温热的暖流漫上他的心头，向周身散布开来。他无法理解她为什么在这时候才把那温暖给予了他。但他已经开始相信，一种他苦苦寻觅的东西似乎真的出现在他的面前……

"我已经完了……"他用微弱的声音悲观地说。"没有！只要活着，一切都会重新开始。"她用坚定的声音说。

"不，咱们现在可以离婚了……请你原谅我。我是因为……爱你才……这几年把你也害苦了……可是，你不知道，我为了你……"向前说不下去了，闭住眼抽动着两片嘴唇，不出声地哭泣起来。

澎湃的激流开始猛烈地叩击田润叶的心扉。她不由自主地俯下身子，把自己的额头在他泪水纵横的脸颊上贴了贴。她用手轻轻摩挲了一下他又黑又密的头发，对他说："我现在全明白了。从今天起，我准备要和你在一块生活。你要相信我……"

背后传来一声轻轻的咳嗽。

润叶赶忙站起来，回头看见护士端着小白瓷盘已经走到了房中间。

在护士为向前换吊针的时候，润叶问她："什么时候可以出院呢？"

"四个星期伤口就基本愈合了。但出院得到两个月以后……"

润叶默默地点了点头。

不一会，李登云夫妇也来了。

他们显然对润叶的到来大吃一惊！

润叶也有些不好意思。她想开口叫一声"爸爸"或"妈妈"，但由于不习惯，怎么也开不了口。她就直接对他们说："以后由我来照看。我已经请过假了。你们年纪大，好好休息，不要经常来。这里有我哩……"

李登云和刘志英立在病床前，简直反应不过来这是怎么一回事。他们做梦也想不到，在儿子大难临头的时候，润叶竟然来照看他了。人啊……

老两口对这个他们一直所厌恶的儿媳妇，竟不知说什么是好。但就在这一瞬间，过去的所有敌意都消失了。他们知道，也许只有这个人，才能使儿子有信心重新生活下去。此刻，他们是多么感激她啊！

刘志英抹了一把眼泪说："只要你有这心肠，往后我和他爸一定全力帮助你们……"

李登云站在一边，两只眼睛红红的，百感交集说不出一句话来了……

第二天早晨。手术后二十四小时。征得医生的同意，润叶开始给向前喂一点流食。她把自己带来的桔子汁倒在小勺里，跪在床边，小心翼翼地送到丈夫的嘴里。

向前张开嘴巴，把那一勺勺桔子水——不，甜蜜的爱的甘露，连同自己又苦又涩的泪水，一齐吞咽了下去……

生活啊，生活！你有多少苦难，又有多少甘甜！天空不会永远阴暗，当乌云褪尽的时候，蓝天上灿烂的阳光就会照亮大地。青草照样会鲜绿无比，花朵仍然会蓬勃开放。我们祝福普天下所有在感情上经历千辛万苦的人们，最后终于能获得幸福！

中午的时候，向前他妈来到病房，说什么也要顶替让润叶回去休息一下。润叶只好依了她的愿望，说她下午再来顶替让婆婆回去休息。

田润叶走出医院来到大街上，感到自己的脚步从来也没有这样轻快过。太阳暖洋洋地照耀着街上的行人；行人的脸上都挂着笑容。街道两边的梧桐树绿叶婆娑。在麻雀山下两条大街交汇的丁字路口，大花坛里的鲜花开得耀眼夺目。城市和她的心情一样，充满了宁静与爽朗。

她没有回机关的办公室，径直来到了行署家属楼上——这里有不久前分给她的那套房子。这座新盖起的楼房，只分给结过婚的干部职工，她当然也就有份了。不过，从房子分下到现在，她只来看过一次，也没有收拾过，自己仍然住在机关办公室里。当时，她对这房子没有任何兴趣——这只能唤起她的一片忧伤之情。人家是分给结过婚的人住，可她虽然算是结婚了。但和单身又有什么两样？

现在，她突然对这套房子感到很亲切。

她上了三楼，打开房门，然后从对门同事家里借来扫帚和铁簸箕，用一条花手帕勉强罩住头发，便开始收拾起了房间。

她一边仔细地打扫房子，一边在心里划算着在什么地方搁双人床，什么地方搁大立柜……对了，还应该买个电视机。他不能动，有了电视机，可以解个闷。买个十四寸的，但一定要买彩色的——她这几年积攒的钱足够买架带色的电视……

田润叶这样忙碌地收拾着，精心地划算着，倒像是为自己布置新婚的洞房！

（选自路遥：《平凡的世界（全三册）》，北京十月文艺出版社 2017 年版）

作品主题

《平凡的世界》以中国20世纪70年代中期到80年代中期的十年时间为背景，以生活在双水村的孙少安和孙少平为主线，将农村和城市联系起来，通过复杂的矛盾纠葛和各阶层的众多人物形象的塑造，表现出了丰富复杂的思想主题，深刻地展示了普通人在大时代历史进程中走过的艰难曲折的道路。

作品赏析

《平凡的世界》充满了丰富的时代内涵。路遥认为，作家的劳动不仅是为了取悦当代，更重要的是给历史一个正确的交代。尽管《平凡的世界》的内容主要是平凡的生活、平凡的人，写的是普通人的喜怒哀乐，但这些普通的生活和人物中，蕴含着丰富的时代变化及其精神动向。20世纪70年代中期到80年代中期正是中国社会的快速转型时期，这种转换是全方位的变革，包括思想观念、生活形态、道德伦理、经济体制等，而这种时代的精神指向和历史的发展趋势，都是通过故事、情节、人物和生活的现实主义描写体现出来的。从孙少平的人生经历中不仅能够看到城乡分割状态被逐渐打破，个人意识形态不断涌现，而且能够看到计划经济的破产，市场经济的活跃发展。《平凡的世界》作为一部纪实主义作品，对历史有着真实的把握。然而，与20世纪50年代、60年代的现实主义不同的是，《平凡的世界》不是在政治二元对立中来表现历史的客观性，人物不再是阶级、政治的直接化身，而是个体意志的表现，历史的客观性体现在普通农民的平凡生活、性格命运以及复杂的思想情感中。

《平凡的世界》中充满了温暖的情感。情感是《平凡的世界》最能打动读者的内容之一，这种感情没有浪漫主义的夸张，更多是一种温暖平实的感情。这种温暖的情感，首先体现在以爱为核心的家庭伦理中。《平凡的世界》中，孙玉厚的家庭中，孝、悌、仁、慈是每个人行为的人伦规范。尽管这个家庭被物质困扰着，但家庭成员之间的互相关怀、体贴、理解、帮助，无不体现了传统的家庭伦理。

这种温暖的情怀还体现在家庭之外的人与人之间的关系上。路遥将这种充满人情味的家庭伦理延伸到家庭之外，所谓"老吾老以及人之老，幼吾幼以及人之幼"。《平凡的世界》中，同学之间、朋友之间、同事之间、乡邻之间都被一种美好的情感浸润着。田润生这样评价李向前"两年来，他跟着姐夫学开车，姐夫不理姐姐如何对他不好，却像亲哥哥一样看待他，姐夫真是忠厚人，不仅对他家，就是对世人都有副好心肠……他常对人说，人活在世上，就要多做点好事，做了好事，自己才能活的心安"；侯玉英曾经伤害过孙少安，但是当洪水威胁到侯玉英的生命安全时，他依然奋不顾身地救她。

这种温暖的情感更体现在爱情婚姻中。爱情是《平凡的世界》中最让人难忘的情感，这里的爱情充满青春的浪漫、真诚、纯净，孙少安与田润叶青梅竹马、孙少平与田晓霞唯美浪漫、金波和藏族姑娘飘逸纯真。这种爱情有着浓厚的乡土情调、泥土气息，就像乡村的一草一木，自然淳朴；这种爱情又有强烈的传统伦理色彩，受儒家的崇高道德的支配和约束，有时甚至还有深深的"礼教"的烙印。孙少安与贺秀莲、田润叶与李向前、孙少平与惠英嫂，他们各自的爱情都更多体现了一种责任和担当。然而，有情人总是难成眷属，这种悲剧的爱情并没有"恶"的介入，也没有"政治"的参与。这种悲剧的力量让人痛心、催人唏嘘，使人难忘，令人动容。路遥的爱情想象徘徊在传统与现代之间，最终却以传统美德为归宿，使得《平凡的世界》中的爱情充满张力，从而满足了不同审美主体的需求。

《平凡的世界》充满了奋斗意识。《平凡的世界》经常被人们称为是"人生的教科书"，因为作品书写了青年人顽强的奋斗历程。"天行健，君子以自强不息。地势坤，君子以厚德载物"，君子应该像天宇一样运行不息，即使颠沛流离，也不屈不挠；如果是君子，接物度量要像大地一样，没有任何东西不能承载，这是一种人生哲学，也是一种入世哲学。《平凡的世界》正是这样一种哲学的注释。

《平凡的世界》描写了许多贫困的场景，饥饿、贫穷、苦难，但这些并没有击垮主人公，相反，这些困难成为了主人公的奋斗动力。《平凡的世界》体现的是平凡的人们在时代的变迁和苦难的历程中昂扬不屈的生命力，特别是书中所塑造的以孙少平、孙少安兄弟为代表的顽强不屈、拼搏向上的青年奋斗者形象，给人以激励和思考。正是在这种意义上，《平凡的世界》就像《红岩》和《青春之歌》一样，它不仅仅是一部文学作品，也是一部青年的教科书。

《平凡的世界》是典型的现实主义作品，这里说的现实主义是指通过典型人物、典型环境的描写反映现实生活的本质的一种创作方法。现实主义创作原则是提倡客观观察现实生活，按照生活本来的面目精确地进行描写，真实地再现典型环境中的典型人物。《平凡的世界》充分遵循现实主义精神，重视典型环境的构造、典型人物的塑造以及深刻的生活细节描写，但路遥与他的精神导师柳青不同的是，《平凡的世界》没有明显的阶级意识。换言之，作者打破了传统文学塑造人物形象中非甲则乙的现象，让读者在阅读过程中自行分辨好人与坏人。另外，路遥在《平凡的世界》中同样显示出了柳青式精细的心理描写，时不时跳出来发表一通对于人生的精彩议论。因此，真实的细节，细腻的心理以及"居高临下"的议论，共同构成了《平凡的世界》的风格特色。

《平凡的世界》是一部真切、诚恳、朴实的作品，这种朴实来源于平凡的生活，来源于小人物的悲欢以及真切诚恳的叙事姿态和语言。小说中爱而不可得的痛苦悲哀，伟大的自我牺牲精神，在困难中逆流而上的拼搏奋斗精神，构成了一幅浩浩荡荡的豪迈与悲壮的图景，平凡中的不平凡是《平凡的世界》的又一风格特色。

《平凡的世界》是一部雅俗结合的作品。丰富的时代内涵、深刻的哲理思想以及那种将有价值的东西毁灭给人看的悲剧精神等，都为这部作品注入了一种高雅的精神气质。与此同时，平凡琐碎的日常生活，普通人的情感世界，又给这部作品注入了世俗的审美精神。《平凡的世界》之所以有如此广泛的读者群体，与它雅俗结合的审美风格密切相关。

思考与练习

1.《平凡的世界》中是否有世界性的思想内涵？如果有，是如何表现的？
2.谈谈《平凡的世界》中的通俗性审美意蕴。

拓展阅读

路遥《人生》。

第二节　外国小说欣赏

外国小说的发展较为成熟，作品丰富多彩，类型复杂多样。受民族、地域等因素的影响，外国小说与中国小说也呈现出较大的差异性。欣赏外国小说，可以体味一种不一样的文学魅力。

悲惨世界（节选）

作者简介

维克多·雨果（1802—1885年），法国浪漫主义诗人、戏剧家和小说家，浪漫主义运动的领袖。雨果从12岁开始写诗，1817年法兰西科学院以"研究生活环境带来的幸福"为题举行诗歌比赛，雨果获得了第一鼓励奖。19世纪20年代初，他的第一部诗集《颂歌与民谣集》问世。1827年10月，雨果发表《〈克伦威尔〉序言》，这是浪漫主义文学的宣言书，雨果从此成为浪漫派的代表。1828年，雨果起草了《巴黎圣母院》的大纲，并于1831年完成。19世纪30年代至40年代，雨果主要从事诗歌和戏剧创作，发表了《东方集》《秋叶集》《晨夕集》《心声集》《光与影集》5部诗集，《国王取乐》《吕克莱斯·波吉亚》《玛丽·都铎》《安日洛》《吕依·布拉斯》《城堡戍卫官》6部戏剧。19世纪50年代、60年代是雨果的流亡时期，在此期间他创作了《悲惨世界》《海上劳工》《笑面人》等经典小说。19世纪70年代，《九三年》成了雨果小说创作生涯的结尾。1885年5月22日，雨果因患肺充血，不治逝世。

经典原文

半夜，冉阿让醒了。

冉阿让生在布里的一个贫农家里。他幼年不识字。成人以后，在法维洛勒做修树枝的工人，他的母亲叫让·马第，他的父亲叫冉阿让，或让来，让来大致是浑名，也是"阿让来了"的简音。

冉阿让生来就好用心思，但并不沉郁，那是富于情感的人的特性。但是他多少有些昏昏沉沉、无足轻重的味儿，至少表面如此。他在很小时就失去父母。他的母亲是因为害乳炎，诊治失当死的。他的父亲和他一样，也是个修树枝的工人，从树上摔下来死的。冉阿让只剩一个姐姐，姐姐孀居，有七个子女。把冉阿让抚养成人的就是这个姐姐。丈夫在世时，她一直负担着她小弟弟的膳宿。丈夫死了，七个孩子中最大的一个有八岁，最小的一岁。冉阿让刚到二十五岁，他代行父职，帮助姐姐，报答她当年抚养之恩。那是很自然的事，像一种天职似的，冉阿让甚至做得有些过火。他的青年时期便是那样在干着报酬微薄的辛苦工作中消磨过去的。他家乡的人从来没有听说他有过"女朋友"。他没有时间去想爱情问题。

他天黑回家，精疲力尽，一言不发，吃他的菜汤。他吃时，他姐姐让妈妈，时常从他的汤瓢里把他食物中最好的一些东西，一块瘦肉，一片肥肉，白菜的心，拿给她的一个孩子吃。他呢，俯在桌上，头几乎浸在汤里，头发垂在瓢边，遮着他的眼睛，只管吃，好像全没看见，让人家拿。

在法维洛勒的那条小街上，阿让茅屋斜对面的地方，住着一个农家妇女，叫玛丽·克洛德，阿让家的孩子们，挨饿是常事，他们有时冒他们母亲的名，到玛丽·克洛德那里去借一勺牛奶，躲在篱笆后面或路角上喝起来，大家拿那奶罐抢来抢去，使那些小女孩子紧张到泼得身上、颈子上都是奶。母亲如果知道了这种欺诈行为，一定会严厉惩罚这些小骗子的。冉阿让气冲冲，嘴里唠叨不绝，瞒着孩子们的母亲把牛奶钱照付给玛丽·克洛德，他们才没有挨揍。

在修树枝的季节里，他每天可以赚十八个苏，过后他就替人家当割麦零工、小工、牧牛人、苦工。他做他能做的事。他的姐也作工，但是拖着七个孩子怎么办呢？那是一群苦恼的人，穷苦把他们逐渐围困起来。有一年冬季，冉阿让找不到工作。家里没有面包。绝对没有一点面包，却有七个孩子。

住在法维洛勒的天主堂广场上的面包店老板穆伯·易查博，一个星期日的晚上正预备去睡时，忽听得有人在他铺子的那个装了铁丝网的玻璃橱窗上使劲打了一下。他赶来正好看见一只手从铁丝网和玻璃上被拳头打破的一个洞里伸进来，把一块面包抓走了。易查博赶忙追出来，那小偷也拚命逃，易查博跟在他后面追，捉住了他。他丢了面包，胳膊却还流着血。那正是冉阿让。

那是一七九五年的事。冉阿让被控为"黑夜破坏有人住着的房屋入内行窃"，送到当时的法院。他原有一枝枪，他比世上任何枪手都射得好，有时并且喜欢私自打猎，那对他是很不利的。大家对私自打猎的人早有一种合法的成见。私自打猎的人正如走私的人，都和土匪相去不远。但是，我们附带说一句，那种人和城市中那些卑鄙无耻的杀人犯比较起来总还有天壤之别。私自打猎的人住在森林里，走私的人住在山中或海上。城市会使人变得凶残，因为它使人腐化堕落。山、海和森林使人变得粗野。它们只发展这种野性，却不毁灭人性。

冉阿让被判罪。法律的条文是死板的。在我们的文明里，有许多令人寒心的时刻，那就是刑法令人陷入绝境的时刻。一个有思想的生物被迫远离社会，遭到了无可挽救的遗弃，那是何等悲惨的日子！冉阿让被宣判服五年苦役。

一七九六年四月二十二日，巴黎正欢呼意大利前线总指挥（共和四年花月二日执政内阁致五百人院咨文中称作 Buona parte 的那位总指挥）在芒泰诺泰所获的胜利。这同一天，在比塞特监狱里却扣上了一长条铁链。冉阿让便是那铁链上的一个。当时的一个禁子，现在已年近九十了，还记得非常清楚，那天，那个可怜人待在院子的北角上，被锁在第四条链子的末尾。他和其余的犯人一样，坐在地上。他除了知道他的地位可怕以外好像完全莫名其妙。或许在他那种全无知识的穷人的混沌观念里，他多少也还觉得在这件事里有些过火的地方。当别人在他脑后用大锤钉着他枷上的大头钉时，他不禁痛哭起来。眼泪使他气塞，呜咽不能成声。他只能断续地说："我是法维洛勒修树枝的工人。"过后，他一面痛哭，一面伸起他的右手，缓缓地按下去，这样一共做了七次，好像他依次抚摩了七个高矮不齐的头顶。我们从他这动作上可以猜想到，他所做的任何事全是为了那七个孩子的衣食。

他出发到土伦去。他乘着小车，颈上悬着铁链，经过二十七天的路程到了那地方。在土伦，他穿上红色囚衣。他生命中的一切全消灭了，连他的名字也消灭了。他已不再是冉阿让，而是二四六〇一号。姐姐怎样了呢？七个孩子怎样了呢？谁照顾他们呢？一棵年轻的树被人齐根锯了，它的一撮嫩叶怎样了呢？

那是千篇一律的经过，那些可怜的活生生的人，上帝的创造物，从此无所凭借，无人指导，无处栖身，只得随着机缘东飘西荡，谁还能知道呢？或者是人各一方，渐渐陷入苦命人的那种丧身亡命的凄凉的迷雾里，一经进入人类的悲惨行列，他们便和那些不幸的黔首一样，一个接一个地消失了。他们背井离乡。他们乡村里的钟塔忘了他们，他们田地边的界石也忘了他们，冉阿让在监牢里住了几年之后，自己也忘了那些东西。在他的心上，从前有过一条伤口，后来只剩下一条伤痕，如是而已。关于他姐姐的消息，他在土伦从始至终只听见人家稍稍谈到过一次。那仿佛是在他坐监的第四年末。我已经想不起他是从什么地方得到了那消息。有个和他们相识的同乡人看见过他姐姐，说她到了巴黎。她住在常德尔街，即圣稣尔比斯教堂附近的一条穷街。她只带着一个孩子，她最小的那个男孩。其余的六个到什么地方去了呢？也许连她自己也不知道。每天早晨，她到木鞋街三号，一个印刷厂里去，她在那里做装订的女工。早晨六点她就得到厂，在冬季，那时离天亮还很早。在那印刷厂里有个小学校，她每天领着那七岁的孩子到学校里去读书。只不过她六点到厂，学校要到七点才开门，那孩子只好在院里等上一个钟头，等学校开门。到了冬天，那一个钟点是在黑暗中露天里等过的。他们不肯让那孩子进印刷厂的门，因为有人说他碍事。那些工人清早路过那里时，总看见那小把戏沉沉欲睡坐在石子路上，并且常是在一个黑暗的角落里，他蹲在地上，伏在他的篮子上便睡着了。下雨时，那个看门的老婆子看了过意不去，便把他引到她那破屋里去，那屋子里只有一张破床、一架纺车和两张木椅，小孩便睡在屋角里，紧紧抱着一只猫，可以少受一点冻。到七点，学校开门了，他便跑进去。以上便是冉阿让听到的话。人家那天把这消息告诉他，那只是极短暂的 刹那，好像一扇窗子忽然开了，让他看了一眼他心爱的那些亲人的命运后随即一切又都隔绝了。从此以后，他再也没有听见人家说到过他们，永远没有得到过关于他们的其他消息，永远没有和他们再见面，也永远没有遇见过他们，并且就是在这一段悲惨故事的后半段，我们也不会再见到他们了。

到了第四年末，冉阿让有了越狱的机会。他的同伙帮助他逃走，这类事是同处困境中人常会发生的。他逃走了，在田野里自由地游荡了两天，如果自由这两个字的意义是这样的一些内容：受包围，时时朝后看，听见一点声音便吃惊，害怕一切，害怕冒烟的屋顶、过路的行人、狗叫、马跑、钟鸣、看得见东西的白昼、看不见东西的黑夜、大路、小路、树丛、睡眠。在第二天晚上，他又被逮住了。三十六个钟头以来他没有吃也没有睡。海港法庭对他这次过失，判决延长拘禁期三年，一共是八年。到第六年他又有了越狱的机会，他要利用那机会，但是他没能逃脱。点名时他不在。警炮响了，到了晚上，巡夜的人在一只正在建造的船骨里找到了他，他拒捕，但是被捕了。越狱并且拒捕，那种被特别法典预见的事受了加禁五年的处罚。五年当中，要受两年的夹链。一共是十三年。到第十年，他又有了越狱的机会，他又要趁机试一试，仍没有成功。那次的新企图又被判监禁三年。一共是十六年。到末了，我想是在第十三年内，他试了最后的一次，所得的成绩只是在四个钟头之后又被拘捕。那四个钟头换来了三年的监禁。一共是十九年。到一八一五年的十月里他被释放了。他是在一七九六年关进去的，为了打破一块玻璃，拿了一个面包。

此地不妨说一句题外的话。本书作者在他对刑法问题和法律裁判的研究里遇见的那种为了窃取一个面包而造成终身悲局的案情，这是第二次。克洛德·格偷了一个面包，冉阿让也偷了一个面包。英国的一个统计家说，在伦敦五件窃案里，四件是由饥饿直接引起的。

冉阿让走进牢狱时一面痛哭，一面战栗，出狱时却无动于衷；他进去时悲痛失望，出来时老气横秋。

这个人的心有过怎样的波动呢？

（选自《雨果文集》，程曾厚等译，人民文学出版社 2014 年版）

作品主题

在资本主义社会，富人们为所欲为，而劳动人民的生活却极为悲苦。那些处境悲惨的人大都是诚实善良的劳动者，然而，不管他们如何挣扎，注定逃不出悲惨和凄苦的命运。小说通过冉阿让的遭遇，表达了以刑罚为基本手段的法律不能解决任何问题，而仁慈、博爱才能拯救世界。冉阿让受到法律的判决，反而更仇恨社会，卞福汝主教用仁慈的方法，说服其走上正道。雨果认为，仁慈和博爱才是高级的法律。

作品赏析

"只要因法律和习俗所造成的社会压迫还存在一天，在文明鼎盛时期人为地把人间变成地狱，并使人类与生俱来的幸运遭受不可避免的灾祸；只要本世纪的三个问题——贫穷使男子潦倒，饥饿使妇女堕落，黑暗使儿童羸弱——还得不到解决；只要在某些地区还可能发生社会的毒害，换句话说，同时也是从更广的意义来说，只要这世界上还有愚昧和困苦，那么，和本书同一性质的作品都不会是无益的。"这是雨果在他的作品《悲惨世界》序言中所说的一句话。这其实就是本部作品的创作动因及目的。基于这样的思想，《悲惨世界》以社会底层受苦受难的穷人为对象，描绘了一幅悲惨世界的图景。

雨果为了写《悲惨世界》，前期做了大量的准备工作。早在 19 世纪 20 年代，雨果便对社会问题产生了浓厚兴趣。因为对当时的死刑制度不满，雨果参观了一些监狱和苦役场，以自叙体写成了《死囚末日记》来反对死刑制度；随后，又创作了《史洛德·格》来批判不合理的死刑制度。1828 年，雨果得知了一个真实的故事：1806 年，有个名叫皮埃尔·莫兰的苦役犯，出狱后受到狄涅主教米奥利的接待，并把他交托给自己的兄弟赛克斯丢斯·德·米奥利将军。莫兰认真做人，以赎前愆，最后在滑铁卢英勇牺牲。这个故事就是《悲惨世界》的雏形。

小说的主人公冉阿让出身贫苦，本是一个修树枝的杂工。但他质朴善良，富有仁爱之心，帮助姐姐养活七个孩子。不幸的是，面对嗷嗷待哺的孩子们，他不得已打破橱窗偷取面包，结果却被抓住判了 5 年苦役。他由于难忍狱中之苦而几次越狱，连被加刑至 19 年。出狱后，"为人异常阴险"的黄色身份证使他的生活步履维艰，身上只有一丁点钱，找工作又诸多不顺。似乎行窃成为摆在他面前的唯一出路。

　　但幸运的是，狄涅城下福汝主教热情接待了他。备受社会摧残与迫害的冉阿让已对社会充满了敌意与怨恨，竟然在半夜里偷了主教的银餐具逃跑。结果被捕，押送回主教家。主教却为冉阿让开脱，说餐具并非冉阿让所偷，而是他赠予冉阿让的，接着又送冉阿让一对银烛台，并对他说："冉阿让，我的兄弟，您现在已经不是恶一方面的人了，您是在善的一面了。我赎的是您的灵魂，我把它从黑暗的思想和自暴自弃的精神里救出来，交还给上帝。"这使得冉阿让内心大受震动，他痛哭，最后"一个人双膝跪在卞福汝主教大门外面的路旁，仿佛是在黑暗里祈祷"。此后他开始做好事，改了名字，办起企业，还当选为市长。

　　在既取得经济地位又获得政治权势之后，他又努力进行社会改革。一方面，他创造了大量的工作机会，减少了贫困与饥饿现象的发生；另一方面，他大力提倡良好道德风尚，"做诚实的男子""做诚实的姑娘"成为他要求与衡量人的标准。此外他还发展公共福利事业、建医院、修学校、关爱贫民。经过 5 年的治理，他所管辖的城市变得欣欣向荣。从中可以看出，冉阿让的种种举措体现了雨果的社会理想，其核心就是以人道主义来改造现存的不合理的法律制度。

　　文似看山不喜平。雨果并没有让冉阿让一帆风顺，他安排了一个意外的事件再次改变了冉阿让的人生里程。一个被指控为"偷了一个苹果"的无辜工人，被错认为是冉阿让，即将处以终身流刑。此时，冉阿让陷入了激烈的思想斗争中。但最终道德的力量占了上风，他毅然到法庭承认了自己的身份。正是这一个勇敢的举动，使冉阿让在圣徒的道路上更进了一步。在他任市长之职时，曾竭力要帮助备尝不幸与屈辱的青年女子芳汀与她的女儿珂赛特团圆。这次被捕使这一愿望未能实现。但他在芳汀临终之际向她保证一定会把她的女儿抚育成人。冉阿让坚守诺言，再次越狱后，救出珂赛特，带她隐居丁巴黎的荒僻之地。不料行踪暴露，又遭追捕，丁是只好带着坍赛特躲进修道院，直到她长大。在这一漫长过程中，冉阿长做出了巨大的自我牺牲。

　　在 1832 年共和党人的起义中，冉阿让不仅参加了战斗，而且冒着生命危险救出了珂赛特的情人马吕斯。可是，当珂赛特和马吕斯知道冉阿让的真实身份后，却对他日渐疏远。但冉阿让毫无怨言，仍然向他们奉献着无私的爱。在战斗中，他还以宽广的胸襟释放了自己的宿敌沙威警官。以德报怨，冉阿让的身上已闪耀着卞福汝主教的光辉。

　　从冉阿让的人生历程可以看出，社会的至恶使得一个质朴善良的青年逐渐成为一头具有"一种凶狠残暴的为害欲"的猛兽。而卞福汝主教的至善却使得这头猛兽弃恶从善，以仁爱精神去对抗恶，体现雨果本人改造社会的一种理想思路。

　　《悲惨世界》无疑具有浪漫主义色彩，但其中也不乏现实主义的笔触。雨果在 1862 年3 月 13 日给阿尔贝·拉克罗瓦的信中说："这部作品，是掺杂戏剧的历史，是从人生的广阔生活的特定角度，去反映如实捕捉住的人类的一面巨大镜子。"《悲惨世界》展现了一幅历史壁画：从滑铁卢战役揭开序幕，以复辟时期和七月王朝初期为主要时代背景，战场、贫民窟、修道院、法庭、监狱、新兴的工业城市、巴黎大学生聚集的拉丁区，构成了一幅广阔的 19 世纪初期法国社会生活的绚丽画面。

现实主义与浪漫主义的结合，使得《悲惨世界》呈现出议论与抒情相穿插的创作风格。在这部作品中，雨果谈国家，谈法律，谈宗教，谈真理，谈正义，谈人性……让读者看到了一个政论家的雨果形象，而像"波涛和亡魂"这样的章节则洋溢着浪漫主义的诗情，如：

呵，人类社会历久不变的行程！途中多少人和灵魂要丧失！人类社会是所有那些被法律抛弃了的人的海洋！那里最惨的是没有援助！呵，这是精神的死亡！

海，就是冷酷无情的法律抛掷它牺牲品的总渊薮。海，就是无边的苦难。

漂在那深渊里的心灵可以变成尸体，将来谁使它复活呢？

这是雨果对冉阿让及一切"可怜的人"在法律面前的命运的咏叹调。议论与抒情的结合，强化了作品的批判力度，增加了作品的浪漫主义色彩。

总的看来，《悲惨世界》中的战役、起义属于全景式描绘，雄奇浩瀚；家庭生活、风俗场景工笔写照，色彩斑斓；人物的精神斗争和发展变化，丝丝入扣。雨果是法国浪漫主义文学运动的领袖，在理论建树和创作实践上都为世界浪漫主义文学作出了卓越贡献。同时，他又是一位伟大的人道主义作家，人道主义作为主旋律贯穿了他全部创作的始终，而在《悲惨世界》中奏出了最强音。"这部作品是一座大山。"雨果的这一自我评价是中肯的。

思考与练习

1. 始恶终善的人物形象在文学作品中并不少见，试在中国文学作品中寻找一个类似的人物形象，并将之与冉阿让作比较，看看中外作家在塑造人物形象的手法上有何异同。

2. 道德与法律，向来是中外作家普遍关注的社会问题。请你简单谈谈《悲惨世界》中道德与法律的关系。

拓展阅读

1. 雨果《巴黎圣母院》。
2. 小仲马《茶花女》。

老人与海（节选）

作者简介

欧内斯特·米勒尔·海明威（1899—1961年），出生于美国伊利诺伊州芝加哥市郊区奥克帕克，美国作家、记者，被认为是20世纪最著名的小说家之一。

海明威的一生之中曾荣获不少奖项。他在第一次世界大战期间被授予银制勇敢勋章；1953 年，他以《老人与海》一书获得普利策奖；1954 年的《老人与海》又为海明威夺得诺贝尔文学奖。2001 年，海明威的《太阳照样升起》与《永别了，武器》两部作品被美国现代图书馆列入"20 世纪中的 100 部最佳英文小说"中。1961 年 7 月 2 日，海明威在爱达荷州凯彻姆的家中用猎枪自杀身亡，享年 62 岁。

经典原文

我必须让它老是痛在一处地方，他想。我的疼痛不要紧。我能控制。但是它的疼痛能使它发疯。

过了片刻，鱼不再撞击铁丝，又慢慢地打起转来。老人这时正不停地收进钓索。可是他又感到头晕了。他用左手舀了些海水，洒在脑袋上。然后他再洒了点，在脖颈上揉擦着。

"我没抽筋，"他说，"它马上就会冒出水来，我熬得住。你非熬下去不可。连提也别再提了吧。"

他靠着船头跪下，暂时又把钓索挎在背上。我眼下要趁它朝外兜圈子的时候歇一下，等它兜回来的时候再站起身来对付它，他这样下了决心。

他真巴不得在船头上歇一下，让鱼自顾自兜一个圈子，并不回收一点钓索。但是等到钓索松动了一点，表明鱼已经转身在朝小船游回来，老人就站起身来，开始那种左右转动、交替拉曳的动作，原来他的钓索全是这样收回来的。

我从没这样疲乏过，他想，而现在刮起贸易风来了。但是正好靠它来把这鱼拖回去。我多需要这风啊。

"等它下一趟朝外兜圈子的时候，我要歇一下，"他说，"我觉得好过多了。再兜两三圈，我就能收服它。"

他的草帽被推到后脑勺上去了，他感到鱼在转身，随着钓索一扯，便在船头上一屁股坐下了。

你现在忙你的吧，鱼啊，他想。你转身时我要来收服你。

海浪大了不少。不过这是晴天吹的微风，他得靠它才能回去。

"我只消朝西南航行就成，"他说，"人在海上是决不会迷路的，何况这是个长长的岛屿。"

鱼兜到第三圈，他才第一次看见它。

他起先看见的是一个黑乎乎的影子，它需要那么长的时间从船底下经过，他简直不相信它竟有这么长。

"不能，"他说，"它哪能这么大啊。"

但是它当真有这么大，这一圈兜到末了，它在仅仅三十码外冒出水来，老人看见它的尾巴出了水。它比一把大镰刀的刀刃更高，呈极淡的浅紫色，竖在深蓝色的海面上。它朝后倾斜着，鱼在水面下游的时候，老人看得见它庞大的身躯和周身的紫色条纹。它的脊鳍朝下耷拉着，巨大的胸鳍大张着。

这回鱼兜圈子回来时，老人看见它的眼睛和绕着它游的两条灰色的鲫鱼。它们有时候依附在它身上。有时候倏地游开去。有时候会在它的阴影里自在地游着。它们每条都有三英尺多长，游得快时全身猛烈地甩动着，像鳗鱼一般。

老人这时在冒汗，但不光是因为晒了太阳，还有别的原因。鱼每回沉着、平静地拐回来时，他总收回一段钓索，所以深信等鱼再兜上两个圈子，就能有机会把鱼叉扎进鱼身。

可是我必须把它拉得极近，极近，极近，他想。我千万不能扎它的脑袋。我该扎进它的心脏。

"要沉着，要有力，老头儿。"他说。

又兜了一圈，鱼的背脊露出来了，不过离小船还是太远一点。再兜了一圈，还是太远，但是它露出在水面上比较高些了，老人深信，再收回一些钓索，就可以把它拉到船边来。

他早就把鱼叉准备停当。那卷系在叉上的细绳子给搁在一只圆筐内，另一端紧系在船头的系缆柱上。

这时鱼正兜了一个圈子回来，既沉着又美丽，只有它的大尾巴在动。老人竭尽全力把它拉得近些。有那么一会儿，鱼的身子倾斜了一点儿。然后它竖直了身子，又兜起圈子来。

"我把它拉动了，"老人说，"我刚才把它拉动了。"

他又感到头晕，可是竭尽全力拽住了那条大鱼。我把它拉动了，他想。也许这一回我能把它拉过来。拉呀，手啊，他想。站稳了，腿儿。为了我熬下去吧，头啊。为了我熬下去吧。你从没晕倒过。这一回我要把它拉过来。

但是等他使出了浑身的力气、趁鱼离船边还很远时就动手，使出全力拉着，那鱼却靠拢了一点儿，便纠正了方向游开去。

"鱼啊，"老人说，"鱼啊，你反正是死定了。难道你非得把我也害死不可？"

这样可什么事也办不成啊，他想。他嘴里干得说不出话来，但他此刻不能伸手去拿水来喝。我这一回必须把它拉到船边来，他想。它再多兜几圈，我就不行了。不，你是行的，他对自己说。你永远行的。

在兜下一圈时，他差一点把它拉了过来。可是这鱼又纠正了方向，慢慢地游走了。

你要把我害死啦，鱼啊，老人想。不过你有权利这样做。我从没见过比你更庞大、更美丽、更沉着或更崇高的东西，老弟。来，把我害死吧。我不在乎谁害死谁。

你现在头脑糊涂起来啦，他想。你必须保持头脑清醒。保持头脑清醒，要像个男子汉，懂得怎样忍受痛苦。或者像一条鱼那样，他想。

"清醒过来吧，头啊，"他用自己也简直听不见的声音说，"清醒过来吧。"

鱼又兜了两圈，还是老样子。

我弄不懂，老人想。每一回他都觉得自己快要垮了。我弄不懂。但我还要试一下。

他又试了一下，等他把鱼拉得转过来时，他感到自己要垮了。那鱼纠正了方向，又慢慢地游开去，大尾巴在海面上摇摆着。

我还要试一下，老人对自己许愿，尽管他的双手这时已经软弱无力，眼睛也只能间歇地看得清东西。

他又试了一下，又是同样情形。原来如此，他想，还没动手就感到要垮下来了；我还要再试一下。

他忍住了满腔的痛楚，拿出剩余的力气和丧失已久的自傲，用来对付这鱼的痛苦，于是它来到他的身边，在他身边斯文地游着，它的嘴几乎碰着了小船的船壳，它开始在船边游过去，身子又长，又高，又宽，银色底上有着紫色条纹，在水里看来长得无穷无尽。

老人放下钓索，一脚踩住了，把鱼叉举得尽可能地高，使出全身的力气，加上他刚才鼓起的力气，把它朝下直扎进鱼身的一边，就在大胸鳍后面一点儿的地方，这胸鳍高高地竖立着，高齐老人的胸膛。他感到那铁叉扎了进去，就把身子倚在上面，把它扎得更深一点，再用全身的重量把它压下。

于是那鱼闹腾起来，尽管死到临头了，它仍从水中高高跳起，把它那惊人的长度和宽度，它的力量和美，全都暴露无遗。它仿佛悬在空中，就在小帆船中老人的头顶上空。然后，它砰的一声掉在水里，浪花溅了老人一身，溅了一船。

老人感到头晕，恶心，看不大清楚东西。然而他放松了鱼叉上的绳子，让它从他划破了皮的双手之间慢慢地溜出去，等他的眼睛好使了，他看见那鱼仰天躺着，银色的肚皮朝上。鱼叉的柄从鱼的肩部斜戳出来，海水被它心脏里流出的鲜血染红了。起先，这摊血黑魆魆的，如同这一英里多深的蓝色海水中的一块礁石。然后它像云彩般扩散开来。那鱼是银色的，一动不动地随着波浪浮动着。

老人用他偶尔看得清的眼睛仔细望着。接着他把鱼叉上的绳子在船头的系缆柱上绕了两圈，然后把脑袋搁在双手上。

"让我的头脑保持清醒吧，"他靠在船头的木板上说，"我是个疲乏的老头儿。可是我杀死了这条鱼，它是我的兄弟，现在我得去干苦活啦。"

现在我得准备好套索和绳子，把它绑在船边，他想。即使我这里有两个人，把船装满了水来把它拉上船，然后把水舀掉，这条小船也绝对容不下它。我得做好一切准备，然后把它拖过来，好好绑住，竖起桅杆，张起帆驶回港去。

他动手把鱼拖到船边，这样可以用一根绳子穿进它的鳃，从嘴里拉出来，把它的脑袋紧绑在船头边。我想看看它，他想，碰碰它，摸摸它。它是我的财产，他想。然而我想摸摸它倒不是为了这个。我以为刚才触及过它的心脏，他想。那是在我第二次往里推鱼叉柄的时候。现在得把它拖过来，牢牢绑住，用一根套索拴住它的尾巴，另一根拴住它的腰部，把它绑牢在这小帆船边。

"动手干活吧，老头儿，"他说，他喝了很少的一口水，"战斗既然结束了，就有好多苦活得干啦。"

他抬头望望天空，然后望望船外的鱼。他仔细望望太阳。晌午才过了没多少时候，他想。而贸易风刮起来了。这些钓索现在都用不着了。回家以后，那孩子和我要把它们捻接起来。

"过来吧，鱼。"他说。可是这鱼并不靠拢过来。它反而躺在海面上翻滚着，老人只得把小船驶到它的身边。

（选自海明威：《老人与海》，吴劳译，上海译文出版社 2009 年版）

作品主题

作品对主人公圣地亚哥与鲨鱼顽强搏斗进行描写，赞美和讴歌了不服输的硬汉子精神，表现出一种积极奋斗的人生观。即使面对的是不可征服的大自然，但只要不退缩、不服输，仍然可以获得精神上的胜利。

作品赏析

小说的前半部分主要写了主人公圣地亚哥从钓到一条大马林鱼并将之杀死的过程。圣地亚哥在连续 84 天一无所获之后，又踏上了新征程。出发前，他对一个孩子说："85 是一个吉利数目，你想看见我捉到一条净重一千多磅的鱼吗？"在出海第 85 天时，他钓到了一条大马林鱼。这条鱼足有 18 英尺长，"看样子它不止一千五百磅"。故事的主要角色此时已全部登场了。

为了征服这条大鱼，圣地亚哥用了整整两昼夜。大鱼拖着圣地亚哥的小帆船在海上游曳了两夜一天。第三天早上，他开始收紧钓丝，由此进行了他与大鱼的正面较量。故事情节开始慢慢展开。

圣地亚哥只身无援，在茫茫的大海上，他只能依靠自己的力量来对付这个庞然大物。大马林鱼拼命挣扎，借助着大海的力量同渺小的人类做着对抗。相比之下，个人的力量实在太有限了。圣地亚哥的手被钓丝勒得露出了骨头，而且不停地抽筋。他的脑子也累得麻木，眼睛已经看不清东西。唯一支撑他的就是坚强的意志。他不停地高喊："我恨抽筋，他想。这是对自己身体的背叛行为。……是丢自己的脸！""你呀，你是永远不会垮的！""鱼啊，你反正是死定了。难道你也非得把我害死不可？""我还要试一下。"一个不服输的硬汉形象跃然纸上。

圣地亚哥艰难地将大鱼拖近，拼出全力将挥舞着的鱼叉扎进鱼腰。"于是那鱼闹腾起来，尽管死到临头了，它仍从水中高高跳起，把它那惊人的长度和宽度，它的力量和美，全都暴露无遗。它仿佛悬在空中，就在小帆船中老人的头顶上空。然后，它砰的一声掉在水里。"这里对鱼的外形与生命力的正面描写，也侧面表现出圣地亚哥顽强的意志力。

为了战胜大马林鱼，圣地亚哥克服了难以忍受的疲劳、困倦、饥饿与伤痛，表现出超常的耐力与韧劲。在整整两昼夜的对抗中，他只能以生鱼为食，"手啊，你觉得怎样呢，我要替你多吃一点儿"；只能在被鱼拖行的小船上打盹，手里还要紧紧抓住钓丝；在脑子麻木的时候，只能将受伤的手伸进海水里来以痛提神。

当圣地亚哥带着他来之不易的"战利品"返航时，却发生了意外。起初是一条，紧接着便是一群鲨鱼寻着马林鱼的气味冲了上来。于是，在圣地亚哥几乎完全丧失战斗力的情形下，又一场恶战开始了。面对这种状况，大多数人可能是绝望的。但是这位老人却抖擞精神重新应战。第一回合，他用鱼叉扎中了第一头鲨鱼的脑袋，结束了它的性命，但自己也失去了 40 磅的马林鱼肉。老人本以为"丢了四十磅重肉，你航行起来更轻快了"，但接下来的事态发展让人更加绝望，又有两条更大更凶猛的鲨鱼冲了上来。

圣地亚哥将刀子绑在桨上当作武器，杀掉了来犯之敌，但四分之一的马林鱼肉进了鲨鱼肚里。当圣地亚哥拖着半条大鱼驶近海岸时，成群的鲨鱼展开了最后的进攻。半夜里，老人只能看到鲨鱼扑到死鱼身上时所放出的磷光，只能听到他用棍棒打在它们头上和它们开合颚骨的声音。小船置身于众多鲨鱼头之间，他抄起船上一切能够抓到的东西往鲨鱼头上打去。这是一幅多么悲壮的人与自然的斗争画面。

圣地亚哥带着那条巨大的马林鱼进了港湾，不过只剩下了鱼骨架。他在想："是什么把你打垮的？""什么也没有，只怪我出海太远了。"在回到住处沉沉地睡了一觉后，老人对那个孩子承认：那条鱼没有打败我，可是后来鲨鱼打败了我。不过，他并没有气馁。接下来，他又同男孩策划起再一次出海行动。

那么，圣地亚哥到底有没有失败呢？表面上看，鲨鱼从他手中夺走了大马林鱼的鱼肉。那架鱼骨，既是老人失败的证明，也是鲨鱼胜利的铁证。那些水中霸主利用自己的优势，取得了这场战斗的胜利。它们胜利的意义，不仅在于抢走了老人苦斗两昼夜的果实，让老人失去了过冬的食物，更在于它们无情地粉碎了老人所做的一切努力。这对圣地亚哥的精神产生了很大的冲击，使老人对自己产生了怀疑："我运气不好，我再不会交好运了。"

换一个角度看，在这场力量悬殊的较量中，圣地亚哥无疑是一位光荣的胜利者。这种胜利的意义在于，他在精神上绝对压倒了对方。在强敌环伺下，他毫不怯懦，从一开始就积极地投入战斗，并一直保持着旺盛的斗志。在人与自然的对抗中，个体的力量实在显得微不足道。但桑提亚哥身上那种不服输的精神，展现了人的意志力的顽强与不可摧毁性。作者海明威通过老人与大鱼、大海的对抗，肯定了人在精神上的优势。

作者通过圣地亚哥传达了一种人生哲学："一个人并不是生来要被打败的，你尽可以把他消灭掉，可就是打不败他。"这并不是阿Q式的精神胜利。这种精神胜利建立在人的信念的基石之上，具有这种精神的人，无论面对怎样的困境，都不会害怕和退缩。这其实就是海明威作品中呈现出的"硬汉性格"。圣地亚哥是他塑造的一系列硬汉形象的最高代表。

圣地亚哥最鲜明的特征是富有竞争意识与挑战精神。坚持出海这一行为，表现出他具有向强者挑战的主动性和顽强性。他的每次下海，都是一次向命运的挑战。一连84天的厄运，都没有让他消沉，反而激发他更强烈的挑战欲。在这种性格的驱使下，不管失败的冲击有多大，他仍旧会义无反顾地驾船驶入大海。在这一类"硬汉"看来，同大自然对抗，更能激发出自己的人生使命感和生命活力。

"硬汉"具有强烈的自信。自信是他们的精神支柱，这使他们能够蔑视强大的对手。这种自信不是盲目自大，而是对自我精神力量的确信。所以，圣地亚哥会在最困难的境地中这样自言自语："但愿我也能够让它看看我是个什么样的人……让它（马林鱼）以为我的男子汉气概要比我现在所有的更足，我就能做到这一点。"正是有这样的自信，他才能在被鲨鱼抢夺一空后豪迈地宣告："是什么把你打垮的？""什么也没有。"

此外，"硬汉"的性格勇敢而强悍。在与大自然的只身作战中，他表现出惊人的能力。从他身上，人们恍惚看到了希腊神话中英雄的影子。鲨鱼夺走他的马林鱼时付出了巨大的代价。如果没有这些能力做支撑，那么他就仅仅是一个精神胜利者，他的"打不败哲学"就只是一句空洞的口号。

🌊 思考与练习

1.鲁迅在《阿Q正传》中塑造了一个典型的阿Q形象，其有着独特的"精神胜利法"。与圣地亚哥相比，二者的精神胜利有何不同呢？

2. 圣地亚哥的再一次出海又可能会遇到什么状况，而他又会如何应对呢？想象一下，试着对作品进行续写。

拓展阅读

1. 海明威《永别了，武器》。
2. 关汉卿《南吕·一枝花·不伏老》。
3. 奥斯特洛夫斯基《钢铁是怎样炼成的》。

白夜行（节选）

作者简介

东野圭吾，1958 年 2 月 4 日出生于日本大阪，日本推理小说作家，毕业于大阪府立大学电气工学专业，之后在汽车零件供应商日本电装担任生产技术工程师。代表作有《放学后》《秘密》《白夜行》《以眨眼干杯》《神探伽利略》《嫌疑人 X 的献身》《预知梦》《湖畔》等。

1985 年，东野圭吾凭借《放学后》获得第 31 届江户川乱步奖，从此成为职业作家，开始专职写作。1999 年《秘密》获第 52 届日本推理作家协会奖。2006 年《嫌疑人 X 的献身》获 134 届直木奖。东野圭吾成为日本推理小说史上罕见的"三冠王"。2017 年 4 月，第 11 届中国作家富豪榜子榜单"外国作家富豪榜"发布，东野圭吾问鼎外国作家富豪榜首位；同年，出版小说集《第十年的情人节》；2019 年 11 月，出版书籍《拉普拉斯的魔女》系列作品《魔力的胎动》。

经典原文

笹垣立刻转身，不顾因寒气而疼痛的膝盖，全力狂奔。

店门已经开始关闭，警察们还在附近没有离开。他们看到笹垣的模样，都变了脸色。"怎么了？"其中一人问道。

"圣诞老人！"笹垣大喊，"就是他！"

警察们立刻醒悟，强行打开正要关上的玻璃门，闯入店内，无视阻止他们的店员，踩着停止运作的扶梯往上冲。

笹垣原本准备跟在他们身后冲进去，但下一秒钟，脑子里冒出一个念头。他拐进建筑物旁的小巷。

真蠢！我真是太蠢了！我追踪他多少年了？他不总是在人们看不见的地方守护雪穗吗？

绕到建筑物后面，看到一道装设了铁质扶手的楼梯，上方有一扇门。他爬上楼梯，打开门。

眼前站着一个男子，一个身着黑衣的男子。对方似乎也因为突然有人出现而吃惊。

这真是一段奇异的时间，笹垣立刻明白眼前这人就是桐原亮司。但他没有动，也没出声，大脑的一角在冷静地判断：这家伙也在想我是谁。

然而，这段时间大概连一秒钟都不到。那人一个转身，朝反方向疾奔。

"站住！"笹垣紧追不舍。

穿过走廊就是卖场。警察们的身影出现了，桐原在陈列着箱包的货架间逃窜。"就是他！"笹垣大喊。

警察们一齐上前追赶。这里是二楼，桐原正跑向业已停止的扶梯，笹垣相信他已无法脱身。但桐原并没有跑上扶梯，而是在那之前停下脚步，毫不迟疑地翻身跳往一楼。

耳边传来店员的尖叫，巨大的声响接踵而至，好像撞坏了什么东西。警察们沿扶梯飞奔而下。几秒后，笹垣也到达扶梯。心脏快吃不消了，他按着疼痛的胸口，缓缓下楼。

巨大的圣诞树已倒下，旁边就是桐原亮司。他整个人呈大字形，一动不动。

有一名警察靠近，想拉他起来，但随即停止动作，回头望向笹垣。

"怎么了？"笹垣问。对方没有回答。笹垣走近，想让桐原的脸部朝上。这时，尖叫声再度响起。

有东西扎在桐原胸口，由于鲜血涌出难以辨识，但笹垣一看便知。那是桐原视若珍宝的剪刀，那把改变他人生的剪刀！

"快送医院！"有人喊道，奔跑的脚步声再度传来。笹垣明白这些都是徒劳，他早已看惯尸体了。

感觉到有人，笹垣抬起头来。雪穗就站在身边，如雪般白皙的脸庞正俯向桐原。

"这个人……是谁？"笹垣看着她的眼睛。

雪穗像人偶般面无表情。她答道："我不知道。雇用临时工都由店长全权负责。"

话音未落，一个年轻女子便从旁出现。她脸色铁青，用微弱的声音说："我是店长滨本。"

警察们开始采取行动。有人采取保护现场的措施，有人准备对店长展开侦讯，还有人搭着笹垣的肩，要他离开尸体。

笹垣脚步蹒跚地走出警察的圈子。只见雪穗正沿扶梯上楼，她的背影犹如白色的影子。

她一次都没有回头。

（选自东野圭吾：《白夜行》，刘姿君译，南海出版公司 2017 年版）

作品主题

1973 年，大阪的一栋废弃建筑内发现了一具男尸，此后 19 年，嫌疑人之女雪穗与被害者之子桐原亮司走上截然不同的人生道路，一个跻身上流社会，一个却在底层游走，而他们身边的人，却接二连三地离奇死去，警察经过 19 年的艰苦追踪，终于使真相大白。小说将无望却坚守的凄凉爱情和执着而缜密的冷静推理完美结合。

作品赏析

《白夜行》是一部通过诸多人物的视角并运用多条伏线创作出来的长篇巨作，时间从1973 年到 1992 年，长达 19 年之久。故事从一个中年男性——当铺老板桐原洋介被杀于烂尾楼开始，通过剪刀、卡带、眼神、脏运动鞋、钥匙圈、太阳镜等意象的重复出现，把看似断裂的各章及各章每个小节的故事情节串联起来，使人物形象逐层展现，推动了故事情节的发展，每个案件的真相逐渐浮出水面。故事主人公唐泽雪穗有着聪慧的头脑、高雅的举止、完美的身材和非凡的智慧，为了使自己的身世不被揭穿，为了能够获得更多的财富和更高的地位，她不择手段，利用桐原亮司对她的无私守护而制造了许多意外事件。桐原亮司义无反顾地守护雪穗，为了掩护她不惜牺牲自己的生命，这是一个凄美的爱情故事，同时又是社会缩影下的人生悲剧。

《白夜行》以雪穗小学、初中、高中、结婚、离婚、再婚的经历为明线，以亮司和雪穗照亮彼此人生的感情为暗线，通过家庭悲剧与爱情悲剧凸显人性的恶。亮司杀害了有恋童癖的父亲，亮司和雪穗为了隐瞒真相，使用各种计谋扫清一个个障碍，藤村都子、菊池、今枝等人无辜受到牵连。这两个双手沾满罪恶的人，最大的愿望就是手牵手在阳光下散步，然而这对于他们却是永远无法企及的奢望。雪穗在生母西本文代去世之后，被父亲的表姐收养，成为唐泽雪穗，后来嫁给高宫诚，改名高宫雪穗，与高宫诚离婚后又嫁进筱冢家族成为筱冢雪穗。虽然亮司一直在守护雪穗，但得到的却永远是"没有回头"的爱情。小说的结局是亮司从雪穗华丽的新店楼梯上一跃而下。当警察笹垣问雪穗："这个人是谁？"雪穗像人偶般面无表情地答道："我不知道。"亮司一直在为雪穗的幸福付出，甚至宁愿牺牲自己的生命成就雪穗的新生，而雪穗却对亮司的死如此冷漠。小说中有一段雪穗的独白，这是她第一次袒露自己的内心："我的天空里没有太阳，总是黑夜，但并不暗，因为有东西代替了太阳。虽然没有太阳那么明亮，但对我来说已经足够。凭借着这份光，我便能把黑夜当成白天。你明白吧？我从来就没有太阳，所以不怕失去。"是亮司的爱代替太阳照亮了雪穗的世界，绝望的亮司纵身一跃结束了自己的生命，雪穗的太阳熄灭了，她和亮司早已合为一体，亮司的死带走了雪穗的灵魂，让她的背影"犹如白色的影子"。

《白夜行》的剧情环环相扣，章节之间相互呼应，不仅揭示了社会的悲剧、人性的冷漠，更表达了一种走出人生困境追求更高生命境界的人生理想。书中的主人公是善与恶的矛盾结合体，表面上纯洁美丽的雪穗是罪恶的，她被童年阴影折磨着，不断堕入深渊。桐原亮司则承受了父亲罪行的后果，成为帮助雪穗在白天行走中的黑暗化身。

思考与练习

以这段节选的文字为剧本，进行课本剧表演。

拓展阅读

东野圭吾《放学后》《秘密》《暗恋》《信》《幻夜》《嫌疑人 X 的献身》《流星之绊》。

第五章

戏　剧　欣　赏

| 学习目标 |

知识目标

了解古今中外优秀戏剧家的主要成就，熟悉相关戏剧作品的主题思想与深层内涵。

能力目标

能够运用马克思主义文学理论对戏剧进行深入探析，学会分析戏剧冲突。能够说出戏剧冲突的作用及设置戏剧冲突的方法，掌握鉴赏主要戏剧人物形象的基本方法。

素养目标

感受中国戏曲"以乐为本位"的独特艺术魅力，挖掘其中所蕴含的精神价值和审美价值。分析中外戏剧的不同点和相同点，提出独到的见解，进一步提升自身对戏剧的主题思想和戏剧中的主要人物的分析能力，并在一定程度上提升自己的戏剧鉴赏水平。

戏剧是一门古老的艺术。西方戏剧产生于公元前 6 世纪，东方戏剧起源于公元前 8 世纪，中国的戏剧至少也有一千多年的历史了。在众多的艺术门类之中，戏剧曾长期占据首位，甚至一度有"艺术的皇冠"之称。随着时代的发展，人类文化活动的方式越来越丰富，戏剧似乎被挤到了"艺术国度"的边缘。但戏剧艺术一直在回应着时代的变革，始终活跃在人们的生活之中，让人们体验生命的存在，体会人生的意义。

第一节　中国戏曲欣赏

以"乐"为本位的诗、乐、舞的综合性是中国戏曲的基本艺术特征，其写意为主的艺术表现形式，程式化的动作、语言、化装与唱腔，都彰显出鲜明的艺术特色，散发着独特的艺术魅力。

窦娥冤（节选）

作者简介

关汉卿，号已斋（亦作一斋）。其籍贯说法多样，《录鬼簿》说他是大都（今北京）人，乾隆《祁州志》说他是祁州（今河北安国）人，《元史类编》说他是解州（今山西运城）人。生卒年亦不详，大约生于元太宗在位时期（1229—1241 年），卒于元成宗大德年间（1297—1307 年）。

关汉卿擅长歌舞，精通音律，既编写剧本，也参加舞台演出，活跃于当时的戏曲界。明人贾仲明称他"驱梨园领袖，总编修师首，捻杂剧班头"，足见其在元代剧坛的地位。后人将其与郑光祖、马致远、白朴并称为"元曲四大家"。

关汉卿是一位多产的杂剧作家，编有杂剧剧本六十余个，可惜大多数已经散佚。现存著作中有《窦娥冤》《单刀会》《蝴蝶梦》《救风尘》等思想性、艺术性较强的名篇，其中以《窦娥冤》最为杰出。

经典原文

第二折

（赛卢医上，诗云）小子太医出身，也不知道医死多人。何尝怕人告发，关了一日店门？在城有个蔡家婆子，刚少的他二十两花银，屡屡亲来索取，争些捻断脊筋。也是我一时智短，将他赚到荒村，撞见两个不识姓名男子，一声嚷道："浪荡乾坤，怎敢行凶撒泼，擅自勒死平民！"吓得我丢了绳索，放开脚步飞奔。虽然一夜无事，终觉失精落魂；方知人命关天关地，如何看做壁上灰尘？从今改过行业，要得灭罪修因。将以前医死的性命，一个个都与他一卷超度的经文。小子赛卢医的便是。只为要赖蔡婆婆二十两银子，赚他到荒僻去处，正待勒死他，谁想遇见两个汉子，救了他去。若是再来讨债时节，教我怎生见他？常言道的好："三十六计，走为上计。"喜得我是孤身，又无家小连累；不若收拾了细软行李，打个包儿，悄悄的躲到别处，另做营生，岂不干净！（张驴儿上，云）自家张驴儿。可奈那窦娥百般的不肯随顺我；如今那老婆子害病，我讨服毒药与他吃了，药死那老婆子，这小妮子好歹做我的老婆。（做行科，云）且住，城里人耳目广，口舌多，倘见我讨毒药，可不嚷出事来？我前日看见南门外有个药铺，此处冷静，正好讨药。（做到科，叫云）太医哥哥，我来讨药的。（赛卢医云）你讨甚么药？（张驴儿云）我讨服毒药。（赛卢医云）谁敢合毒药与你？这厮好大胆也！（张驴儿云）你真个不肯与我么？（赛卢医云）我不与你，你就怎地我？（张驴儿做拖卢云）好呀，前日谋死蔡婆婆的不是你来！你说我不认的你哩，我拖你见官去！（赛卢医做慌科，云）大哥，你放我，有药，有药。（做与药科，张驴儿云）既然有了药，且饶你罢。正是："得放手时须放手，得饶人处且饶人。"（下）（赛卢医云）可不晦气！刚刚讨药的这人，就是救那婆子的。我今日与了他这服毒药去了，以后事发，越越要连累我。趁早几儿关上药铺，到涿州卖老鼠药去也。（下）（卜儿上，做病伏几科）（孛老同张驴儿上，云）老汉自到蔡婆婆家来，本望做个接脚，却被他媳妇坚执不从。那婆婆一向收留俺爷儿两个在家同住，只说"好事不在忙"，等慢慢里劝转他媳妇；谁想那婆婆又害起病来。孩儿，你可曾算我两个的八字，红鸾天喜几时到命哩？（张驴儿云）要看甚么天喜到命！只赌本事，做得去，自去做。（孛老云）孩儿也，蔡婆婆害病好几日了，我与你去问病波。（做见卜儿问科，云）婆婆，你今日病体如何？（卜儿云）我身子十分不快哩。（孛老云）你可想些甚么吃？（卜儿云）我思量些羊肚儿汤吃。（孛老云）孩儿，你对窦娥说，做些羊肚儿汤与婆婆吃。（张驴儿向古门云）窦娥，婆婆想羊肚儿汤吃，快安排将来。（正旦持汤上，云）妾身窦娥是也。有俺婆婆不快，想羊肚汤吃，我亲自安排了与婆婆吃去。婆婆也，我这寡妇人家，凡事也要避些嫌疑，怎好收留那张驴儿父子两个？非亲非眷的，一家儿同住，岂不惹外人谈议？婆婆也，你莫要背地里许了他亲事，连我也累做不清不沾的。我想这妇人心，好难保也呵！（唱）

【南吕·一枝花】他则待一生鸳帐眠，那里肯半夜空房睡；他本是张郎妇，又做了李郎妻。有一等妇女每相随，并不说家克计，则打听些闲是非；说一会不明白打风的机关，使了些调虚嚣捞龙的见识。

【梁州第七】这一个似卓氏般当垆涤器，这一个似孟光般举案齐眉，说的来藏头盖脚多伶俐！道着难晓，做出才知。旧恩忘却，新爱偏宜；坟头上土脉犹湿，架儿上又换新衣。那里有奔丧处哭倒长城？那里有浣纱时甘投大水？那里有上山来便化顽石？可悲，可耻！妇人家直恁的无仁义。多淫奔，少志气，亏杀前人在那里，更休说百步相随。

（云）婆婆，羊肚儿汤做成了，你吃些儿波。（张驴儿云）等我拿去。（做接尝科，云）这里面少些盐醋，你去取来。（正旦下）（张驴儿放药科）（正旦上，云）这不是盐醋！（张驴儿

云）你倾下些。（正旦唱）

【隔尾】你说道少盐欠醋无滋味，加料添椒才脆美。但愿娘亲早痊济，饮羹汤一杯，胜甘露灌体，得一个身子平安倒大来喜。

（孛老云）孩儿，羊肚汤有了不曾？（张驴儿云）汤有了，你拿过去。（孛老将汤云）婆婆，你吃些汤儿。（卜儿云）有累你。（做呕科，云）我如今打呕，不要这汤吃了，你老人家吃罢。（孛老云）这汤特做来与你吃的，便不要吃，也吃一口儿。（卜儿云）我不吃了，你老人家请吃。（孛老吃科）（正旦唱）

【贺新郎】一个道你请吃，一个道婆先吃，这言语听也难听，我可是气也不气！想他家与咱家有甚的亲和戚？怎不记旧日夫妻情意，也曾有百纵千随？婆婆也，你莫不为"黄金浮世宝，白发故人稀"，因此上把旧恩情，全不比新知契？则待要百年同墓穴，那里肯千里送寒衣？

（孛老云）我吃下这汤去，怎觉昏昏沉沉的起来？（做倒科）（卜儿慌科，云）你老人家放精细着，你挣扎着些儿。（做哭科，云）兀的不是死了也！（正旦唱）

【斗虾蟆】空悲戚，没理会，人生死，是轮回。感着这般病疾，值着这般时势，可是风寒暑湿，或是饥饱劳役，各人症候自知。人命关天关地，别人怎生替得？寿数非干今世。相守三朝五夕，说甚一家一计？又无羊酒缎匹，又无花红财礼；把手为活过日，撒手如同休弃。不是窦娥忤逆，生怕旁人论议。不如听咱劝你，认个自家晦气，割舍的一具棺材停置，几件布帛收拾，出了咱家门里，送入他家坟地。这不是你那从小儿年纪指脚的夫妻。我其实不关亲，无半点恓惶泪。休得要心如醉，意似痴，便这等嗟嗟怨怨，哭哭啼啼。

（张驴儿云）好也啰！你把我老子药死了，更待干罢！（卜儿云）孩儿，这事怎了也？（正旦云）我有甚么药在那里？都是他要盐醋时，自家倾在汤儿里的。（唱）

【隔尾】这厮搬调咱老母收留你，自药死亲爷待要唬吓谁？（张驴儿云）我家的老子，倒说是我做儿子的药死了，人也不信。（做叫科，云）四邻八舍听着：窦娥药杀我家老子哩！（卜儿云）罢么，你不要大惊小怪的，吓杀我也！（张驴儿云）你可怕么？（卜儿云）可知怕哩。（张驴儿云）你要饶么？（卜儿云）可知要饶哩。（张驴儿云）你教窦娥随顺了我，叫我三声嫡嫡亲亲的丈夫，我便饶了他。（卜儿云）孩儿也，你随顺了他罢。（正旦云）婆婆，你怎说这般言语！（唱）我一马难将两鞍鞴，想男儿在日曾两年匹配，却教我改嫁别人，其实做不得。

（张驴儿云）窦娥，你药杀了俺老子，你要官休？要私休？（正旦云）怎生是官休？怎生是私休？（张驴儿云）你要官休呵，拖你到官司，把你三推六问！你这等瘦弱身子，当不过拷打，怕你不招认药死我老子的罪犯！你要私休呵，你早些与我做了老婆，倒也便宜了你。（正旦云）我又不曾药死你老子，情愿和你见官去来。（张驴儿拖正旦、卜儿下）（净扮孤引祗候上，诗云）我做官人胜别人，告状来的要金银。若是上司当刷卷，在家推病不出门。下官楚州太守桃杌是也。今早升厅坐衙，左右，喝撺厢。（祗候幺喝科）（张驴儿拖正旦、卜儿上，云）告状，告状！（祗候云）拿过来。（做跪见，孤亦跪科，云）请起。（祗候云）相公，他是告状的，怎生跪着他？（孤云）你不知道，但来告状的，就是我衣食父母。（祗候幺喝科，孤云）那个是原告？那个是被告？从实说来！（张驴儿云）小人是原告张驴儿，告这媳妇儿，唤做窦娥，合毒药下在羊肚汤儿里，药死了俺的老子。这个唤做蔡婆婆，就是俺的后母。望大人与小人做主咱！（孤云）是那一个下的毒药？（正旦云）不干小妇人事。（卜儿云）也不干老妇人事。（张驴儿云）也不干我事。（孤云）都不是，敢是我下的毒药来？（正旦云）我婆婆也不是他后母，他自姓张，我家姓蔡。我婆婆因为与赛卢医索钱，被他赚到郊外，勒死我婆婆；却得他爷儿两个救了性命。因此我婆婆收留他爷儿两个在家，养膳终身，报他的恩德。谁知他两个倒起不良之心，冒认婆婆做了接脚，要逼勒小妇人做他媳妇。小妇人元是有丈夫的，服孝未满，坚执不从。适值我婆婆患病，着小妇人安排羊肚汤儿吃。不知张驴儿那里讨得毒药在身，接过汤来，只说少些盐醋，支转小妇人，暗地倾下毒药。也是天幸，我婆婆忽然呕吐，不要汤吃。让与他老子吃；才吃的几口便死了，与小妇人并无干涉。只望大人高抬明镜，替小妇人做主咱。（唱）

【牧羊关】大人你明如镜，清似水，照妾身肝胆虚实。那羹本五味俱全，除了外百事不知。他推道尝滋味，吃下去便昏迷。不是妾讼庭上胡支对，大人也，却教我平白地说甚的？

（张驴儿云）大人详情：他自姓蔡，我自姓张。他婆婆不招俺父亲接脚，他养我父子两个在家做甚么？这媳妇儿年纪虽小，极是个赖骨顽皮，不怕打的。（孤云）人是贱虫，不打不招。左右，与我选大棍子打着！（祗候打正旦，三次喷水科）（正旦唱）

【骂玉郎】这无情棍棒教我挨不的。婆婆也，须是你自做下，怨他谁？劝普天下前婚后嫁婆娘每，都看取我这般傍州例。

【感皇恩】呀！是谁人唱叫扬疾，不由我不魄散魂飞。恰消停，才苏醒，又昏迷。挨千般打拷，万种凌逼，一杖下，一道血，一层皮。

【采茶歌】打的我肉都飞，血淋漓，腹中冤枉有谁知！则我这小妇人毒药来从何处也？天那，怎么的覆盆不照太阳晖！

（孤云）你招也不招？（正旦云）委的不是小妇人下毒药来。（孤云）既然不是，你与我打那婆子！（正旦忙云）住、住、住，休打我婆婆。情愿我招了罢，是我药死公公来。（孤云）既然招了，着他画了伏状，将枷来枷上，下在死囚牢里去。到来日判个"斩"字，押付市曹典刑。（卜儿哭科，云）窦娥孩儿，这都是我送了你性命。兀的不痛杀我也！（正旦唱）

【黄钟尾】我做了个衔冤负屈没头鬼，怎肯便放了你好包荒淫漏面贼！想人心不可欺，冤枉事天地知，争到头，竞到底，到如今待怎的？情愿认药杀公公，与了招罪。婆婆也，我若是不死呵，如何救得你？（随祗候押下）

（张驴儿做叩头科，云）谢青天老爷做主！明日杀了窦娥，才与小人的老子报的冤。（卜儿哭科，云）明日市曹中杀窦娥孩儿也，兀的不痛煞我也！（孤云）张驴儿、蔡婆婆，都取保状，着随衙听候。左右，打散堂鼓，将马来，回私宅去也。（同下）

第三折

（外扮监斩官上，云）下官监斩官是也。今日处决犯人，着做公的把住巷口，休放往来人闲走。（净扮公人鼓三通、锣三下科。刽子磨旗、提刀，押正旦带枷上）（刽子云）行动些，行动些，监斩官去法场上多时了！（正旦唱）

【正宫·端正好】没来由犯王法，不提防遭刑宪，叫声屈动地惊天！顷刻间游魂先赴森罗殿，怎不将天地也生埋怨？

【滚绣球】有日月朝暮悬，有鬼神掌着生死权，天地也，只合把清浊分辨，可怎生糊突了盗跖颜渊？为善的受贫穷更命短，造恶的享富贵又寿延。天地也，做得个怕硬欺软，却原来也这般顺水推船。地也，你不分好歹何为地？天也，你错勘贤愚枉做天！哎，只落得两泪涟涟。

（刽子云）快行动些，误了时辰也。（正旦唱）

【倘秀才】则被这枷扭的我左侧右偏，人拥的我前合后偃，我窦娥向哥哥行有句言。（刽子云）你有甚么话说？（正旦唱）前街里去心怀恨，后街里去死无冤，休推辞路远。

（刽子云）你如今到法场上面，有甚么亲眷要见的，可教他过来，见你一面也好。（正旦唱）

【叨叨令】可怜我孤身只影无亲眷，则落的吞声忍气空嗟怨。（刽子云）难道你爷娘家也没的？（正旦云）止有个爹爹，十三年前上朝取应去了，至今杳无音信。（唱）早已是十年多不睹爹面。（刽子云）你适才要我往后街里去，是甚么主意？（正旦唱）怕则怕前街里被我婆婆见。（刽子云）你的性命也顾不得，怕他见怎的？（正旦云）俺婆婆若见我披枷带锁赴法场餐刀去呵，（唱）枉将他气杀么哥，枉将他气杀么哥！告哥哥，临危好与人行方便。

（卜儿哭上科，云）天那，兀的不是我媳妇儿！（刽子云）婆子靠后！（正旦云）既是俺婆婆来了，叫他来，待我嘱付他几句话咱。（刽子云）那婆子，近前来，你媳妇要嘱付你话哩。（卜儿云）孩儿，痛杀我也！（正旦云）婆婆，那张驴儿把毒药放在羊肚儿汤里，实指望药死了你，要霸占我为妻。不想婆婆让与他老子吃，倒把他老子药死了。我怕连累婆婆，屈招了药死公公，今日赴法场典刑。婆婆，此后遇着冬时年节，月一十五，有瀽不了的浆水饭，瀽半碗儿与我吃；烧不了的纸钱，与窦娥烧一陌儿。则是看你死的孩儿面上！（唱）

【快活三】念窦娥葫芦提当罪愆，念窦娥身首不完全，念窦娥从前已往干家缘。婆婆也，你只看窦娥少爷无娘面。

【鲍老儿】念窦娥伏侍婆婆这几年，遇时节将碗凉浆奠；你去那受刑法尸骸上烈些纸钱，只当把你亡化的孩儿荐。（卜儿哭科，云）孩儿放心，这个老身都记得。天那，兀的不痛杀我也！（正旦唱）婆婆也，再也不要啼啼哭哭，烦烦恼恼，怨气冲天。这都是我做窦娥的没时没运，不明不暗，负屈衔冤。

（刽子做喝科，云）兀那婆子靠后，时辰到了也。（正旦跪科）（刽子开枷科）（正旦云）窦娥告监斩大人，有一事肯依窦娥，便死而无怨。（监斩官云）你有甚么事？你说。（正旦云）要一领净席，等我窦娥站立；又要丈二白练，挂在旗枪上：若是我窦娥委实冤枉，刀过处头落，一腔热血休半点儿沾在地下，都飞在白练上者。（监斩官云）这个就依你，打甚么不紧。（刽子做取席站科，又取白练挂旗上科）（正旦唱）

【耍孩儿】不是我窦娥罚下这等无头愿，委实的冤情不浅；若没些儿灵圣与世人传，也不见得湛湛青天。我不要半星热血红尘洒，都只在八尺旗枪素练悬。等他四下里皆瞧见，这就是咱苌弘化碧，望帝啼鹃。

（刽子云）你还有甚的说话？此时不对监斩大人说，几时说那？（正旦再跪科，云）大人，如今是三伏天道，若窦娥委实冤枉，身死之后，天降三尺瑞雪，遮掩了窦娥尸首。（监斩官云）这等三伏天道，你便有冲天的怨气，也召不得一片雪来，可不胡说！（正旦唱）

【二煞】你道是暑气暄，不是那下雪天；岂不闻飞霜六月因邹衍？若果有一腔怨气喷如火，定要感的六出冰花滚似绵，免着我尸骸现；要什么素车白马，断送出古陌荒阡！

（正旦再跪科，云）大人，我窦娥死的委实冤枉，从今以后，着这楚州亢旱三年！（监斩官云）打嘴！那有这等说话！（正旦唱）

【一煞】你道是天公不可期，人心不可怜，不知皇天也肯从人愿。做甚么三年不见甘霖降？也只为东海曾经孝妇冤，如今轮到你山阳县。这都是官吏每无心正法，使百姓有口难言！

（刽子做磨旗科，云）怎么这一会儿天色阴了也？（内做风科，刽子云）好冷风也！（正旦唱）

【煞尾】浮云为我阴，悲风为我旋，三桩儿誓愿明题遍。（做哭科，云）婆婆也，直等待雪飞六月，亢旱三年呵，（唱）那其间才把你个屈死的冤魂这窦娥显！

（刽子做开刀，正旦倒科）（监斩官惊云）呀，真个下雪了，有这等异事！（刽子云）我也道平日杀人，满地都是鲜血，这个窦娥的血都飞在那丈二白练上，并无半点落地，委实奇怪。（监斩官云）这死罪必有冤枉。早两桩儿应验了，不知亢旱三年的说话，准也不准？且看后来如何。左右，也不必等待雪晴，便与我抬他尸首，还了那蔡婆婆去罢。（众应科，抬尸下）

（选自关汉卿：《窦娥冤》，北京汇聚文源文化发展有限公司 2015 年版）

作品主题

《窦娥冤》通过叙述一个蒙冤而死的普通妇女的满腔怨愤使自然界发生巨大变化的奇幻情节，真实地描绘出当时社会生活的残酷，有力地抨击了封建社会的黑暗腐败，同时强烈地表现出长期遭受压迫的人民群众的反抗情绪，展现了人民群众申冤复仇的强烈愿望。

作品赏析

《窦娥冤》是一部有着深刻思想性与强烈震撼力的悲剧作品。在中国文学作品中，这种类型的悲剧是比较少见的。胡适在《文学进化观念与戏剧改良》一文中曾说："中国文学最缺乏的是悲剧观念。无论是小说，是戏剧，总是一个美满的团圆。"诚然，《窦娥冤》并没有突破"大团圆"的窠臼，窦娥沉冤得雪，恶人伏法受刑。但窦娥所遭遇的一连串厄运，以及她泣血含悲的控诉，读来仍令人感到悲愤与战栗。在当时黑暗的社会统治下，窦娥的悲惨经历是具有普遍意义的。结局的圆满并没有冲淡笼罩全篇的悲剧氛围，读者的灵魂时刻经受着悲剧的猛烈冲击。

就结构上来说，《窦娥冤》的结构是一本四折，另加一楔子，是较为典型的元杂剧组织形式。这样的结构满足了戏剧舞台的时空要求，对加强戏剧的集中性与统一性具有积极意义。纵向式的戏剧结构，情节按时间顺序依次展开，矛盾环环相扣，主次分明，浑然一体。

《窦娥冤》在开篇的楔子中简要交代了窦娥的基本情况，为后面剧情的展开做了铺垫并奠定了悲剧的基调。窦娥三岁亡母，家贫如洗，七岁被卖于蔡婆婆为儿媳。楔子言明窦天章卖窦娥得盘缠上京赶考，也为后来窦娥的沉冤得雪埋下伏笔。短短的一篇楔子既讲明了故事的前因，又预示了故事后果，并且逻辑严谨、情节合理。

窦娥成亲后不到两年，丈夫亡故，家中只剩婆媳二人。在当时的男权社会之下，这样的家庭势单力薄，必然会成为受欺负的对象。比如赛卢医为了二十两银子的债务就敢对蔡婆婆行凶。在他看来，蔡婆婆的一条人命以及杀人需承担的后果，都不及二十两银子重要。窦娥的悲剧命运此时已初见端倪。张驴儿这对无赖父子的登场，大大推动了故事情节的发展。蔡婆婆年老孱弱，将自己与窦娥分别许嫁于张驴儿父子，使得窦娥完全孤立，彻底失去了依靠。至此，窦娥的悲剧拉开了序幕。

面对窦娥的坚贞不屈，张驴儿使出毒计，不承想阴差阳错，却毒死了自己的父亲，于是三人对簿公堂。故事情节依次展开，矛盾冲突也逐渐加强。官府衙门本应是主持公平正义的地方，既然三人要"官休"，那么官员应该明察秋毫，深入调查案件的前因后果，而非粗暴给窦娥判罪。主审官性情贪暴，"我做官人胜别人，告状来的要金银；若是上司当刷卷，在家推病不出门"，并且信奉"人是贱虫，不打不招"的审讯理念。窦娥被严刑拷打，为救婆婆，无奈屈招，被判死刑。一波三折的故事情节，错综复杂的矛盾冲突，一步步将窦娥的悲惨遭遇推向顶峰。

故事发展至此，窦娥一直都是逆来顺受的形象，让人在"哀其不幸"之时，也"怒其不争"。但在第三折，作者开始点燃窦娥的反抗之火。如此不公的命运，使窦娥的性格突然发生转变，由此掀起了全剧的高潮。绑赴法场的路上，巨大的悲痛与绝望让窦娥发出了愤怒的批判与指责：

"有日月朝暮悬，有鬼神掌着生死权。天地也！只合把清浊分辨，可怎生糊突了盗跖颜渊？为善的受贫穷更命短，造恶的享富贵又寿延。天地也！做得个怕硬欺软，却原来也这般顺水推船！地也，你不分好歹何为地！天也，你错勘贤愚枉做天！哎，只落得两泪涟涟。"

这段酣畅淋漓的控诉表达了她对封建社会秩序的强烈质疑。并且，行刑前她又发下三桩"无头愿"，表现出对命运不公的反抗。

单从故事情节来看，《窦娥冤》并没有摆脱"善恶轮回终有报"的结局模式。但是其中塑造的人物形象，鲜明丰满；表达的思想精神更是走在时代之先，难能可贵。

作者对窦娥的人物形象塑造极为丰满。首先她是一位封建社会的普通底层妇女，心地善良，事亲至孝。婆婆出门晚归便在家担心，看到婆婆挂泪归来便惊慌问候，"为什么泪漫漫不住点儿流？莫不是为索债与人家惹争斗？我这里连忙迎接慌问候"；衙门受审时听到衙役要打婆婆，自己便忙屈身搭救，"住、住、住，休打我婆婆，情愿我招了罢"；甚至在自己赴法场受刑之时，还央求刽子手带她从后街走，免得被婆婆看见了伤心。

同时她也不可避免地具有一些根深蒂固的封建传统观念。秉持三从四德的妇女道德观，婚姻全听父亲之命，丈夫死后再不改嫁，她认为"好马不鞴双鞍，烈女不更二夫"，并且执意劝婆婆也不要再嫁，"你如今六旬左右，可不道到中年万事休！旧恩爱一笔勾，新夫妻两意投，枉把人笑破口"。但这其实并不是窦娥的局限，而是时代的局限。在当时的社会条件下，窦娥的生活、教育环境必然给她的思想打上这样的封建烙印。

同时窦娥又有着性格刚强的一面，性格前后形成对比便使她的形象立体起来。如果说窦娥不嫁二夫的坚决意志中还带有封建思想的固执，那么刑场上的激烈控诉则迸发出了光芒四射的反抗之火。一个受尽屈辱的社会底层妇女一洗往日柔弱之风，向贪官污吏、向黑暗秩序、向天地主宰进行了猛烈的抨击。如同一杆锋利的长矛，气势如虹，刺破黑幕，透出一线璀璨的光芒。正因如此，窦娥的形象才得以在文学史上占据不可撼动的地位。

窦娥并非真实的历史人物，作者只是借窦娥的命运遭际来表达自己的政治态度和思想观念。关汉卿由于不满于黑暗社会的压抑与摧残，长期"混迹"于社会底层，但他并不自甘堕落，而是以独特的方式对黑暗社会进行无情的揭露与积极的反抗。

在元代初年动荡不安的社会里，底层人民生活贫困，饱受倾家荡产、卖儿鬻女的威胁，流氓的横行乡里和谋财害命，再加上官吏的昏庸无能和是非不明，人民的生命安全丝毫没有保障。面对这样的社会状况，关汉卿借窦娥之口喊出"衙门从古向南开，就中无个不冤哉"，一针见血地暴露了封建统治者的丑恶嘴脸。窦娥发出的三桩誓愿："鲜血不落地，尽洒丈二白练之上；六月天降三尺瑞雪，遮掩尸首；楚州亢旱三年"，看起来是反自然现象，其实是借此表达对黑暗势力的强烈反抗。结果三桩匪夷所思的誓愿一一实现，昭示出底层人民反抗黑暗统治的胜利。

🌀 思考与练习

鲁迅笔下的祥林嫂也是一位充满悲剧色彩的中国女性，试比较祥林嫂与窦娥的异同点。

🌀 拓展阅读

1. 关汉卿《救风尘》。
2. 马致远《汉宫秋》。
3. 欧里庇得斯《美狄亚》。

牡丹亭（节选）

🌀 作者简介

汤显祖（1550 — 1616年），中国明代戏曲家、文学家。字义仍，号海若、若士、清远道人。江西临川人。汤氏祖籍临川县云山乡，后迁居汤家山（今抚州市）。出身书香门第，早有才名，他不仅于古文诗词颇精，而且能通天文地理、医药卜筮诸书。34岁中进士，在南京先后任太常寺博士、詹事府主簿和礼部祠祭司主事。

明万历十九年（1591年），他目睹当时官僚腐败，愤而上《论辅臣科臣疏》，触怒了皇帝而被贬为徐闻典史，后调任浙江遂昌县知县，一任五年，政绩斐然，却因压制豪强，触怒权贵而招致上司的非议和地方势力的反对，最终于万历二十六年（1598年）愤而弃官归里。在汤显祖多方面的成就中，以戏曲创作为最，其戏剧作品《牡丹亭》、《紫钗记》、《南柯记》和《邯郸记》合称"临川四梦"，这些剧作不但为中国人民所喜爱，而且已传播到英、日、德、俄等国家，被视为世界戏剧艺术的珍品。汤显祖的专著《宜黄县戏神清源师庙记》是中国戏曲史上论述戏剧表演的一篇重要文献，对导演学起了拓荒开路的作用。汤显祖还是一位杰出的诗人。其诗作有《玉茗堂全集》四卷、《红泉逸草》一卷，《问棘邮草》二卷。

经典原文

第三出　训女

【满廷芳】（外上）西蜀名儒，南安太守，几番廊庙江湖。紫袍金带，功业未全无。华发不堪回首。意抽簪万里桥西，还只怕君恩未许，五马欲踟蹰。"一生名宦守南安，莫作寻常太守看。到来只饮官中水，归去惟看屋外山。"自家南安太守杜宝，表字子充，乃唐朝杜子美之后。流落巴蜀，年过五旬。想廿岁登科，三年出守，清名惠政，播在人间。内有夫人甄氏，乃魏朝甄皇后嫡派。此家峨眉山，见世出贤德。夫人单生小女，才貌端妍，唤名丽娘，未议婚配。看起自来淑女，无不知书。今日政有余闲，不免请出夫人商议此事。正是："中郎学富单传女，伯道官贫更少儿。"

【绕地游】（老旦上）甄妃洛浦，嫡派来西蜀，封大郡南安杜母。

（见介）（外）"老拜名邦无甚德，（老旦）妾沾封诰有何功？（外）春来闺阁闲多少？（老旦）也长向花阴课女工。"（外）女工一事，想女儿精巧过人。看来古今贤淑，多晓诗书。他日嫁一书生，不枉了谈吐相称。你意下如何？（老旦）但凭尊意。

【前腔】（贴持酒台随旦上）娇莺欲语，眼见春如许。寸草心、怎报的春光一二！（见介）爹娘万福。（外）孩儿，后面捧着酒肴，是何主意？（旦跪介）今日春光明媚，爹娘宽坐后堂，女孩儿敢进春觞以祝眉寿。（外笑介）生受你。

【玉山颓】（旦送酒介）爹娘万福，女孩儿无限欢娱。坐黄堂百岁春光，进美酒一家天禄。祝萱花椿树，虽则是子生迟暮，守得见这蟠桃熟。（合）且提壶，花间竹下长引着凤凰雏。

（外）春香，酌小姐一杯。

【前腔】吾家杜甫，为飘零老愧妻孥。（泪介）夫人，我比子美公公更可怜也。他还有念老夫诗句男儿，俺则有学母氏画眉娇女。（老旦）相公休焦，倘然招得好女婿，与儿子一般。（外笑介）可一般呢！（老旦）做门楣古语，为甚的这叨叨絮絮，才到中年路。（合前）

（外）女孩儿，把台盏收去。（旦下介）（外）叫春香。俺问你小姐终日绣房，有何生活？

（贴）绣房中则是绣。（外）绣的许多？（贴）绣了打绵。（外）甚么绵？（贴）睡眠。（外）好哩，好哩。夫人，你才说"长向花阴课女工"，却纵容女孩儿闲眠，是何家教？叫女孩儿。（旦上）爹爹有何分付？（外）适问春香，你白日眠睡，是何道理？假如刺绣馀闲，有架上图书，可以寓目。他日到人家，知书知礼，父母光辉。这都是你娘亲失教也。

【玉胞肚】宦囊清苦，也不曾诗书误儒。你好些时做客为儿，有一日把家当户。是为爹的疏散不儿拘，道的个为娘是女模。

【前腔】（老旦）眼前儿女，俺为娘心苏体劬。娇养他掌上明珠，出落的人中美玉。儿啊，爹三分说话你自心模，难置八字梳头做目呼。

【前腔】（旦）黄堂父母，倚娇痴惯习如愚。刚打的秋千画图，闲榻着鸳鸯绣谱。从今后茶馀饭饱破工夫，玉镜台前插架书。（老旦）虽然如此，要个女先生讲解才好。（外）不能勾。

【前腔】后堂公所，请先生则是黄门腐儒。（老旦）女儿啊，怎念遍的孔子诗书，但略识周公礼数。（合）不枉了银娘玉姐只做个纺砖儿，谢女班姬女校书。

（外）请先生不难，则要好生馆待。

【尾声】说与你夫人爱女休禽犊，馆明师茶饭须清楚。你看俺治国齐家、也则是数卷书。

往年何事乞西宾？（柳宗元） 主领春风只在君。（王建）
伯道暮年无嗣子，（苗发） 女中谁是卫夫人？（刘禹锡）

第十出　惊梦

【绕地游】（旦上）梦回莺啭，乱煞年光遍。人立小庭深院。（贴）炷尽沉烟，抛残绣线，恁今春关情似去年？

（乌夜啼）"（旦）晓来望断梅关，宿妆残。（贴）你侧着宜春髻子恰凭阑。（旦）剪不断，理还乱，闷无端。（贴）已分付催花莺燕借春看。"（旦）春香，可曾叫人扫除花径？（贴）分付了。（旦）取镜台衣服来。（贴取镜台衣服上）"云髻罢梳还对镜，罗衣欲换更添香。"镜台衣服在此。

【步步娇】（旦）袅晴丝吹来闲庭院，摇漾春如线。停半晌、整花钿。没揣菱花，偷人半面，迤逗的彩云偏。（行介）步香闺怎便把全身现！

（贴）今日穿插的好。

【醉扶归】（旦）你道翠生生出落的裙衫儿茜，艳晶晶花簪八宝填，可知我常一生儿爱好是天然。恰三春好处无人见。不堤防沉鱼落雁鸟惊喧，则怕的羞花闭月花愁颤。

（贴）早茶时了，请行。（行介）你看："画廊金粉半零星，池馆苍苔一片青。踏草怕泥新绣袜，惜花疼煞小金铃。"（旦）不到园林，怎知春色如许！

【皂罗袍】原来姹紫嫣红开遍，似这般都付与断井颓垣。良辰美景奈何天，赏心乐事谁家院！恁般景致，我老爷和奶奶再不提起。（合）朝飞暮卷，云霞翠轩；雨丝风片，烟波画船，锦屏人忒看的这韶光贱！

（贴）是花都放了，那牡丹还早。

【好姐姐】（旦）遍青山啼红了杜鹃，荼蘼外烟丝醉软。春香啊，牡丹虽好，他春归怎占的先！（贴）成对儿莺燕啊。（合）闲凝眄，生生燕语明如剪，呖呖莺歌溜的圆。（旦）去罢。
（贴）这园子委是观之不足也。
（旦）提他怎的！（行介）

【隔尾】观之不足由他缱，便赏遍了十二亭台是惘然。到不如兴尽回家闲过遣。

（作到介）（贴）"开我西阁门，展我东阁床。瓶插映山紫，炉添沉水香。"小姐，你歇息片时，俺瞧老夫人去也。（下）（旦叹介）"默地游春转，小试宜春面。"春啊，得和你两留连，春去如何遣？咳，恁般天气，好困人也。春香那里？（作左右瞧介）（又低首沉吟介）天呵，春色恼人，信有之乎！常观诗词乐府，古之女子，因春感情，遇秋成恨，诚不谬矣。吾今年已二八，未逢折桂之夫；忽慕春情，怎得蟾宫之客？昔日韩夫人得遇于郎，张生偶逢崔氏，曾有《题红记》《崔徽传》二书。此佳人才子，前以密约偷期，后皆得成秦晋。（长叹介）吾生于宦族，长在名门。年已及笄，不得早成佳配，诚为虚度青春，光阴如过隙耳。（泪介）可惜妾身颜色如花，岂料命如一叶乎！

第三十二出　冥誓

【月云高】（生上）暮云金阙，风幡淡摇拽。但听的钟声绝，早则是心儿热。纸帐书生，有分匜兰麝。咱时还早。荡花阴，单则把月痕遮。（整灯介）溜风光，稳护着灯儿烨。（笑介）"好书读易尽，佳人期未来。"前夕美人到此，并不堤防，姑姑揽攘。今宵趁他未来之时，先到云堂之上攀话一回，免生疑惑。（作掩门行介）此处留人户半斜，天呵，俺那有心期在那些。（下）

【前腔】（魂旦上）孤神害怯，珮环风定夜。（惊介）则道是人行影，原来是云偷月。（到介）这是柳郎书舍了。呀，柳郎何处也？闪闪幽斋，弄影灯明灭。魂再艳，灯油接；情一点，灯头结。（叹介）奴家和柳郎幽期，除是人不知，鬼都知道。（泣介）竹影寺风声怎的遮，黄泉路夫妻怎当赊？

"待说何曾说，如颦不奈颦。把持花下意，犹恐梦中身。"奴家虽登鬼录，未损人身。阳禄将回，阴数已尽。前日为柳郎而死，今日为柳郎而生。夫妇分缘，去来明白。今宵不说，只管人鬼混缠到甚时节？只怕说时柳郎那一惊呵，也避不得了。正是："夜传人鬼三分话，早定夫妻百岁恩。"

【懒画眉】（生上）画阑风摆竹横斜。（内作鸟声惊介）惊鸦闪落在残红树。呀，门儿开也。玉天仙光降了紫云车。（旦出迎介）柳郎来也。（生揖介）姐姐来也。（旦）剔灯花这咱望郎爷。（生）直恁的志诚亲姐姐。

（旦）秀才，等你不来，俺集下了唐诗一首。（生）洗耳。（旦念介）"拟托良媒亦自伤秦韬玉，月寒山色两苍苍薛涛。不知谁唱春归曲曹唐？又向人间魅阮郎。刘言史。"（生）姐姐高才。（旦）柳郎，这更深何处来也？（生）昨夜被姑姑败兴，俺乘你未来之时，去姑姑房头看了他动静，好来迎接你。不想姐姐今夜来恁早哩？（旦）盼不到月儿上也。

【太师引】（生）叹书生何幸遇仙提揭，比人间更志诚亲切。乍温存笑眼生花，正渐入欢肠唼蔗。前夜那姑姑呵！恨无端风雨把春抄截。姐姐呵！误了你半宵周折，累了你好回惊怯。不嗔嫌，一径的把断红重接。

【销寒窗】（旦）是不堤防他来的啈嗻，吓的个魂儿收不迭。仗云摇月躲，画影人遮。则没揣的涩道边儿，闪人一跌。自生成不惯这磨灭。险些些，风声扬播到俺家爹，先吃了俺哏尊慈痛决。

（生）姐姐费心。因何错爱小生至此？（旦）爱的你一品人才。（生）姐姐敢定了人家？

【太师引】（旦）并不曾受人家红定回鸾帖。（生）喜个甚样人家？（旦）但得个秀才郎情倾意惬。（生）小生到是个有情的。（旦）是看上你年少多情，迤逗俺睡魂难贴。（生）姐姐，嫁了小生罢。（旦）怕你岭南归客路途赊，是做小伏低难说。（生）小生未曾有妻。（旦笑介）少什么旧家根叶，着俺异乡花草填接？

敢问秀才，堂上有人么？（生）先君官为朝散，先母曾封县君。（旦）这等是衙内了。怎恁婚迟？

【锁寒窗】（生）恨孤单飘零岁月，但寻常稳色谁沾藉？那有个相如在客，肯驾香车？萧史无家，便同瑶阙？似你千金笑等闲抛泄，凭说，便和伊青春才貌恰争些，怎做的露水相看伊别!

（旦）秀才有此心，何不请媒相聘？也省的奴家为你担慌受怕。（生）明早敬造尊庭，拜见令尊令堂，方好问亲于姐姐。（旦）到俺家来，只好见奴家。要见俺爹娘还早。（生）这般说，姐姐当真是那样门庭。（旦笑介）（生）是怎生来？

【红衫儿】看他温香艳玉神清绝，人间迥别。（旦）不是人间，难道天上？（生）怎独自夜深行，边厢少侍妾？且说个贵表尊名。（旦叹介）（生背介）他把姓字香沈，敢怕似飞琼漏泄？姐姐不肯泄漏姓名，定是天仙了。薄福书生，不敢再陪欢宴。尽仙姬留意书生，怕逃不过天曹罚折。

【前腔】（旦）道奴家天上神仙列，前生寿折。（生）不是天上，难道人间？（旦）便作是私奔，悄悄何妨说。（生）不是人间，则是花月之妖。（旦）正要你掘草寻根，怕不待勾辰就月。（生）是怎么说？（旦欲说又止介）不明白辜负了幽期，话到尖头又咽。

【相思令】（生）姐姐，你"千不说，万不说，直恁的书生不酬决，更向谁边说？（旦）待要说，如何说？秀才，俺则怕聘则为妻奔则妾，受了盟香说。"（生）你要小生发愿，定为正妻，便与姐姐拈香去。

【滴溜子】（生、旦同拜）神天的，神天的，盟香满爇。柳梦梅，柳梦梅，南安郡舍，遇了这佳人提掣，作夫妻。生同室，死同穴。口不心齐，寿随香灭。

（旦泣介）（生）怎生吊下泪来？（旦）感君情重，不觉泪垂。

【闹樊楼】你秀才郎为客偏情绝，料不是虚脾把盟誓撇。哎，话吊在喉咙篾了舌。嘱东君在意者，精神打叠。暂时间奴儿回避趄，些儿待说，你敢扑忪忪害趹。（生）怎的来？（旦）秀才，这春容得从何处？（生）太湖石缝里。（旦）比奴家容貌争多？（生看惊介）可怎生一个粉扑儿？（旦）可知道奴家便是画中人也。（生合掌谢画介）小生烧的香到哩。姐姐，你好歹表白一些儿。

【啄木犯】（旦）柳衙内听根节。杜南安原是俺亲爹。（生）呀，前任杜老先生升任扬州，怎么丢下小姐？（旦）你剪了灯。（生剪灯介）（旦）剪了灯、余话堪明灭。（生）且请问芳名，青春多少？（旦）杜丽娘小字有庚帖，年华二八，正是婚时节。（生）是丽娘小姐，俺的人那！（旦）衙内，奴家还未是人。（生）不是人，是鬼？（旦）是鬼也。（生惊介）怕也，怕也。（旦）靠边些，听俺消详说。话在前教伊休害怯，俺虽则是小鬼头人半截。（生）姐姐，因何得回阳世而会小生？

【前腔】（旦）虽则是阴府别，看一面千金小姐，是杜南安那些枝叶。注生妃央及煞回生帖，化生娘点活了残生劫。你后生儿醮定俺前生业。秀才，你许了俺为妻真切，少不得冷骨头着疼热。（生）你是俺妻，俺也不害怕了。难道便请起你来？怕似水中捞月，空里拈花。

【三段子】（旦）俺三光不灭。鬼胡由，还动迸，一灵未歇。泼残生，堪转折。秀才可谙经典？是人非人心不别，是幻非幻如何说？虽则似空里拈花，却不是水中月。

（生）既然虽死犹生，敢问仙坟何处？（旦）记取太湖石梅树一株。

【前腔】爱的是花园后节，梦孤清，梅花影斜。熟梅时节，为仁儿，心酸那些。（生）怕小姐别有走跳处？（旦叹介）便到九泉无屈折，衡幽香一阵昏黄月。（生）好不冷。（旦）冻的俺七魄三魂，僵做了三贞七烈。

（生）则怕惊了小姐的魂怎好？

【斗双鸡】（旦）花根木节，有一个透人间路穴。俺冷香肌早偎的半热。你怕惊了呵，悄魂飞越，则俺见了你回心心不灭。（生）话长哩。（旦）畅好似是一夜夫妻，有的是三生话说。

（生）不烦姐姐再三，只俺独力难成。（旦）可与姑姑计议而行。（生）未知深浅，怕一时间攒不彻。

【登小楼】（旦）咨嗟、你为人为彻。俺砌笼棺勾有三尺叠，你点刚锹和俺一谜掘。就里阴风泻泻，则隔的阳世些些。（内鸡鸣介）

【鲍老催】咳，长眠人一向眠长夜，则道鸡鸣枕空设。今夜呵，梦回远塞荒鸡咽，觉人间风味别。晓风明灭，子规声容易吹残月。三分话才做一分说。

【耍鲍老】俺丁丁列列，吐出在丁香舌。你拆了俺丁香结，须粉碎俺丁香节。休残慢，须急节。俺的幽情难尽说。（内风起介）则这一剪风动灵衣去了也。

（旦急下）（生惊痴介），奇哉，奇哉！柳梦梅做了杜太守的女婿，敢是梦也？待俺来回想一番。他名字杜丽娘，年华二八，死葬后园梅树之下。啐，分明是人道交感，有精有血。怎生杜小姐颠倒自己说是鬼？（旦又上介）衙内还在此？（生）小姐怎又回来？（旦）奴家还有丁宁。你既以俺为妻，可急视之，不宜自误。如或不然，妾事已露，不敢再来相陪。愿郎留心。勿使可惜。妾若不得复生，必痛恨君于九泉之下矣。

【尾声】（旦跪介）柳衙内你便是俺再生爷。（生跪扶起介）（旦）一点心怜念妾，不着俺黄泉恨你，你只骂的俺一句鬼随邪。

（旦作鬼声下，回顾介）（生吊场，低语介）柳梦梅着鬼了。他说的恁般分明，恁般恓切，是无是有，只得依言而行。和姑姑商量去。

梦来何处更为云，（李商隐）　惆怅金泥簇蝶裙。（韦氏子）
欲访孤坟谁引至，（刘言史）　有人传示紫阳君。（熊孺登）

（选自汤显祖：《牡丹亭》，上海古籍出版社2016年版）

作品主题

《牡丹亭》具有强烈的现实意义。明代统治阶级大力推崇程朱理学，提倡"女德"，极力表彰妇女贞节。而汤显祖的《牡丹亭》通过杜丽娘和柳梦梅的爱情故事，揭露了封建礼教和青年男女爱情生活之间的矛盾，暴露了封建统治阶级家庭关系的冷漠和虚伪，热情歌颂了青年男女为追求幸福自由的爱情生活所作的不屈不挠的斗争，这与当时的封建礼教是针锋相对的，无疑具有积极的社会意义。

作品赏析

南戏产生于中国南方永嘉地区。明代戏剧家徐渭说："南戏始于宋光宗朝，永嘉人所作《赵贞女》《王魁》二种实首之……或云：宣和间已滥觞，其盛行则自南渡。"南戏发展成熟之后，因其剧本擅长表现曲折复杂的情节而被称为"传奇"。《牡丹亭》即属其佼佼者。该剧本讲述杜丽娘和柳梦梅生死不渝的爱情，寄托了个性解放的思想，其想象之奇妙、文辞之优美、内涵之深刻，实为传奇之冠，也是世界戏剧之瑰宝。

《牡丹亭》创作于1598年，又名《还魂记》，由古话本《杜丽娘慕色还魂》改编而成。其结构比杂剧自由，不分折，而是分若干出，这样宜于容纳较曲折、复杂的故事。全剧共五十五出，以惊心动魄而又极具浪漫主义的笔调描写了杜、柳二人生死离合的爱情故事。

全剧以"情"字作为红线贯穿始终。汤显祖在题词中劈头一句"天下女子有情，宁有如杜丽娘者乎"，向读者点明了《牡丹亭》的主题——爱情，主角——杜丽娘。紧接着断言"情不知所起，一往而深。生者可以死，死可以生。生而不可与死，死而不可复生者，皆非情之至也"，又感慨"人世之事，非人世所可尽。自非通人，恒以理相格耳！第云理之所必无，安知情之所必有邪"，如此匪夷所思、石破天惊之语彰显出作者性情的放达以及对当时理学的反驳。这一题词虽不是本剧正文，但它却是作者的创作指南，既使作品的主题凝聚不散，又给予离奇情节以合理的依据。用第一出"标目"介绍全剧梗概，使读者对剧情做整体把握之后，曲折而引人入胜的故事情节便如画卷般徐徐展开。

剧本大致可以按杜丽娘生前、死后、重生分为三个阶段。这三个阶段都充分体现出了杜丽娘对爱情的执着追求。

第一阶段是杜丽娘生前对爱情的渴望。作为西蜀名儒、南安太守杜宝之女，杜丽娘全然是按照封建社会礼教的标准来培养的。但是人的自然情感不应为刻板的礼教磨灭而变为非人的存在。在这样的家庭环境下，杜丽娘的真情渐渐觉醒。听陈最良讲解《毛诗》的"关睢"篇时，她并不关注类似"后妃贤达"的内容，而是发出"关了的雎鸠，尚然有洲渚之兴，可以人而不如鸟乎"的感叹。此时，爱情的萌芽在她的心中破土欲出了。其后杜丽娘梦中得与书生情爱，后又因思成疾，进而命归黄泉。自始至终，她都对爱情都充满着无限的憧憬与依恋。临终之时，杜丽娘提出要求："这后园中一株梅树，儿心所爱。但葬我梅树之下可矣。"这不仅仅是照应前文中杜丽娘"这梅树依依可人，我杜丽娘若死后，得葬于此，幸矣"的许愿，更是因为"他年得傍蟾宫客，不在梅边在柳边"，寄寓着她对爱情的难以割舍。

第二阶段是杜丽娘死后对爱情的追求。杜丽娘因爱而亡，到了阴司依然不忘相爱之人，向判官央求"劳再查女犯的丈夫，还是姓柳姓梅？"不待父母之命和媒妁之言，她自己就定了"丈夫"，体现出杜丽娘冲破封建牢笼的莫大勇气。身为魂灵，少了世俗的若干束缚，杜丽娘对爱情的追求变得更加热烈。她突破了生与死、阴与阳的界限，与柳梦梅幽会厮磨，并结下了"生同室，死同穴"的坚定誓言。由此可见，死亡并没有割断杜丽娘的情愫。

第三阶段是杜丽娘重生后对爱情的捍卫。杜丽娘破棺重生，由阴阳相隔再回到现实世界。但是，她与柳梦梅的爱情之路并未因此一帆风顺，等待他们的还有世俗的重重阻碍，其中最大的阻碍之一便是杜丽娘的父亲杜宝。杜宝既不认柳梦梅为自己的女婿，也不认为自己女儿能死而复生。不仅把柳梦梅当作盗墓贼施刑拷问，而且将女儿复生视为"妖孽之事"，企图"奏闻灭除"。但是杜丽娘毫不退缩，为了爱情勇冲御阶，在皇帝面前与父亲展开争辩。面对父亲"离异了柳梦梅，回去认你"的逼迫，她明确表态"叫俺回杜家，赵了柳衙。便作你杜鹃花，也叫不转子规红泪洒"，立场坚定地捍卫自己的爱情权利。她最终得偿所愿，有情人终成眷属。

由此，杜丽娘鲜明生动的形象便呼之欲出了。在杜丽娘身上，可以感受到一股强烈的叛逆情绪。

她反叛压抑天性的家教。父母让她做女工，读诗书，"手不许把秋千索拿，脚不许把花园路踏"。但杜丽娘"一生儿爱好是天然"，她遵从自己的天性，与春香游览园林时，发出"不到园林，怎知春色如许"的感慨，优美的景致正是"叛逆"带给她的第一道奖赏。她反叛禁锢人性的礼教。在封建礼教的束缚下，青年男女的婚姻是不自由的，必须经过父母的同意才能得到社会的承认，正如《圆驾》中所说："不待父母之命，媒妁之言，则国人父母皆贱之。"但杜丽娘自媒自婚，勇于为自己的婚姻幸福做抗争，寻得佳偶，这是"叛逆"给予她的最大奖赏。

现在看来，杜丽娘的这种"叛逆"其实是人的正常诉求，只是在当时畸形的社会制度下，反而显得不正常而已。杜丽娘身上依然有着中国女性的传统美德。她孝顺父母，对杜氏夫妇尽心服侍，"爹娘万福，女孩儿无限欢娱。坐黄堂百岁春光，进美酒一家天禄。祝萱花椿树，虽则是子生迟暮，守得见这蟠桃熟"；尊敬师长，对陈最良敬爱有加，听取其教诲，并为师母绣鞋子；善待下人，与春香弄箫斗草，相处亲如姐妹。

《牡丹亭》的成功不仅在于勾勒了离奇的情节，塑造了丰满的人物形象，更重要的还在于营造了优美的意境。王国维在评元南戏之文章时，说："元南戏之佳处，亦一言以蔽之，曰自然而已矣。申言之，则亦不过一言，曰有意境而已矣。"《牡丹亭》作为南戏成熟作品的代表，其意境更是极为出色。

情景交融无疑是《牡丹亭》意境最明显的表现特征了。如最经典的杜丽娘游园时所唱的《皂罗袍》一曲：

【皂罗袍】原来姹紫嫣红开遍，似这般都付与断井颓垣。良辰美景奈何天，赏心乐事谁家院！……朝飞暮卷，云霞翠轩；雨丝风片，烟波画船——锦屏人忒看的这韶光贱！

开首"姹紫嫣红"与"断井颓垣"这两种极端景色的对比便给读者以强烈的视觉冲击，前者充满着旺盛的生机与活力，后者显现着暮气沉沉的压抑与消亡。这与杜丽娘的处境何其相似，一个心中对爱情充满渴望的青春少女，却生活在压制人性的社会、家庭环境之中。这两句虽纯是写景，但其中包含着杜丽娘伤春伤己的叹惋之情。随后"良辰美景奈何天，赏心乐事谁家院"的感慨，则隐隐有了普遍意义上的悲剧情味，所谓"天下良辰、美景、赏心、乐事，四者难并"。最后她发出谴责："锦屏人忒看的这韶光贱"，世间如此美景居然不得人们赏识，从中也表达出她对僵化的封建礼教压制人们自然天性的不满。

作为戏曲，《牡丹亭》的意境创造跟人物角色的关系极为紧密，角色身份不同，其营造的意境也有所差别。如《戏农》一出，杜宝作为太守巡游乡村，他眼中的景象是："红杏深花，菖蒲浅芽。春畴渐暖年华。竹篱茅舍酒旗儿叉。雨过炊烟一缕斜。"这完全是一首优美田园诗的意境，展现一派悠闲恬淡的景象，将文人士大夫的情致表露无遗。田夫的"泥滑喇，脚支沙，短耙长犁滑律的拿。夜雨撒菰麻，天晴出粪渣"，则是实实在在的务农场景，体现出农民的辛苦劳作。二者前后形成对比，更是对杜宝不知农民辛苦的讽刺。

《牡丹亭》中的意境之美是中国传统写意戏剧的典型特色，抒情的描写是摆在第一位的，剧中不仅有大量情景交融、虚实相生、韵味无穷的景物描写，而且在内在的逻辑中，情可高于理，生可超越死。

总之，虽然从题材上看《牡丹亭》并没有脱离一般才子佳人悲欢离合的窠臼，但它通过杜丽娘与柳梦梅的爱情故事，揭露了封建礼教的残酷，歌颂了个性解放的思想，这是一般才子佳人戏所不及的。明代吕天成称《牡丹亭》为"惊心动魄，且巧妙迭出，无境不新，真堪千古矣！"的确，汤显祖的这部作品，不仅影响了《长生殿》《桃花扇》等作品的创作，而且丰富了中国文学史的人物画廊和思想主题。

思考与练习

1.汤显祖与莎士比亚生活在同一时期，两人虽相隔万里之遥，但其思想却有很多相同之处。汤显祖的笔下有杜丽娘与柳梦梅，莎士比亚的笔下有罗密欧与朱丽叶。比较一下，看看两位伟大作家的价值观和爱情观有哪些异同之处。

2.爱情依然是当下社会生活的重要话题之一，但由于各种因素影响，现代人的爱情观、婚姻观呈现出了鲜明的时代特色。试结合《牡丹亭》，谈谈你对爱情和婚姻的看法。

拓展阅读

1.郑光祖《倩女离魂》。

2.洪昇《长生殿》。

3.莎士比亚《罗密欧与朱丽叶》。

第二节 外国戏剧欣赏

西方的戏剧艺术较为成熟。由于古希腊戏剧的繁荣，使得西方戏剧史有着一个光辉的开端。从古希腊到文艺复兴，再到现代，每一个时期都盛产享誉世界的经典戏剧作品。中国戏剧实现由古典向现代的转型，也离不开西方戏剧的影响。

俄狄浦斯王（节选）

作者简介

索福克勒斯（约公元前496—前406年），生于雅典附近的克罗诺斯一个兵器作坊主家庭，早年受过良好教育。他于公元前443年出任"德利亚联盟"的财政总管，后又两次担任重要的将军职务。公元前430年崇祭医圣阿斯克勒庇俄斯的礼仪传入雅典时，他担任祭司之职。他勤于笔耕，据说创作了120多部悲剧作品，但流传下来的只有《埃阿斯》《安提戈涅》《俄狄浦斯王》《特拉基斯妇女》《厄勒克特拉》《菲洛克忒忒斯》《俄狄浦斯在科罗诺斯》7部。

152

索福克勒斯对古希腊悲剧作出了巨大贡献，他把演员的人数由两个变为三个，加强了戏剧动作和戏剧对话的作用。其作品着力于人物性格的刻画，并借之推动戏剧情节发展。他的创作手法更娴熟，情节、结构都更复杂和严谨。他使古希腊悲剧艺术走向了成熟阶段。

经典原文

五 第二场

伊俄卡斯忒：主上啊，看在天神面上，告诉我，你为什么这样生气？

俄狄浦斯：我这就告诉你；因为我尊重你胜过尊重那些人；原因就是克瑞翁在谋害我。

伊俄卡斯忒：往下说吧，要是你能说明这场争吵为什么应当由他负责。

俄狄浦斯：他说我是杀害拉伊俄斯的凶手。

伊俄卡斯忒：是他自己知道的，还是听旁人说的？

俄狄浦斯：都不是；是他收买了一个无赖的先知作喉舌；他自己的喉舌倒是清白的。

伊俄卡斯忒：你所说的这件事，你尽可放心；你听我说下去，就会知道，并没有一个凡人能精通预言术。关于这一点，我可以给你个简单的证据。

有一次，拉伊俄斯得了个神示——我不能说那是福玻斯亲自说的，只能说那是他的祭司说出来的——它说厄运会向他突然袭来，叫他死在他和我所生的儿子手中。

可是现在我们听说，拉伊俄斯是在三岔路口被一伙外邦强盗杀死的；我们的婴儿，出生不到三天，就被拉伊俄斯钉住左右脚跟，叫人丢在没有人迹的荒山里了。

既然如此，阿波罗就没有叫那婴儿成为杀父的凶手，也没有叫拉伊俄斯死在儿子手中——这正是他害怕的事。先知的话结果不过如此，你用不着听信。凡是天神必须作的事，他自会使它实现，那是全不费力的。

俄狄浦斯：夫人，听了你的话，我心神不安，魂飞魄散。

伊俄卡斯忒：什么事使你这样吃惊，说出这样的话？

俄狄浦斯：你好象是说，拉伊俄斯被杀是在一个三岔路口。

伊俄卡斯忒：故事是这样；至今还在流传。

俄狄浦斯：那不幸的事发生在什么地方？

伊俄卡斯忒：那地方叫福喀斯，通往得尔福和道利亚的两条岔路在那里会合。

俄狄浦斯：事情发生了多久了？

伊俄卡斯忒：这消息是你快要作国王的时候向全城公布的。

俄狄浦斯：宙斯啊，你打算把我怎么样呢？

伊俄卡斯忒：俄狄浦斯，这件事怎么使你这样发愁？

俄狄浦斯：你先别问我，倒是先告诉我，拉伊俄斯是什么模样，有多大年纪。

伊俄卡斯忒：他个子很高，头上刚有白头发；模样和你差不多。

俄狄浦斯：哎呀，我刚才象是凶狠的诅咒了自己，可是自己还不知道。

伊俄卡斯忒：你说什么？主上啊，我看着你就发抖啊。

俄狄浦斯：我真怕那先知的眼睛并没有瞎。你再告诉我一件事，事情就更清楚了。

伊俄卡斯忒：我虽然在发抖，你的话我一定会答复的。

俄狄浦斯：他只带了少数侍从，还是象国王那样带了许多卫兵？

伊俄卡斯忒：一共五个人，其中一个是传令官，还有一辆马车，是给拉伊俄斯坐的。

俄狄浦斯：哎呀，真相已经很清楚了！夫人啊，这消息是谁告诉你的。

伊俄卡斯忒：是一个仆人，只有他活着回来了。

俄狄浦斯：那仆人现在还在家里吗？

伊俄卡斯忒：不在；他从那地方回来以后，看见你掌握了王权，拉伊俄斯完了，他就拉着我的手，求我把他送到乡下，牧羊的草地上去，远远的离开城市。我把他送去了，他是个好仆人，应当得到更大的奖赏。

俄狄浦斯：我希望他回来，越快越好！

伊俄卡斯忒：这倒容易；可是你为什么希望他回来呢？

俄狄浦斯：夫人，我是怕我的话说得太多了，所以想把他召回来。

伊俄卡斯忒：他会回来的；可是，主上啊，你也该让我知道，你心里到底有什么不安。

俄狄浦斯：你应该知道我是多么忧虑。碰上这样的命运，我还能把话讲给哪一个比你更应该知道的人听？

我父亲是科任托斯人，名叫波吕玻斯，我母亲是多里斯人，名叫墨洛珀。我在那里一直被尊为公民中的第一个人物，直到后来发生了一件意外的事——那虽是奇怪，倒还值不得放在心上。那是在某一次宴会上，有个人喝醉了，说我是我父亲的冒名儿子。当天我非常烦恼，好容易才忍耐住；第二天我去问我的父母，他们因为这辱骂对那乱说话的人很生气。我虽然满意了，但是事情总是使我很烦恼，因为诽谤的话到处都在流传。我就瞒着父母，去到皮托，福玻斯没有答复我去求问的事，就把我打发走了；可是他却说了另外一些预言，十分可怕，十分悲惨，他说我命中注定要玷污我母亲的床榻，生出一些使人不忍看的儿女，而且会成为杀死我的生身父亲的凶手。

我听了这些话，就逃到外地去，免得看见那个会实现神示所说的耻辱的地方，从此我就凭了天象测量科任托斯的土地。我在旅途中来到你所说的，国王遇害的地方。夫人，我告诉你真实情况吧。我走近三岔路口的时候，碰见一个传令官和一个坐马车的人，正象你所说的。那领路的和那老年人态度粗暴，要把我赶到路边。我在气愤中打了那个推我的人——那个驾车的；那老年人看见了，等我经过的时候，从车上用双尖头的刺棍朝我头上打过来。可是他付出了一个不相称的代价，立刻挨了我手中的棍子，从车上仰面滚下来了；我就把他们全杀死了。

如果我这客人和拉伊俄斯有了什么亲属关系，谁还比我更可怜？谁还比我更为天神所憎恨？没有一个公民或外邦人能够在家里接待我，没有人能够和我交谈，人人都得把我赶出门外。这诅咒不是别人加在我身上的，而是我自己。我用这双手玷污了死者的床榻，也就是用这双手把他杀死的。我不是个坏人吗？我不是肮脏不洁吗？我得出外流亡，在流亡中看不见亲人，也回不了祖国；要不然，就得娶我的母亲，杀死那生我养我的父亲波吕玻斯。

如果有人断定这些事是天神给我造成的，不也说得正对吗？你们这些可敬的神圣的神啊，别让我，别让我看见那一天！在我没有看见这些罪恶的污点沾到我身上之前，请让我离开尘世。

歌队长：在我们看来，主上啊，这件事是可怕的；但是在你还没有向那证人打听清楚之前，不要失望。

俄狄浦斯：我只有这一点希望了，只好等待那牧人。

伊俄卡斯忒：等他来了，你想打听什么？

俄狄浦斯：告诉你吧：他的话如果和你的相符，我就没有灾难了。

伊俄卡斯忒：你从我这里听出了什么不对头的话呢？

俄狄浦斯：你曾告诉我，那牧人说过杀死拉伊俄斯的是一伙强盗。如果他说的还是同样的人数，那就不是我杀的了；因为一个总不等于许多。如果他只说是一个单身的旅客，这罪行就落在我身上了。

伊俄卡斯忒：你应该相信，他是那样说的；他不能把话收回；因为全城的人都听见了，不单是我一个人。即使他改变了以前的话，主上啊，也不能证明拉伊俄斯的死和神示所说的真正相符；因为罗克西阿斯说的是，他注定死在我儿子手中，可是那不幸的婴儿没有杀死他的父亲，倒是自己先死了。从那时以后，我就再不因为神示而左顾右盼了。

俄狄浦斯：你的看法对。不过还是派人去把那牧人叫来，不要忘记了。

伊俄卡斯忒：我马上派人去。我们进去吧。凡是你所喜欢的事我都照办。

（俄狄浦斯偕众侍从进宫，伊俄卡斯忒偕侍女随入。）

七　第三场

（伊俄卡斯忒偕侍女自宫中上。）

伊俄卡斯忒：我邦的长老们啊，我想起了拿着这缠羊毛的树枝和香料到神的庙上；因为俄狄浦斯由于各种忧虑，心里很紧张，他不象一个清醒的人，不会凭旧事推断新事；只要有人说出恐怖的话，他就随他摆布。

我既然劝不了他，只好带着这些象征祈求的礼物来求你，吕刻俄斯·阿波罗啊——因为你离我最近——请给我们一个避免污染的方法。我们看见他受惊，象乘客看见船工舵工受惊一样，大家都害怕。

（报信人自观众左方上。）

报信人：啊，客人们，我可以向你们打听俄狄浦斯王的宫殿在哪里吗？最好告诉我他本人在哪里，要是你们知道的话。

歌队：啊，客人，这就是他的家，他本人在里面；这位夫人是他儿女的母亲。

报信人：愿她在幸福的家里永远幸福，既然她是他的全福的妻子！

伊俄卡斯忒：啊，客人，愿你也幸福；你说了吉祥的话，应当受我回敬。请你告诉我，你来求什么，或者有什么消息见告。

报信人：夫人，对你家和你丈夫是好消息。

伊俄卡斯忒：什么消息？你是从什么人那里来的？

报信人：从科任托斯来的。你听了我要报告的消息一定高兴。怎么会不高兴呢？但也许还会发愁呢。

伊俄卡斯忒：到底是什么消息？怎么会使我高兴又使我发愁？

报信人：人民要立俄狄浦斯为伊斯特摩斯地方的王，那里是这样说的。

伊俄卡斯忒：怎么？老波吕玻斯不是还在掌权吗？

报信人：不掌权了；因为死神已把他关进坟墓了。

伊俄卡斯忒：你说什么？老人家，波吕玻斯死了吗？

报信人：倘若我撒谎，我愿意死。

伊俄卡斯忒：侍女呀，还不快去告诉主人？

（侍女进宫。）

啊，天神的预言，你成了什么东西了？俄狄浦斯多年来所害怕的，所要躲避的正是这人，他害怕把他杀了；现在他已寿尽而死，不是死在俄狄浦斯手中的。

（俄狄浦斯偕众侍从自宫中上。）

俄狄浦斯：啊，伊俄卡斯忒，最亲爱的夫人，为什么把我从屋里叫来？

伊俄卡斯忒：请听这人说话，你一边听，一边想天神的可怕的预言成了什么东西了。

俄狄浦斯：他是谁？有什么消息见告？

伊俄卡斯忒：他是从科任托斯来的，来讣告你父亲波吕玻斯不在了，去世了。

俄狄浦斯：你说什么，客人？亲自告诉我吧。

报信人：如果我得先把事情讲明白，我就让你知道，他死了，去世了。

俄狄浦斯：他是死于阴谋，还是死于疾病？

报信人：天平稍微倾斜，一个老年人便长眠不醒。

俄狄浦斯：那不幸的人好象是害病死的。

报信人：并且因为他年高寿尽了。

俄狄浦斯：啊！夫人呀，我们为什么要重视皮托的颁布预言的宇宙，或空中啼叫的鸟儿呢？它们曾经指出我命中注定要杀我父亲。但是他已经死了，埋进了泥土；我却还在这里，没有动过刀枪。除非说他是因为思念我而死的，那么倒是我害死了他。这似灵不灵的神示已被波吕玻斯随身带着，和他一起躺在冥府里，不值半文钱了。

伊俄卡斯忒：我不是早这样告诉了你吗？

俄狄浦斯：我倒是这样想过，可是，我因为害怕，迷失了方向。

伊俄卡斯忒：现在别再把这件事放在心上了。

俄狄浦斯：难道我不该害怕玷污我母亲的床榻吗？

伊俄卡斯忒：偶然控制着我们，未来的事又看不清楚，我们为什么惧怕呢？最好尽可能随随便便地生活。别害怕你会玷污你母亲的婚姻；许多人曾在梦中娶过母亲；但是那些不以为意的人却安乐的生活。

俄狄浦斯：要不是我母亲还活着，你这话倒也对；可是她既然健在，即使你说得对，我也应当害怕啊！

伊俄卡斯忒：可是你父亲的死总是个很大的安慰。

俄狄浦斯：我知道是个很大的安慰，可是我害怕那活着的妇人。

报信人：你害怕的妇人是谁呀？

俄狄浦斯：老人家，是波吕玻斯的妻子墨洛珀。

报信人：她哪一点使你害怕？

俄狄浦斯：啊，客人，是因为神送来的可怕的预言。

报信人：说得说不得？是不是不可以让人知道？

俄狄浦斯：当然可以。罗克西阿斯曾说我命中注定要娶自己的母亲，亲手杀死自己的父亲。因此多年来我远离着科任托斯。我在此虽然幸福，可是看见父母的容颜是件很大的乐事啊。

报信人：你真的因为害怕这些事，离开了那里？

俄狄浦斯：啊，老人家，还因为我不想成为杀父的凶手。

报信人：主上啊，我怀着好意前来，怎么不能解除你的恐惧呢？

俄狄浦斯：你依然可以从我手里得到很大的应得的报酬。

报信人：我是特别为此而来的，等你回去的时候，我可以得到一些好处呢。

俄狄浦斯：但是我决不肯回到我父母家里。

报信人：年轻人！显然你不知道你在做什么。

俄狄浦斯：怎么不知道呢，老人家？看在天神面上，告诉我吧。

报信人：如果你是为了这个缘故不敢回家。

俄狄浦斯：我害怕福玻斯的预言在我身上应验。

报信人：是不是害怕因为杀父娶母而犯罪？

俄狄浦斯：是的，老人家，这件事一直在吓唬我。

报信人：你知道你没有理由害怕么？

俄狄浦斯：怎么没有呢，如果我是他们的儿子？

报信人：因为你和波吕玻斯没有血统关系。

俄狄浦斯：你说什么？难道波吕玻斯不是我的父亲？

报信人：正象我不是你的父亲，他也同样不是。

俄狄浦斯：我的父亲怎能和你这个同我没关系的人同样不是？

报信人：你不是他生的，也不是我生的。

俄狄浦斯：那么他为什么称呼我作他的儿子呢？

报信人：告诉你吧，是因为他从我手中把你当一件礼物接受了下来。

俄狄浦斯：但是他为什么十分爱别人送的孩子呢？

报信人：他从前没有儿子，所以才这样爱你。

俄狄浦斯：是你把我买来，还是你把我捡来送给他的？

报信人：是我从喀泰戎峡谷里把你捡来送给他的。

俄狄浦斯：你为什么到那一带去呢？

报信人：在那里放牧山上的羊。

俄狄浦斯：你是个牧人，还是个到处漂泊的佣工？

报信人：年轻人，那时候我是你的救命恩人。

俄狄浦斯：你把我抱在怀里的时候，我有没有什么痛苦？

报信人：你的脚跟可以证实你的痛苦。

俄狄浦斯：哎呀，你为什么提起这个老毛病？

报信人：那时候你的左右脚跟是钉在一起的，我给你解开了。

俄狄浦斯：那是我襁褓时期遭受的莫大的耻辱。

报信人：是呀，你是由这不幸而得到你现在的名字的。

俄狄浦斯：看在天神面上，告诉我，这件事是我父亲还是我母亲作的？你说。

报信人：我不知道；那把你送给我的人比我知道得清楚。

俄狄浦斯：怎么？是你从别人那里把我接过来的，不是自己捡来的吗？

报信人：不是自己捡来的，是另一个牧人把你送给我的。

俄狄浦斯：他是谁？你指得出来吗？

报信人：他被称为拉伊俄斯的仆人。

俄狄浦斯：是这地方从前的国王的仆人吗？

报信人：是的，是国王的牧人。

俄狄浦斯：他还活着吗？我可以看见他吗？

报信人：（向歌队）你们这些本地人应当知道得最清楚。

俄狄浦斯：你们这些站在我面前的人里面，有谁在乡下或城里见过他所说的牧人，认识他？赶快说吧！这是水落石出的时机。

歌队长：我认为他所说的不是别人，正是你刚才要找的乡下人，这件事伊俄卡斯忒最能够说明。

俄狄浦斯：夫人，你还记得我们刚才想召见的人吗？这人所说的是不是他？

伊俄卡斯忒：为什么问他所说的是谁？不必理会这事。不要记住他的话。

俄狄浦斯：我得到了这样的线索，还不能发现我的血缘，这可不行。

伊俄卡斯忒：看在天神面上，如果你关心自己的性命，就不要再追问了；我自己的苦闷已经够了。

俄狄浦斯：你放心，即使我发现我母亲三世为奴，我有三重奴隶身分，你出身也不卑贱。

伊俄卡斯忒：我求你听我的话，不要这样。

俄狄浦斯：我不听你的话，我要把事情弄清楚。

伊俄卡斯忒：我愿你好，好心好意劝你。

俄狄浦斯：你这片好心好意一直在使我苦恼。

伊俄卡斯忒：啊，不幸的人，愿你不知道你的身世。

俄狄浦斯：谁去把牧人带来？让这个女人去赏玩她的高贵门第吧！

伊俄卡斯忒：哎呀，哎呀，不幸的人呀！我只有这句话对你说，从此再没有别的话可说了！

（伊俄卡斯忒冲进宫。）

歌队长：俄狄浦斯，王后为什么在这样忧伤的心情下冲了进去？我害怕她这样闭着嘴，会有祸事发生。

俄狄浦斯：要发生就发生吧！即使我的出身卑贱，我也要弄清楚。那女人——女人总是很傲慢的——她也许因为我出身卑贱感觉羞耻。但是我认为我是仁慈的幸运的宠儿，不至于受辱。幸运的是我的母亲；十二个月份是我的弟兄，他们能划出我什么时候渺小，什么时候伟大。这就是我的身世，我决不会被证明是另一个人；因此我一定要追问我的血统。

八　第三合唱歌

歌队：（首节）啊，喀泰戎山，假如我是个先知，心里聪明，我敢当着俄林波斯说，等明晚月圆时，你一定会感觉俄狄浦斯尊你为他的故乡，母亲和保姆，我们也载歌载舞赞美你；因为你对我们的国王有恩德。福玻斯啊，愿这事能讨你喜欢！

（次节）我的儿，哪一位，哪一位和潘——那个在山上游玩的父亲——接近的仙女是你的母亲？是不是罗克西阿斯的妻子？高原上的草地他全都喜爱。也许是库勒涅的王，或者狂女们的神，那位住在山顶上的神，从赫利孔仙女——他最爱和那些仙女嬉戏——手中接受了你这婴儿。

九　第四场

俄狄浦斯：长老们，如果让我猜想，我以为我看见的是我们一直在寻找的牧人，虽然我没有见过他。他的年纪和这客人一般大；我并且认识那些带路的是自己的仆人。（向歌队长）也许你比我认识得清楚，如果你见过这牧人。

歌队长：告诉你吧，我认识他；他是拉伊俄斯家里的人，作为一个牧人，他和其他的人一样可靠。

（众仆人带领牧人自观众左方上。）

俄狄浦斯：啊，科任托斯客人，我先问你，你指的是不是他？

报信人：我指的正是你看见的人。

俄狄浦斯：喂，老头儿，朝这边看，回答我问你的话。你是拉伊俄斯家里的人吗？

牧人：我是他家养大的奴隶，不是买来的。

俄狄浦斯：你干的什么工作，过的什么生活？

牧人：大半辈子放羊。

俄狄浦斯：你通常在什么地方住羊棚？

牧人：有时候在喀泰戎山上，有时候在那附近。

俄狄浦斯：还记得你在那地方见过这人吗？

牧人：见过什么？你指的是哪个？

俄狄浦斯：我指的是眼前的人；你碰见过他没有？

牧人：我一下子想不起来，不敢说碰见过。

报信人：主上啊，一点也不奇怪。我能使他清清楚楚回想起那些已经忘记了的事。我相信他记得他带着两群羊，我带着一群羊，我们在喀泰戎山上从春天到阿耳克图洛斯初升的时候做过三个半年朋友。到了冬天，我赶着羊回我的羊圈，他赶着羊回拉伊俄斯的羊圈。（向牧人）我说的是不是真事？

牧人：你说的是真事，虽是老早的事了。

报信人：喂，告诉我，还记得那时候你给了我一个婴儿，叫我当自己的儿子养着吗？

牧人：你是什么意思？干吗问这句话？

报信人：好朋友，这就是他，那时候是个婴儿。

牧人：该死的家伙！还不快住嘴！

俄狄浦斯：啊，老头儿，不要骂他，你说这话倒是更该挨骂！

牧人：好主上啊，我有什么错呢？

俄狄浦斯：因为你不回答他问你的关于那孩子的事。

牧人：他什么都不晓得，却要多嘴，简直是白搭。

俄狄浦斯：你不痛痛快快回答，要挨了打哭着回答！

牧人：看在天神面上，不要拷打一个老头子。

俄狄浦斯：（向侍从）还不快把他的手反绑起来？

牧人：哎呀，为什么呢？你还要打听什么呢？

俄狄浦斯：你是不是把他所问的那孩子给了他？

牧人：我给了他；愿我在那一天就瞪了眼！

俄狄浦斯：你会死的，要是你不说真话。

牧人：我说了真话，更该死了。

俄狄浦斯：这家伙好象还想拖延时候。

牧人：我不想拖延时候，我刚才已经说过我给了他。

俄狄浦斯：哪里来的？是你自己的，还是从别人那里得来的？

牧人：这孩子不是我自己的，是别人给我的。

俄狄浦斯：哪个公民，哪家给你的？

牧人：看在天神面上，不要，主人啊，不要再问了！

俄狄浦斯：如果我再追问，你就活不成了。

牧人：他是拉伊俄斯家里的孩子。

俄狄浦斯：是个奴隶，还是个亲属？

牧人：哎呀，我要讲哪怕人的事了！

俄狄浦斯：我要听那怕人的事了！也只好听下去。

牧人：人家说是他的儿子，但是里面的娘娘，主上家的，最能告诉你是怎么回事。

俄狄浦斯：是她交给你的吗？

牧人：是，主上。

俄狄浦斯：是什么用意呢？

牧人：叫我把他弄死。

俄狄浦斯：作母亲的这样狠心吗？

牧人：因为她害怕那不吉利的神示。

俄狄浦斯：什么神示？

牧人：人家说他会杀他父亲。

俄狄浦斯：你为什么又把他送给了这老人呢？

牧人：主上啊，我可怜他，我心想他会把他带到别的地方——他的家里去；哪知他救了他，反而闯了大祸。如果你就是他所说的人，我说，你生来是个受苦的人啊！

俄狄浦斯：哎呀！哎呀！一切都应验了！天光啊，我现在向你看最后一眼！我成了不<u>应</u>当生我的父母的儿子，娶了不<u>应</u>当娶的母亲，杀了不应当杀的父亲。

（俄狄浦斯冲进宫，众侍从随入，报信人、牧人和众仆人自观众左方下）

十一　退场

（传报人自宫中上。）

传报人：我邦最受尊敬的长老们啊，你们讲听见多么惨的事情，将看见多么惨的景象，你们将是多么忧虑，如果你们效忠你们的种族，依然关心拉布达科斯的家室。我认为即使是伊斯忒耳和法息斯河也洗不干净这个家，它既隐藏着一些灾祸，又要把另一些暴露在光天化日之下，这些都不是无心，而是有意作出来的。自己招来的苦难总是最使人痛心啊！

歌队长：我们先前知道的苦难也并不是不可悲啊！此外，你还有什么苦难要说？

传：我的话可以一下子说完，一下子听完：高贵的伊俄卡斯忒已经死了。

歌队长：不幸的人啊！她是怎么死的？

传：她自杀了。这件事最惨痛的地方你们感觉不到，因为你们没有亲眼看见。我记得多少，告诉你多少。

她发了疯，穿过门廊，双手抓着头发，直向她的新床跑去；她进了卧房，砰的关上门，呼唤那早已死的拉伊俄斯的名字，想念她早年生的儿子，说拉伊俄斯死在他手中，留下作母亲的给他的儿子生一些不幸的儿女。她为她的床榻而悲叹，她多么不幸，在那上面生了两种人，给丈夫生丈夫，给儿子生儿女。她后来是怎样死的，我就不知道了；因为俄狄浦斯大喊大叫冲进宫去，我们没法看完她的悲剧，而转眼望着他横冲直闯。他跑来跑去，叫我们给他一把剑，还问哪里去找他的妻子，又说不是妻子，是母亲，他和他儿女共有的母亲。他在疯狂中得到了一位天神的指点；因为我们这些靠近他的人都没有给他指路。好象有谁在引导，他大叫一声，朝着那双扇门冲去，把弄弯了的门杠从承孔里一下推开，冲进了卧房。

我们随即看见王后在里面吊着，脖子缠在那摆动的绳上。国王看见了，发出可怕的喊声，多么可怜！他随即解开那活套。等那不幸的人躺在地上时，我们就看见那可怕的景象：国王从她袍子上摘下两只她佩带着的金别针，举起来朝着自己的眼珠刺去，并且这样嚷道："你们再也看不见我所受的灾难，我所造的罪恶了！你们看够了你们不应当看的人，不认识我想认识的人；你们从此黑暗无光！"

他这样悲叹的时候，屡次举起金别针朝着眼睛狠狠刺去；每刺一下，那血红的眼珠里流出的血便打湿了他的胡子，那血不是一滴滴的滴，而是许多黑的血点，电子般一齐降下。这场祸事是两个人惹出来的，不只一人受难，而是夫妻共同受难。他们旧时代的幸福在从前倒是真正的幸福；但如今，悲哀，毁灭，死亡，耻辱和一切有名称的灾难都落到他们身上了。

（选自《索福克勒斯悲剧五种》，罗念生译，上海人民出版社 2016 年版）

作品主题

《俄狄浦斯王》是一部典型的命运悲剧，表现了人的意志和命运的矛盾冲突。作品以俄狄浦斯这一英雄人物为中心，通过描写他努力抗争邪恶的命运，但最终还是摆脱不了弑父娶母的既定结果，表现出命运强大而不可抗拒的力量。但同时作者又通过主人公在与命运斗争中表现出的坚强意志和英雄行为，歌颂了具有独立意志的人的勇敢坚强的斗争精神，反映了当时奴隶主民主制的思想特征。

作品赏析

《俄狄浦斯王》取材于古希腊神话。西方戏剧自诞生之日起，就与神话和英雄传说结下了不解之缘。从古希腊到文艺复兴时期，西方戏剧——尤其是悲剧的主角一直都是神和英雄，《俄狄浦斯王》也不例外。英雄俄狄浦斯的悲壮命运通过戏剧形式被更加突出地呈现出来。这部戏剧是"弑父娶母"主题的典型代表，也堪称古希腊悲剧的典范。

要理解戏剧《俄狄浦斯王》，首先应了解俄狄浦斯的神话故事。

太阳神谕示忒拜城国王拉伊俄斯必死于亲生儿子之手。为摆脱厄运，儿子一降生，国王就命奴仆将他抛至荒山。但奴仆却将婴儿送给科林斯国王波里玻斯的奴隶，婴儿后由国王收养，取名为俄狄浦斯。太阳神神示俄狄浦斯将来会弑父娶母，俄狄浦斯为摆脱厄运而离国逃亡，途中偶杀生父拉伊俄斯。在猜中斯芬克斯之谜后，他被拥立为忒拜城国王，便娶王后（即自己生母）为妻，并生儿育女。当城中瘟疫流行后求太阳神神示，得到的回答是：必严惩杀前国王的凶手才可消除瘟疫。俄狄浦斯认真查案，最后发现追查的对象正是自己，于是以戳瞎双眼和自行流放做了自我惩罚。

索福克勒斯在运用戏剧艺术的形式对这一题材进行处理时，不是从故事的开头讲起，而是采用倒叙手法，开场从俄狄浦斯杀死父亲若干年后，忒拜城发生瘟疫，需要追查凶手写起。之前发生的相关事件，则放在寻找凶手过程中以人物对话的形式补充交代。这鲜明地体现出戏剧集中性的艺术特征。《俄狄浦斯王》时间倒错地排列故事情节，将时间跨度较大的事件压缩在追查杀手的短暂过程中。这使情节变得高度集中，减少了观众注意力的分散，从而强化了戏剧冲突。

《俄狄浦斯王》的情节一环紧扣一环，牢牢地抓住了观众的注意力。戏剧开场就展现了一幅凄惨的景象，"田间的麦穗枯萎了，牧场上的牛瘟死了，妇人流产了；最可恨的带火的瘟神降临到这城邦，使卡德摩斯的家园变为一片荒凉，幽暗的冥土里倒充满了悲叹和哭声"。不由得使人想去探究，是什么原因导致了这一切的发生，要怎样才能结束这可怕的灾难。克瑞翁的上场给出了答案——前国王被杀造成了城邦的这次灾难，严惩凶手方能消除灾难。

如果按照俄狄浦斯通过努力找到凶手，既为拉伊俄斯报仇又解救了城邦的情节发展下去，那么戏剧不仅没有震撼力，情节也没有曲折性。但是，忒瑞西阿斯"我说你就是你要寻找的杀人凶手"的话语，顿时点燃了戏剧冲突的导火线，一下子将戏剧的紧张性提到了最高点，并为戏剧曲折性的呈现设下悬念。

如果悬念刚刚形成就被解决的话，观众就体会不到悬念带来的艺术享受。索福克勒斯显然是戏剧创作的高手，他并没有马上给出答案，而是通过描写俄狄浦斯与克瑞翁的争吵，运用抑制与拖延的艺术手段，使悬念更加引人入胜。克瑞翁的冷静质问与俄狄浦斯的盛怒咆哮形成鲜明对比，真相虽然尚未揭露，但已初露端倪。

二人的争吵将王后伊俄卡斯忒自然地引入情节并借之推动情节继续向前发展。伊俄卡斯忒的加入，一方面接替克瑞翁的下场，起到穿针引线的作用；另一方面，通过与俄狄浦斯的对话，将先前的事件补叙出来，形成一个整体的故事，同时将真相逐步揭开，戏剧冲突开始向高潮迈进。听到前国王的死亡地点、长相、当时所带随从情况等都与自己所杀之人一一相符，俄狄浦斯开始"心神不安，魂飞魄散"。先前与克瑞翁争吵时的盛气荡然无存，他意识到了命运的可怕，请求"你们这些可敬的神圣的神啊，别让我，别让我看见那一天！在我没有看见这些罪恶的污点沾到我身上之前，请让我离开尘世"。但此时作者并不急于使真相大白，而是给俄狄浦斯留了一丝丝希望，就是等待牧羊人的证词。

报信人与牧羊人的说辞解答了俄狄浦斯所有的疑问，真相终于完完全全地呈现在俄狄浦斯及观众的面前。俄狄浦斯发出痛苦的呼喊，将戏剧推向高潮的顶点："哎呀！哎呀！一切都应验了！天光啊，我现在向你看最后一眼！我成了不应当生我的父母的儿子，娶了不应当娶的母亲，杀了不应当杀的父亲。"

随后，伊俄卡斯忒自杀，俄狄浦斯刺瞎双眼自我放逐。全剧一悲到底。

如果说俄狄浦斯是一个本性卑劣的罪人，那么他所受到的命运的摧残并不能引起人们的恐惧与悲悯，反而会让人们感到舒畅与痛快。但是，俄狄浦斯并不是坏人，而是英雄，是一个品德高尚的人。

他充满智慧。当斯芬克斯在忒拜城附近行凶时，俄狄浦斯机智地猜出了对方给出的刁钻谜语，从而消灭了斯芬克斯，拯救了忒拜城人民。

他正直诚实。在追查杀死前国王的凶手时，他表示一定会追查到底，绝不徇情枉法，"（告发的人）不但不会受到严重的惩罚，而且可以安然离开祖国。如果有人知道凶手是外邦人，也不用隐瞒，我会重赏他，感激他"。而当得知自己就是所要追查的凶手时，他也没有掩盖事实，而是勇敢承认。

他善良无私。作为忒拜城的国王，他心系国民安危，是一名仁主。面对城邦遭受的灾难，众人痛苦不已，俄狄浦斯既感到痛苦，又感到悲凉，"我了解你们大家的疾苦；可是你们虽然痛苦，我的痛苦却远远超过你们大家。你们每人只为自己悲哀，不为旁人；我的悲痛却同时是为城邦，为自己，也为你们"。

他勇敢无畏。调查越到后来越显示那可怕的预言即将成真，王后伊俄卡斯忒劝他放弃追查，俄狄浦斯虽然害怕，但依然追查到底。得知真相时，他并不推卸责任、逃避因自己的"过错"造成的恶果，要求"快把我藏在远处，或是把我杀死，或是把我丢到海里"。

俄狄浦斯的人生经历体现出作者对人与命运关系的思考。在索福克勒斯看来，命运是邪恶的、不可顺从的，命运的力量是强大的、不可抗拒的，命运的根源是神秘的、难以解释的。但是作者也发现了人的光辉，通过俄狄浦斯对命运的积极反抗和最后的悲剧结局，他质疑了神的正义性，控诉了命运的不公和残酷，肯定了个人的自主精神与生命尊严的宝贵。恰如别林斯基所说："高贵的自由的希腊人并没有屈服，没有跌倒在可怕的幻影（即命运）前，而是通过对命运进行勇敢的斗争找到了出路，用这斗争的悲剧的壮伟照亮了生命的阴沉的一面，命运可以剥夺他的幸福和生命，却不能贬低他的精神，可以把他打倒，但不能把他征服。"

《俄狄浦斯王》将悲剧精神呈现得淋漓尽致。首先，具有严肃的情调。俄狄浦斯的巨大痛苦和悲惨遭遇，使观众不由得感叹命运的不公而心生同情与怜悯，从而深感人生的严肃。其次，具有崇高的境界。一般来说，悲剧所描写的事件和人物，其真善美的价值含量都很高，都是足以给人以崇高感的。当看到英雄受难、好人吃苦，毁灭性灾难降临到主人公身上时，那真善美的价值含量不但没有被否定，反而更加突显在人的情感体验与精神生活之中。俄狄浦斯虽然被命运毁灭，但他对命运的不屈反抗，却使读者对其具有了浓重的崇高感。最后，具有英雄的气概。剧中的俄狄浦斯，敢于反抗强大的对立面，哪怕力量悬殊也决不退缩，对事情敢于承担、敢于负责、勇于赴难、敢于牺牲。这都是悲剧英雄所具备的品质，表现出了感人至深的英雄气概。

🌀 思考与练习

1. 面对命运，俄狄浦斯做出了什么反应？面对不公，窦娥又对命运做出了什么反应？比较一下，看看中西方戏剧中的人物对待命运的态度有何异同。

2. 人类从未停止过对命运的思考，"命中注定""乐天知命"等关于命运的词语在汉语中屡见不鲜。你相信命运吗？你如何看待命运呢？

1. 索福克勒斯《安提戈涅》。
2. 古斯塔夫·施瓦布《希腊神话和传说》。
3. 欧·亨利《命运之路》。

哈姆莱特（节选）

作者简介

威廉·莎士比亚（1564—1616 年），文艺复兴时期欧洲杰出的剧作家，也是世界戏剧史上的"巨人"。生于英国中部埃文河畔的斯特拉福镇一个富裕的市民家庭，少年时期家境衰落，20 岁时离开故乡只身奔赴伦敦，45 岁左右退居故乡斯特拉福。1616 年 4 月 23 日去世，终年 52 岁。

莎士比亚一生共完成了 37 个剧本、两首长诗和 150 首十四行诗。按其思想和艺术发展的脉络，莎士比亚的作品大致可以分为四个时期：第一期从 1588 年到 1596 年，作品有《罗密欧与朱丽叶》《亨利六世》等；第二期从 1596 年到 1601 年，作品有《威尼斯商人》《亨利五世》《第十二夜》等；第三期从 1602 年到 1608 年，作品有《麦克白》《李尔王》《雅典的泰门》等；第四期从 1608 年到 1613 年，作品有《暴风雨》《冬天的故事》等。

莎士比亚创作的戏剧题材广泛、体裁多样、手段灵活、风格多变、语言优美。马克思称之为"人类最伟大的戏剧天才"。

经典原文

第三幕　第一场　城堡中一室

（国王、王后、波洛涅斯、奥菲利娅、罗森格兰兹及吉尔登斯吞上）

国王：你们不能用迂回婉转的方法，探出他为什么这样神魂颠倒，让紊乱而危险的疯狂困扰他的安静的生活吗？

罗森格兰兹：他承认他自己有些神经迷惘，可是绝口不肯说为了什么缘故。

吉尔登斯吞：他也不肯虚心接受我们的探问；当我们想要引导他吐露他自己的一些真相的时候，他总是用假作痴呆的神气故意回避。

王后：他对待你们还客气吗？

罗森格兰兹：很有礼貌。

吉尔登斯吞：可是不大自然。

罗森格兰兹：他很吝惜自己的话，可是我们问他话的时候，他回答起来却是毫无拘束。

王后：你们有没有劝诱他找些什么消遣？

罗森格兰兹：娘娘，我们来的时候，刚巧有一班戏子也要到这儿来，给我们赶过了；我们把这消息告诉了他，他听了好像很高兴。现在他们已经到了宫里，我想他已经吩咐他们今晚为他演出了。

波洛涅斯：一点儿不错；他还叫我来请两位陛下同去看看他们演得怎样哩。

国王：那好极了；我非常高兴听见他在这方面感到兴趣。请你们两位还要更进一步鼓起他的兴味，把他的心思移转到这种娱乐上面。

罗森格兰兹：是，陛下。（罗森格兰兹、吉尔登斯吞同下）

国王：亲爱的葛特露，你也暂时离开我们；因为我们已经暗中差人去唤哈姆莱特到这儿来，让他和奥菲利娅见见面，就像他们偶然相遇一般。她的父亲跟我两人将要权充一下密探，躲在可以看见他们，却不能被他们看见的地方，注意他们会面的情形，从他的行为上判断他的疯病究竟是不是因为恋爱上的苦闷。

王后：我愿意服从您的意旨。奥菲利娅，但愿你的美貌果然是哈姆莱特疯狂的原因；更愿你的美德能够帮助他恢复原状，使你们两人都能安享尊荣。

奥菲利娅：娘娘，但愿如此。（王后下）

波洛涅斯：奥菲利娅，你在这儿走走。陛下，我们就去躲起来吧。（向奥菲利娅）你拿这本书去读，他看见你这样用功，就不会疑心你为什么一个人在这儿了。人们往往用至诚的外表和虔敬的行动，掩饰一颗魔鬼般的内心，这样的例子是太多了。

国王：（旁白）啊，这句话是太真实了！它在我的良心上抽了多么重的一鞭！涂脂抹粉的娼妇的脸，还不及掩藏在虚伪的言辞后面的我的行为更丑恶。难堪的重负啊！

波洛涅斯：我听见他来了；我们退下去吧，陛下。（国王及波洛涅斯下）

（哈姆莱特上）

哈姆莱特：生存还是毁灭，这是一个值得考虑的问题；默然忍受命运的暴虐的毒箭，或是挺身反抗人世的无涯的苦难，通过斗争把它们扫清，这两种行为，哪一种更高贵？死了；睡着了；什么都完了；要是在这一种睡眠之中，我们心头的创痛，以及其他无数血肉之躯所不能避免的打击，都可以从此消失，那正是我们求之不得的结局。死了；睡着了；睡着了也许还会做梦；嗯，阻碍就在这儿：因为当我们摆脱了这一具朽腐的皮囊以后，在那死的睡眠里，究竟将要做些什么梦，那不能不使我们踌躇顾虑。人们甘心久困于患难之中，也就是为了这个缘故；谁愿意忍受人世的鞭挞和讥嘲、压迫者的凌辱、傲慢者的冷眼、被轻蔑的爱情的惨痛、法律的迁延、官吏的横暴和费尽辛勤所换来的小人的鄙视，要是他只要用一柄小小的刀子，就可以清算他自己的一生？谁愿意负着这样的重担，在烦劳的生命的压迫下呻吟流汗，倘不是因为惧怕不可知的死后，惧怕那从来不曾有一个旅人回来过的神秘之国，是它迷惑了我们的意志，使我们宁愿忍受目前的磨折，不敢向我们所不知道的痛苦飞去？这样，重重的顾虑使我们全变成了懦夫，决心的赤热的光彩，被审慎的思维盖上了一层灰色，伟大的事业在这一种考虑之下，也会逆流而退，失去了行动的意义。且慢！美丽的奥菲利娅！——女神，在你的祈祷之中，不要忘记替我忏悔我的罪孽。

奥菲利娅：我的好殿下，您这许多天来贵体安好吗？

哈姆莱特：谢谢你，很好，很好，很好。

奥菲利娅：殿下，我有几件您送给我的纪念品，我早就想把它们还给您；请您现在收回去吧。

哈姆莱特：不，我不要；我从来没有给你什么东西。

奥菲利娅：殿下，我记得很清楚您把它们送给了我，那时候您还向我说了许多甜蜜的语言，使这些东西格外显得贵重；现在它们的芳香已经消散，请您拿回去吧，因为在有骨气的人看来，送礼的人要是变了心，礼物虽贵，也会失去了价值。拿去吧，殿下。

哈姆莱特：哈哈！你贞洁吗？

奥菲利娅：殿下！

哈姆莱特：你美丽吗？

奥菲利娅：殿下是什么意思？

哈姆莱特：要是你既贞洁又美丽，那么你的贞洁应该断绝跟你的美丽来往。

奥菲利娅：殿下，难道美丽除了贞洁以外，还有什么更好的伴侣吗？

哈姆莱特：嗯，真的；因为美丽可以使贞洁变成淫荡，贞洁却未必能使美丽受它自己的感化；这句话从前像是怪诞之谈，可是现在时间已经把它证实了。我的确曾经爱过你。

奥菲利娅：真的，殿下，您曾经使我相信您爱我。

哈姆莱特：你当初就不应该相信我，因为美德不能熏陶我们罪恶的本性；我没有爱过你。

奥菲利娅：那么我真是受了骗了。

哈姆莱特：进尼姑庵去吧；为什么你要生一群罪人出来呢？我自己还不算是一个顶坏的人；可是我可以指出我的许多过失，一个人有了那些过失，他的母亲还是不要生下他来的好。我很骄傲，有仇必报，富于野心，我的罪恶是那么多，连我的思想也容纳不下，我的想象也不能给它们形象，甚至于我都没有充分的时间可以把它们实行出来。像我这样的家伙，匍匐于天地之间，有什么用处呢？我们都是些十足的坏人；一个也不要相信我们。进尼姑庵去吧。你的父亲呢？

奥菲利娅：在家里，殿下。

哈姆莱特：把他关起来，让他只好在家里发发傻劲。再会！

奥菲利娅：嗳哟，天哪！救救他！

哈姆莱特：要是你一定要嫁人，我就把这一个咒诅送给你做嫁奁：尽管你像冰一样坚贞，像雪一样纯洁，你还是逃不过谗人的诽谤。进尼姑庵去吧，去；再会！或者要是你必须嫁人的话，就嫁给一个傻瓜吧；因为聪明人都明白你们会叫他们变成怎样的怪物。进尼姑庵去吧，去；越快越好。再会！

奥菲利娅：天上的神明啊，让他清醒过来吧！

哈姆莱特：我也知道你们会怎样涂脂抹粉；上帝给了你们一张脸，你们又替自己另外造了一张。你们烟视媚行，淫声浪气，替上帝造下的生物乱取名字，卖弄你们不懂事的风骚。算了吧，我再也不敢领教了；它已经使我发了狂。我说，我们以后再不要结什么婚了；已经结过婚的，除了一个人以外，都可以让他们活下去；没有结婚的不准再结婚，进尼姑庵去吧，去。（下）

奥菲利娅：啊，一颗多么高贵的心是这样殒落了！朝臣的眼睛、学者的辩舌、军人的利剑、国家所瞩望的一朵娇花；时流的明镜、人伦的雅范、举世注目的中心，这样无可挽回地殒落了！我是一切妇女中间最伤心而不幸的，我曾经从他音乐一般的盟誓中吮吸芬芳的甘蜜，现在却眼看着他的高贵无上的理智，像一串美妙的银铃失去了谐和的音调，无比的青春美貌，在疯狂中凋谢！啊！我好苦，谁料过去的繁华，变作今朝的泥土！

（国王及波洛涅斯重上）

国王：恋爱！他的精神错乱不像是为了恋爱；他说的话虽然有些颠倒，也不像是疯狂。他有些什么心事盘踞在他的灵魂里，我怕它也许会产生危险的结果。为了防止万一，我已经当机立断，决定了一个办法：他必须立刻到英国去，向他们追索延宕未纳的贡物；也许他到海外各国游历一趟以后，时时变换的环境，可以替他排解去这一桩使他神思恍惚的心事。你看怎么样？

波洛涅斯：那很好；可是我相信他的烦闷的根本原因，还是为了恋爱上的失意。啊，奥菲利娅！你不用告诉我们哈姆莱特殿下说些什么话；我们全都听见了。陛下，照您的意思办吧；可是您要是认为可以的话，不妨在戏剧终场以后，让他的母后独自一人跟他在一起，恳求他向她吐露他的心事；她必须很坦白地跟他谈谈，我就找一个所在听他们说些什么。要是她也探听不出他的秘密来，您就叫他到英国去，或者凭着您的高见，把他关禁在一个适当的地方。

国王：就这样吧；大人物的疯狂是不能听其自然的。（同下）

（选自莎士比亚：《哈姆莱特：莎士比亚悲剧集》，朱生豪译，天地出版社 2018 年版）

作品主题

《哈姆莱特》创作于文艺复兴时期，它以中世纪的丹麦宫廷为背景，通过丹麦王子哈姆莱特为父报仇的故事，真实描绘了文艺复兴晚期英国和欧洲社会的时代面貌，表现了作者对文艺复兴运动的深刻反思以及对人的命运与前途的深切关注。

作品赏析

文艺复兴时代的戏剧，完全否定和超越了中世纪戏剧那种非人的、反人的宗教迷信思想，重建了戏剧舞台上的“人的世界”。现实世界的人成为戏剧描写的主体，人文主义成为戏剧表现的核心精神。英国的人文主义戏剧走在当时欧洲各国的最前列，莎士比亚厥功至伟。他创作的悲剧作品，开创了“性格悲剧”这一新的悲剧形态。悲剧主人公的行动不再像俄狄浦斯那样受制于不可预知的命运，而是取决于自己的性格。

《哈姆莱特》的故事情节并不复杂。丹麦老国王突然驾崩，其子哈姆莱特得知叔父克劳狄斯继承王位并娶王后为妻后，心中感到极其忧伤和愤怒。父王的鬼魂向哈姆莱特诉说了克劳狄斯谋杀自己的恶行，要他为自己报仇。在证实父王蒙受冤情后，愤怒的哈姆莱特却误杀了自己的恋人奥菲利娅的父亲波洛涅斯。不久，奥菲利娅因发疯而失足落水而死。最后，哈姆莱特与波洛涅斯的儿子雷欧提斯决斗，克劳狄斯为哈姆莱特设下的毒酒被王后误饮而亡，克劳狄斯准备的毒剑刺伤了哈姆莱特和雷欧提斯，最终也刺到了克劳狄斯自己身上。

全剧的布局极为巧妙，莎士比亚匠心独运，精心组织情节架构，营造出了强烈的戏剧效果，使得戏剧充满生动性和丰富性。

替父亲复仇是《哈姆莱特》的主线，作者在这一主线中又分出了多个线索。除了哈姆莱特复仇的线索之外，还有雷欧提斯和挪威王子福丁布拉斯的复仇线索。三条线索以哈姆莱特的复仇为主线，以雷欧提斯和福丁布拉斯的复仇为副线，交错发展而又主次分明。这三条线索起到了互成对比、强化戏剧矛盾冲突的作用，使戏剧场面不断转换，引发戏剧高潮，产生扣人心弦的戏剧艺术效果，共同表现全剧的主题。

在哈姆莱特复仇的过程中，穿插进哈姆莱特与奥菲利娅的爱情线。这条爱情线不仅丰富了剧本的内容与情感，而且巧妙地配合了主线。在两人感情的初始阶段，由于父亲和兄长的约束，奥菲利娅表现出对哈姆莱特的冷淡，这既配合了哈姆莱特的装疯计划，也为波洛涅斯与国王试探哈姆莱特是否真疯提供了契机。在两人感情的结尾阶段，正是因为哈姆莱特对奥菲利娅的真爱，促使他在奥菲利娅的墓地上奋不顾身站了出来，促成了他与国王、雷欧提斯等人的相遇并立下决战宣言。

在处理多条线索时，作者利用五幕多场的戏剧结构，层层铺垫，前后呼应，使全剧成为一个完美的整体。即以本剧的第一幕为例，该幕第一场的地点是城堡前的露台，霍拉旭等人发现了鬼魂，为后面揭示前国王的死亡及推动哈姆莱特的复仇做好铺垫。第二场画面一转，到了城堡的大厅中，一方面介绍国王的宴席，引出复仇对象，另一方面霍拉旭向哈姆莱特透露鬼魂秘密。新旧国王在哈姆莱特心中形成对比，强化了哈姆莱特的复仇意识。第三场在波洛涅斯家中，他们一家三口的交流，为奥菲利娅与哈姆莱特的爱情变化埋下伏笔。第四场和第五场的场景又重回到露台，哈姆莱特与鬼魂见面，与第一场遥相呼应，并为接下来复仇计划的实质性展开做了铺垫。

莎士比亚正是通过这天衣无缝的戏剧结构，组织出惊心动魄的戏剧情节，从而将哈姆莱特这一文学史上独一无二的形象刻画出来。

哈姆莱特是丹麦的王子，他曾是个怀抱理想的乐观的人文主义者。他肯定人、赞美人，把人的价值提到了前所未有的高度。正是这种乐观和理想，使他将父亲看成是十全十美的理想君王，母亲是圣母般纯洁的伟大女性，父母的结合是理想与爱的完美呈现，自己存在的世界是"美好的花园"。那时的哈姆莱特是"快乐的王子"。

但是，悲剧的到来总是那么猝不及防。父亲死亡，母亲再嫁，王位被夺，残酷的现实击碎了哈姆莱特昔日的美好理想。世界在他眼中发生了变化，"负载万物的大地，这座美好的框架，只是一个不毛的荒岬；这个覆盖众生的苍穹，这一顶壮丽的帐幕，这一个金黄色的火球点缀着的庄严的屋宇，只是一大堆污浊的瘴气的集合"。至于人，"在我看来，这一个泥土塑成的生命算得了什么？人类不能使我发生兴趣"。痛苦与忧虑使他精神颓唐，逐渐变成了一个"忧郁的王子"。

哈姆莱特理想与信念的破灭，使他成了一个面对重重矛盾而精神无所寄托的"流浪儿"。正是这种理想与现实的矛盾，造成了他行为上的犹豫不决。这一点在哈姆莱特面对祈祷中的克劳狄斯时的心理活动描写中充分表现出来，"他现在正在祈祷，我正好动手；我决定现在就干，让他上天堂去，我也算报了仇了。不，那还要考虑一下：一个恶人杀死我的父亲；我，他的独生子，却把这个恶人送上天堂。啊，这简直是以恩报怨了。……"

正是这一延宕，使哈姆莱特错失良机，以致他后来又误杀波洛涅斯，被克劳狄斯抓到了借刀杀人的把柄。这便是文学史上所说的"延宕的王子"。

不可否认，犹豫的性格、延宕的行动是造成哈姆莱特悲剧的重要因素。但正是这复仇行动上的延宕，使得这一形象显得更为复杂而深刻，从而产生了无穷的艺术魅力，引发了多种解读——一千个读者就有一千个哈姆莱特。

哈姆莱特的犹豫并不是仅仅在找寻复仇的方法，而是因为他对人的生存、死亡与灵魂等关于人类生命本体的精神层面的问题进行了思考。残酷的现实使哈姆莱特认识到，人并不像人文主义者所颂扬的那样完美，相反地，人的情欲在失去理性规范的制约后会产生无穷的恶，社会也就随之陷入混乱。正是这种思考，使得哈姆莱特的言行越来越游离于为父报仇的宗法责任和"重整乾坤"的社会责任之中。既然人在本质上是恶的，那么单单消灭一个克劳狄斯是远远不够的，需要改变的是包括他自己在内的所有人。但是完全消除人身上的恶，人本身也就不复存在。于是，人生的意义变得虚无，哈姆莱特便想到了自杀。但一想到死后不仅要坠入一片虚无的世界，而且灵魂也得不到安宁，又使他对死亡产生了恐惧。终于，"生存还是毁灭"的问题不可避免地在他心中出现了。这些迷惘、焦虑、惶惶不安的情绪，笼罩在他的复仇过程当中，使他成了思想上的"巨人"，行动上的"矮子"。

莎士比亚在剧中展现人物性格时，充分发挥了语言传达人类精神的丰富性和深刻性的特性。尤其是熟练运用内心独白这一艺术手段，历来为人称道。内心独白可以把隐藏在人物内心的思想情感和欲望展现出来，从而更真实地表现人物性格，使人物形象更为立体和丰满。哈姆莱特的内心独白表达出他对社会与人生、生与死、爱与恨、理想与现实等方面的哲学思考，透露出他矛盾、苦闷、困惑、恐惧等多方面的心理感受，既丰富了人物性格，又推动了剧情发展。甚至，其中的一些文字从剧中独立出来后，依然具有巨大的艺术价值。如哈姆莱特的独白"生存还是毁灭"一句，充满了丰富的哲思，读者即使不了解全剧内容，也会沉醉于文字的魅力之中。

总之，阅读莎士比亚的作品，要重在发现和体验人和社会的真实，发现和体验人性的本质和力量，从中体会到什么是正义和良知，什么是邪恶和愚蠢，什么是欲望和道德，什么是真善美，什么是假恶丑。《哈姆莱特》作为戏剧史上的奇观，它的艺术性和思想性是挖掘不尽的，需要不断地去发现和学习。

思考与练习

1. 在生活中我们常听到"思想决定行为，行为决定习惯，习惯决定性格，性格决定命运"这样的话，结合哈姆莱特的故事，谈一谈你对这句话的看法。

2. 世人对莎士比亚的评价是多样的，其中有无数的赞美——如"时代的灵魂""不属于一个时代而属于所有的世纪""说不尽的莎士比亚"等。但也有不少否定性的评价，如伏尔泰说"他具有充沛的活力和自然而卓绝的天才，但毫无高尚的情趣，也丝毫不懂戏剧艺术的规律"。列夫·托尔斯泰则说莎士比亚的戏剧缺乏宗教情感，人物行动极其荒唐可笑、不合情理，语言刻意求工、矫揉造作。这些评价可能有以偏概全的嫌疑，但也并非毫无根据。请谈谈你对以上这些评价的看法。

拓展阅读

1. 莎士比亚《李尔王》。
2. 纪君祥《赵氏孤儿》。
3. 大仲马《基督山伯爵》。

玩偶之家（节选）

作者简介

易卜生（1828—1906年），19世纪挪威杰出的剧作家、诗人，因其在戏剧史上的重要地位，被誉为"现代戏剧之父"。他的戏剧活动从19世纪50年代初开始，直到1899年发表最后一个剧本，贯穿了整个19世纪下半叶。他的创作历经浪漫主义时代的余绪，现实主义时代的辉煌，以及世纪末兴起的前期象征主义等文学思潮，并在每一个时期、每一种文学浪潮中都卓有建树。

易卜生在创作初期秉承挪威的浪漫主义传统，写有《厄斯特罗的英格夫人》《觊觎王位的人》《布朗德》《培尔·金特》等作品；19世纪60年代末，他的视角转向现实生活，著有《群鬼》《玩偶之家》《社会支柱》《人民公敌》等作品；19世纪80年代中期以后，易卜生创作的象征倾向逐渐明显，著有《野鸭》《罗斯莫庄》《海上夫人》《建筑大师》《当咱们死人醒来的时候》等作品。

易卜生对中国现代戏剧的发展影响深远。20世纪20年代中国话剧运动的勃兴便与易卜生有密切关系，正是在易卜生等剧作家的启发和鼓舞下，当时中国涌现出了一批"易卜生式"的剧作家及批判性作品，像曹禺、田汉等戏剧大师不仅在思想上受到易卜生的启迪，而且在艺术观念和技巧上也深受易卜生的影响。

经典原文

娜拉：(看自己的表)时候还不算晚。托伐，坐下，咱们有好些话要谈一谈。(她在桌子一头坐下)

海尔茂：娜拉，这是什么意思？你的脸色铁板冰冷的——

娜拉：坐下。一下子说不完。我有好些话跟你谈。

海尔茂:(在桌子那一头坐下)娜拉,你把我吓了一大跳。我不了解你。

娜拉:这话说得对,你不了解我,我也到今天晚上才了解你。别打岔。听我说下去。托伐,咱们必须把总账算一算。

海尔茂:这话怎么讲?

娜拉:(顿了一顿)现在咱们面对面坐着,你心里有什么感想?

海尔茂:我有什么感想?

娜拉:咱们结婚已经八年了。你觉得不觉得,这是头一次咱们夫妻正正经经谈谈话?

海尔茂:正正经经!这四个字怎么讲?

娜拉:这整整的八年——要是从咱们认识的时候算起,其实还不止八年——咱们从来没在正经事情上头谈过一句正经话。

海尔茂:难道要我经常把你不能帮我解决的事情麻烦你?

娜拉:我不是指着你的业务说。我说的是,咱们从来没坐下来正正经经细谈过一件事。

海尔茂:我的好娜拉,正经事跟你有什么相干?

娜拉:咱们的问题就在这儿!你从来就没了解过我。我受足了委屈,先在我父亲手里,后来又在你手里。

海尔茂:这是什么话!你父亲和我这么爱你,你还说受了我们的委屈!

娜拉:(摇头)你们何尝真爱过我,你们爱我只是拿我当消遣。

海尔茂:娜拉,这是什么话!

娜拉:托伐,这是老实话。我在家跟父亲过日子的时候,他把他的意见告诉我,我就跟着他的意见走,要是我的意见跟他不一样,我也不让他知道,因为他知道了会不高兴。他叫我"泥娃娃孩子",把我当作一件玩意儿,就像我小时候玩我的泥娃娃一样。后来我到你家来住着——

海尔茂:用这种字眼形容咱们的夫妻生活简直不像话!

娜拉:(满不在乎)我是说,我从父亲手里转移到了你手里。跟你在一块儿,事情都由你安排。你爱什么我也爱什么,或者假装爱什么——我不知道是真还是假——也许有时候真,有时候假。现在我回头想一想,这些年我在这儿简直像个要饭的叫花子,要一日,吃一口。托伐,我靠着给你要把戏过日子。可是你喜欢我这么做。你和我父亲把我害苦了。我现在这么没出息都要怪你们。

海尔茂:娜拉,你真不讲理,真不知好歹!你在这儿过的日子难道不快活?

娜拉:不快活。过去我以为快活,其实不快活。

海尔茂:什么!不快活!

娜拉:说不上快活,不过说说笑笑凑个热闹罢了。你一向待我很好。可是咱们的家只是一个玩儿的地方,从来不谈正经事。在这儿我是你的"玩偶老婆",正像我在家里是我父亲的"玩偶女儿"一样。我的孩子又是我的泥娃娃。你逗着我玩儿,我觉得有意思,正像我逗孩子们,孩子们也觉得有意思。托伐,这就是咱们的夫妻生活。

海尔茂:你这段话虽然说得太过火,倒也有点儿道理。可是以后的情形就不一样了。玩儿的时候过去了,现在是受教育的时候了。

娜拉：谁的教育？我的教育还是孩子们的教育？

海尔茂：两方面的，我的好娜拉。

娜拉：托伐，你不配教育我怎样做个好老婆。

海尔茂：你怎么说这句话？

娜拉：我配教育我的孩子吗？

海尔茂：娜拉！

娜拉：刚才你不是说不敢再把孩子交给我吗？

海尔茂：那是气头儿上的话，你老提它干什么！

娜拉：其实你的话没说错。我不配教育孩子。要想教育孩子，先得教育我自己。你没资格帮我的忙。我一定得自己干。所以现在我要离开你。

海尔茂：（跳起来）你说什么？

娜拉：要想了解我自己和我的环境，我得一个人过日子，所以我不能再跟你待下去。

海尔茂：娜拉！娜拉！

娜拉：我马上就走。克里斯蒂纳一定会留我过夜。

海尔茂：你疯了！我不让你走！你不许走！

娜拉：你不许我走也没用。我只带自己的东西。你的东西我一件都不要，现在不要，以后也不要。

海尔茂：你怎么疯到这步田地！

娜拉：明天我要回家去——回到从前的老家去。在那儿找点事情做也许不大难。

海尔茂：喔，像你这么没经验——

娜拉：我会努力去吸取。

海尔茂：丢了你的家，丢了你丈夫，丢了你儿女！不怕人家说什么话！

娜拉：人家说什么不在我心上。我只知道我应该这么做。

海尔茂：这话真荒唐！你就这么把你最神圣的责任扔下不管了？

娜拉：你说什么是我最神圣的责任？

海尔茂：那还用我说？你最神圣的责任是你对丈夫和儿女的责任。

娜拉：我还有别的同样神圣的责任。

海尔茂：没有的事！你说的是什么责任？

娜拉：我说的是我对自己的责任。

海尔茂：别的不用说，首先你是一个老婆，一个母亲。

娜拉：这些话现在我都不信了。现在我只信，首先我是一个人，跟你一样的一个人——至少我要学做一个人；托伐，我知道大多数人赞成你的话，并且书本里也是这么说。可是从今以后我不能一味相信大多数人说的话，也不能一味相信书本里说的话。什么事情我都要用自己脑子想一想，把事情的道理弄明白。

海尔茂：难道你不明白你在自己家庭的地位？难道在这些问题上没有颠扑不破的道理指导你？难道你不信仰宗教？

娜拉：托伐，不瞒你说，我真不知道宗教是什么。

海尔茂：你这话怎么讲？

娜拉：除了行坚信礼的时候牧师对我说的那套话，我什么都不知道。牧师告诉过我，宗教是这个，宗教是那个。等我离开这儿一个人过日子的时候，我也要把宗教问题仔细想一想。我要仔细想一想，牧师告诉我的话究竟对不对，对我合用不合用。

海尔茂：喔，从来没听说过这种话！并且还是从这么个年轻女人嘴里说出来的！要是宗教不能带你走正路，让我唤醒你的良心来帮助你——你大概还有点道德观念吧？要是没有，你就干脆说没有。

娜拉：托伐，这小问题不容易回答。我实在不明白。这些事情我摸不清。我只知道我的想法跟你的想法完全不一样。我也听说，国家的法律跟我心里想的不一样，可是我不信那些法律是正确的。父亲病得快死了，法律不许女儿给他省烦恼。丈夫病得快死了，法律不许老婆想法子救他的性命！我不信世界上有这种不讲理的法律。

海尔茂：你说这些话像个小孩子。你不了解咱们的社会。

娜拉：我真不了解。现在我要去学习。我一定要弄清楚，究竟是社会正确，还是我正确。

海尔茂：娜拉，你病了，你在发烧说胡话。我看你像精神错乱了。

娜拉：我的脑子从来没像今天晚上这么清醒、这么有把握。

海尔茂：你这么清醒、这么有把握，居然要丢掉丈夫和儿女？

娜拉：一点不错。

海尔茂：这么说，只有一句话讲得通。

娜拉：什么话？

海尔茂：那就是你不爱我了。

娜拉：不错，我不爱你了。

海尔茂：娜拉！你忍心说这话！

娜拉：托伐，我说这话心里也难受，因为你一向待我很不错。可是我不能不说这句话。现在我不爱你了。

海尔茂：（勉强管住自己）这也是你清醒的有把握的话？

娜拉：一点不错。所以我不能再在这儿待下去。

海尔茂：你能不能说明白，我究竟做了什么事使你不爱我？

娜拉：能，就因为今天晚上奇迹没出现，我才知道你不是我理想中的那种人。

海尔茂：这话我不懂，你再说清楚点。

娜拉：我耐着性子整整等了八年，我当然知道奇迹不会天天有，后来大祸临头的时候，我曾经满怀信心地跟自己说，"奇迹来了！"柯洛克斯泰把信扔在信箱里以后，我决没想到你会接受他的条件。我满心以为你一定会对他说，"尽管宣布吧"，而且你说了这句话之后，还一定会——

海尔茂：一定会怎么样？叫我自己的老婆出丑丢脸，让人家笑骂？

娜拉：我满心以为你说了那句话之后，还一定会挺身出来，把全部责任担在自己肩膀上，对大家说，"事情都是我干的"。

海尔茂：娜拉——

娜拉：你以为我会让你替我担当罪名吗？不，当然不会。可是我的话怎么比得上你的话那么容易叫人家信？这正是我盼望它发生又怕它发生的奇迹。为了不让奇迹发生，我已经准备自杀。

海尔茂：娜拉，我愿意为你日夜工作，我愿意为你受穷受苦。可是男人不能为他爱的女人牺牲自己的名誉。

娜拉：千千万万的女人都为男人牺牲过名誉。

海尔茂：喔，你心里想的嘴里说的都象个傻孩子。

娜拉：也许是吧。可是你想的和说的也不像我可以跟他过日子的男人。后来危险过去了——你不是怕我有危险，是怕你自己有危险——不用害怕了，你又装作没事人儿了。你又叫我跟从前一样乖乖地做你的小鸟儿，做你的泥娃娃，说什么以后要格外小心保护我，因为我那么脆弱不中用。（站起来）托伐，就在那当口我好像忽然从梦里醒过来，我简直跟一个陌生人同居了八年，给他生了三个孩子。喔，想起来真难受！我恨透了自己没出息！

海尔茂：（伤心）我明白了，我明白了，在咱们中间出现了一道深沟。可是，娜拉，难道咱们不能把它填平吗？

娜拉：照我现在这样子，我不能跟你做夫妻。

海尔茂：我有勇气重新再做人。

娜拉：在你的泥娃娃离开你之后——也许有。

海尔茂：要我跟你分手！不，娜拉，不行！这是不能设想的事情。

娜拉：（走进右边屋子）要是你不能设想，咱们更应该分开。（拿着外套、帽子和旅行小提包又走出来，把东西搁在桌子旁边椅子上。）

海尔茂：娜拉，娜拉，现在别走，明天再走。

娜拉：（穿外套）我不能在陌生人家里过夜。

海尔茂：难道咱们不能像哥哥妹妹那么过日子？

娜拉：（戴帽子）你知道那种日子长不了。（围披肩）托伐，再见。我不去看孩子了。我知道现在照管他们的人比我强得多。照我现在这样子，我对他们一点儿用处都没有。

海尔茂：可是，娜拉，将来总有一天——

娜拉：那就难说了。我不知道我以后会怎么样。

海尔茂：无论怎么样，你还是我的老婆。

娜拉：托伐，我告诉你。我听人说，要是一个女人像我这样从她丈夫家里走出去，按法律说，她就解除了丈夫对她的一切义务。不管法律是不是这样，我现在把你对我的义务全部解除。你不受我拘束，我也不受你拘束。双方都有绝对的自由。拿去，这是你的戒指。把我的也还我。

海尔茂：连戒指也要还？

娜拉：要还。

海尔茂：拿去。

娜拉：好。现在事情完了。我把钥匙都搁这儿。家里的事，佣人都知道——她们比我更熟悉。明天我动身之后，克里斯蒂纳会来给我收拾我从家里带来的东西。我会叫她把东西寄给我。

海尔茂：完了！完了！娜拉，你永远不会再想我了吧？

娜拉：喔，我会时常想到你，想到孩子们，想到这个家。

海尔茂：我可以给你写信吗？

娜拉：不，千万别写信。

海尔茂：可是我总得给你寄点儿——

娜拉：什么都不用寄。

海尔茂：你手头不方便的时候我得帮点忙。

娜拉：不必，我不接受陌生人的帮助。

海尔茂：娜拉，难道我永远只是个陌生人？

娜拉：（拿起手提包）托伐，那就要等奇迹中的奇迹发生了。

海尔茂：什么叫奇迹中的奇迹？

娜拉：那就是说，咱们俩都得改变到——喔，托伐，我现在不信世界上有奇迹了。

海尔茂：可是我信。你说下去！咱们俩都得改变到什么样子——？

娜拉：改变到咱们在一块儿过日子真正像夫妻。再见。（她从门厅走出去。）

海尔茂：（倒在靠门的一张椅子里，双手蒙着脸）娜拉！娜拉！（四面望望，站起身来）屋子空了。她走了。（心里闪出一个新希望）啊！奇迹中的奇迹——

楼下砰的一响传来关大门的声音。

（选自《易卜生戏剧四种》，潘家洵译，人民文学出版社 2019 年版）

作品主题

《玩偶之家》通过女主人公娜拉与丈夫海尔茂之间由相亲相爱转为走向决裂的婚姻过程，提出了现代家庭中妇女平等权的问题，暴露出男权社会与妇女解放之间的矛盾冲突，进而向资产阶级社会的宗教、法律、道德提出挑战，激励人们尤其是妇女要挣脱传统观念的束缚，为争取自由平等而努力斗争。

作品赏析

19 世纪下半叶，西方戏剧的潮流从浪漫主义转变为现实主义。当时大批剧作家不满于"情节剧""佳构剧"等专尚情节结构之技巧而忽视现实生活内容的倾向，起而另辟新路，转向关注社会，提出问题，讨论问题，于是"社会问题剧"兴起。被称为"现代戏剧之父"的易卜生便是其中最杰出的代表，而《玩偶之家》又是易卜生最伟大的"社会问题剧"。

在这部戏剧中，女主人公娜拉和海尔茂婚后不久，海尔茂得了重病，为了救丈夫的命，娜拉暗地里以已死父亲的名义作担保借了一笔钱，并瞒着丈夫悄悄偿还。她为自己的举动既得意又高兴。但当这件事情败露后，海尔茂不但不感激妻子的良苦用心，反而斥责她败坏了自己的好名声。面对丈夫的粗暴自私，娜拉突然觉醒，认识到自己在丈夫眼中不过是一个玩偶而已，于是毅然离家出走，去寻找作为一个人的价值和意义。

故事前后发生的时间并不长，只有三天。呈现故事的场景也较为固定，始终是海尔茂

第五章 戏剧欣赏

和娜拉家中的起居室，与剧情相关的人物汇聚于此。就在这高度浓缩的时空中，娜拉的人生际遇、命运起伏完整地被呈现出来，情节紧凑，冲突集中，有助于激发观众的观看兴趣，体现出作者高超的剧场艺术技巧。

剧作开篇先对故事发生的时空环境作了相关描述："一间屋子，布置得很舒服很雅致，可是并不奢华。后面右边，一扇门通到门庭。左边一扇门通到海尔茂书房。两扇门中间有一架钢琴。左墙中央有一扇门，靠前一点，有一扇窗。靠窗有一张圆桌，几把扶手椅和一只小沙发。右墙里，靠后，又有一扇门，靠墙往前一点，一只瓷火炉，火炉前面有一对扶手椅和一张摇椅。侧门和火炉中间有一张小桌子。墙上挂着许多版画。一只什锦架上摆着瓷器和小古玩。一个小书橱里放满了精装书籍。地上铺着地毯。炉子里生着火。"

就剧作本身来看，这段描写细致地介绍了娜拉的家庭环境布局，创造出一个虚构的生活空间，为故事中的人物提供了活动场景，也为现实中的演员提供了表演空间。但上升到整个戏剧的创作史来看，这段看似平常的描写，却具有革命性的意义。在以往的戏剧中，故事发生的时空环境往往与平常百姓的日常生活相距甚远，但《玩偶之家》却是生活中随处可见的"小康之家"。易卜生设置的这一戏剧情境，力求接近人们的日常生活，让读者容易对剧中的人物产生认同感，对剧中所表现的社会问题产生共鸣。这是易卜生对现实主义戏剧的重要贡献。

《玩偶之家》戏剧场景的平凡并不意味着它没有波澜起伏和戏剧冲突。起初，娜拉生活得幸福美满、无忧无虑，她与林丹太太的对话中洋溢着满足与欢快。但时间不长，柯洛克斯泰的登场使气氛紧张起来，"柯洛克斯泰转身走出去。娜拉一边冷淡地打招呼，一边把通门厅的门关上。她回到火炉边，对着火出神"。虽然还不知道娜拉在想什么，但此时读者已感受到了剧情的突变。

其后柯洛克斯泰又以公布娜拉伪造签证的事要挟娜拉，"要是有人二次把我推到沟里去，我要拉你做伴儿"，娜拉开始慌乱了，做什么事都定不下心来。

当被辞退的柯洛克斯泰再一次找到娜拉，并把一封写有事情真相的信件投入了海尔茂的信箱时，全剧的冲突便被引爆了。因为担心这封信被海尔茂看见，娜拉绞尽脑汁，使出浑身解数来拖延、阻止祸事的发生。当海尔茂走向信箱，就要拿到柯洛克斯泰的信时，读者同娜拉一样紧张，担心着海尔茂看到信件后的反应。当海尔茂拿到信件，娜拉紧张得无所适应，她还想用自杀来逃避这一切，"再见，托伐！再见，孩子们！"海尔茂看完信后与娜拉有一番拉扯，此时的娜拉还沉浸在为爱献身的幻想中，"我只知道爱你，别的什么都不管"。

戏剧场面上的热闹至此达到顶点，随之急转直下，进入了沉静期。听了海尔茂的话后，娜拉不再挣扎着想去投水自尽了，开始从惊慌转向镇定，她说："（眼睛盯着他，态度越来越冷静）现在我才完全明白了。"

娜拉的这一"静动作"，预示着更深层意义上的突转开始了。冷静后的她，话语变得极少——"不错，这么报答你。""我死了你就没事了。""我明白。"这些话让读者意识到娜拉冷静的表面下，正经历着一场翻天覆地的大风暴。她认清了海尔茂虚伪而卑劣的本性，认清了自己在家庭、在丈夫心中的地位，同时开启了独立人格与自我价值的觉醒。相反，面对觉醒的娜拉，海尔茂此时变得慌乱起来："完了！完了！娜拉，你永远不会再想我了吧？"

可见，《玩偶之家》的戏剧冲突始终没有间断，并且此起彼伏，不断突转，散发出巨大的艺术魅力。

戏剧动作和戏剧语言是塑造与呈现人物性格的主要途径。剧本中的动作远没有舞台上的具体而丰富，但简明扼要的动作说明依然能展现人物的性格变化。当听到海尔茂说不吉利的话时，娜拉"用手捂住他的嘴"，表现了她的纯真活泼以及对丈夫的浓浓爱意；看到海尔茂拿着柯洛克斯泰的信进了书房，娜拉"瞪着眼睛摸，抓起海尔茂的舞衣披在自己身上"，慌乱的动作透露出她的茫然无助以及对夫妻爱情坚固性的不自信；当看清海尔茂的本性后，娜拉"眼睛盯着他"，其后"穿外套""戴帽子""拿起手提包"，这一系列有条不紊的动作，显示出她独立性格的觉醒。

用人物语言来揭示娜拉的性格变化就更为明显了。一开场，娜拉是个天真又热情的少妇，她用孩子般的方式向丈夫海尔茂要钱，来偷偷还她为了丈夫而借的债："好托伐，别多说了，快把钱给我吧。我要用漂亮的金纸把钱包起来挂在圣诞树上。你说好玩儿不好玩儿？"这个时候娜拉对丈夫是无比信任和依赖的。但随着事态的发展，当海尔茂自私的本性残酷地显露出来时，她意识到自己不过是"玩偶老婆"，于是她对海尔茂说："这些话现在我都不信了。现在我只信，首先我是一个人，跟你一样的一个人——至少我要学做一个人。……什么事情我都要用自己脑子想一想，把事情的道理弄明白。"这时娜拉开始从丈夫的附庸关系中挣脱出来，实现了人格上的独立。

个性化的语言对剧作来说是至关重要的。《玩偶之家》个性化的语言是作者易卜生反复修改、高度提炼的结果。如剧中海尔茂得知娜拉伪造签名借款的事情，正对娜拉发怒之时，柯洛克斯泰送还了借据，修改前的对话是：

海尔茂：娜拉——喔，我得再看一遍，不错，不错，是这样的。你没事了，娜拉，你没事了。

娜拉：怎么样，没事了？

海尔茂：瞧瞧这个，他把借据还给你了。他在信里说，他很抱歉，请你原谅，又说他现在转了运，——喔，管他说了些什么。我们没事了，娜拉！没有于你不利的证据了。喔，娜拉，娜拉。

修改后是这样的：

海尔茂：娜拉！喔，别忙！让我再看一遍！不错，不错！我没事了！娜拉，我没事了！

娜拉：我呢？

海尔茂：当然你也没事了，咱们俩都没事了。你看，他把借据还你了。他在信里说，这件事非常抱歉，要请你原谅，他又说他现在交了运——喔，管他还写些什么。娜拉，咱们没事了！现在没人能害你了。喔，娜拉，娜拉——咱们先把这害人的东西消灭了再说。……

在表现海尔茂当时的第一反应时，易卜生把"你没事了"改成"我没事了"，一个人称的改动，充分说明了海尔茂无意识中透露出来的自私，将人物灵魂中的真实表现得淋漓尽致。同时，娜拉原来的"怎么样，没事了？"平平淡淡，毫无波澜，而修改后的带有讽刺与愤怒意味的"我呢？"则具有强烈的冲击力，反映出娜拉经历过此次大波折，认清了海尔茂，意识到自我，性格从此产生了巨大变化。

剧作的结尾部分留给了读者广阔的思考空间。这扇关上的门，将男权为特征的社会与女性的新生活隔断开来。

思考与练习

1.有人认为海尔茂是个老实人，他当律师从不接受不正当的案子，而娜拉却是个撒谎者。你如何评价这种看法？

2.《红楼梦》中的林黛玉寄居贾府，步步留心，时时在意，生活并不如意。她是否也能够像娜拉那样选择离开，开始独立的新生活呢？

拓展阅读

1.易卜生《群鬼》。

2.冯梦龙《杜十娘怒沉百宝箱》。

3.鲁迅《娜拉走后怎样》。

第六章

散文欣赏

| 学习目标 |

知识目标

了解古今中外优秀散文家的主要成就，熟悉相关散文作品的主题思想与深层内涵。

能力目标

能够运用文学理论知识对散文作品进行深入探析，学会分析散文的艺术特色与审美价值，提高对散文的鉴赏能力。

素养目标

能够从马克思主义文艺美学的角度进行散文赏析，培养对中外散文作品深度解读的能力。在阅读散文的过程中，能够提出独到的见解，进一步提升自身的文学素养。

情感真挚必能动人心旌，意味隽永必能含英咀华，境界高尚必能升华心灵，语言凝练必能愉悦阅读。总之，情感真挚，意味隽永，境界高尚，语言凝练，即是一篇优美散文。

第一节　中国散文欣赏

中国散文由来已久，先秦散文以《尚书》《春秋》为代表，分为记言和记事两种，记言演变为论说散文，记事发展为史传散文。至新文学运动，在鲁迅、朱自清等作家的努力下，中国现代散文成了一种与诗歌、小说、戏剧并举的，以审美的方式来自由地抒发人生感受的文学体裁。

《 项脊轩志 》

作者简介

归有光（1507—1571年），字熙甫，又字开甫，号震川，自号项脊生。苏州昆山（今江苏昆山）人，后徙居嘉定（今上海嘉定）。早年师从同邑魏校。博学多闻，然科考之路颇为坎坷，直到嘉靖四十四年（1565年）方举进士，历长兴知县、顺德通判，后为南京太仆寺丞，世人称"归太仆"。一度留掌内阁制敕房，参与编修《世宗实录》，文名显赫。隆庆五年（1571年），归有光病逝，享年66岁。

归有光是明代散文大家，其散文风格朴实、感情真挚。归有光与唐顺之、王慎中、茅坤等人倡导散文革新，推崇韩愈、柳宗元、欧阳修、王安石等唐宋名家的散文作品，后世称之为"唐宋派"。其中，归有光创作成就尤其突出，其文被称作"明文第一"，有"今之欧阳修"的赞誉，世称"震川先生"。

在文学创作上，归有光以散文创作为主，兼及诗歌。其散文继承欧阳修、曾巩等人的创作风格，朴实自然，感情真挚；选材上则多着眼于日常生活、家庭琐事，以此表达祖孙、母子、夫妻、兄弟等亲族之间的深厚感情。归有光的散文最突出的特点是清淡朴素、浑然天成、无雕凿痕、自然亲切而又感情真挚。这篇《项脊轩志》是归有光散文的代表作，也可以说是明代作家学习和仿效唐宋诸散文名家的典范之作。

归有光一生创作比较丰富。后人陆续搜集整理，现留存有《震川先生全集》四十卷，其中正集三十卷、别集十卷，内收各种体裁之散文七百七十四篇、诗歌一百一十三首。今通行本为四部丛刊本《震川先生集》共四十卷，系据明代常熟刊本影印。另外，清乾隆年间有人编辑整理《震川先生文集》二十卷传世，然收录不全。

经典原文

项脊轩①，旧南阁子也②。室仅方丈③，可容一人居。百年老屋，尘泥渗漉④，雨泽下注⑤，每移案⑥，顾视⑦无可置者。又北向，不能得日⑧，日过午已昏⑨。余稍为修葺⑩，使不上漏；前辟⑪四窗，垣墙周庭⑫，以当⑬南日，日影反照，室始洞然⑭。又杂植兰桂竹木于庭，旧时栏楯⑮，亦遂增胜⑯。积书满架，偃仰⑰啸歌⑱，冥然兀坐⑲，万籁有声⑳；而庭阶寂寂，小鸟时来啄食，人至不去。三五之夜㉑，明月半墙，桂影斑驳，风移影动，珊珊㉒可爱。

　　然予居于此，多可喜，亦多可悲。先是庭中通南北为一；迨诸父异爨㉓，内外多置小门墙，往往㉔而是。东犬西吠㉕，客逾庖而宴㉖，鸡栖于厅。庭中始为篱，已为墙，凡再变矣㉗。家有老妪，尝居于此。妪，先大母婢也，乳二世，先妣抚之甚厚。室西连于中闺，先妣尝一至。妪每谓予曰："某所而母立于兹。"妪又曰："汝姊在吾怀，呱呱而泣；娘以指叩门扉曰：'儿寒乎？欲食乎？'吾从板外相为应答㉙……"语未毕，余泣，妪亦泣。余自束发㉚，读书轩中，一日，大母过余曰："吾儿，久不见若影，何竟日㉛默默在此，大类女郎也？"比去，以手阖门㉜，自语曰："吾家读书久不效，儿之成，则可待乎！"顷之，持一象笏至，曰："此吾祖太常公㉝宣德间执此以朝，他日汝当用之！"瞻顾遗迹㉞，如在昨日，令人长号不自禁。

　　轩东，故尝为厨；人往，从轩前过。余扃牖㉟而居，久之，能以足音辨人。轩凡四遭火，得不焚，殆㊱有神护者。

　　项脊生曰："蜀清守丹穴，利甲天下，其后秦始皇筑女怀清台。刘玄德与曹操争天下，诸葛孔明起陇中，方二人之昧昧于一隅也，世何足以知之？余区区处败屋中，方扬眉瞬目，谓有奇景；人知之者，其谓与坎井之蛙何异？"

　　余既为此志，后五年，吾妻来归㊲。时至轩中，从余问古事，或凭几学书㊳。吾妻归宁㊴，述诸小妹语曰："闻姊家有阁子，且何谓阁子也？"其后六年，吾妻死，室坏不修。其后二年，余久卧病无聊，乃使人复葺南阁子，其制㊵稍异于前。然自后余多在外，不常居。

　　庭有枇杷树，吾妻死之年所手植㊶也，今已亭亭如盖㊷矣。

（选自朱东润主编《中国历代文学作品选》下编，上海古籍出版社 2008 年版）

【注释】

①项脊轩：归有光在祖业上所修建的一间小屋。轩：小的房室。宋元以来文人书斋常名之为"轩""斋"之类。

②旧：旧日的，原来的。

③方丈：一丈见方。

④尘泥渗（shèn）漉（lù）：(屋顶墙头上的）泥土漏下。渗：透过。漉：漏下。渗漉：从小孔慢慢漏下。

⑤雨泽下注：雨水往下倾泻。下：往下。雨泽：雨水。注：倾泻。

⑥案：几案，桌子。

⑦顾视：环看四周。顾：环视也。

⑧得日：照到阳光。

⑨昏：光线不明。

⑩修葺（qì）：修缮、修理，修补。

⑪辟：开辟。

⑫垣墙周庭：庭院四周砌上围墙。垣：在这里名词作动词，指砌矮墙。垣墙：砌上围墙。周庭：(于）庭子周围。

⑬ 当：挡住。

⑭ 洞然：明亮的样子。

⑮ 栏楯（shǔn）：栏杆。纵的叫栏，横的叫楯。

⑯ 增胜：增添了光彩。胜：美景。

⑰ 偃仰：偃，伏下。仰：仰起。偃仰：安居。

⑱ 啸歌：长啸或吟唱。这里指吟咏诗文，显示豪放自若。啸：口里发出长而清越的声音。

⑲ 冥然兀坐：静静地独自端坐着。兀坐：端坐。

⑳ 万籁有声：自然界的一切声音都能听到。籁：孔穴里发出的声音。万籁：泛指自然界的一切声响。

㉑ 三五之夜：农历每月十五的夜晚，即月圆之夜。

㉒ 珊珊：衣裙玉佩的声音。珊：通"姗"，引申为美好的样子。

㉓ 迨（dài）诸父异爨（cuàn）：等到伯、叔们分了家。迨：及，等到。诸父：伯父、叔父的统称。异爨：分灶做饭，意思是分了家。

㉔ 往往：指到处，处处。而：修饰关系连词。是：这（样）。

㉕ 东犬西吠：东边的狗对着西边叫。意思是分家后，狗把原住同一庭院的人当作陌生人。

㉖ 逾（yú）庖（páo）而宴：越过厨房而去吃饭。庖：厨房。

㉗ 凡再变矣：几经变化之意。凡：总共。再：两次。

㉘ 先大母：指故去的祖母。古人有称祖父为大父，祖母则为大母。

㉙ 相为应答：一一回答。相：偏义复词，指她（先祖母）。

㉚ 束发：古代男孩一般15岁时束发为髻，表示可以入学受业了。此前指儿童时代。

㉛ 竟日：一天到晚。竟：从头到尾。

㉜ 阖（hé）门：阖通"合"。合上，关门。

㉝ 太常公：此处指归有光的祖母的祖父，曾做过太常寺的官员，后辈即以"太常公"称之。以祖辈所做过的最高或最重要官职作为其称呼，这是明清时代仕宦之家常见的做法，如做过御史，则称为御史公。

㉞ 瞻顾遗迹：回忆旧日事物。瞻：向前看。顾：向后看。瞻顾：泛指看，有瞻仰、回忆的意思。

㉟ 扃（jiōng）牖（yǒu）：关着窗户。扃：（从内）关闭。牖：窗户。

㊱ 殆：恐怕，大概，表示揣测的语气。

㊲ 来归：嫁到我家来。归：古代女子出嫁之称。

㊳ 凭几学书：伏在几案上学写字。几：小或矮的桌子。书：写字。

㊴ 归宁：出嫁的女儿回娘家省亲。

㊵ 制：规制、规模，指建造的格式和样子。

㊶ 手植：亲手种植。

㊷ 亭亭如盖：高高挺立，树冠如伞盖。亭亭：直立的样子。盖：即华盖，古常常指车上的伞盖。

作品主题

　　本文是归有光抒情散文的代表作。项脊轩是归有光的书斋名。归有光的远祖归隆道曾在太仓项脊泾居住，作者自号项脊生，又把自己的书斋题名为项脊轩，含有怀宗追远之意。

　　《项脊轩志》又作《项脊轩记》，是一篇借记物以叙事抒情的散文名作。"志"就是"记"的意思，是古代记叙事物、抒发感情的一种文体。本文借项脊轩的兴废，写与之有关的家庭琐事和大事变迁，表达了人亡物在、三世变迁的感慨以及对祖母、母亲和妻子的深切怀念，真切感人。

作品赏析

　　本文属于古代短篇抒情散文的范畴，其采用古人常用的"志"体。这类文章类似于唐宋时期人们常用的文体——"记"，如《小石潭记》《醉翁亭记》《岳阳楼记》《石钟山记》《墨池记》等。这类文章通常写法是：撷取日常琐事，通过细节描写来抒情言志，借日常生活和家庭琐事来表现亲人、朋友之间的感情，最后使本文达到"不事雕琢而自有风味"的审美效果。

　　本文以项脊轩的兴废为线索，写了一系列家庭琐事，表现了作者对家道衰落的惋惜心情，流露出对已故的祖母、母亲、妻子的深切怀念。此外，本文也记述了作者青年时刻苦读书、怡然自得的乐趣。文章所记的一切都紧扣项脊轩，用"悲""喜"作为贯穿全文的意脉。

　　第一段写项脊轩修葺前后的不同变化，以"喜"贯穿。修葺前，项脊轩狭小、阴暗、破漏；修葺后，项脊轩明亮、幽雅、安静。此段，作者意在表达自己对青少年时期读书生活过的书斋深深的眷恋之情。创作手法上，该段采用的是欲扬先抑的创作手法。先极力叙述原来的项脊轩的旧、小、漏、暗，为下文写修葺后的项脊轩的优美可爱做铺垫。修葺后的项脊轩的迷人可爱，令人留恋之处，不仅仅表现在修葺后的明亮、不漏和安静等方面，更表现在作者的生活情趣和与周围环境的自然融合上。

　　第二段叙写项脊轩的人事变迁，回忆母亲和祖母的往事，用"悲"贯穿。"多可喜，亦多可悲"一句，显示家世之痛，思亲之情。先回忆"诸父异爨"引起庭院的变化，反映家庭的败落，笔墨中无不浸透着作者无限的"悲"情；通过老妪忆母，再现了慈母的音容笑貌，使人禁不住潸然泪下；忆及幼年读书时，祖母来项脊轩看望自己，那真挚感人的情景，那谆谆的嘱咐，那沉甸甸的期望，使得作者的感情由"悲"到"泣"，再到"大哭一场"。回忆中隐含着作者对家庭变迁的悲叹，对亲人的深切怀念，对自己怀才不遇、有负祖母期望的深深感慨。

　　第三段叙写自己闭门苦读的情景及小轩多次遭火未焚的事情，是写"悲"的进一步补充，同时，字里行间透露出作者埋头苦读，要实现理想的期望。

　　最后三段是补叙，主要表达了作者对亡妻的怀念之情。这一部分意在写"悲"，极力叙写当年两人在书斋内唱和相随的欢乐，以"喜"衬"悲"，衬托今日丧妻的悲哀。最后，托物抒情，借亭亭如盖的枇杷树，寄托对亡妻深深的怀念之情。

从艺术上讲，归有光这篇文章有以下两个突出特点。

第一，善于抓住富有特征性的细节。归家原本庭院南北相通，是一个整体。自从"诸父异爨"后，设置了许多小门墙，到处都是四分五裂之状，先用篱笆相隔，后来更用一堵墙壁阻断往来（"始为篱，已为墙"）。尤其是"东犬西吠，客逾庖而宴，鸡栖于厅"，寥寥几笔，将一个封建大家庭分家后所产生的颓败、衰落、混乱不堪的情状表现得淋漓尽致。另外，写祖母到项脊轩来，鼓励作者读书求仕、光宗耀祖这件事，同样可以看出归家家道衰落的状况。归有光祖母的祖父曾在宣德年间担任朝廷（太常寺）官员，而如今儿辈们科举无望，所谓"吾家读书久不效"。更可悲的是，族人以分家为能事，把这个钟鸣鼎食之家弄得四分五裂，乌烟瘴气。所以，祖母只有把希望寄托在孙儿归有光的身上了。

第二，善于抓住个性化的语言、行动表现人物性格。如写母亲时，写她听到儿女呱呱而泣时以指叩扉的动作和"儿寒乎？欲食乎"的问话，呈现了慈母对儿女衣食的无微不至的关心。写祖母，是通过她的爱怜的言辞和动作来呈现，如其到轩看孙后离去时的喃喃自语和"以手阖扉"等动作，鲜活再现了老祖母对孙儿的疼爱和期待。写妻子，则写她的"时至轩中，从余问古事，或凭几学书"，简洁地表现了夫妇相依相爱的情状；又写她归宁回来时转述小妹们充满稚气的问话，不但传神地表现了小妹们的娇憨之态，而且生动地再现了夫妻你侬我侬的场面。总之，对于每个人物，作者都能分别抓住他们各自的特征，用寥寥几笔，描绘出他们的音容笑貌。其叙述既富有生活情趣，又显得情真意切，令人动容，从而传达出作者对亲人的真切怀念。

思考与练习

1. 你认为归有光这篇散文的突出特点是什么？

2. 该文既有叙事，又有抒情，却被世人列为抒情散文的典范。试说说作者从哪几个方面进行了抒情。

3. 仿照这篇文章，写一篇 400 字左右的抒情散文。

拓展阅读

贝京《归有光研究》。

桨声灯影里的秦淮河

作者简介

朱自清（1898—1948年），原名自华，号秋实，后改名自清，字佩弦。原籍浙江绍兴，出生于江苏省东海县（今连云港市东海县平明镇）。现代杰出的散文家、诗人、学者、民主战士。

1916年中学毕业并成功考入北京大学预科。1919年开始发表诗歌。1928年第一本散文集《背影》出版。1932年7月，任清华大学中国文学系主任。1934年，出版《欧游杂记》和《伦敦杂记》。1935年，出版散文集《你我》。1948年8月12日因胃穿孔病逝于北平，年仅50岁。

经典原文

一九二三年八月的一晚，我和平伯同游秦淮河；平伯是初泛，我是重来了。我们雇了一只"七板子"，在夕阳已去，皎月方来的时候，便下了船，于是桨声汩——汩，我们开始领略那晃荡着蔷薇色的历史的秦淮河的滋味了。

秦淮河里的船，比北京万牲园、颐和园的船好，比西湖的船好，比扬州瘦西湖的船也好。这几处的船不是觉着笨，就是觉着简陋，局促；都不能引起乘客们的情韵，如秦淮河的船一样。秦淮河的船约略可分为两种：一是大船；一是小船，就是所谓"七板子"。大船舱口阔大，可容二三十人。里面陈设着字画和光洁的红木家具，桌上一律嵌着冰凉的大理石面。窗格雕镂颇细，使人起柔腻之感。窗格里映着红色蓝色的玻璃；玻璃上有精致的花纹，也颇悦人目。"七板子"规模虽不及大船，但那淡蓝色的栏杆，空敞的舱，也足系人情思。而最出色处却在它的舱前。舱前是甲板上的一部，上面有弧形的顶，两边用疏疏的栏杆支着。里面通常放着两张藤的躺椅。躺下，可以谈天，可以望远，可以顾盼两岸的河房。大船上也有这个，但在小船上更觉清隽罢了。舱前的顶下，一律悬着灯彩；灯的多少，明暗，彩苏的精粗，艳晦，是不一的。但好歹总还你一个灯彩。这灯彩实在是最能勾人的东西。夜幕垂垂地下来时，大小船上都点起灯火。从两重玻璃里映出那辐射着的黄黄的散光，反晕出一片朦胧的烟霭；透过这烟霭，在黯黯的水波里，又逗起缕缕的明漪。在这薄霭和微漪里，听着那悠然的间歇的桨声，谁能不被引入他的美梦去呢？只愁梦太多了，这些大小船儿如何载得起呀？我们这时模模糊糊的谈着明末的秦淮河的艳迹，如《桃花扇》及《板桥杂记》里所载的。我们真神往了。我们仿佛亲见那时华灯映水，画舫凌波的光景了。于是我们的船便成了历史的重载了。我们终于恍然秦淮河的船所以雅丽过于他处，而又有奇异的吸引力的，实在是许多历史的影象使然了。

秦淮河的水是碧阴阴的；看起来厚而不腻，或者是六朝金粉所凝么？我们初上船的时候，天色还未断黑，那漾漾的柔波是这样的恬静，委婉，使我们一面有水阔天空之想，一面又憧憬着纸醉金迷之境了。等到灯火明时，阴阴的变为沉沉了：黯淡的水光，像梦一般；那偶然闪烁着的光芒，就是梦的眼睛了。我们坐在舱前，因了那隆起的顶棚，仿佛总是昂着首向前走着似的；于是飘飘然如御风而行的我们，看着那些自在的湾泊着的船，船里走马灯般的人物，便像是下界一般，迢迢的远了，又像在雾里看花，尽朦朦胧胧的。这时我们已过了利涉桥，望见东关头了。沿路听见断续的歌声：有从沿河的妓楼飘来的，有从河上船里渡来的。我们明知那些歌声，只是些因袭的言词，从生涩的歌喉里机械的发出来的；但它们经了夏夜的微风的吹漾和水波的摇拂，袅娜着到我们耳边的时候，已经不单是她们的歌声，而混着微风和河水的密语了。于是我们不得不被牵惹着，震撼着，相与浮沉于这歌声里了。从东关头转湾，不久就到大中桥。大中桥共有三个桥拱，都很阔大，俨然是三座门儿；使我们觉得我们的船和船里的我们，在桥下过去时，真是太无颜色了。桥砖是深褐色，表明它的历史的长久；但都完好无缺，令人太息于古昔工程的坚美。桥上两旁都是木壁的房子，中间应该有街路？这些房子都破旧了，多年烟熏的迹，遮没了当年的美丽。我想象秦淮河的极盛时，在这样宏阔的桥上，特地盖了房子，必然是髹漆得富富丽丽的；晚间必然是灯火通明的，现在却只剩下一片黑沉沉！但是桥上造着房子，毕竟使我们多少可以想见往日的繁华；这也慰情聊胜无了。过了大中桥，便到了灯月交辉，笙歌彻夜的秦淮河；这才是秦淮河的真面目哩。

　　大中桥外，顿然空阔，和桥内两岸排着密密的人家的景象大异了。一眼望去，疏疏的林，淡淡的月，衬着蔚蓝的天，颇像荒江野渡光景；那边呢，郁丛丛的，阴森森的，又似乎藏着无边的黑暗：令人几乎不信那是繁华的秦淮河了。但是河中眩晕着的灯光，纵横着的画舫，悠扬着的笛韵，夹着那吱吱的胡琴声，终于使我们认识绿如茵陈酒的秦淮水了。此地天裸露着的多些，故觉夜来的独迟些；从清清的水影里，我们感到的只是薄薄的夜——这正是秦淮河的夜。大中桥外，本来还有一座复成桥，是船夫口中的我们的游踪尽处，或也是秦淮河繁华的尽处了。我的脚曾踏过复成桥的脊，在十三四岁的时候。但是两次游秦淮河，却都不曾见着复成桥的面；明知总在前途的，却常觉得有些虚无缥缈似的。我想，不见倒也好。这时正是盛夏。我们下船后，借着新生的晚凉和河上的微风，暑气已渐渐消散；到了此地，豁然开朗，身子顿然轻了——习习的清风荏苒在面上，手上，衣上，这便又感到了一缕新凉了。南京的日光，大概没有杭州猛烈；西湖的夏夜老是热蓬蓬的，水像沸着一般，秦淮河的水却尽是这样冷冷地绿着。任你人影的憧憧，歌声的扰扰，总像隔着一层薄薄的绿纱面幕似的；它尽是这样静静的，冷冷的绿着。我们出了大中桥，走不上半里路，船夫便将船划到一旁，停了桨由它宕着。他以为那里正是繁华的极点，再过去就是荒凉了；所以让我们多多赏鉴一会儿。他自己却静静的蹲着。他是看惯这光景的了，大约只是一个无可无不可。这无可无不可，无论是升的沉的，总之，都比我们高了。

　　那时河里热闹极了；船大半泊着，小半在水上穿梭似的来往。停泊着的都在近市的那一边，我们的船自然也夹在其中。因为这边略略的挤，便觉得那边十分的疏了。在每一只船从那边过去时，我们能画出它的轻轻的影和曲曲的波，在我们的心上；这显着是空，且显着是静了。那时处处都是歌声和凄厉的胡琴声，圆润的喉咙，确乎是很少的。但那生涩的，尖脆的调子能使人有少年的，粗率不拘的感觉，也正可快我们的意。况且多少隔开些儿听着，因为想象与渴慕的做美，总觉更有滋味；而竞发的喧嚣，抑扬的不齐，远近的杂沓，和乐器的嘈嘈切切，合成另一意味的谐音，也使我们无所适从，如随着大风而走。这实在因为我们的心枯涩久了，变为脆弱；故偶然润泽一下，便疯狂似的不能自主了。但秦淮河确也腻人。即如船里的人面，无论是和我们一堆儿泊着的，无论是从我们眼前过去的，总是模模糊糊的，甚至渺渺茫茫的；任你张圆了眼睛，揩净了眦垢，也是枉然。这真够人想呢。在我们停泊的地方，灯光原是纷然的；不过这些灯光都是黄而有晕的。黄已经不能明了，再加上了晕，便更不成了。灯愈多，晕就愈甚；在繁星般的黄的交错里，秦淮河仿佛笼上了一团光雾。光芒与雾气腾腾的晕着，什么都只剩了轮廓了；所以人面的详细的曲线，便消失于我们的眼底了。但灯光究竟夺不了那边的月色；灯光是浑的，月色是清的，在浑沌的灯光里，渗入一派清辉，却真是奇迹！那晚月儿已瘦削了两三分。她晚妆才罢，盈盈的上了柳梢头。天是蓝得可爱，仿佛一汪水似的；月儿便更出落得精神了。岸上原有三株两株的垂杨树，淡淡的影子，在水里摇曳着。它们那柔细的枝条浴着月光，就像一支支美人的臂膊，交互的缠着，挽着；又像是月儿披着的发。而月儿偶尔也从它们的交叉处偷偷窥看我们，大有小姑娘怕羞的样子。岸上另有几株不知名的老树，光光的立着；在月光里照起来，却又俨然是精神矍铄的老人。远处——快到天际线了，才有一两片白云，亮得现出异彩，像是美丽的贝壳一般。白云下便是黑黑的一带轮廓；是一条随意画的不规则的曲线。这一段光景，和河中的风味大异了。但灯与月竟能并存着，交融着，使月成了缠绵的月，灯射着渺渺的灵辉，这正是天之所以厚秦淮河，也正是天之所以厚我们了。

这时却遇着了难解的纠纷。秦淮河上原有一种歌妓，是以歌为业的。从前都在茶舫上，唱些大曲之类。每日午后一时起；什么时候止，却忘记了。晚上照样也有一回。也在黄晕的灯光里。我从前过南京时，曾随着朋友去听过两次。因为茶舫里的人脸太多了，觉得不大适意，终于听不出所以然。前年听说歌妓被取缔了，不知怎的，颇涉想了几次——却想不出什么。这次到南京，先到茶舫上去看看。觉得颇是寂寥，令我无端的怅怅了。不料她们却仍在秦淮河里挣扎着，不料她们竟会纠缠到我们，我于是很张皇了，她们也乘着"七板子"，她们总是坐在舱前的。舱前点着石油汽灯，光亮眩人眼目：坐在下面的，自然是纤毫毕见了——引诱客人们的力量，也便在此了。舱里躲着乐工等人，映着汽灯的余辉蠕动着；他们是永远不被注意的。每船的歌妓大约都是二人；天色一黑，她们的船就在大中桥外往来不息的兜生意。无论行着的船，泊着的船，都要来兜揽。这都是我后来推想出来的。那晚不知怎样，忽然轮着我们的船了。我们的船好好的停着，一只歌舫划向我们来了；渐渐和我们的船并着了。烁烁的灯光逼得我们皱起了眉头；我们的风尘色全给它托出来了，这使我踧踖不安了。那时一个伙计跨过船来，拿着摊开的歌折，就近塞向我的手里，说："点几出吧！"他跨过来的时候，我们船上似乎有许多眼光跟着。同时相近的别的船上也似乎有许多眼睛炯炯的向我们船上看着。我真窘了！我也装出大方的样子，向歌妓们瞥了一眼，但究竟是不成的！我勉强将那歌折翻了一翻，却不曾看清了几字；便赶紧递还那伙计，一面不好意思地说："不要，我们……不要。"他便塞给平伯，平伯掉转头去，摇手说："不要！"那人还腻着不走。平伯又回过脸来，摇着头道："不要！"于是那人重到我处，我窘着再拒绝了他。他这才有所不屑似的走了。我的心立刻放下，如释了重负一般。我们就开始自白了。

我说我受了道德律的压迫，拒绝了她们；心里似乎很抱歉的。这所谓抱歉，一面对于她们，一面对于我自己。她们于我们虽然没有很奢的希望；但总有些希望的。我们拒绝了她们，无论理由如何充足，却使她们的希望受了伤；这总有几分不做美了。这是我觉得很怅怅的。至于我自己，更有一种不足之感。我这时被四面的歌声诱惑了，降伏了；但是远远的，远远的歌声总仿佛隔着重衣搔痒似的，越搔越搔不着痒处。我于是憧憬着贴耳的妙音了。在歌舫划来时，我的憧憬，变为盼望；我固执的盼望着，有如饥渴。虽然从浅薄的经验里，也能够推知，那贴耳的歌声，将剥去了一切的美妙；但一个平常的人像我的，谁愿凭了理性之力去丑化未来呢？我宁愿自己骗着了。不过我的社会感性是很敏锐的；我的思力能拆穿道德律的西洋镜，而我的感情却终于被它压服着。我于是有所顾忌了，尤其是在众目昭彰的时候。道德律的力，本来是民众赋予的；在民众的面前，自然更显出它的威严了。我这时一面盼望，一面却感到了两重的禁制：一，在通俗的意义上，接近妓者总算一种不正当的行为；二，妓是一种不健全的职业，我们对于她们，应有哀矜勿喜之心，不应赏玩的去听她们的歌。在众目睽睽之下，这两种思想在我心里最为旺盛。她们暂时压倒了我的听歌的盼望，这便成就了我的灰色的拒绝。那时的心实在异常状态中，觉得颇是昏乱。歌舫去了，暂时宁靖之后，我的思绪又如潮涌了。两个相反的意思在我心头往复：卖歌和卖淫不同，听歌和狎妓不同，又干道德甚事？——但是，但是，她们既被逼的以歌为业，她们的歌必无艺术味的；况她们的身世，我们究竟该同情的。所以拒绝倒也是正办。但这些意思终于不曾撇开我的听歌的盼望。它力量异常坚强；它总想将别的思绪踏在脚下。从这重重的争斗里，我感到了浓厚的不足之感。这不足之感使我的心盘旋不安，起坐都不安宁了。唉！我承认我是一个自私的人！

平伯呢，却与我不同。他引周启明先生的诗，"因为我有妻子，所以我爱一切的女人；因为我有子女，所以我爱一切的孩子。"他的意思可以见了。他因为推及的同情，爱着那些歌妓，并且尊重着她们，所以拒绝了她们。在这种情形下，他自然以为听是对于她们的一种侮辱。但他也是想听歌的，虽然不和我一样。所以在他的心中，当然也有一番小小的争斗；争斗的结果，是同情胜了。至于道德律，在他是没有什么的；因为他很有蔑视一切的倾向，民众的力量在他是不大觉着的。这时他的心意的活动比较简单，又比较松弱，故事后还怡然自若；我却不能了。这里平伯又比我高了。

在我们谈话中间，又来了两只歌舫。伙计照前一样的请我们点戏，我们照前一样的拒绝了。我受了三次窘，心里的不安更甚了。清艳的夜景也为之减色。船夫大约因为要赶第二趟生意，催着我们回去；我们无可无不可的答应了。我们渐渐和那些晕黄的灯光远了，只有些月色冷清清的随着我们的归舟。我们的船竟没个伴儿，秦淮河的夜正长哩！到大中桥近处，才遇着一只来船。这是一只载妓的板船，黑漆漆的没有一点光。船头上坐着一个妓女；暗里看出，白地小花的衫子，黑的下衣。她手里拉着胡琴，口里唱着青衫的调子。她唱得响亮而圆转；当她的船箭一般驶过去时，余音还袅袅的在我们耳际，使我们倾听而向往。想不到在弩末的游踪里，还能领略到这样的清歌！这时船过大中桥了，森森的水影，如黑暗张着巨口，要将我们的船吞了下去。我们回顾那渺渺的黄光，不胜依恋之情；我们感到了寂寞了！这一段地方夜色甚浓，又有两头的灯火招邀着；桥外的灯火不用说了，过了桥另有东关头疏疏的灯火。我们忽然仰头看见依人的素月，不觉深悔归来之早了！走过东关头，有一两只大船湾泊着，又有几只船向我们来着。嚣嚣的一阵歌声人语，仿佛笑我们无伴的孤舟哩。东关头转湾，河上的夜色更浓了；临水的妓楼上，时时从帘缝里射出一线一线的灯光；仿佛黑暗从醉睡里眨了一眨眼。我们默然的对着，静听那汩——汩的桨声，几乎要入睡了；朦胧里却温寻着适才的繁华的余味。我那不安的心在静里愈显活跃了！这时我们都有了不足之感，而我的更其浓厚。我们却又不愿回去，于是只能由懊悔而怅惘了。船里便满载着怅惘了。直到利涉桥下，微微嘈杂的人声，才使我豁然一惊；那光景却又不同。右岸的河房里，都大开了窗户，里面亮着晃晃的电灯，电灯的光射到水上，蜿蜒曲折，闪闪不息，正如跳舞着的仙女的臂膊。我们的船已在她的臂膊里了；如睡在摇篮里一样，倦了的我们便又入梦了。那电灯下的人物，只觉得像蚂蚁一般，更不去萦念。这是最后的梦，可惜是最短的梦！黑暗重复落在我们面前，我们看见傍岸的空船上一星两星的，枯燥无力又摇摇不定的灯光。我们的梦醒了，我们知道就要上岸了；我们心里充满了幻灭的情思。

（选自朱自清:《桨声灯影里的秦淮河》，载《朱自清散文经典全集》，哈尔滨出版社2013年版）

作品主题

朱自清的《桨声灯影里的秦淮河》以历史人文的眼光写出了桨声灯影下的秦淮河。作者善于写景抒情，观察细腻，描绘真切，叙述灵动，抒情直率，语言朴素中藏纳着精美，平实中蕴含着曲折，并且融景物、历史、人事于一体，描写出了自然装点下的秦淮河，历史氤氲的秦淮河，道德碰撞的秦淮河。

作品赏析

朱自清的《桨声灯影里的秦淮河》是一篇出色的散文代表作，文章笔墨变化多端，有典雅的诗化语言，也有浓艳的精美语句。作者坦率和诚挚地流露出真情实感，将自己的感情与思绪融合在技巧十分高超的风景描写中间，使读者真切地感受到作者的思想感情。

对于社会人生和自然景色，朱自清一向很善于进行精确和缜密的观察，进行细腻和深入的描写。这些委婉而富有韵味的描绘，在开始时似乎都是无关紧要的闲笔，他从各处名胜的游艇讲起，说到了秦淮河的小船（七板子），说到了这船上的"灯彩"，接着就扩展到多少条游船上的灯光，映出了河上的"薄霭和微漪"，然后又过渡到描写"碧阴阴的""厚而不腻"的河水，描写河上"薄薄的夜，淡淡的月"，描写清朗的月光和浑浊的灯光，及其相互交织在一起的景致。在这一束束五彩缤纷而又变幻莫测的光照底下，秦淮河的夜景显出"缠绵"和"渺渺"的丰富复杂的意境。

作者笔下的蔷薇色的历史的秦淮河是糅合着明末《桃花扇》《板桥杂记》中香艳缠绵、繁华悲凉的秦淮河；是华灯映水、画舫凌波的秦淮河；是灯月交辉、笙歌彻夜的秦淮河。是历史人文塑造的秦淮河，是六朝金粉凝结的秦淮河，是纸醉金迷渲染的秦淮河，使人联想，使人憧憬，使人梦里倘恍，使人想象奇异。秦淮河的雅丽奇异正在于历史的重载，历史的影像。

面对大中桥深褐色的坚美的桥砖，桥上两旁木壁的房子，作者想象秦淮河的极盛时，在这样宏阔的桥上，这些房子必然是髹漆得富富丽丽的，晚间必然是灯火通明的，如今破旧黑沉，在历史的冥想中也使读者油然发出"旧时王谢堂前燕，飞入寻常百姓家"的千古幽思。

秦淮河以歌妓闻名，歌妓的歌声虽然在作者看来，言词是因袭的，歌喉是生涩的，但在微风的吹漾和水波的摇拂中，在秦淮河历史繁华的想象与渴慕中，作者年轻的枯涩脆弱、需要润泽的心，也被牵惹、诱惑，被摇动、浮沉。作者甚至羡慕静静的、无可无不可的船夫的心灵的安宁。

然而作者也懂得想象与渴慕中的秦淮河的历史艳迹都是"模模糊糊的，甚至渺渺茫茫的；任你张圆了眼睛，揩净了眦垢，也是枉然"。因此对于秦淮河的歌妓，作者虽然也有憧憬，也有盼望，但从浅薄的经验里也懂得歌声一旦在身旁，将被剥去一切美妙。同时，作者更受到道德律的压迫，歌妓在大众眼里是不正当的职业，因此当歌妓的船兜揽生意时，他拒绝了她们的点歌。然而作者拒绝的同时，似乎又很抱歉，因为他使歌妓受了伤。作者的心陷于挣扎冲突之中，一方面认为歌妓究竟应该同情，拒绝是尊重她们；另一方面又认为听歌和狎妓不同，又干道德甚事？这当中，道德与情感、理性与个性的碰撞争斗照射出作者心灵的真诚。

散文的结尾作者对一位身穿白地小花的衫子、歌声响亮而圆转的歌妓所代表的秦淮河的情韵又产生依恋之情，"朦胧里却温寻着适才的繁华的余味。我那不安的心在静里愈显活跃了！"将作者渴望听歌又道德束缚的矛盾纠结的心灵真实地呈现出来，情与理的冲突、落寞幻灭的情思，正是那个渴望冲破传统道德、追求个性觉醒的悸动时代的心灵彰显。

散文的语言朴素中藏纳着精美，平实中蕴含着曲折，如"疏疏的林，淡淡的月，衬着蔚蓝的天，颇像荒江野渡光景；那边呢，郁丛丛的，阴森森的，又似乎藏着无边的黑暗：令人几乎不信那是繁华的秦淮河了。但是河中眩晕着的灯光，纵横着的画舫，悠扬着的笛韵，夹着那吱吱的胡琴声，终于使我们认识绿如茵陈酒的秦淮水了"。朴素精美的语言将大中桥外的秦淮河空阔潇然的景致自然传神地呈现出来。

又如"秦淮河里的船，比北京万牲园，颐和园的船好，比西湖的船好，比扬州瘦西湖的船也好。这几处的船不是觉着笨，就是觉着简陋，局促；都不能引起乘客们的情韵，如秦淮河的船一样"。曲折复沓的写法婉转传达出秦淮河在历史重载下的独特情韵。

朱自清的《桨声灯影里的秦淮河》构思巧妙，漂亮缜密，融描写、叙事、抒情、说理于一炉，千雕百琢不露斧凿之痕，为"五四"白话散文的大家之作。

思考与练习

1. 你对文中道德律的矛盾冲突有怎样的理解？
2. 选择你熟悉的一个历史人文景观，对其进行描写、叙事、说理、抒情。

拓展阅读

1. 俞平伯《桨声灯影里的秦淮河》。
2. 孔尚任《桃花扇》
3. 余怀《板桥杂记》。

我与地坛（节选）

作者简介

史铁生（1951—2010年），中国作家、散文家。1951年出生于北京市。1967年毕业于清华大学附属中学，1969年去延安一带插队，因双腿瘫痪于1972年回到北京。其历任中国作家协会全国委员会委员，北京作家协会副主席，中国残疾人联合会副主席。自称职业是生病，业余在写作。其代表作有《我的遥远的清平湾》《我与地坛》《务虚笔记》《病隙碎笔》《命若琴弦》等。2010年12月31日凌晨因突发脑溢血逝世，享年59岁。

经典原文

一

我在好几篇小说中都提到过一座废弃的古园，实际上就是地坛。许多年前旅游业还没有开展，园子荒芜冷落得如同一片野地，很少被人记起。

地坛离我家很近。或者说我家离地坛很近。总之，只好认为这是缘分。地坛在我出生前四百多年就坐落在那儿了，而自从我的祖母年轻时带着我父亲来到北京，就一直住在离它不远的地方——五十多年间搬过几次家，可搬来搬去总是在它周围，而且是越搬离它越近了。我常觉得这中间有着宿命的味道：仿佛这古园就是为了等我，而历尽沧桑在那儿等待了四百多年。

它等待我出生，然后又等待我活到最狂妄的年龄上忽地残废了双腿。四百多年里，它一面剥蚀了古殿檐头浮夸的琉璃，淡褪了门壁上炫耀的朱红，坍圮了一段段高墙又散落了玉砌雕栏，祭坛四周的老柏树愈见苍幽，到处的野草荒藤也都茂盛得自在坦荡。这时候想必我是该来了。十五年前的一个下午，我摇着轮椅进入园中，它为一个失魂落魄的人把一切都准备好了。那时，太阳循着亘古不变的路途正越来越大，也越红。在满园弥漫的沉静光芒中，一个人更容易看到时间，并看见自己的身影。

自从那个下午我无意中进了这园子，就再没长久地离开过它。我一下子就理解了它的意图。正如我在一篇小说中所说的："在人口密聚的城市里，有这样一个宁静的去处，像是上帝的苦心安排。"

两条腿残废后的最初几年，我找不到工作，找不到去路，忽然间几乎什么都找不到了，我就摇了轮椅总是到它那儿去，仅为着那儿是可以逃避一个世界的另一个世界。我在那篇小说中写道："没处可去我便一天到晚耗在这园子里。跟上班下班一样，别人去上班我就摇了轮椅到这儿来"。"园子无人看管，上下班时间有些抄近路的人们从园中穿过，园子里活跃一阵，过后便沉寂下来。""园墙在金晃晃的空气中斜切下一溜荫凉，我把轮椅开进去，把椅背放倒，坐着或是躺着，看书或者想事，撅一杈树枝左右拍打，驱赶那些和我一样不明白为什么要来这世上的小昆虫。""蜂儿如一朵小雾稳稳地停在半空；蚂蚁摇头晃脑捋着触须，猛然间想透了什么，转身疾行而去；瓢虫爬得不耐烦了，累了，祈祷一回便支开翅膀，忽悠一下升空了；树干上留着一只蝉蜕，寂寞如一间空屋；露水在草叶上滚动、聚集，压弯了草叶轰然坠地摔开万道金光。""满园子都是草木竞相生长弄出的响动，窸窸窣窣窸窣窸窣片刻不息。"这都是真实的记录，园子荒芜但并不衰败。

除去几座殿堂我无法进去，除去那座祭坛我不能上去而只能从各个角度张望它，地坛的每一棵树下我都去过，差不多它的每一米草地上都有过我的车轮印。无论是什么季节，什么天气，什么时间，我都在这园子里待过。有时候待一会儿就回家，有时候就呆到满地上都亮起月光。记不清都是在它的哪些角落里了，我一连几小时专心致志地想关于死的事，也以同样的耐心和方式想过我为什么要出生。这样想了好几年，最后事情终于弄明白了：一个人，出生了，这就不再是一个可以辩论的问题，而只是上帝交给他的一个事实；上帝在交给我们这件事实的时候，已经顺便保证了它的结果，所以死是一件不必急于求成的事，死是一个必然会降临的节日。这样想过之后我安心多了，眼前的一切不再那么可怕。比如你起早熬夜准备考试的时候，忽然想起有一个长长的假期在前面等待你，你会不会觉得轻松一点？并且庆幸并且感激这样的安排？

剩下的就是怎样活的问题了，这却不是在某一个瞬间就能完全想透的，不是能够一次性解决的事，怕是活多久就要想它多久了，就像是伴你终生的魔鬼或恋人。所以，十五年了，我还是总得到那古园里去，去它的老树下或荒草边或颓墙旁，去默坐，去呆想，去推开耳边的嘈杂理一理纷乱的思绪，去窥看自己的心魂。十五年中，这古园的形体被不能理解它的人肆意雕琢，幸好有些东西是任谁也不能改变它的。譬如祭坛石门中的落日，寂静的光辉平铺的一刻，地上的每一个坎坷都被映照得灿烂；譬如在园中最为落寞的时间，一群雨燕便出来高歌，把天地都叫喊得苍凉；譬如冬天雪地上孩子的脚印，总让人猜想他们是谁，曾在哪儿做过些什么，然后又都到哪儿去了；譬如那些苍黑的古柏，你忧郁的时候它们镇静地站在那儿，你欣喜的时候它们依然镇静地站在那儿，它们没日没夜地站在那儿从你没有出生一直站到这个世界上又没了你的时候；譬如暴雨骤临园中，激起一阵阵灼烈而清纯的草木和泥土的气味，让人想起无数个夏天的事件；譬如秋风忽至，再有一场早霜，落叶或飘摇歌舞或坦然安卧，满园中播散着熨帖而微苦的味道。味道是最说不清楚的，味道不能写只能闻，要你身临其境去闻才能明了。味道甚至是难于记忆的，只有你又闻到它你才能记起它的全部情感和意蕴。所以我常常要到那园子里去。

现在我才想到，当年我总是独自跑到地坛去，曾经给母亲出了一个怎样的难题。

她不是那种光会疼爱儿子而不懂得理解儿子的母亲。她知道我心里的苦闷，知道不该阻止我出去走走，知道我要是老待在家里结果会更糟，但她又担心我一个人在那荒僻的园子里整天都想些什么。我那时脾气坏到极点，经常是发了疯一样地离开家，从那园子里回来又中了魔似的什么话都不说。母亲知道有些事不宜问，便犹犹豫豫地想问而终于不敢问，因为她自己心里也没有答案。她料想我不会愿意她跟我一同去，所以她从未这样要求过，她知道得给我一点独处的时间，得有这样一段过程。她只是不知道这过程得要多久，和这过程的尽头究竟是什么。每次我要动身时，她便无言地帮我准备，帮助我上了轮椅车，看着我摇车拐出小院；这以后她会怎样，当年我不曾想过。

有一回我摇车出了小院，想起一件什么事又返身回来，看见母亲仍站在原地，还是送我走时的姿势，望着我拐出小院去的那处墙角，对我的回来竟一时没有反应。待她再次送我出门的时候，她说："出去活动活动，去地坛看看书，我说这挺好。"许多年以后我才渐渐听出，母亲这话实际上是自我安慰，是暗自的祷告，是给我的提示，是恳求与嘱咐。只是在她猝然去世之后，我才有余暇设想。当我不在家里的那些漫长的时间，她是怎样心神不定坐卧难宁，兼着痛苦与惊恐与一个母亲最低限度的祈求。现在我可以断定，以她的聪慧和坚忍，在那些空落的白天后的黑夜，在那不眠的黑夜后的白天，她思来想去最后准是对自己说："反正我不能不让他出去，未来的日子是他自己的，如果他真的要在那园子里出了什么事，这苦难也只好我来承担。"在那段日子里——那是好几年长的一段日子，我想我一定使母亲做过最坏的准备了，但她从来没有对我说过："你为我想想。"事实上我也真的没为她想过。那时她的儿子还太年轻，还来不及为母亲想，他被命运击昏了头，一心以为自己是世上最不幸的一个，不知道儿子的不幸在母亲那儿总是要加倍的。她有一个长到二十岁上忽然截瘫了的儿子，这是她惟一的儿子；她情愿截瘫的是自己而不是儿子，可这事无法代替；她想，只要儿子能活下去哪怕自己去死呢也行，可她又确信一个人不能仅仅是活着，儿子得有一条路走向自己的幸福；而这条路呢，没有谁能保证她的儿子终于能找到——这样一个母亲，注定是活得最苦的母亲。

有一次与一个作家朋友聊天，我问他学写作的最初动机是什么？他想了一会说："为我母亲。为了让她骄傲。"我心里一惊，良久无言。回想自己最初写小说的动机，虽不似这位朋友的那般单纯，但如他一样的愿望我也有，且一经细想，发现这愿望也在全部动机中占了很大比重。这位朋友说："我的动机太低俗了吧？"我光是摇头，心想低俗并不见得低俗，只怕是这愿望过于天真了。他又说："我那时真就是想出名，出了名让别人羡慕我母亲。"我想，他比我坦率。我想，他又比我幸福，因为他的母亲还活着。而且我想，他的母亲也比我的母亲运气好，他的母亲没有一个双腿残废的儿子，否则事情就不这么简单。

在我的头一篇小说发表的时候，在我的小说第一次获奖的那些日子里，我真是多么希望我的母亲还活着。我便又不能在家里呆了，又整天整天独自跑到地坛去，心里是没头没尾的沉郁和哀怨，走遍整个园子却怎么也想不通：母亲为什么就不能再多活两年？为什么在她儿子就快要碰撞开一条路的时候，她却忽然熬不住了？莫非她来此世上只是为了替儿子担忧，却不该分享我的一点点快乐？她匆匆离我去时才只有四十九岁呀！有那么一会，我甚至对世界对上帝充满了仇恨和厌恶。后来我在一篇题为《合欢树》的文章中写道："坐在小公园安静的树林里，我闭上眼睛，想：上帝为什么早早地召母亲回去呢？很久很久，迷迷糊糊地我听见了回答：'她心里太苦了。上帝看她受不住了，就召她回去。'我似乎得到一点儿安慰，睁开眼睛，看见风正从树林里穿过。"小公园，指的也是地坛。

只是到了这时候，纷纭的往事才在我眼前幻现得清晰，母亲的苦难与伟大才在我心中渗透得深彻。上帝的考虑，也许是对的。

摇着轮椅在园中慢慢走，又是雾罩的清晨，又是骄阳高悬的白昼，我只想着一件事：母亲已经不在了。在老柏树旁停下，在草地上在颓墙边停下，又是处处虫鸣的午后，又是鸟儿归巢的傍晚，我心里只默念着一句话：可是母亲已经不在了。把椅背放倒，躺下，似睡非睡挨到日没，坐起来，心神恍惚，呆呆地直坐到古祭坛上落满黑暗然后再渐渐浮起月光，心里才有点儿明白，母亲不能再来这园中找我了。

曾有过好多回，我在这园子里待得太久了，母亲就来找我。她来找我又不想让我发觉，只要见我还好好地在这园子里，她就悄悄转身回去，我看见过几次她的背影。我也看见过几回她四处张望的情景，她视力不好，端着眼镜像在寻找海上的一条船，她没看见我时我已经看见她了，待我看见她也看见我了我就不去看她，过一会我再抬头看她就又看见她缓缓离去的背影。我单是无法知道有多少回她没有找到我。有一回我坐在矮树丛中，树丛很密，我看见她没有找到我；她一个人在园子里走，走过我的身旁，走过我经常待的一些地方，步履茫然又急迫。我不知道她已经找了多久还要找多久，我不知道为什么我决意不喊她——但这绝不是小时候的捉迷藏，这也许是出于长大了的男孩子的倔强或羞涩？但这倔强只留给我痛悔，丝毫也没有骄傲。我真想告诫所有长大了的男孩子，千万不要跟母亲来这套倔强，羞涩就更不必，我已经懂了可我已经来不及了。

儿子想使母亲骄傲，这心情毕竟是太真实了，以致使"想出名"这一声名狼藉的念头也多少改变了一点形象。这是个复杂的问题，且不去管它了罢。随着小说获奖的激动逐日暗淡，我开始相信，至少有一点我是想错了：我用纸笔在报刊上碰撞开的一条路，并不就是母亲盼望我找到的那条路。年年月月我都到这园子里来，年年月月我都要想，母亲盼望我找到的那条路到底是什么。母亲生前没给我留下过什么隽永的哲言，或要我恪守的教诲，只是在她去世之后，她艰难的命运、坚忍的意志和毫不张扬的爱，随光阴流转，在我的印象中愈加鲜明深刻。

有一年，十月的风又翻动起安详的落叶，我在园中读书，听见两个散步的老人说："没想到这园子有这么大。"我放下书，想，这么大一座园子，要在其中找到她的儿子，母亲走过了多少焦灼的路。多年来我头一次意识到，这园中不单是处处都有过我的车辙，有过我的车辙的地方也都有过母亲的脚印。

（选自史铁生：《我与地坛》，人民文学出版社 2011 年版）

作品主题

"心血倾注过的地方不容丢弃，我常常觉得这是我名字的昭示，让历史铁一样地生着，以便不断地去看它，不是不断去看这些文字，而是借助这些蹒跚的脚印不断地看那一向都在写作着的心魂，看这心魂的可能与去向。"史铁生曾这样解释他的名字。史铁生的写作一向都是灵魂的叩问和深度的思想，散文《我与地坛》则是史铁生感悟思想、生命、自然、人事的佳作，地坛是思想者的地坛，是思想者的家园。

史铁生在地坛思想死生的意义、永恒的意义、苦难的意义，死是不必着急的一个必然，人活着要为获得某种价值而活着；生命存在变化，亦存在永恒；苦难是因为生命存在差别的必然。史铁生亦在地坛思考自然、人事，感悟自然的生生不息、四季演变；思考人事的苦甜哀乐、苦难伟大。在地坛，史铁生获得了对生命的超越认知，对于自己的苦难命运有了更为清晰的认知，并对母爱有了深刻的认识。

作品赏析

地坛本是明清两朝帝王祭祀"皇地祇神"的神圣场所，却因废弃、荒芜受到人们的冷落。史铁生在二十几岁的大好年华里，因双腿突然瘫痪，人生近于被弃，这使得史铁生和地坛结下了生命之缘，促使史铁生在地坛思考死生、活着的意义。透彻的思考中，史铁生领悟到人生不管多么漫长的时光也是稍纵即逝的，人生每一天每一步其实都是走在回家的路上。"死是一件无须乎着急去做的事，是一件无论怎样耽搁也不会错过的事"，死亡是必然，人要活下去，活着是为了得到什么，或爱情，或价值感。在地坛，史铁生对活着意义的思索也是不断突破的，从最初觉悟自己活着是为了写作，渐渐懂得有一天自己也会才思枯竭，他开始醒悟自己活着不是为了写作，而写作是为了活着，人活着仅仅是为了活着的欲望。

史铁生亦在地坛思考永恒的意义。与地坛十五年来的朝夕相处，史铁生近距离地领悟到生命中的变化，譬如神圣的地坛演变为寻常百姓流连的场所。但生命中也有不变的存在，地坛虽然被时光肆意雕琢，然而有些东西却任谁也不能改变。如"祭坛石门中的落日，寂静的光辉平铺的一刻，地上的每一个坎坷都被映照得灿烂""园中最为落寞的时间，一群雨燕便出来高歌，把天地都叫喊得苍凉""苍黑的古柏，你忧郁的时候它们镇静地站在那儿，你欣喜的时候它们依然镇静地站在那儿，生命有永恒，亘古长存"等。

地坛四百年来变得荒凉了，史铁生因残疾产生的人生也变得荒凉了，两相契合，彼此相遇。史铁生对地坛的情感是亲切的，观察是细腻的，感悟是敏锐的，文笔是绚烂的。

散文对地坛的描绘十分真切，呈现了地坛脱去高贵面纱的苍凉。"剥蚀了古殿檐头浮夸的琉璃，淡褪了门壁上炫耀的朱红，坍圮了一段段高墙又散落了玉砌雕栏，祭坛四周的老柏树愈见苍幽，到处的野草荒藤也都茂盛得自在坦荡"，地坛的荒凉、褪色和衰败反而衬托了地坛走向民间的朴素、茂盛与坚韧。

散文对昆虫的描写极为细腻，赋予了昆虫人格化的思想与情感。"蜂儿如一朵小雾稳稳地停在半空，蚂蚁摇头晃脑捋着触须，猛然间想透了什么，转身疾行而去；瓢虫爬得不耐烦了，累了，祈祷一回便支开翅膀，忽悠一下升空了；树干上留着一只蝉蜕，寂寞如一间空屋；露水在草叶上滚动，聚集，压弯了草叶轰然坠地摔开万道金光。"地坛荒芜，却不衰败，充满了灵动可爱的鲜活生命，这是地坛不能摧毁的生命的力量。

散文对四季的比喻轻灵悠远，凝聚了地坛自然生灵的万般曲韵。"春天是祭坛上空飘浮着的鸽子的哨音，夏天是冗长的蝉歌和杨树叶子哗啦啦地对蝉歌的取笑，秋天是古殿檐头的风铃响，冬天是啄木鸟随意而空旷的啄木声。"四季生生不息，万古流转，虫鸟风铃，各具姿态，合奏出地坛之歌。

散文感人至深地呈现了母爱的伟大。史铁生母亲的心是痛楚的，她宁愿截瘫的是她自己，但她无法代替儿子。母亲的心是煎熬的，儿子不在家里的漫长时间，她只能在痛苦与惊恐中心神不宁，坐卧难安。母亲的心是忧虑的，一次次到地坛寻找，希望儿子平安。史铁生的母亲称得上是一位伟大的母亲，她学习放下，"反正我不能不让他出去，未来的日子是他自己的，如果他真的要在那园子里出了什么事，这苦难也只好我来承担"。她学习放手，只在出门前为儿子整理轮椅。母亲克己忍耐，独自承受所有不幸，不仅希望儿子活着，而且希望儿子还有一条路可以走向自己的幸福。母亲中年时离世，她艰难的命运、坚忍的意志和毫不张扬的爱，在史铁生的印象中，随光阴流转却愈加鲜明深刻。

《我与地坛》中史铁生思索死生、永恒的问题与活着和苦难的意义，给作品带来严肃深沉的意味；地坛的花草虫鸟也因其灵性的存在，给作品平添清新活泼的韵味；地坛中形形色色的人物，因其情感的熏染，给作品增加温暖深厚的情愫。《我与地坛》深沉、清新、温暖，是当代散文的佳作。

思考与练习

1. 你怎么理解生命的苦难？苦难的意义是什么？
2. 选择一处你熟悉的景点，并对之进行细致描绘。

拓展阅读

1. 史铁生《务虚笔记》《病隙碎笔》《命若琴弦》。
2. 余华《活着》。

第二节　外国散文欣赏

西方散文极具理性色彩，长于思辨。它介入时代、介入社会、介入人生，从大处着眼，小处落墨，一书一文，大智大情。所谓说理，却又不是对一般已知道理的诠释和说明，而是对一个未知道理的发现和论证，是一种新的预见的宣告。西方的散文自然从容，富于张力。它的不拘一格由来已久，西方文论家几乎不着眼于语言及其他因素，追求的是散文内蕴的独特性质，他们直接将散文与个性主义联系起来，并认为散文是最具有个性的、忠实于生活的、自由自在的文体。

情感驱使我们操心未来（节选）

作者简介

米歇尔·德·蒙田（1533—1592年），文艺复兴时期法国思想家、作家、怀疑论者。他是启蒙运动以前法国的一位知识权威和批评家，是一位人类感情的观察家，亦是对各民族文化，特别是西方文化冷静研究的学者。其作品《蒙田随笔全集》受到许多文学家、思想家的推崇和喜爱，对包括培根、莎士比亚、帕斯卡尔、卢梭等在内的许多名家产生了重要影响。

经典原文

有人指控人类总是渴求未来的事情，他们教导我们要抓住眼前利益，安于现状，似乎未来的事根本就无法把握，甚至比过去更难驾驭。这些人一言道明了人类最普遍的错误，如果他们敢把大自然为了自己的事业而驱使我们做的事称为谬误的话；大自然关注我们的行动甚于知识，激发我们产生了这种虚妄的想法，正如让我们产生其他许多虚妄想法一样。我们从不安于现状，总是操心未来。担忧、欲望和希望把我们推向将来，使我们感觉不到或不重视现实的事，而对未来的乃至我们身后的事却尤感兴趣。"忧虑未来者是可悲的。"①

"做你自己的事，要有自知之明"，人们通常将这一箴言归于柏拉图。这一格言的两个部分概括了我们的责任，而两部分之间又互相包含。当一个人要做自己的事时，就会发现他首先要做的便是认识自我，明确自己该做什么。有了自知之明，就不会去多管闲事，首先会自尊自爱，自修其身；就不会忙忙碌碌，劳而无功，不会想不该想的，说不该说的。"蠢人即使得到想要的东西也从不会满足，智者却满足现状，自得其乐。"②

伊壁鸠鲁③不要智者去预料和操心未来。

在关于死者的众多法律中，我认为"君王的功过在身后需受审查"这一条特别有道理。他们即使不是法律的主人，也是法律的伙伴；法律不能触及他们的生命，但能影响他们的声誉及其继承者的利益：这些对我们来说比生命更重要。这是一种惯例，对遵守这一惯例的民族大有裨益，所有担心别人把自己同恶君相提并论的明君都希望受到这种制约。我们在所有的国王面前俯首帖耳，唯命是从，因为他们在履行自己的职责，然而对他们的尊敬和爱戴则只取决于他们的功德。从政治角度讲，当他们需要我们支持他们行使职权时，我们可以耐心地忍受他们的不称职，掩饰他们的恶习，赞扬他们无足轻重的行动。但这种君臣关系一旦不复存在，我们就不应该，也没有理由不让自己公正而自由地表达我们真实的感受；尤其是不可以抹杀那些忠臣的功劳，他们深知君主的缺陷，却依然忠心耿耿，任劳任怨：如果不这样做，就会使后人少了一个榜样。至于那种出于个人需要，极不公正地对不足称道的君王歌功颂德的人，他们的公道观是违反大众的公道观的。提图斯·李维④说得对，王权统治下的人们都用充满炫耀与伪证的语言，不加区分地无限夸大他们国王的丰功伟绩。

我们可以谴责两个当面顶撞尼禄⑤的士兵缺少高尚的心灵。其中一个被尼禄问及为何要伤害他时答道："我过去崇拜你，因为你那时值得爱戴，但自从你杀死了你的母亲，你这个马车夫、戏子、纵火犯，我就恨透你了，因为你只配人恨。"另一个被问及为何想弑他时回答："因为我找不出别的办法来制止你干坏事。"但是尼禄死后，他的专横跋扈和荒淫无度遭到万夫鞭挞，并将永远为后人唾弃，对此，稍有智力的人难道会指责吗？

斯巴达国⑥的治理方式是非常纯洁的，可是我不喜欢其中的虚伪礼仪：国王们死后，所有的盟友和邻国，所有的国有奴隶，不论男女老少，都会在额头上割一道口子，以示悲痛，声泪俱下地声称，他们的国王，不管生前如何，都是最好的君主，把对功绩的歌颂变成了对地位的歌颂，对最大功绩的歌颂变成了对最高地位的歌颂。梭伦⑦说过，任何人在生前不能称幸福，只有依次生活过并且已经死亡的人，才可能称幸福，即使声名狼藉，即使后代受苦；对此，亚里士多德提出质疑，正如他对其他任何事情提出质疑一样。他说，一个照规矩活过并已死了的人，如果他声名狼藉，如果他的后代穷困潦倒，是不是可以称幸福呢？当我们活着的时候，总是刻意去做令自己愉快的事；但一旦失去存在，我们与存在就没有任何联系了。因此，应该告诉梭伦，人决无幸福可言，既然只有在不存在时才有幸福。

> 谁也不会一下子死去，
> 谁都对身后寄予希望；
> 不能离开和抛弃
> 死亡袭击的身躯。
> ——卢克莱修⑧

贝特朗·迪·盖克兰⑨在围攻朗贡城堡时阵亡。朗贡城堡位于奥弗涅的布伊城附近，被围者随后投降，不得不将城堡的钥匙放在死者的遗体上。

巴泰勒米·达勒维亚纳是威尼斯军队的将领，在布雷西亚战役中为国捐躯，他的遗体要途经敌人领土维罗纳方可运回威尼斯。当时威尼斯军队中绝大部分人都同意向敌方申请安全通行证。但是，泰奥多尔·特里伏斯表示反对，主张强行过境，哪怕决一死战。他说："将军生前从来不惧怕敌人，死后好像要怕敌人了，这样不合适？"

事实上，希腊人的法律也与此相近：谁要向敌人索取自己人的遗体予以安葬，谁就是自动放弃胜利，也就不可以再陈列战绩。这就等于被要求交出遗体的一方取得了胜利。尼基亚斯⑩就是这样失掉对科林斯⑪人的明显优势的。相反，阿格西劳斯二世⑫对彼俄提亚⑬人本无多大获胜希望，却最终取得了胜利。

下面要讲的事不足为奇，因为我们总是操心身后的事，并且相信上苍的恩泽能陪伴我们进入坟墓，与我们的遗骨同在。撇开我们时代的事例，古代这样的例子不计其数，就不必再进行发挥了。英格兰国王爱德华一世^⑭曾和爱尔兰国王罗伯特进行了长期的战争，他体会到亲自出征对他从事的战争大有好处，他能取胜是因为他每次都亲临战场。可是，临死前，他竟然强迫儿子发誓，将其遗体煮熟后把肉与骨分开，将肉埋葬；至于骨头，他要求儿子好好保存，每次与苏格兰人打仗时，都要带在身边，与部队一起出征。似乎胜利必定与其肢体相关。

让·齐斯卡^⑮曾替威克利夫^⑯的错误辩护而震惊波西米亚；他要人在他死后剥其皮，做成长筒大鼓，带着它去迎击敌人，以为这样能继续他生前率军亲战时的优势。有些印第安人在与西班牙人作战时，就带着他们某个将领的骸骨，期盼能得到将领活着时同样的运气。在这个世界上还有些民族，打仗时拖着阵亡勇士的遗体，将以自励或寻求好运。

上述例子涉及的只是在死后保留生前业绩带来的声誉。下面要举的例子还表现了行动的力量。巴亚尔^⑰将军的故事能说明这一点。他在战场上被火枪射中，自感生命垂危，有人劝他撤离，他却回答道他不会在生命的最后一刻背朝敌人；他仍然坚持战斗，直到精疲力竭，实在坚持不住并快从马上摔下时，还命令他的司厨长将他平放在一棵树底下，但是一定要面对敌人，就如他生前做的那样。

…………

雅典将领曾在阿基努塞群岛附近的一场海战中打败了斯巴达人。那场战役，在希腊人进行的海战中，可谓最有争议、最激烈的了。可是，那些将领在胜利后，按照法则继续推进战争，没有停下来收拾和埋葬阵亡将士。他们因此而被雅典人民毫不留情、既无人道也不公正地处死了，甚至连他们的辩护词雅典人都不愿意听一下。每当我忆及此事，便几乎对所有的民主恨之入骨，尽管它代表的是自然和公道。狄奥默东的做法使这一处决变得更令人憎恶。狄奥默东是其中一位被处决的将领，在政治和军事上享有崇高威望。他在听完判决后上前讲话。此刻听众鸦雀无声，但他没有利用这个机会为自己辩护，也没有揭露这一残酷决定的不公正，而是维护法官的判决，祈祷诸神不要因为法官判决不公而惩罚他们；他又把他和他的伙伴们为感谢显赫的命运女神而许的愿公布于众，怕诸神因为他们没有还愿而迁怒于雅典人民。而后，狄奥默东没有再说多余的话，也没有讨价还价，步伐坚定地走上刑场。几年之后，命运女神对雅典人进行了同样的报复。雅典海军统帅卡布里亚斯在那克索斯岛上曾在与斯巴达海军上将波利斯的战斗中占据上风，可他为了避免蒙受上述不幸，竟将已经在望的胜利战果丧失殆尽：为了不抛下漂浮在海上的战友尸体，便让敌军从海上安全逃离并反过来收拾雅典人，使他们饱尝这种迷信的恶果。

你想知道你死后在哪里吗？

就在未出生者所在的地方。

另一个则让失去灵魂的身躯恢复了宁静：

愿摆脱生命和痛苦的躯体，

没有栖息的坟墓和港湾。

大自然以同样的方式告诉我们，某些失去生命的东西似乎还跟生命有着某种神秘的关系。地窖里的葡萄酒是根据葡萄季节的变化而改变味道的。据说，腌在缸里的野味是按照活肉的法则改变味道和状态的。

（选自《蒙田随笔全集》，潘丽珍艾译，译林出版社 2021 年版）

【注释】

① 塞涅卡语，原文为拉丁语（下同）。塞涅卡（约公元前 4—65 年），古罗马政治家、斯多葛派哲学家、悲剧作家、雄辩家。

② 西塞罗语，原文为拉丁语（下同）。马尔库斯·图利乌斯·西塞罗（公元前 106—前 43 年），古罗马著名政治家、哲人、演说家和法学家。

③ 伊壁鸠鲁（公元前 341—前 270 年），古希腊哲学家、无神论者（被认为是西方第一个无神论哲学家），伊壁鸠鲁学派的创始人。

④ 提图斯·李维（公元前 59 年—公元 17 年），古罗马历史学家。

⑤ 尼禄（公元 37—公元 68 年），古罗马皇帝，以暴虐、放荡著称，亦有一定的政绩；弑母杀妻，并是公元 64 年罗马大火灾的纵火嫌疑人；常在马戏团扮演马车夫。

⑥ 斯巴达国为古希腊奴隶制城邦，建于公元前 8 世纪。

⑦ 梭伦（约公元前 638—约前 550 年），古希腊政治改革家和诗人。

⑧ 卢克莱修（约前 99—约前 55 年），罗马共和国末期的诗人和哲学家。卢克莱修语，原文为拉丁语。

⑨ 贝特朗·迪·盖克兰（1320—1380 年），法国陆军元帅。

⑩ 尼基亚斯（卒于公元前 413 年），雅典军事家和政治家。

⑪ 科林斯为希腊南部城市。公元前 5 世纪，科林斯城邦国家称雄一时，伯罗奔尼撒战争后衰落。

⑫ 阿格西劳斯二世（公元前 444—前 360 年），斯巴达城邦国王。

⑬ 彼俄提亚为古希腊地名。

⑭ 爱德华一世生于 1239 年，卒于 1307 年。

⑮ 让·齐斯卡（1360—1424 年），胡斯党人首领。胡斯是 15 世纪捷克宗教改革家，深受威克利夫思想影响，以"异端"罪名被处以火刑。

⑯ 威克利夫（约 1320—1384 年），英国人，欧洲宗教改革运动的先驱。

⑰ 巴亚尔（1475—1524 年），法国贵族，绰号为"无畏无瑕的骑士"。

作品主题

《随笔集》主要包括三个方面的内容：作者所感觉的自我；作者所理解的现实世界；作者所体会的人类的生活方式和思想感情。

蒙田在《随笔集》中表达了人文主义以"人"为本的思想："在一切形式中，最美的形式是人的形式"；人的价值应以"本身的品质为标准"。他表达了人文主义对现实生活的肯定："我热爱生活"，"我全身心地接受它并感谢大自然为我而造就的一切"。总之，蒙田希望通过《蒙田随笔》把"人"的本来面目、"人"的能力限度通过"我"表现出来。"我"即"人性"，蒙田将人性视为最崇高、最神圣的概念。

作品赏析

蒙田认为，人的本性引导人们重视表象更甚于注重实质，所以人们总是惶惶不安地为过去后悔、为未来担忧，不能真正地品味目前的生活。因为人们只认为未来的生活才是自己的目标，因此今天就只能是为明天而存在。然而，人们既不活在过去也不活在未来，真正可以把握的只有此时此刻。忧虑、欲望和希冀都指向未来，人类这些情感在无意识中将思绪抽离出现实的生活空间，并把自己抛在一个虚幻的假想世界里，于是未来便理所当然地成为人们关注的重心。

"做你自己的事，要有自知之明"，这一简短格言的前后两部分各为我们的行动和精神设立了终极目标，并且这两部分之间也是相辅相成、相互促进的。一个人要明白自己该做什么事，那么他首先应该有自知之明，要对自己的优势和局限有全面而深刻的了解，明白自己能够做什么。

蒙田是一个深沉的人文主义者，他正面肯定了人在现世生活的价值，肯定人的欲望和享受。在有条件的生活中，人文主义者感受到人生的快乐，渴求这种人生的享受成为合法的和道德化的。这是人文主义者对天主教会禁欲主义的挑战，是资产阶级性质的要求和呼声。

后面的文字体现了蒙田博学这一特点。文中屡屡征引古希腊、古罗马的经典著述及历史资料，大谈自己对"生前""死后"及其关系的看法。事实与思辨相结合，纵横捭阖，体现了十六世纪人文主义的思想。读者很难从中捕获蒙田的具体思想，他的思想总处于变动不居之中，上一秒还在探讨的某个观点，下一秒又被另一个完全相反的观点推翻，蒙田不断与另一个自己对话争辩。蒙田的散文主要是引起思考和辩论，并不轻易下结论。

蒙田的散文语言平易通畅，不假雕饰，不仅在法国散文史上开创了随笔式作品的先河，而且在世界散文史上也占有重要地位。"炉边闲谈"是蒙田的随笔给读者的第一印象。随笔没有固定的写作模式，随性是它的最大特点。因此作者不大考虑结构上的精心编撰，内容随思绪游走，信笔直书。蒙田不局限于书本，而是深入社会生活，寻找可以使自己生活更明朗的知识，亲身实验过的理性才能抵挡他人对自己思想、理智和判断的侵袭。思想的波动形成了蒙田散文汪洋恣意的特征。

蒙田博览群书，主要从古籍中汲取各学派、诗人、哲学家的思想，将其摘录、融合在随笔中，这种杂谈式的文体是希腊议论文的一种复兴，常用来讨论道德问题，篇幅精练短小，幽默诙谐，往往给读者一种亲切感。

思考与练习

1. 了解随笔这种文体的写作特点并尝试写一篇随笔。
2. 了解蒙田随笔的写作背景并对其中的一些观点进行思辨。

欧洲近代三大经典哲理散文《蒙田随笔集》《培根人生论》《帕斯卡尔思想录》。

我生活的地方　我为何生活（节选）

作者简介

亨利·戴维·梭罗（1817—1862年），美国作家、哲学家，超验主义代表人物，也是一位废奴主义者及自然主义者。梭罗才华横溢，其思想深受爱默生影响，提倡回归本心，亲近自然，一生共创作了二十多部散文集，被称为自然随笔的创始者，在美国19世纪散文中独树一帜。梭罗的《瓦尔登湖》被公认为最受读者欢迎的非虚构作品。

经典原文

我第一天住在森林里，就是说，白天在那里，而且也在那里过夜的那一天，凑巧得很，是一八四五年七月四日，独立日，我的房子没有盖好，过冬还不行，只能勉强避避风雨，没有灰泥墁，没有烟囱，墙壁用的是饱经风雨的粗木板，缝隙很大，所以到晚上很是凉爽。笔直的、砍伐得来的、白色的间柱，新近才刨得平坦的门户和窗框，使屋子具有清洁和通风的景象，特别在早晨，木料里饱和着露水的时候，总使我幻想到午间大约会有一些甜蜜的树胶从中渗出。这房间在我的想象中，一整天里还将多少保持这个早晨的情调，这使我想起了上一年我曾游览过的一个山顶上的一所房屋。这是一所空气好的、不涂灰泥的房屋，适宜于旅行的神仙在途中居住，那里还适宜于仙女走动，曳裙而过。吹过我的屋脊的风，正如那扫荡山脊而过的风，唱出断断续续的调子来，也许是天上人间的音乐片段。晨风永远在吹，创世纪的诗篇至今还没有中断，可惜听得到它的耳朵太少了。灵山只在大地的外部，处处都是。

除掉了一条小船之外，从前我曾经拥有的唯一屋宇，不过是一顶篷帐，夏天里，我偶或带了它出去郊游，这顶篷帐现在已卷了起来，放在我的阁楼里；只是那条小船，辗转经过了几个人的手，已经消隐于时间的溪流里。如今我却有了这更实际的避风雨的房屋，看来我活在这世间，已大有进步。这座屋宇虽然很单薄，却是围绕我的一种结晶了的东西，这一点立刻在建筑者心上发生了作用。它富于暗示的作用，好像绘画中的一幅素描。我不必跑出门去换空气，因为屋子里面的气氛一点也没有失去新鲜。坐在一扇门背后，几乎和不坐在门里面一样，便是下大雨的天气，亦如此。哈利梵萨[①]说过："并无鸟雀巢居的房屋像未曾调味的烧肉。"寒舍却并不如此，因为我发现我自己突然跟鸟雀做起邻居来了；但不是我捕到了一只鸟把它关起来，而是我把我自己关进了它们的邻近一只笼子里。我不仅跟那些时常飞到花园和果树园里来的鸟雀弥形亲近，而且跟那些更野性、更逗人惊诧的森林中的鸟雀亲近了起来，它们从来没有，就有也很难得，向村镇上的人民唱出良宵的雅歌的，——它们是画眉，东部鸫鸟，红色的碛鹨，野麻雀，怪鸥和许多别的鸣禽。

我坐在一个小湖的湖岸上，离开康科德村子南面约一英里半，较康科德高出些，就在市镇与林肯乡之间那片浩瀚的森林中央，也是我们的唯一著名地区，康科德战场之南的两英里地[②]；但因为我是低伏在森林下面的，而其余的一切地区，都给森林掩盖了，所以半英里之外的湖的对岸便成了我最遥远的地平线。在第一个星期内，无论什么时候我凝望着湖水，湖给我的印象都好像山里的一泓龙潭，高高在山的一边，它的底还比别的湖沼的水平面高了不少，以至日出的时候，我看到它脱去了夜晚的雾衣，它轻柔的粼波，或它波平如镜的湖面，都渐渐地在这里那里呈现了，这时的雾，像幽灵偷偷地从每一个方向，退隐入森林中，又好像是一个夜间的秘密宗教集会散会了一样。露水后来要悬挂在林梢，悬挂在山侧，到第二天还一直不肯消失。

八月里，在轻柔的斜风细雨停歇的时候，这小小的湖做我的邻居，最为珍贵，那时湖水和空气都完全平静了，天空中却密布着乌云，下午才过了一半却已具备了一切黄昏的肃穆，而画眉在四周唱歌，隔岸相闻。这样的湖，再没有比这时候更平静的了；湖上的明净的空气自然很稀薄，而且给乌云映得很黯淡了，湖水却充满了光明和倒影，成为一个下界的天空，更加值得珍视。从最近被伐木的附近一个峰顶上向南看，穿过小山间的巨大凹处，看得见隔湖的一幅愉快的图景，那凹处正好形成湖岸，那儿两座小山坡相对倾斜而下，使人感觉到似有一条溪涧从山林谷中流下，但是，却没有溪涧。我是这样地从近处的绿色山峰之间和之上，远望一些蔚蓝的地平线上的远山或更高的山峰的。真的，踮起了足尖来，我可以望见西北角上更远、更蓝的山脉，这种蓝颜色是天空的染料制造厂中最真实的出品，我还可以望见村镇的一角。但是要换一个方向看的话，虽然我站得如此高，却给郁茂的树木围住，什么也看不透，看不到了。在邻近，有一些流水真好，水有浮力，地就浮在上面了。便是最小的井也有这一点值得推荐，当你窥望井底的时候，你发现大地并不是连绵的大陆；而是隔绝的孤岛。这是很重要的，正如井水之能冷藏牛油。当我的目光从这一个山顶越过湖向萨德伯里草原望过去的时候，在发大水的季节里，我觉得草原升高了，大约是蒸腾的山谷中显示出海市蜃楼的效果，它好像沉在水盆底下的一个天然铸成的铜币，湖之外的大地都好像薄薄的表皮，成了孤岛，给小小一片横亘的水波浮载着，我才被提醒，我居住的地方只不过是干燥的土地。

（选自梭罗：《瓦尔登湖》，徐迟译，人民文学出版社 2019 年版）

【注释】

① 印度古代梵文叙事诗《摩诃婆罗多》的附录。

② 康科德战场：列克星敦和康科德战役发生于 1775 年 4 月 19 日，是英国陆军与北美民兵之间的一场武装冲突。虽然美国参议院在 1908 年通过决议，将快活角战斗定为美国独立战争的第一战，但美国社会普遍仍视列克星敦和康科德之战为独立战争的首场战斗。

作品主题

《瓦尔登湖》是梭罗在瓦尔登湖林中两年零两个月又两天的生活和思想纪录。这是一本清新、健康、引人向上的书，它向世人揭示了作者在回归自然的生活实验中所发现的人生真谛：如果一个人能满足于基本的生活所需，便可以更从容更充实地享受人生。

梭罗是一个有责任感的社会批评家，他的目的是揭露时代弊端，指出如果人们将自己的生活变得越来越复杂，最终会导致生命的衰落。他主张返璞归真、回归自然，但这并不意味着放弃现代文明。他认为，一个人向往简朴的生活，只要心诚，在哪儿都可以做得到。

作品赏析

19世纪上半叶的美国正处于由农业时代向工业时代转型的初始阶段，随着资本主义工业和商业的蓬勃发展，拜金主义和享乐主义开始主导人们的思想，支人们在这种思想的影响下疯狂地聚敛财富。为此，他们不断争夺自然资源，挥霍自然资源，给生态环境带来了重创。在这种时代背景下，梭罗选择远离尘嚣，在自然的安谧中寻找一种本真的生存状态，寻求一种更诗意的生活。他崇尚自然，与自然交朋友，与湖水、森林和飞鸟对话，在林中观察动物和植物，在船上吹笛，在湖边钓鱼，晚上在小木屋中记下自己的观察和思考。

本文节选自《瓦尔登湖》的第二篇，共四个自然段。这一篇梭罗写自己最初搬进湖边森林的生活，他用自己的全部感官去体味自然的声色、光影与味道，森林、鸟鸣、湖泊、黎明、晨风……大自然的一切都让他欣喜。但伴随身体沉浸自然时情感的欣悦，精神世界里的梭罗热情而严肃地思考着，他要回答在标题上写下的人生大问题："我要在什么地方生活？我为什么而生活？"

作者虽然只在瓦尔登湖住了两年零两个月又两天的时间，但其意义却相当深远。在那两年多的时间里，作者自食其力，完全靠自己的双手建屋取食，过着一种原始简朴的生活。他要通过自己的实践向世人证明，人们完全不应该将时间倾注于无休止的物质追求方面，而应当将少量的时间用于谋生，而将更多的时间用于精神探索。

第二段介绍了小屋及其周边的环境。作者住在小屋里不必出门去换空气，因为"缝隙很大"的木屋里，空气跟外面一样的新鲜；与鸟为邻，作者把自己关进了一只"笼子"里。作者把自己融进了大自然，他就是大自然中的一丛草、一棵树、一只鸟。

超验主义强调的世界本质上统一、万物受制于"超灵"的宇宙和自然观，引导着梭罗的思考方向。其强调的是人人都可以回归自然，通过与"超灵"对话的方式形成天人合一的认知观，也促使梭罗通过回归自然来获取真理。

梭罗的灵魂与身体在瓦尔登湖找到了温暖的栖息之地，在这里，他放下所有身份，开始认真学着做一名在地里刨食、靠天吃饭的农民。他陶醉其中，并且乐此不疲。这就是他所倡导的简朴、独立的生活：有一柄斧头，就足以过日子了；如果能再添一盏灯、一些文具、几本喜欢的书，这样的生活便更加有滋有味。作者在瓦尔登湖过着极简的生活，他将大部分时间都用来做一件事，一件他认为极其有意义的事情——化身为一粒尘埃、一截树枝或者一只鸟的翅膀，以极近虔诚的方式走进自然、探索自然、拥抱自然，最终和自然融为一体。

第三段、第四段中，作者描绘了小湖及其周边的景色。劳动闲暇之余，梭罗有充裕的时间读书、冥想，与大自然中的每一个生灵对话，山川、树木、雁雀都是他的朋友。大多时候不需通过言语和接触，只要一个眼神或简单的动作就可能领悟对方，实现心灵的沟通。他与一个渔夫在船上相对而坐，能够感受对方的内心世界；他通过观察牛蛙，感受生命的本真与纯粹；他通过麝鼠、知更鸟的动作、叫声等感受到人类已丧失的"尊重、宽容"；他观察上空盘旋的鹞鹰，感到那像是自己思想的化身。每天与生灵们相处，坐观雾隐雾现的湖光山色，使梭罗获得了心灵上的快乐和精神上的财富，而这些也成为《瓦尔登湖》带给读者的精神财富。

《瓦尔登湖》中的许多篇幅是关于动物和植物的观察记录。梭罗花费了大量的时间和精力观察鸟类、动物、花草和树木的变化，以至于使人们误将此书理解成一本有关自然的文献，而忽略了其中关于哲学的内容。其实，梭罗的贡献是建立在这两方面之上的。梭罗正是带着对现实生活的怀疑才来到林中投入这种自然生活的，他并非存心抵制现代文明，而是希望通过自己的实验告诉人们不要为繁杂纷乱、光怪陆离的资本主义商品社会迷惑，失去了生活的方向和意义。

梭罗的文字明白晓畅、简练有力，朴实自然，富有思想性。在行文中，梭罗注重使用地方语言，特别是双关语等，使作品呈现出一种幽默讽刺的意味。

思考与练习

1. 分析梭罗自然散文的风格特点。
2. 如何理解《瓦尔登湖》中蕴含的人生真谛？

拓展阅读

卢梭《一个孤独漫步者的遐想》。

参 考 文 献

[1] 周宪:《超越文学 文学的文化哲学思考》,上海生活·读书·新知三联书店 1997 年版。

[2] 童庆炳:《文学理论教程》第 4 版,高等教育出版社 2008 年版。

[3] 姚斯、霍拉勃:《接受美学与接受理论》,周宁、金元浦译,辽宁人民出版社 1987 年版。

[4] 李永燊:《文学概论》第 3 版,华东师范大学出版社 2011 年版。

[5] 胡山林:《文学欣赏》,清华大学出版社 2008 年版。

[6] 魏饴、刘海涛:《文艺鉴赏概论》,高等教育出版社 2000 年版。

[7] 王先霈、王耀辉:《文学欣赏导引》,高等教育出版社 2005 年版。

[8] 童庆炳:《文学理论教程(修订版)教学参考书》,高等教育出版社 1999 年版。

[9] 黑格尔:《美学(第二卷)》,朱光潜译,商务印书馆 1979 年版。

[10] 郭绍虞:《中国历代文论选(第 4 册)》,上海古籍出版社 2001 年版。

[11] 谢榛、王夫之:《四溟诗话·姜斋诗话》,人民文学出版社 1961 年版。

[12] 陈良运:《中国历代诗学论著选》,百花洲文艺出版社 1995 年版。

[13] 中共中央马克思恩格斯列宁斯大林著作编译局:《马克思恩格斯选集》(第四卷),人民出版社 1972 年版。

[14] 黑格尔:《美学(第一卷)》,朱光潜译,商务印书馆 1979 年版。

[15] 童庆炳:《文学理论教程》第 4 版,高等教育出版社 2008 年版。

[16] 贝克:《戏剧技巧》,余上沅译,中国戏剧出版社 1985 年版。

[17] 布罗凯特:《世界戏剧艺术欣赏——世界戏剧史》,胡耀恒译,中国戏剧出版社 1987 年版。

[18] 威廉斯:《现代悲剧》,丁尔苏译,译林出版社 2007 年版。

[19] 罗念生:《论古希腊戏剧》,中国戏剧出版社 1985 年版。

[20] 施咸荣:《莎士比亚和他的戏剧》,北京出版社 1981 年版。

[21] 时晓丽:《中西悲剧理论比较》,西北大学出版社 2001 年版。

[22] 中国戏曲研究院:《中国古典戏曲论著集成(全 10 册)》,中国戏剧出版社 1959 年版。

[23] 王国维:《宋元戏曲史》,百花文艺出版社 2002 年版。

[24] 董健、马俊山:《戏剧艺术十五讲》第 3 版,北京大学出版社 2012 年版。

[25] 蓝凡:《中西戏剧比较论稿》,学林出版社 1992 年版。

[26] 谭霈生:《论戏剧性》,北京大学出版社 1981 年版。

[27] 胡星亮:《现代戏剧与现代性》,人民文学出版社 2007 年版。

[28] 王嘉良、颜敏:《中国现当代文学作品选读(下)》,上海教育出版社 2004 年版。

[29] 严家炎:《二十世纪中国文学作品选(全册)》,高等教育出版社 2013 年版。

后记

本书为大学生美育课程教材，目的在于通过教材培养时代新人。由井冈山大学人文学院的中文教师集体编写。编写团队聚集了中国现当代文学、文艺学、中国古代文学、外国文学等各方面的人才，他们在井冈山大学从事教学工作多年，在各自学术领域里都有所建树。尤其在教学过程中，针对当代大学生特点，对教学内容、教学方法进行了多年研究。在教材编写任务下达后，他们很快就进入了编选文章、撰写文本的实质性阶段。编委会召开了多次编写会议，听取了各方面的意见，统一编写原则、编写体例，反复修改打磨内容，终于将书稿呈现在大家眼前。

本书充分借鉴、吸收了国内现有文学欣赏类教材的特色、优点，在编写过程中，参阅了大量书刊和相关论著，选用了一些名家名品，借鉴了一些专家、学者的观点，恕不一一注释，在此向原作者致以衷心感谢！

本书的编写分工具体如下所示：

康梅钧：第一章、第三章第二节；刘云兰：第二章第一、二、四节，第三节第二块；李剑风：第二章第三节第一块；朱中方：第二章第三节第三块；陈冬根：第三章第一节中的《关雎》《离骚（节选）》《将进酒》《过零丁洋》，第四章第一节中的《三国演义（节选）》，第六章第一节中的《项脊轩志》；龚奎林：第三章第一节中的《偶然》《西江月·井冈山》《你是人间的四月天》，第四章第二节中的《白夜行（节选）》；黄梅：第三章第一节中的《金黄的稻束》；郑乃勇：第四章第一节中的《阿Q正传（节选）》《平凡的世界（节选）》；赵永君：第四章第二节中的《悲惨世界（节选）》《老人与海（节选）》，第五章；马玉红：第六章第一节中的《桨声灯影里的秦淮河》《我与地坛（节选）》；尹文化：第六章第二节。刘晓鑫负责本教材的总体规划和统稿，包括教材的框架、章节的划分、知识点的安排，确保教材的整体性、连贯性、准确性和规范性。

最后，感谢井冈山大学、出版社、责任编辑付出的辛勤劳动。由于水平所限，本书如有不足之处，敬请使用本书的师生与读者批评指正，以便修订时改进。

编委会

版权声明

根据《中华人民共和国著作权法》的有关规定，特发布以下声明：

1. 本出版物刊登的所有内容（包括但不限于文字、二维码、版式设计等），未经本出版物作者书面授权，任何单位和个人不得以任何形式或任何手段使用。

2. 本出版物在编写过程中引用了相关资料与网络资源，在此向原著作权人表示衷心的感谢！由于诸多因素没能联系到原作者，如涉及版权等问题，恳请相关权利人及时与我们联系，以便支付稿酬。（联系电话：010-60206144；邮箱：2033489814@qq.com）